파우스트

홍 신
세 계 문 학
0 0 1

파우스트
Faust

J. W. 괴테 지음
정광섭 옮김

홍신문화사

 차례

헌사 _ 6
무대에서의 서막 _ 9
천상의 서곡 _ 18

비극 제1부 _ 23
비극 제2부 _ 193

작품 해설 _ 488
괴테 연보 _ 492

헌사

다시 다가오는구나, 희미한 모습들이여
그 옛날 나의 흐릿한 눈에 일찍이 떠오른 환상들,
이번만은 그대들을 꼭 잡아야겠다.
내 마음은 아직도 그 환상에 끌리고 있는가?
그대들이 몰려오는구나! 그러면 좋다, 마음대로 해라
아지랑이와 안개 속에서 내 주위에 헤치고 올라오너라.
그대들의 무리를 감싸는 신기한 숨결에
내 가슴은 설레고 젊어짐을 느낀다.

그대들은 즐거웠던 날의 온갖 추억을 날라온다.
그러면 갖가지 그리운 환상이 떠오른다.
거의 잊어버린 옛이야기처럼
첫사랑도 우정도 함께 되살아난다.
괴로움은 새로워지고, 한탄은 되풀이되어
인생의 끝없는 미로를 거듭 헤매면서
덧없는 행복에 속아 아름다운 세월을 보지 못하고,
나보다 앞서 어디론지 사라져간 그리운 사람들의 이름을 부른다.

내가 첫 몇 절의 노래를 들려준 친구들은
이제 그 다음의 노래를 듣지 못한다.
정다웠던 모임은 흩어지고,
처음에 들은 그 반향도 아, 사라져 버렸다.
나의 탄식은 낯선 많은 사람들을 울리고,
그 찬사는 오히려 내 마음을 두렵게 한다.
일찍이 내 노래를 좋아해 준 사람들은 아직도 살아 있으나
사방으로 흩어져 버렸다.

그 고요하고 엄숙한 영靈의 나라에 대한 동경은
오래 잊고 있다가 이제 다시 나를 사로잡는다.
나의 속삭이는 듯한 노래는 바람의 신이 타는 하프 소리처럼
희미하게 되살아나서 근방에 울리며 떠돈다.
나는 전율에 사로잡히고, 눈물이 하염없이 흘러내린다.
굳어진 마음도 차츰 풀려 부드러워진다.
내가 손에 쥔 것은 멀리 사라진 것처럼 여겨지고,
사라져 버렸던 것이 지금 내 앞에 현실이 되어 드러난다.

제 1 부

파우스트
16세기의 전설적인 마술사, 학자. 인생을 끊임없이 탐구한다.
제1부에서는 지知에 절망하고, 애愛에서 삶의 보람을 찾는다.

메피스토펠레스
전설의 악마. 파우스트의 길동무가 되어 그의 영혼을 빼앗으려 한다.

바그너
파우스트의 제자로서 실리주의자

마르가레테
순진하고 가엾은 소시민의 딸. 그레트헨이라는 애칭으로도 불린다.

마르테
마르가레테의 이웃 여자, 뚜쟁이

바렌틴
마르가레테의 오빠, 군인

제 2 부

파우스트
제2부에서는 미美와 행위의 단계를 체험하고 승천한다.

메피스토펠레스
크나큰 세계에서 파우스트의 길동무가 되어 그의 영혼을 빼앗으려 한다.
중도에서 추한 마녀 포르키아스로 변신한다.

황제
이름이 없는 아무것도 아닌 황제. 호인이며 향락적이다.

바그너
제1부의 제자가 여기서는 대학자가 된다.

헬레네
그리스의 이상적인 미인, 파우스트와 결혼한다.

무대에서의 서막

단장, 전속 시인, 어릿광대

단장   자네들은 이제까지 여러 번이나
      어려운 일을 당했을 때 나를 도와주었네.
      이번 흥행이 독일 여러 곳에서
      얼마나 성공할지 의견을 좀 말해 보게.
      많은 손님들을 즐겁게 해주고 싶네.
      그들이 즐거우면 우리도 윤택해질 테니까.
      벌써 기둥이 세워졌고, 무대의 마루도 깔았으니,
      즐거운 일이 시작되기만 기다리고 있네.
      구경꾼들은 벌써 자리에 앉아 눈썹을 치켜세우고
      깜짝 놀랄 일을 빨리 보여 달라고 기다리고 있네.
      나도 대중의 마음을 사로잡는 방법은 알고 있네만
      이번처럼 난처한 적은 한 번도 없네.
      그야 구경꾼들이 최상의 작품에만 익숙해진 것은 아니지만
      무섭게 많은 것을 읽고 있거든.
      새 작품이 신선하면서도 의미가 있고
      재미도 있게 하려면 어떻게 해야 할까?
      나야 물론 초만원을 바라고 있지.
      사람들이 물밀듯이 가설극장에 몰려와서
      웅성대며 밀치고 밀리며,
      좁은 극장 문을 억지로 들어가려고

4시도 되기 전 대낮부터
밀치락달치락 매표구에 달려들어
기근 때 빵집 앞에서 서로 빵을 다투듯이,
한 장의 표를 위해 목숨마저 내건다면 얼마나 좋겠나.
이러한 기적을 가지각색의 사람에게 일어나게 하는 것은
다름아닌 시인뿐일세.
자, 오늘 그걸 한번 발휘해 주게!

시인 아, 제발 그 잡다한 대중 이야기는 하지 마십시오.
그들을 보면 시인의 넋은 달아나 버립니다.
우리를 억지로 소용돌이 속에 끌고 들어가는
그 군중의 인파가 보이지 않게 해주십시오.
오히려 시인에게 깨끗한 기쁨의 꽃이 피는
고요한 천상天上의 은밀한 곳에 데려다 주십시오.
거기에서만 사랑과 우정이 우리 마음의 축복을
신들의 손길로 빚어 길러 줍니다.
아, 거기서 우리들의 가슴속에 솟아나는 것
입술이 조심스레 중얼거려 봅니다.
때로는 잘 안 되고 때로는 잘되지만,
사나운 순간의 폭력이 삼켜 버리고 맙니다.
때로는 몇 해나 긴 고생을 한 끝에
완전한 모습으로 나타나기도 합니다.
번쩍거리는 것은 한때를 위해 태어나고,
참된 것은 후세에도 멸망하지 않습니다.

어릿광대 그 후세라는 말은 듣고 싶지 않은데요!
내가 만일 후세를 운운한다면,

이 세상 사람은 누가 웃겨 줍니까?
모두들 웃고 싶어하니 웃겨 주어야 합니다.
훌륭한 배우가 하나라도 있다면,
그것만으로도 대단한 일이지요.
손님을 웃기는 재주만 있다면,
구경꾼의 변덕을 화낼 것도 없습니다.
초만원이 되기만 바라고 있지요,
구경꾼이 많을수록 감동시키기 쉽거든요.
그러니 선생님도 훌륭한 솜씨 발휘하여
공상이란 놈에다가 있는 대로 합창을 다 곁들여서 들려주십시오.
이성과 오성과 감정과 정열, 다 좋지요.
그러나 익살을 잊어선 안 됩니다.

단장 아무튼 사건을 많이 만들어 넣어야 하네.
손님은 구경하러 오는 것이고 무엇이나 보고 싶어한다네.
깜짝 놀라 입을 딱 벌리고 보도록
눈앞에 많은 사건을 잔뜩 펼쳐 주면,
자네는 대중의 마음을 휘어잡아
순식간에 인기작가가 되는 걸세.
대중은 대량으로 대하는 수밖에 없네.
그러면 결국 저마다 좋아하는 뭔가를 찾아내게 마련일세.
많이 보여주면 뭔가를 발견하는 사람도 늘어나고,
그리하여 저마다 만족해서 돌아가지.
극을 하나 쓰더라도 여러 조각으로 넘치도록 해주기 바라네!
그런 잡탕이면 훌륭하게 해낼 걸세.
손쉽게 생각해서 가볍게 선뜻 내놓는단 말이지.

애써 완전한 것을 만들어야 소용없네.
　　　어차피 구경꾼이 조각조각 뜯어가고 말 테니까.
시인　당신네들은 모르십니다, 그러한 조작물이 얼마나 하찮은지를.
　　　참된 예술가는 그런 짓을 하지 않습니다.
　　　엉터리 작가들의 날치기 작업이
　　　당신네에게는 금과옥조인가 보군요.
단장　그만한 비난으로 나는 꿈쩍도 하지 않네.
　　　제대로 일을 해보자는 사나이는
　　　제일 좋은 연장을 골라야 하는 거야.
　　　자네가 도끼로 연한 나무를 쪼갠다고 생각해 보게.
　　　그리고 누구를 상대로 글을 쓰는가 잘 보란 말일세!
　　　지루해서 찾아오는 사람도 있고
　　　진수성찬으로 포식하고 배를 꺼뜨리러 오는 사람도 있네.
　　　그리고 제일 곤란한 것은
　　　신문, 잡지를 읽다가 싫증이 나서 오는 손님이네.
　　　가장무도회라도 가는 듯이 건성으로 달려오지만,
　　　호기심에 가득 차서 날개돋친 걸음으로 달려온다네.
　　　부인들은 화려한 옷차림과 몸단장을 뽐내러 와서,
　　　말하자면 보수 한 푼 없이 함께 연극을 해주는 셈이지.
　　　자네는 시인의 천국에서 무엇을 꿈꾸는가?
　　　그렇다면 극장이 만원이 된들 무엇이 기쁘겠나?
　　　단골손님을 가까이서 잘 보게나.
　　　반은 냉담하고, 반은 야만적이네.
　　　연극이 끝나면 카드놀이를 하는 자가 없나,
　　　여자에게 안겨서 짐승 같은 하룻밤을 보내는 자가 없나,

그런 시시한 목적을 위해서 상냥한 시의 여신을 그렇게 괴롭힌다
는 건 그지없이 어리석은 짓이 아닌가?
그러니 군소리 말고, 그저 많이만 써넣게.
그러면 과녁을 벗어날 염려는 없네.
어차피 인간을 만족시켜 줄 수는 없는 일이니
얼렁뚱땅 해치우는 걸세.
아니, 왜 그러나? 기쁜 건가, 괴로운 건가?

시인 그렇다면 어디 가서 당신 말을 잘 듣는 사람을 찾으시오!
그래 시인이라는 자가 대자연이 준 최고의 권리를,
시인의 인권을, 헛되이
당신들 때문에 내동댕이쳐도 된단 말입니까?
대관절 작가는 무엇으로 만인의 가슴을 움직이지요?
무엇으로 지수화풍地水火風 온갖 힘에 이겨내지요?
그것은 가슴에서 넘쳐나와 온 세계를 움직이고
그 가슴에 다시 휘감아들이는 조화의 힘이 아닐까요?
자연이 끝없이 긴 실을
무심히 꼬아서 물레에 감고 있을 때,
엉크러진 삼라만상의 잡다한 무리가
어수선하게 뒤섞여서 불쾌한 소리를 내고 있을 때,
언제나 변치 않는 단조로운 흐름을 구분지어
리듬과 활기를 주는 것은 누구입니까?
따로따로 흩어진 것을 전체의 거룩한 질서 속에 불러들여,
장엄한 해음諧音을 울리게 하는 것은 누구입니까?
누가 폭풍우를 정열에 끓게 하고,
저녁놀을 엄숙한 마음에 타오르게 합니까?

연인이 지나가는 길에
아름다운 봄날의 꽃을 피게 하는 것은 누구지요?
누가 보잘것없는 푸른 잎을 엮어서
온갖 공적을 찬양하는 영예의 화관으로 만들지요?
올림포스 산을 지키고 신들을 모이게 하는 건 누구지요?
그것은 오직 시인에 의해서 실현되는 인간의 힘입니다.

어릿광대   그렇다면 그 아름다운 힘을 사용해서
시인 장사를 잘 해보십시오,
연애의 모험이라도 하듯 말입니다.
우연한 일로 가까워져 무엇엔가 감동되어 발걸음을 멈추면
차츰 서로 얽히게 되고,
좋은 사이가 되면 방해가 들어오고,
황홀해 있으면 괴로움이 찾아들지요.
어느새 보니, 이게 소설이 되어 있더란 말입니다.
연극도 그런 식으로 해봅시다그려!
생생한 인간들의 세계 속에 손을 푹 넣어 봅시다!
누구나 하고 있는 일이지만, 본인은 모릅니다.
그것을 붙잡으면 재미있는 게 되지요.
채색은 알록달록하게, 윤곽은 흐릿하게
틀린 것 가운데 한 점 진리의 빛을 밝힙니다.
그러면 아주 좋은 술이 빚어지고,
그것이 온 세상 사람에게 기쁨을 주고, 기운을 돋우지요.
그러면 빼어난 젊은이들이
선생님의 연극 앞에 모여서 그 계시에 귀를 기울이지요.
또 마음이 섬세한 사람은 반드시 선생님의 작품에서

우수한 양분을 흡수할 겁니다.
그리하여 때로는 이것, 때로는 저것하고 감동하게 되어
저마다 자기 가슴속에 품고 있는 것을 찾아내는 겁니다.
그런 젊은이들은 금세 울다 웃다 하지요.
감격하기를 좋아하고, 가상의 세계에 끌립니다.
완성된 인간에게는 만족을 줄 수는 없지만,
완성되어 가는 인간은 언제나 고마워하지요.

시인   그럼 나에게도 돌려주시오,
내가 아직 완성되어 가고 있던 청춘의 나날을.
솟아오르는 노래의 샘이
끊임없이 새로운 것을 낳고 있던 나날을.
안개가 부드럽게 나의 세계를 감싸고,
꽃봉오리가 미래의 기적을 약속하던 나날을.
골짜기마다 가득가득 만발한
무수한 꽃을 꺾던 나날을.
그 무렵 나는 아무것도 갖지 않았지만 충족되어 있었소.
진리를 추구하는 마음과 환상을 좋아하는 마음으로.
그 무렵 그대로의 그 충동을,
고통에 가득찬 깊은 행복을,
증오의 힘을,
사랑의 굳셈을,
나의 청춘을, 내게 다시 돌려주시오!

어릿광대   아니, 가만, 선생님에게 꼭 청춘이 필요한 건
싸움터에서 적이 공격해 올 때라든가,
너무도 귀여운 아가씨가 힘껏

　　　　선생님 목에 매달릴 때라든가,
　　　　경주의 월계관이 저 멀리
　　　　이르기 어려운 결승점에서 손짓하고 있을 때라든가,
　　　　눈이 빙빙 도는 춤이 끝난 뒤,
　　　　몇 밤이고 잔치를 벌여 술로 지샐 때지요.
　　　　그와는 반대로, 손에 익은 현악기의 가락을
　　　　대담하고 우아하게 울리면서,
　　　　스스로 정한 목표를 향해
　　　　황홀히 헤매면서 더듬어 가는,
　　　　이거야말로 노선생 당신네들이 할 일이지요.
　　　　그런 선생님들을 우리는 아낌없이 존경하지요.
　　　　늙으면 아이로 돌아간다고 사람들은 말하지만,
　　　　늙어야 신에 가까운 참된 어린애가 된답니다.

단장　자, 토론은 그만하면 충분하네.
　　　　이쯤이면 실행에 옮겨 주게나!
　　　　둘이서 겉치레 말을 주고받는 사이에
　　　　좀더 쓸모 있는 일을 할 수도 있을 것일세.
　　　　기분만 가지고 떠들어본들 무슨 소용 있겠나!
　　　　우물쭈물 미루는 인간에게 기분은 솟아나지 않네.
　　　　일단 시인이라고 말했으면
　　　　시에 호령을 해보게나!
　　　　우리가 원하는 건 미리 알고 있을 터,
　　　　독한 술이 먹고 싶다네.
　　　　그러니 어서 빚어 주게나!
　　　　오늘 하지 못하면 내일도 못 하네.

하루도 헛되이 보내서는 안 되네.
될 만하면 과감하게 때를 놓치지 말고
기회를 앞에서 움켜잡아야 하고,
일단 잡으면 결코 놓아서는 안 되네.
그러면 영락없이 일은 진척이 되네.
잘 알다시피 우리 독일 무대에선
저마다 하고 싶은 일을 해보고 있네.
그러니 이번 연극에서는
배경이건 도구건 사양할 것 없네.
햇빛이건 달빛이건 마음대로 써 보게나.
별이 얼마든지 반짝여도 상관없네.
물이건 불이건 그리고 암벽이건
짐승이건 새건 모자라지 않게 하겠네.
그러니 이 비좁은 가설극장이나마
창조의 전 영역을 하나도 빠짐없이
천천히 빠르게 돌아다녀 보게나,
천국에서 이 세상을 지나 지옥에 이르도록.

천상의 서곡

주主, 천사의 무리, 뒤에 메피스토펠레스, 세 사람의 대천사 앞으로 나온다.

라파엘 태양은 예나 다름없는 가락[1]으로
   형제별들과 노래를 겨룬다.
   그 정해진 여정을
   천둥 같은 걸음걸이로 나아간다.
   천사는 누구 하나 그 이치를 모르지만
   그 모양만 보아도 든든함을 느낀다.
   이해하기 어려운 이 드높은 성업成業은
   그 최초의 날과 다름없이 장엄하다.
가브리엘 그리고 재빨리, 상상도 못할 속도로
   화려한 지구는 자전한다.
   천국처럼 밝은 낮과
   소름끼치는 깊은 어둠이 교체한다.
   바다는 넓은 조류를 이루어 흐르고,
   밑바닥의 바위에 부딪쳐서 끓어오른다.
   그리하여 바위도 바다도 함께 끌려 움직인다.
   영원히 쉬지 않고 도는 천체의 운행 속으로.
미가엘 그리고 바다에서 뭍으로, 뭍에서 바다로

---

1) 옛날에는 해가 돋을 때 음향이 들려온다고 믿고 있었다. 라파엘은 태양의 운행을, 가브리엘은 지구의 운행을, 미가엘은 지구를 감싸고 있는 대기의 갖가지 작용을 찬양한다.

폭풍은 앞을 다투어 휘몰아치고,
광란하면서 그 주위를 둘러
무서운 연쇄작용이 만들어진다.
이제 번쩍거리는 파괴의 번개가 타오르고,
천둥이 우렁차게 그 뒤를 잇는다.
그러나 주여, 당신의 사도들은
당신의 나날의 온화한 움직임을 찬양한다.

셋이 함께 천사는 누구 하나 그 이치를 모르지만
그 모양만 보아도 든든함을 느낀다.
당신의 이 드높은 성업은 모두
그 최초의 날과 다름없이 장엄하다.

메피스토펠레스 이거, 나리, 또 이렇게 오셔서
저희들의 세계가 어떻게 되어 가는지를 물어보신다기에,
늘 저를 좋은 얼굴로 대해 주시기 때문에
나리의 종들 속에 끼어서 저도 나왔습니다.
용서하십시오, 저는 점잖은 말을 할 줄 모릅니다.
좌중의 여러분들이 비웃을지는 모르겠지만,
공연히 뽐내 봐야 나리를 웃기기만 하겠지요.
아니면, 나리는 웃음을 잊으셨나요?
태양이니 세계니 하는 것을 저는 도무지 모릅니다.
저는 인간이 얼마나 괴로워하고 있나를 볼 뿐이지요.
인간이라는 이 지상의 조그만 신은 늘 같은 모양이고,
나리가 만드신 최초의 날과 다름없이 기묘합니다.
나리가 인간에게 하늘의 빛 그림자를 주시지만 않았어도
인간은 그것을 이성이라 부르며,

오로지 어떤 짐승보다도 짐승답게 되기 위해 그것을 사용합니다.
나리 앞에서 말씀드리기 거북합니다만, 저에게는 인간이
다리가 긴 메뚜기처럼 여겨진답니다.
늘 날고 뛰고 하다가는, 금세 풀 속에 기어들어가서
지난날과 다름없는 노래를 불러요.
그것도 풀 속에만 내내 누워 있으면 좋으련만!
어떤 '쓰레기' 속에도 코를 쑤셔박는단 말입니다.

주 네가 할 말은 그것뿐이냐?
너는 나타나기만 하면 불평이구나.
저 지상의 일은 영원히 네 마음에 안 든단 말이냐?

메피스토펠레스 예, 나리! 거기는 여전히 좋지 못한 곳입니다.
날마다 괴로워하며 살아가는 인간을 보면 가엾어집니다.
저 같은 악마도 그치들을 놀릴 기분이 안 날 정도니까요.

주 너는 파우스트를 아느냐?

메피스토펠레스 그 박사 말씀입니까?

주 내 종이니라!

메피스토펠레스 그러고 보니 그자는 이상한 방법으로 나리께 봉사하고
있더군요.
그 기묘한 녀석이 먹고 마시는 건 이 세상 것이 아닙니다!
타는 가슴으로 아득한 곳을 동경하고,
자신이 미치광이 같다는 것도 반쯤은 알고 있어요.
하늘에서 제일 아름다운 별을 잡으려 하는가 하면,
땅에서는 최고의 쾌락을 맛보려 하고 있습니다.
그런데도 가까운 것이고 먼 것이고간에,
그 녀석의 깊숙이 타는 가슴을 가라앉혀 주는 게 없습니다.

주 지금 그 사람은 뭐가 뭔지도 모르고 나를 섬기지만,
머잖아 밝고 맑은 경지로 이끌어 줄 참이다.
정원사도 묘목에 파란 싹이 트면, 이윽고 해마다 꽃이 피고 열매
가 맺는다는 것을 알지 않느냐.

메피스토펠레스 그럼 내기를 하시겠습니까?
그 녀석을 나리의 손에서 빼앗아 보이지요.
나리만 허락하신다면
그 녀석을 내 길로 슬슬 끌어 넣겠습니다.

주 그 사람이 지상에 살고 있는 동안은
네가 무슨 짓을 하든 나무라지 않으마.
인간이란 노력하는 동안 방황하는 법이니라.

메피스토펠레스 그거 참 고맙군요. 죽은 인간 따위를 상대해서야 조금도
재미가 없으니까요.
내가 제일 좋아하는 건 토실토실하고 싱싱한 뺨이지요.
죽은 자를 다루는 건 내 성미에 안 맞아요,
산 쥐를 좋아하는 고양이 심보를 가졌으니까요.

주 좋아, 너에게 맡기겠다!
그 사람의 영혼을 근원에서 떼어내
네가 할 수 있다면
너의 길로 끌고가 보거라.
그러나 너는 결국 이렇게 실토하면서 부끄러워할 게다.
착한 인간은 아무리 암흑의 충동에 쫓기더라도
결코 올바른 길을 잃지 않는 것이라고.

메피스토펠레스 좋습니다! 뭐 그리 오래 가지 않을 것입니다.
나는 이번 내기를 조금도 걱정하지 않습니다.

　　　　　만일 내가 목적을 이루면
　　　　　목청껏 승리의 함성을 지를 겁니다.
　　　　　그자에게 쓰레기를 먹여 보이겠습니다,
　　　　　맛있게 먹을걸요.
　　　　　내 조카딸인 저 유명한 뱀[2]처럼 말입니다요.
　　주　그때도 네 마음대로 하려무나.
　　　　　나는 너희들을 한 번도 미워한 적이 없다.
　　　　　무엇이나 부정하는 모든 영들 가운데서,
　　　　　내게 가장 방해가 되지 않는 것은 장난꾸러기니라.
　　　　　인간의 활동은 자칫 풀어지기 쉬우므로,
　　　　　나는 인간에게 친구를 붙여 주어
　　　　　자극을 주거나 끌어당기는 악마의 역할을 맡긴다.
　　　　　그러나 그대들, 신의 참된 아들들은
　　　　　싱싱하고 풍족한 아름다움을 즐겨라!
　　　　　영원히 만들고 일하는 생성生成의 힘이
　　　　　사랑의 상냥한 울타리로 그대들을 감싸리라.
　　　　　그리고 어른거리는 현상으로서 떠도는 것을
　　　　　그대들이 영원히 지속되는 이념으로 단단히 묶도록 하라.
　　　　　(천국은 닫히고, 대천사들은 흩어진다.)
　　메피스토펠레스　(혼자) 가끔 저 영감님을 만나는 것은 해롭지 않아.
　　　　　그래서 우의가 상하지 않게 조심하고 있지.
　　　　　지체 높은 나리로선 정말 감탄할 일이지.
　　　　　악마와도 그처럼 인간답게 말을 해주니.

---

2) 아담과 이브에게 금단의 열매를 먹게 하여 인간을 타락시킨 뱀.

비극 제 1 부

밤

높고 둥근 천장의 좁은 고딕식 방안.
파우스트, 초조하게 책상 앞 안락의자에 앉아 있다.

파우스트   아, 나도 이제 철학, 법학, 의학, 게다가 신학까지 열심히 공부
하고 철저히 연구했다.
그 결과가 이 가엾은 바보 꼴이구나.
조금도 현명해지지 않았다.
석사니 박사니 하는 칭호를 들어가면서, 이러고 10년이나 올렸다
내렸다, 왼쪽 오른쪽, 위아래로 학생들의 코를 쥐고 흔들어 댔다.
그리하여 안 것은, 우리는 아무것도 알 수 없다는 것뿐이다.
그것을 생각하면 가슴이 터질 것만 같다.
그야 나는 박사니, 석사니, 법관이니, 목사니 하는 세상의 바보들
보다는 영리할지 모른다.
나는 미망迷妄이나 의혹으로 괴로워하지는 않는다.
지옥의 악마도 두렵지 않다.
그 대신 모든 기쁨을 잃어버렸다.
웬만큼 안다는 자기 도취에도 빠질 수 없고, 인간을 훌륭하게 만
들고 이끌기 위해 뭔가를 가르칠 수 있다는 자부심도 없다.
게다가 나는 재물도 돈도 없으며, 세상의 명성이나 영화도 갖지

파우스트 23

못했다.
더 이상 이런 식으로 산다는 건 개도 싫어할 거다!
그래서 나는 영의 힘과 계시로 그 어떤 신비를 알 수 있을까 하고 마술에 몸을 맡겼다.
그러면 내가 알지도 못하는 일을 땀을 흘려가며 고생스레 지껄이지 않아도 되겠고, 이 세상을 다스리는 오묘한 내부의 힘이 무엇인지 알 수 있으며, 일체의 작용의 힘과 씨앗[1]을 볼 수도 있고, 헛된 말장난을 하지 않아도 될 줄 알았다.

오, 교교한 달빛이여,
네가 나의 고통을 보는 것도 이게 마지막이면 좋으련만.
내가 잠 못 이루는 한밤중에 몇 번이나 이 책상에 앉아, 네가 나오기를 기다렸던가.
그러면 그대, 구슬픈 벗이여,
나의 책과 종이를 비추어 주었지!
아, 지금이야말로 너의 상냥한 빛을 흠뻑 받으며, 산마루를 거닐고 싶구나.
산속 동굴 근처를 정령들과 돌아다니고 싶구나.
너의 희미한 빛 속에서 들판을 헤매는 것도 즐거운 일이다.
모든 지식의 농무濃霧로부터 벗어나서, 이슬에 몸을 씻어 건강하게 되살아나고 싶구나.

서글퍼라! 나는 아직도 이 감옥에 갇혀 있단 말인가?

---

[1] 씨앗은 연금술의 용어로 원소와 같은 것. 군데군데 비슷한 신비적인 말이 사용되고 있다.

저주스럽고 음산한 이 담벼락의 동굴 속, 여기는 부드러운 하늘의 빛마저, 채색유리의 창문으로 희미하게 비쳐들 뿐이다!
좀이 슬고 먼지에 덮여서 높다란 둥근 천장까지 산더미처럼 쌓인 책, 그을린 종이가 사이사이에 끼워진 이 책들로 동굴 안은 더욱 비좁다.
유리병과 상자들이 흩어져 있고, 실험 기구가 가득차 있는 데다, 조상 대대의 가구까지 처박혀 있다.
이것이 너의 세계다! 이것을 세계라고 할 수 있는가!

그런데도 너는 아직 어째서 네 심장이, 가슴속에서 불안하게 조여지고 있느냐고 묻느냐?
어째서 알 수 없는 고통이 네 모든 생명의 움직임을 억제하느냐고 묻느냐?
신은 인간을 살아 있는 자연 속에서 살라고 빚어서 넣어 주었건만, 너는 그것을 피하고 그을음과 곰팡이에 묻혀서, 짐승과 해골에 에워싸여 있다.

자, 달아나라! 넓은 바깥 세계로!
노스트라다무스[2]가 손수 쓴, 이 신비에 가득 찬 한 권의 책은 너의 길동무로 알맞지 않은가?
이것으로 별의 운행을 알고 자연의 인도를 받는다면 영혼의 힘이 네 속에서 눈을 뜨고, 영과 영이 주고받는 말도 이해할 수 있으리라.

---

[2] 16세기 프랑스의 점성학자이며 의사, 신비적인 자연 연구의 대표자.

메마른 상념에 의지하여, 이 책의 신성한 표적으로 해명하려고 해도 아무 소용 없다!
영들이여, 그대들은 내 곁에 떠돌고 있다. 내 말이 들리거든 대답을 하라!

그 책을 펴고, 대우주의 표적을 본다.

호오! 이것을 보니, 어쩌면 이렇게 벅찬 환희가 갑자기 나의 오관에 넘치는가!
나는 느낀다, 젊고 신성한 삶의 행복이 새로이 타올라 신경과 혈관 속에 흐르는 것을.
이 표적을 쓴 것은 신이 아닐까?
내 가슴에 설렘을 가라앉히고, 가엾은 마음을 기쁨으로 채우며, 신비에 가득 찬 충동으로 자연의 힘을 내 주위에 드러내 보이는 이 표적.
아니면, 내가 신일까? 내 마음이 해맑아진다!
이 청순한 필적을 보고 있으니, 살아서 작용하는 자연이 내 영혼 앞에 나타난다.

이제야 비로소 나는 옛 현자가 한 말의 의미를 알겠다.
"영의 세계는 닫혀 있지 않다. 그대의 귀가 막히고 그대의 가슴이 죽어 있다. 일어나라, 학도여! 쉬지 말고 속세의 가슴을 여명의 빛으로 씻어라!"
(표적을 바라보며)
오, 모든 것이 짜여서 하나를 이루고, 하나가 다른 것에 작용하여

호응하고 있구나!
하늘의 모든 힘이 오르락내리락, 서로 황금의 두레박을 주고받는구나!
그 모두가 축복의 향기 그윽한 날개를 퍼득여, 하늘에서 내려와 땅을 꿰뚫어 삼라만상 속에 해조諧調를 울린다!

아, 장관이로다! 아, 그러나 슬프다, 한낱 구경거리에 불과하다!
너의 어디를 붙잡아야 하는가, 무한한 자연이여!
영원한 너의 유방이여, 어디에 있는가?
하늘과 땅의 근거인 일체의 삶의 샘이여, 나의 시든 가슴이 너를 동경하여 찾는다.
너는 쉴새없이 솟아 만물을 먹이는데, 나는 이토록 목말라야 하는가?

성난 듯 책장을 넘기고 지령地靈의 표적을 본다.

이 표적을 보니 내 기분이 싹 달라지는구나!
땅의 영이여, 네가 훨씬 나에게 가깝다.
벌써 나는 내 힘이 솟아남을 느낀다.
새 술을 마신 듯이 벌써 몸이 달아오른다.
용감하게 이 세상에 뛰어들어 모든 지상의 괴로움과 지상의 행복을 달게 받으며, 폭풍우와 싸우면서 난파선의 삐걱대는 소리에도 굽히지 않는 용기를 느낀다.
머리 위에 구름이 인다.
달빛—등불이 꺼진다!

안개가 낀다— 붉은 번개가 내 머리 위에 번쩍인다.
둥근 천장에서 냉기가 불어와 나를 엄습한다.
나는 네가 내 둘레를 떠돌고 있음을 느낀다.
내가 부른 영이여! 모습을 나타내라!
오, 내 가슴이 찢어지는 것 같구나!
나의 오관이 파헤쳐져서 새로운 감정에 눈을 뜬다!
내 마음을 송두리째 너에게 맡긴 느낌이다!
모습을 나타내라! 나타내! 내 목숨을 주어도 좋다.

책을 움켜쥐고, 지령의 주문을 신비스러운 어조로 외운다. 붉은 불길이 타오르고, 지령이 그 속에서 나타난다.

지령   나를 부르는 자가 누구냐?
파우스트   (외면하며) 무시무시한 얼굴이군!
지령   너는 내 영역 안에 끈덕지게 달라붙어, 끈질긴 힘으로 나를 끌어당겼다.
      그런데—
파우스트   아, 괴롭다, 너를 더 볼 수가 없다!
지령   너는 숨을 헐떡이며 나를 만나 보고 싶어서 내 목소리가 듣고 싶다, 내 얼굴이 보고 싶다고 애원했다.
      자, 여기 있다! 그런데 초인이라는 네가 이 무슨 한심스러운 공포에 사로잡혀 있느냐? 영혼의 부르짖음은 어디로 갔느냐?
      하나의 세계를 자신 속에 만들어서 그것을 안고 기르며, 기쁨에 떨면서 우리들 정령과 같은 높이에 오르려고 기를 쓰던 가슴은 어디로 갔느냐?

너는 어디 있느냐, 파우스트여, 나를 부른 너는? 온 힘을 다하여 덤벼들던 너는? 이것이 너냐? 내 입김이 닿자마자 생명의 밑바닥에서 벌벌 떨며, 겁을 먹고 오그라든 벌레가 너란 말이냐?

파우스트 불길에 싸인 네 모습을 본들 내가 겁낼 줄 아느냐!

그렇다, 내가 파우스트다. 너와 대등한 존재이다!

지령 생명의 조류 속에서, 행위의 폭풍우 속에서, 나는 물결치며 올라갔다가 내려간다.

저리 갔다가 이리 돌아온다!

출생과 무덤, 영원의 바다, 가로세로로 엮어지는 현실의 세계, 타오르는 생명! 이렇게 나는 시간이란 어수선한 베틀 앞에서 살아있는 신의 옷을 만드는 것이다.

파우스트 넓은 세계를 구석구석 헤매다니는 너, 부산한 영이여!

내가 얼마나 너를 가까이 느끼고 있는지 모른다.

지령 너는 네가 머릿속에 생각하는 영과 닮았다.

나를 닮지는 않았다! (사라진다.)

파우스트 (비실비실 쓰러지면서) 너를 닮지 않았다고?

그럼 누구를 닮았단 말이냐?

나는 신의 모습을 본땄는데, 너도 닮지 않았다니!

(노크 소리)

이런 빌어먹을! 저건 내 조수다.

이것으로 나의 최상의 행복이 깨져 버리는구나!

이처럼 영감으로 충만되어 있는 순간이 살금살금 돌아다니는 저 메마른 좀도둑 같은 녀석의 방해를 받아야 하다니.

바그너, 잠옷바람에 잠자리 모자를 쓴 채 한쪽 손에 램프를 들고 등장. 파우스트는 못마땅한 듯이 외면한다.

바그너   실례합니다! 선생님께서 낭독하시는 소리가 들리기에, 아마 그리스 비극을 읽고 계신 모양이지요.
저도 그런 낭송법을 배웠으면 합니다.
요즘 세상엔 그런 것이 상당히 인기 있으니까요.
그것을 칭찬하는 소릴 저는 종종 듣습니다.
배우가 목사를 훌륭하게 가르칠 수도 있다지요.

파우스트   음, 목사가 배우려면 그럴 테지.
때로 그런 일도 안 일어난다고 할 수 없거든.

바그너   아, 저같이 늘 연구실에 갇혀 있고, 세상을 보는 것은 어쩌다가 휴일 정도이고, 그것도 멀리서 망원경으로 보는 처지라면 어떻게 세상 사람들을 설득시켜 인도할 수 있을지 모르겠습니다.

파우스트   자네 스스로 실감하고, 자네 영혼에서 우러나와 듣는 사람 모두의 마음을 끈기 있는 흥미로 휘어잡지 못한다면, 자네가 생각하는 것을 이룰 수는 없을걸.
고작 한다는 게 앉아서 아교로 이어붙이기나 하고, 남의 잔칫상의 음식물 찌꺼기로 잡탕이나 끓이고, 긁어 모은 잿더미에서 빈약한 불씨나 일으켜 본다고 해보거나.
아이들이나 원숭이는 감탄해 주겠지!
그것으로 자네가 만족한다면 말이야.
하지만 결코 다른 사람의 마음을 움직일 수는 없어, 정말로 자네 마음에서 우러난 것이 아니라면.

바그너   하지만 말재주가 있으면 연설가는 성공을 하지요.
그것을 잘 알고는 있지만, 아직 저는 아득하게 뒤처져 있어 미치지 못합니다.

파우스트 성실한 성공을 구해야 해!

요란스레 종을 울려 대는 바보가 되어서는 안 돼!

분별과 올바른 마음만 있다면, 재주를 부리지 않아도 연설이야 저절로 되는 거야.

진지하게 하고 싶은 말이 있으면 말을 꾸밀 필요가 없잖아?

자네들 연설이 인생의 휴지로 만든 조화 같은 것이라면, 아무리 번드르하게 사람을 현혹시키더라도, 가을의 가랑잎 사이에서 버석거리며 스치는 축축한 바람처럼 불쾌한 거야!

바그너 아! 예술은 길고, 우리의 인생은 짧습니다.

저는 비판적 연구에 종사하고 있지만, 가끔 머리와 가슴이 막히는 듯 불안해집니다.

무릇 지식의 원천까지 거슬러올라가는 수단을 제것으로 하기란 참으로 어려운 일입니다!

길을 절반도 가기 전에 가엾게도 우리는 죽어 버립니다.

파우스트 옛 문서 따위가, 그 한 모금으로 기갈이 영원히 멎는 신성한 샘이란 말인가?

자네 자신의 영혼에서 솟아나는 것이 아니면, 몸과 마음을 상쾌하게 해주지는 못해.

바그너 그렇게 말씀하시지만, 여러 시대의 정신 속에 자신의 몸을 두고 옛 현자가 어떻게 생각했나, 지금의 우리는 얼마나 훌륭하게 진보했나를 되돌아보는 것은 큰 기쁨입니다.

파우스트 암, 하늘의 별까지 도달한 진보 말이지.

그런데 여보게, 지나간 시대라는 것은 우리들에게 일곱 개의 봉인을 한 책이야.

게다가 자네들이 시대의 정신이라고 부르는 것은, 요컨대 그 시대를 반영하는 자네들 자신의 정신이란 말이야.
거기서 정말 가엾은 일이 일어나는 수도 있지!
사람들은 자네들을 첫눈에 보고 달아나 버리거든.
자네들이 보여주는 것은 쓰레기통이나 넝마 창고, 더 나아 봐야 겉만 번드르한 역사극이야.
하기야 꼭두각시 대사에나 어울릴 그럴싸하고 실용적인 격언을 엮어 넣긴 하지만.

바그너 하지만 이 세계라는 것, 인간의 마음과 정신이라는 것을 다들 조금은 인식하고 싶어하지요.

파우스트 그래, 그 인식 말인데!
누가 바른말을 숨김없이 할 수 있겠나?
그야 더러는 다소의 진실을 알고, 어리석게도 그 넘치는 마음을 은밀하게 간직하지 못하고 느끼는 바, 보는 바를 어리석은 백성에게 밝힌 사람들은 예로부터 십자가에 못박히거나 화형을 당하곤 했지.
이봐, 이제 밤도 깊었으니 오늘 밤은 이것으로 그만두자.

바그너 저는 내일 아침까지라도 선생님과 이렇게 학문에 관한 이야기를 하고 싶습니다.
하지만 내일은 부활제의 첫 날이니 그때 또 한두 가지 더 질문하게 해주십시오. 저는 열심히 연구에 진력해 왔습니다.
꽤 많은 것을 알고 있습니다만, 저는 모든 것을 알고 싶습니다.
(나간다.)

파우스트 혼자

파우스트 저 친구 머리에선 희망이 사라지는 일도 없나?
언제까지나 시시한 일에 매달려서 탐욕스레 보물을 파내려고 허둥대다가 지렁이를 집어내고도 좋아하고 있으니!

영기가 나를 가득 에워싸고 있는 이 방에, 저런 인간의 목소리가 울려서야 되겠는가?
그러나 아, 이번만은 너에게 감사해야겠지,
이 땅 모든 인간 중에서 가장 초라한 너에게.
하마터면 나의 감각과 판단을 파괴하려던 절망에서, 너는 나를 떼어놓아 주었다.
아, 그 지령의 모습은 너무나도 거대해서 나는 정말 내 자신이 난쟁이가 된 느낌이었다.

신의 모습을 닮은 나는 이미 내가 영원한 진리의 거울에 완전히 접근한 줄 알고, 하늘나라 광휘에 싸여서 스스로를 즐기고, 땅에 사는 자의 껍질을 완전히 벗어 던진 양 생각하고 있었다.
나는 지천사知天使보다도 자유로운 힘이 이미 내 자신의 맥박 속에 흐르고, 창조에 전념하면서 신들의 생활을 즐길 수 있으리라 자부하고 있었는데, 이런 벌을 받다니!
천둥 같은 한마디로 한 대 얻어맞고 말았다.
나는 너를 닮았다고 주제넘게 생각하지 말았어야 했다!
나는 너를 끌어당길 힘은 있었지만 너를 붙잡아둘 힘은 없었다.
생각하면 그 황홀했던 순간에, 나는 나 스스로를 실로 초라하게도 느끼고, 위대하게도 느꼈다.

너는 가혹하게도 나를 덧없는 인간의 운명에다 도로 밀쳐 버렸다.
나는 누구에게 배워야 한단 말인가?
무엇을 피해야 한단 말인가?
그 마음의 욕구를 따라야 할 것인가?
아, 우리의 고뇌와 마찬가지로 행위 그 자체가 우리의 삶의 행로를 막는 것이다.

정신이 차지한 가장 빛나는 것에도 어느새 이질적인 물질이 끈덕지게 달라붙는다.
우리가 한번 이 세상의 재보財寶를 손에 넣으면 한층 더 정신의 보물은 허위나 환영이라 부르게 된다.
우리에게 생명을 준 아름다운 감정도 이 지상의 혼란 속에 굳어 버린다.

지금까지는 대담하게 공상을 하면서 희망에 넘쳐 영원한 것에까지 날개를 쳤지만, 시간의 소용돌이 속에서 행복이 차례로 꺾여 버리면 위축된 그 공상은 좁은 공간에서 만족한다.
그러면 동시에 가슴속에는 시름이 깃들고, 거기에 남모르는 고통이 빚어져 불안스레 몸부림치며 기쁨과 휴식을 방해한다.
이 시름은 언제나 새로운 가면을 쓰고 집이나 땅이 되고, 처자가 되고, 불이나 물, 비수와 독이 되어 나타난다.
너는 맞지도 않는 모든 탄환에 겁을 먹고 벌벌 떨고, 잃어버릴 리 없는 것을 잃어버릴까 봐 걱정한다.

나는 신들을 닮지 않았다!

이것을 뼈저리게 느꼈다.
쓰레기 속에서 꿈틀거리는 벌레를 닮았을 뿐이다.
쓰레기를 먹고 간신히 살아가며, 길 가는 사람에게 짓밟히고 묻혀지는 벌레다.

이 높은 벽을 백 개나 칸을 막아, 더욱 숨막히게 만드는 이것들도 다 쓰레기가 아닌가?
이 좀벌레투성이의 오만가지 하찮은 물건 속에 나를 처넣고 있는 이 고물도 쓰레기가 아닌가?
이런 곳에서 어떻게 내가 구하는 것을 찾아내란 말인가?
어느 곳에서나 인간은 괴로워하고 있으며, 어쩌다가 행복한 사람도 있다는 것을 수천 권의 책 속에서 읽어야 하는가?
텅 빈 해골아, 왜 이빨을 드러내고 나를 쏘아보느냐?
너의 뇌수도 내 것처럼 한때는 갈피를 못 잡고 상쾌한 햇빛을 찾아 어둠침침한 속을 묵직하게, 오로지 진리를 추구하며 비참하게 헤매지 않았더냐?
수레바퀴, 톱니바퀴, 롤러, 손잡이가 달린 기구들, 너희들도 분명히 나를 비웃고 있구나.
내가 문 앞에 섰을 때 너희는 열쇠가 되어 주어야 했다.
너희들의 열쇠 끝은 깊었지만, 자물쇠는 열리지 않았다.
신비에 찬 자연은 대낮에도 베일을 벗게 하지 않는다.
자연이 사람의 마음에 밝히고 싶지 않은 것을 지렛대나 나사로 비틀어 열 수는 없다.
나에게 소용없는 낡은 연장들아, 너희들은 나의 아버지가 사용했다는 이유만으로 여기 있는 것이다.

이봐, 램프를 매다는 헌 도르래야, 너는 밤마다 이 탁자에서 침침한 램프가 타고 있는 한 너는 그을릴 수밖에 없다.
이런 쓸모없는 것을 짊어지고 땀을 뻘뻘 흘리느니 차라리 팔아치웠더라면 훨씬 좋았을 것을!
조상에게서 물려받은 것을 진실로 소유하려면, 그것을 제 힘으로 획득해야 한다.
활용하지 않은 것은 무거운 짐에 지나지 않는다.
제힘으로 손에 넣은 것이 아니면 그에게 소용되지 않는다.

그런데 내 눈이 왜 저것으로부터 떠나지 못하는 것일까?
저 작은 병은 눈을 끌어당기는 자석이란 말인가?
어째서 내 마음이 갑자기 기쁘고 밝아지는 것일까?
마치 밤의 숲속에서 달빛이 비치기나 하는 것처럼.

오, 하나밖에 없는 목이 긴 작은 병이여,
경건한 마음으로 공손히 너를 집어 내린다!
나는 네 속에 있는 인간의 지혜와 기술을 찬양한다.
기분좋게 잠을 청해 주는 영액靈液아, 죽음을 가져다 주는 미묘한 모든 힘의 정수여!
네 주인인 나에게 호의를 표시해 다오!
너를 보니 고통이 사그라진다.
너를 손에 들면 긴장된 마음이 풀리고 정신이 고조된 조수가 조금씩 스러져 간다.
나는 멀리 바다로 유인되고 발 밑에 넘실거리는 해면이 반짝이며 새로운 날이 새로운 물가로 나를 손짓한다.

불수레가 가벼운 날개를 타고 나를 맞이하러 온다! 나는 새로운 궤도로 나아가 하늘의 대기를 꿰뚫고, 순수한 활동의 신천지로 달려갈 마음의 준비가 되어 있음을 느낀다.
이 고원한 생명, 신들의 환희!
아직도 벌레에 불과한 네가 이것을 누릴 자격이 있을까?
좋다, 온화한 땅 위의 태양에 용감하게 등을 돌려라!
모두가 살금살금 지나는 문을 대담하게 열어젖혀라!
사나이의 위엄은 신들의 권위도 두려워하지 않고, 공상이 스스로 그려내는 고뇌 속에 떨어지는 저 어두운 죽음의 동굴도 겁내지 않고, 지옥의 불길이 비좁은 입구로 뿜어나오는 저 통로를 향해 돌진하여 설사 허무 속에 모든 것을 잃을 위험이 따르더라도 가슴을 펴고 명랑하게 첫걸음을 내디딜 결의를 행위로써 증명할 때가 지금이다!

자, 내려오너라, 맑은 수정의 술잔아!
오래도록 너를 잊고 있었다만 이제 그 헌 상자 속에서 나와 다오.
너는 조상들의 잔치 때마다 빛을 냈다.
손님들의 손에서 손으로 차례차례 돌아갈 때마다 근엄한 손님들은 명랑하게 흥겨워했다.
기교를 다한 네 주위의 눈부신 그림무늬, 그것을 즉흥시로 설명하고는 단숨에 들이키는 것이 술꾼의 관습이었지.
그런 일들이 청춘의 밤들을 생각나게 하는구나.
오늘 밤에는 너를 이웃 손님에게 권하지도 않고, 나의 그림무늬를 보고 즉흥시를 읊을 생각도 없다.

여기에 단번에 취하는 액체가 있다.
이 갈색의 액체가 너의 빈 곳을 채워 준다.
내 손으로 빚고, 내 손으로 고른 이 마지막 한 잔을 지금 정성껏 축연의 엄숙한 인사로 아침을 향해 건배한다.
(잔을 입에 댄다.)

종소리와 합창

천사들의 합창   그리스도가 부활하셨네!
죽어야 하는 자에게 기쁨 있으라.
은밀히 다가와서 멸망으로 이끄는 원죄에 얽매인 자에게.
파우스트   오, 이 은은한 종소리, 이 낭랑한 노랫소리!
아, 이 잔을 도저히 비울 수가 없구나.
저 둔하게 속으로 스며드는 종소리는 벌써 부활절의 시작을 알리는 것인가?
저 합창 소리는 벌써 그 위안의 노래를 부르는가?
그 옛날 어두운 무덤가에서 천사의 입술이 불러 신약의 확증이 된, 그 위안의 노래를?
여자들의 합창   우리는 향료를 주의 몸에 발라 드렸네.
우리들, 주를 섬기는 자들이 주를 뉘어 드렸네.
천과 끈으로 정하게 싸매 드렸네.
그러나 아, 이미 여기 주는 계시지 않네!
천사들의 합창   그리스도가 부활하셨네!
자비를 베푸신 주여, 복 받으소서.
괴로움은 커서도 인간에게 행복을 주시려고 시련을 이겨내신 주여.

파우스트 어째서 그대들 하늘의 목소리는 힘차게 그리고 상냥하게, 티끌 속에 있는 나를 찾는가?

마음씨 고운 사람들이 있는 곳에서 울려라.

복음은 확실히 귀에 들리지만, 내게는 신앙이 없다.

기적은 신앙의 귀여운 자식이다.

그 고마운 복음이 울려오는 그 경지로 나는 감히 갈 생각이 없다.

그러나 어릴 때부터 귀에 익은 소리라 나를 다시 이 삶으로 돌아오게 한다.

옛날에는 엄숙한 안식일의 고요 속에서 사랑에 찬 하늘의 입맞춤이 내게 쏟아져 내렸다.

그러면 울려퍼지는 종소리에 예감이 넘쳐 흐르고, 나의 기도는 활활 타는 기쁨이 되었지.

무엇인지 알 수 없는 기쁜 동경에 사로잡혀, 나는 숲과 풀밭을 돌아다녔지.

그리고 한없이 뜨거운 눈물을 흘리면서 하나의 세계가 탄생하는 것을 느꼈다.

그때 이 노래는 청춘의 즐거운 놀이를, 봄의 축제의 자유로운 행복을 알려 주었다.

지금 그 추억이 소년의 마음을 눈뜨게 하고, 나를 최후의 중대한 순간에 발걸음을 돌려세워 주었다!

오, 감미로운 하늘의 노래여, 계속 울려라!

눈물이 솟는다. 대지는 나를 되찾았다!

사도들의 합창 땅에 묻히셨던 분, 지난 날 이미 숭고하셨던 주는 재빨리 엄숙하게 하늘에 오르셨네.

주는 창조의 기쁨에 다가가시네.

아, 우리는 대지의 품에 매달려 살아서 괴로울 뿐이네.
주는 애타게 사모하는 우리 제자들을 여기 남겨두고 가셨네.
아, 스승이시여, 승천하신 당신을 잃고 우리들은 통곡하나이다!

천사들의 합창 그리스도가 부활하셨네, 썩어가는 대지의 품속에서.
사도들이여, 기쁜 마음으로 속세와 인연을 끊으라!
행동으로 주를 찬양하는 자, 사랑을 실증하는 자, 겨레의 마음으로 양식을 나누는 자, 가르침을 펴면서 여행하는 자, 닥쳐올 기쁨을 알리는 자, 스승은 그대들 가까이 계신다.
스승은 그대들과 함께 계신다!

성문 앞

산책을 하는 각양각색의 사람들이 나온다.

수습공 몇 사람 왜 그리로 가는 거지?
다른 수습공들 사냥꾼 찻집으로 갈 참이야.
처음 수습공 몇 사람 우리는 물방앗간 집으로 갈까 하는데.
수습공1 강변 집이 더 좋을걸.
수습공2 그쪽은 가는 길목이 시시하단 말이야.
수습공2의 무리 너는 어떻게 할래?
수습공3 다들 가는 데로 가지 뭐.
수습공4 성 마을로 올라가자. 여자도 아주 예쁘고, 맥주 맛도 좋아. 그리고 기막힌 싸움판도 벌일 수 있고 말이야.

수습공5 이 친구 좀 봐.
또 두들겨맞고 싶어? 두 번이나 맞아놓고.
난 싫어, 생각만 해도 끔찍하다.

하녀1 싫어, 싫어! 난 시내로 돌아갈 테야.

하녀2 그이, 틀림없이 포플러 나무 밑에 와 있을 거야.

하녀1 와도 나는 조금도 반갑지 않아. 그이는 너하고만 걷잖아? 무도장에서도 너하고만 춤을 추고. 너야 즐겁지만 내가 무슨 상관 있니?

하녀2 오늘은 틀림없이 그이 혼자가 아닐 거야. 그 고수머리하고 같이 온다고 했어.

학생1 야, 저 아가씨들의 신나는 걸음걸이 좀 봐!
가자! 저들을 한 번 따라가 보자고.
센 맥주에다 독한 담배, 게다가 멋을 부린 처녀.
이게 내 취미에 맞거든.

여염집 처녀 어머, 저 근사한 학생들 좀 봐!
정말 창피해. 얼마든지 좋은 상대와 사귈 수 있을 텐데, 저런 하녀들 꽁무니를 쫓아다니다니!

학생2 (학생1에게) 너무 서둘지 마! 저 뒤에 오고 있는 두 처녀도 제법 예쁜 차림을 하고 있잖아.
아, 우리 이웃 처녀도 끼여 있구나. 나는 저 애가 무척 좋아. 둘 다 천천히 걷고 있지만 결국은 우리와 어울리게 될 거야.

학생1 그만둬. 난 거북스러운 것은 질색이야. 우물쭈물하다가는 큰 고기를 놓친다고. 토요일에 빗자루를 드는 손이, 일요일에 제일 잘 어루만져 준단 말이야.

시민 정말 마음에 안 드는데요, 새 시장은!

시장이 되기만 하면 날이 갈수록 횡포가 심해지거든.
　　　도대체 이 고장을 위해 무엇을 했습니까?
　　　시정은 날마다 나빠지기만 하고 있잖습니까?
　　　어느 때보다 시민들은 복종을 강요당할 뿐만 아니라 전에 없이 많은 세금을 바쳐야 하니 말이오.
거지　(노래한다.) 인정 많은 나리네들, 어여쁘신 마나님들.
　　　단장도 좋으시고 혈색도 고우신데, 이쪽을 좀 돌아보시고 딱한 저를 도와주십쇼.
　　　이 오르간 소리를 유심히 들어 주십쇼!
　　　적선을 하셔야 즐거워집니다.
　　　여러분이 노시는 오늘이 저의 추수날이 되게 해주십쇼.
시민2　일요일이나 축제날에 가장 재미있는 것은 전쟁에 관한 이야기나 소문을 주고받는 일이죠.
　　　멀리 떨어진 터키 같은 데서 여러 민족들이 치고받는 일이라면 말이죠.
　　　우리는 창가에서 태평스레 맥주나 마시며, 갖가지 배가 강을 미끄러져 내려가는 것을 보지요.
　　　그리고 저녁에는 즐겁게 집에 돌아가서 천하 태평을 축복하는 겁니다.
시민3　정말이야! 옆에 있는 양반, 나도 마찬가집니다.
　　　딴 놈들이야 대가리가 깨지건 말건 모조리 뒤집어엎건 말건 우리 집만 무사해라! 바로 이겁니다.
노파　(여염집 처녀들에게) 아이고, 예쁘기도 해라, 젊은 아가씨들뿐이네!
　　　누구든지 홀딱 반하고 말겠네.
　　　하지만 너무 새침 떨면 안 되오! 이제 됐어요!

아가씨들 소망은 내가 이루어 드리지.

여염집 처녀 아가테, 가요!

저런 마귀할멈하고 남이 보는 데서 얘기를 하다니, 조심해야 해! 하기야 저이는 성^聖 안드레아스 날[3] 밤에 내 미래의 그분 모습을 보여주기는 했지만.

처녀2 나한테는 수정[4]에 비춰서 보여줬어.

억세게 생긴 사람들하고 같이 있는 군인이었는데, 그 뒤 아무리 주의깊게 살펴봐도 그런 사람이 눈에 안 띄지 뭐야.

병사들 치솟는 장벽, 함락되지 않은 성.

차갑게 돌아서는 새침한 아가씨.

차지하고 말자! 힘은 들지만 보람은 크다!

나팔소리 울린다, 어서 달려 나가자.

환락의 자리로, 전투의 자리로.

이거야말로 돌격! 이거야말로 보람!

아가씨도 성도 차지하고 말자.

힘은 들지만 보람은 크다!

그래서 병사는 씩씩하게 출진한다.

파우스트와 바그너

파우스트 생명을 불러일으키는 봄의 정다운 눈길을 만나, 크고 작은 강이 얼음에서 해방되었다.

골짜기에는 희망에 찬 행복이 파랗게 돋아난다.

---

3) 이날(11월 29일) 밤에 처녀가 이 성자에게 기도를 드리면 미래의 애인 모습을 볼 수 있다는 미신이 있다.
4) 수정을 바라보게 하여 그 속에 원하는 사람의 모습을 나타나게 하는 요술이 있었다.

겨울은 늙어 쇠약해져서 황량한 산으로 물러갔다.
물러가면서 겨울은 싸락눈의 힘없는 소나기를 흩날렸으니, 파릇파릇해지는 들에 백색의 줄무늬를 그으려 한다.
그러나 태양은 이제 흰 빛이 남는 것을 허용치 않는다.
곳곳에 생성의 노력이 진행되고, 모든 것이 화려하게 활기를 띠어 간다.
그러나 이 근처는 아직 꽃이 피지 않았다.
그 대신 차려입은 인간을 태양은 끌어낸다.
고개를 돌려 이 언덕에서 시내를 바라보게.
텅 빈 어두운 성문에서 가지각색 사람들이 쏟아져 나온다.
오늘은 모두 양지쪽으로 나오고 싶어한다.
모두 주의 부활을 축복하고 있지만 그것은 자기들이 부활했기 때문이다.
나직한 집의 침침한 방에서, 일자리와 장사의 사슬에서 벗어나 짓누르는 지붕과 박봉의 압박에서, 우글거리는 좁은 한길에서, 교회의 답답한 어둠 속에서 모두 햇빛 속으로 나오고 있는 것이다!
저것 봐라, 많은 사람들이 들과 밭을 지나 재빨리 흩어진다.
강에는 아래위로, 왼쪽 오른쪽으로 많은 조각배들이 신나게 오고 간다.
저 마지막 작은 배는 가라앉을 만큼 사람을 태우고 떠나가는구나.
먼 산의 오솔길에도 화려한 색깔의 옷이 희뜩희뜩 보인다.
벌써 마을의 웅성거림이 들린다.
저기야말로 민중의 진정한 천국이다.
늙은이도 젊은이도 만족하여 환성을 지르고 있다.
여기에서는 나도 인간이다.

아름다울 수 있다!
바그너 선생님, 선생님을 따라 산책하는 것은 영광이기도 하고, 유익하기도 합니다.
하지만 저는 시끄러운 곳을 싫어해서 혼자서 이런 데 오지는 않습니다.
바이올린을 켜고, 와자하게 떠들고, 공을 굴리는 그런 소리가 저는 딱 질색입니다.
모두 귀신에게 홀린 듯이 떠들어 대면서 그것을 기쁨이니 노래니 하고 말하고 있으니까요.

농부들, 보리수 밑에서

춤과 노래 춤추러 간다고 양치기가 단장을 했네.
화려한 저고리에, 리본과 꽃다발
멋지게 차려입어 인물이 돋보이네.
보리수 둘레 몰려나온 사람들
벌써 미친 듯이 춤들을 추고 있네.
유흐헤! 유흐헤!
유흐하이자! 하이자! 헤!
바이올린의 가락도 멋들어지는구나.

양치기도 허둥지둥 그 속에 뛰어드네.
그 바람에 팔꿈치가 어느 젊은 아가씨의
몸에 가서 억세게 부딪치고 말았네.
팔팔한 아가씨가 돌아보고 소리치네.

"이런 무례함이 또 어디 있을까!"
유흐헤! 유흐헤!
유흐하이자! 하이자! 헤!
"버릇 없는 짓일랑 하지 말아요!"

그래도 재빨리 뱅글뱅글 돌아간다.
바로 추고, 외로 춘다, 신나게 돌아간다.
저고리 자락이 모두 너풀거린다.
빨갛게 후끈후끈 달아오른 얼굴들,
서로 팔짱을 끼고 숨을 돌리고 있네.
유흐헤! 유흐헤!
유흐하이자! 하이자! 헤!
슬그머니 허리에 팔꿈치가 닿는다.

"너무 그리 친근하게 굴지 말아 줘요!
색시로 삼겠다고 굳은 약속 해놓고,
버린 남자가 얼마나 많다고요!"
그래도 교묘하게 구슬려서 데려간다.
보리수 쪽에서 아득히 들려오는
유흐헤! 유흐헤!
유흐하이자! 하이자! 헤!

사람의 고함소리, 바이올린 켜는 소리

늙은 농부 아이고, 선생님, 죄송합니다.

선생님 같이 연세가 많은 학자님이 오늘 저희들을 멸시하지 않으시고 이 들끓는 사람 속에 몸소 나와 주시다니.

그러면 방금 딴 술을 가득 따라놓은 가장 좋은 이 술잔을 받으십시오.

이 한 잔을 올리면서 제가 소리 높이, 이것이 선생님의 목을 축일 뿐 아니라 잔 속에 들어 있는 술방울 수만큼이나 수명이 늘어나서 오래오래 사소서!

파우스트 모처럼 이 한 잔 들고 여러분께 축복과 감사를 드립니다.

(민중들, 주위에 둘러선다.)

늙은 농부 오늘같이 즐거운 날에 선생님, 잘 와 주셨습니다.

지난 해에 저희들이 고생할 때 친절하시게도 선생님은 저희들을 돌봐주셨습니다!

여기 피둥피둥하게 살아 있는 사람들 가운데는, 선생님의 어르신네가 전염병을 막아 주셔서 심한 열병의 아슬아슬한 순간에 구원 받은 자도 적지 않습니다.

그때 선생님께선 아직 젊으셨지만 환자의 집을 일일이 찾아 주셨습니다.

실려 나간 시체도 많았지만 선생님은 무사히 벗어나셨습니다.

몹시 괴로운 일을 용케도 견디어 내셨습니다.

남을 돕는 사람은 하늘이 도와주시는 것이지요.

모두들 훌륭하신 선생님, 부디 건강하시어 오래도록 저희들을 도와주십시오!

파우스트 하늘에 계시는 분께 고맙다고 인사드리십시오. 남을 구하는 것을 가르쳐 주시고, 구원을 내려 주시는 분에게.

바그너와 함께 앞으로 걸어간다.

바그너 선생님, 참으로 위대하십니다. 이렇게 많은 사람에게 숭앙받는 기분이란 어떤 것일까요!
 아, 자기 재능으로, 이렇듯 성공을 거두시니 이 얼마나 행복한 일입니까!
 아버지는 자식에게 저분이 그 어른이라고 가리키고, 모두들 물으면서 앞다투어 선생님께 달려옵니다.
 바이올린 소리는 그치고, 춤추던 사람도 발을 멈춥니다.
 선생님이 지나가시면 사람들이 양쪽에 늘어서서 모자를 공중에 날립니다.
 그야말로 땅바닥에 꿇어앉을 지경이군요.
 마치 성체라도 지나갈 때처럼 말입니다.

파우스트 좀더 올라가면 바위가 있다.
 자, 거기서 잠시 피로를 풀기로 하자.
 나는 곧잘 거기 앉아서 혼자 생각에 잠기고, 기도와 단식으로 고행을 하곤 했지.
 희망에 차고 신앙이 굳었던 나는 눈물을 흘리면서 한숨을 쉬고 두 손을 비비 대며, 그 페스트가 더 퍼지지 않게 해주십사고 하늘에 계시는 주께 열심히 기원했지.
 지금 많은 사람들이 칭찬하지만, 나에게는 비웃음처럼 들린다.
 아, 자네는 내 속을 알아차리지 못하겠지만 선친이나 나는 그런 칭찬을 받을 자격이 없었던 거야!
 내 선친은 숨은 학구學究로, 자연과 그 신성한 작용에 대해서 성실하기는 하나 독특한 방식으로 대단한 노력을 기울이며 고찰하고 있었지.

연금술사鍊金術師의 무리들과 어울려서 그 '검은 주방'[5]에 틀어박혀 무수한 처방전을 만들어 서로 반발하는 약품을 조합한 거야. 거기서는 대담하게 덤비는 수컷의 정 '붉은 사자'[6]가 미지근한 물 속에서 '나리꽃'과 짝지어지고, 이 둘은 타오르는 불꽃에 달구어져 이 신방에서 저 신방으로 쫓겨다닌 끝에 마침내 갖가지 빛깔도 찬란하게 유리 그릇 속에서 '젊은 여왕'이 탄생하셨다.

그래서 약은 만들어졌으나 환자는 잇따라 죽어갔다.

누가 나았느냐고 묻는 사람도 없었다.

이렇듯 우리는 세상에도 무서운 탕약을 가지고 이 골짜기 저 산으로 돌아다니면서 페스트보다도 사납게 날뛰었다.

나 자신, 이 독약을 몇천 명에게 먹였다.

그들은 쇠약해져서 죽고 나는 이렇게 살아 남았으니, 뻔뻔스러운 살인자가 사람들의 칭찬을 받고 있는 것이다.

바그너 어째서 그런 것으로 괴로워하십니까!

물려받은 기술을 양심적으로 정확하게 실행하면, 성실한 인간으로서 충분하지 않습니까?

선생님은 젊으셨을 때 아버님을 존경하고, 스스로 기술을 배우셨습니다.

어른이 되어 학문을 쌓으시면, 이번에 아드님이 더 높은 목표에 이르게 되는 것입니다.

파우스트 아, 미망의 바다에서 언젠가는 헤어날 수 있다고, 여전히 생각하고 있는 자는 행복하도다!

---

5) 연금술의 실험실.
6) 연금술의 용어.

우리는 필요한 것은 조금도 모르고 필요 없는 것을 알고 있다.
그러나 이 한때의 아름다운 행복을 이런 어두운 생각으로 부수지는 말자!
보아라, 붉은 저녁 햇빛을 받아 초록에 둘러싸인 집들이 빛나고 있다.
해는 차츰 기울어 오늘 하루도 저물어 가고 있다.
해는 저리로 달려가서 새로운 생활을 재촉하는 것이다.
이 몸에 날개가 있어 땅 위에서 날아올라 어디까지나 저 뒤를 쫓아갈 수 있다면!
그러면 영원한 저녁놀 속에서 고요한 세계가 발 아래 가로놓여 산마루는 온통 붉게 타오르고, 골짜기는 고요해져서 은빛 시냇물이 금빛 강으로 흘러드는 것을 볼 수 있으련만!
그때면 아무리 가파른 협곡 위에 치솟은 험한 산이라도 신을 닮은 나의 비상을 막을 수는 없으리라.
넓은 바다가 미지근한 물을 담은 해의 여신과 함께 놀란 내 눈앞에 펼쳐진다.
그러나 해의 여신은 곧 가라앉겠지.
하지만 새로운 충동이 눈을 떠서, 나는 그 영원한 빛을 삼키려고 길을 서두른다.
내 앞에는 낮, 내 뒤에는 밤, 위에는 하늘, 아래는 파도.
아름다운 꿈이다.
그 동안에 해는 멀어져 간다.
아, 정신의 날개는 날고 싶어 퍼덕이는데, 육체의 날개는 쉬 따라 주지 않는다.
그러나 우리들 머리 위 푸른 하늘로 사라져 가면서 종달새가 밝은 노래를 우짖을 때, 치솟은 전나무 꼭대기에 까마득히 독수리가 날개를 펴고 떠돌 때, 들판과 호수 위를 건너서 학이 곧장 고향을 찾아 날아갈 때, 우리의 감정이 고조되는 것은 어떤 사람이나 타고난 천성이니라.

바그너 저도 가끔 변덕스러운 생각을 합니다만 그런 충동은 아직 한 번도 느낀 적이 없습니다.

숲과 들을 보고 있으면 곧 싫증이 나고 새의 날개 따위는 조금도 부럽지 않습니다.

그에 비해 한권 한권, 한장 한장 책을 읽어 나가는 정신의 기쁨이란 각별합니다.

그것으로 긴 겨울밤도 즐겁고 아름다운 것이 되고, 도취되는 생명의 기쁨에 온몸이 달아오릅니다.

아, 선생님, 귀중한 옛 문서를 읽으면 천국이 눈앞에 내려온 듯한 기분이 들지요.

파우스트 자네는 한 가지 충동만 알고 있는 것 같은데, 또 하나의 충동은 모르는 게 좋아!

아, 내 가슴에는 두 개의 영혼이 깃들고 있다!

그 하나는 나머지 하나에서 떨어져 나오려고 한다.

하나는 심한 정욕을 불태우며 현세에 매달려 떨어지지 않는다.

또 하나는 어떻게든 먼지 낀 속세를 피하여 선현이 사는 높은 영의 세계로 떠오르려 한다.

아, 만일 영들이 대기 속에 있고, 하늘과 땅 사이를 지배하며 날고 있다면, 제발 금빛 안개 속에서 내려와 나를 새롭고 찬란한 삶으로 인도해 다오!

그렇다. 하다못해 마술의 망토라도 입혀서, 나를 낯선 나라로 날라다 주면 좋겠구나!
그런 망토는 아무리 귀중한 위상과도, 임금의 곤룡포와도 바꿀 수 없는 보배다.

바그너   제발, 그 악명 높은 악마들은 부르지 마십시오.
그들은 대기 속에 널리 퍼져서, 인간에게 천변 만화의 위험을 사방팔방에서 가하려 하고 있습니다.
북쪽에서는 날카로운 이빨을 가진 마귀가 화살같이 뾰족한 혀로 선생님께 덮칩니다.
동쪽에서 오는 놈은 만물을 메마르게 하면서, 선생님의 폐에서 양분을 빨아먹고 살찌고 있습니다.
남쪽 사막에서 오는 놈은 선생님의 머리 위에 불을 뿜습니다.
서쪽에서 몰려오는 놈은 처음에는 시원하게 활기를 주지만 마침내 선생님과 들과 밭을 물로 덮고 맙니다.
그들이 사람의 말을 듣고 싶어하는 것은 사람의 고통을 좋아하기 때문이고, 곧잘 시키는 대로 하는 것은 속이기를 좋아하기 때문입니다.
겉으로는 하늘에서 보내온 것처럼 꾸미고, 천사처럼 속삭이며 거짓말을 하지요.
자, 이제 갑시다! 벌써 어두워져서 공기가 차고 안개가 낍니다!
저녁 때가 되니 집이 고마워지는군요.
아니, 선생님, 왜 거기서 눈을 크게 뜨고 서 계십니까?
어스름 속에 무엇이 그렇게 마음을 사로잡고 있나요?

파우스트   저쪽 묘목들과 그루터기 사이에 검둥이가 돌아다니고 있는 것이 보이나?

바그너   아까부터 보았습니다만 별것 아닌 것 같습니다.

파우스트 잘 봐! 저 짐승이 뭐라고 생각하나?

바그너 삽살갭니다. 개답게 부지런히 주인 발자국을 찾고 있군요.

파우스트 저놈이 멀찍이 원을 그리면서 우리 주위를 돌아 차츰차츰 다 가오는 것을 알겠는가?

그리고 나의 착각이 아니라면, 불의 소용돌이가 저놈의 뒤를 띠처럼 따라오고 있다.

바그너 검정 삽살개 이외엔 아무것도 보이지 않습니다.

선생님이 잘못 보신 게죠.

파우스트 내가 보기엔 암만해도 저놈이 미래의 무슨 인연을 맺기 위해, 우리의 발목에 눈에 띄지 않는 주문의 올가미를 치고 있는 것 같아.

바그너 저놈은 자기 주인은 눈에 띄지 않고 낯선 사람만 둘이 있으니 불안하고 겁이 나서 우리 주위를 뛰어다니고 있는 것 같은데요.

파우스트 원이 좁아졌다! 벌써 가까이 왔다.

바그너 보세요! 역시 갭니다.

마물(재앙을 끼친다는 마성魔性을 지니고 있는 것)이 아닙니다.

쿵쿵거리고, 기웃거리고, 엎드리고, 꼬리를 흔들기도 하고.

모두 개가 하는 짓입니다.

파우스트 이놈아, 같이 가자! 이리 와!

바그너 삽살개답게 익살꾸러기군요.

선생님이 말을 건네시니 매달립니다.

무엇을 던지면 물어오겠는데요.

선생님의 단장을 찾으려고 물속에라도 뛰어들겠군요.

파우스트 자네 말이 맞을지도 몰라.

마물 같은 데는 조금도 없고, 모두 훈련된 재주 같으니까.

바그너　길이 잘 든 개는 현명한 사람의 마음에 들 것입니다.

　　　　이놈은 학생으로서는 뛰어난 제자이니까 분명 선생님의 귀여움을 받을 자격이 있습니다.

　　(둘이서 성문 안으로 들어간다.)

서 재

파우스트, 삽살개를 데리고 등장한다.

파우스트　깊은 밤의 장막에 싸인 들과 초원을 뒤에 두고 돌아왔다.

　　　　밤은 예감에 찬 신성한 두려움으로 우리 마음에 보다 좋은 영을 일깨운다.

　　　　온갖 분방한 행동이 따르는 거친 충동은 잠들고, 이제는 인간애가 움직이고 있다.

　　　　신에 대한 사랑이 움직이고 있다.

　　　　조용히 해라, 삽살개야!

　　　　이리저리 뛰지 마라!

　　　　문턱에서 무엇을 킁킁거리고 있느냐?

　　　　난로 뒤에 가서 자라 내가 가장 좋은 방석을 빌려주마.

　　　　네가 바깥 언덕길에서 이리 뛰고 저리 달리며 우리를 즐겁게 해준 대신, 이번엔 환영받는 얌전한 손님이 되어 나의 대접을 받아라.

아, 이 좁은 방에 램프가 다시 정답게 켜지면, 우리들의 가슴속도 자연히 밝아와서 스스로 아는 마음의 등불이 된다.
이성이 다시 말하기 시작하고, 희망이 다시 꽃피기 시작한다.
그리고 인간들은 삶의 시냇물을 찾으니 아, 생명의 원천을 동경하는 까닭이다.

으르렁거리지 마라, 삽살개야! 지금 내 영혼을 감싸고 있는 신성한 음색에 짐승의 소리는 어울리지 않는다.
인간은 자기가 모르는 것을 비웃고, 선과 미에 대해서도 이따금 성가시면 투덜투덜 불평한다는 것을 우리는 잘 알고 있지만, 개도 인간처럼 투덜거릴 참이냐?

그러나 아! 이제 아무리 간절해도, 이 가슴에서 만족은 솟아나지 않을 것 같구나.
그런데 어째서 이다지도 빨리 삶의 흐름이 메말라, 우리는 다시 목말라 해야 하는가?
그런 경험은 몇 번이나 겪었다.
그러나 이 결함은 메울 수 있다.
우리는 초자연적인 곳이 귀중하다는 것을 알고 우리는 하늘의 계시를 동경한다.
그것은 무엇보다도 신약성경 속에서 가장 존귀하고 아름답게 빛나고 있다.
내 의욕이 갑자기 용솟음쳐서 그 원본을 펼쳐 성실한 마음으로 신성한 본문을 내가 좋아하는 독일어로 한번 번역해 보고 싶어졌다.

(한 권의 책을 펴놓고 번역을 시작한다.)
이렇게 씌어 있다.
"태초에 말씀이 계셨느니라!"
여기서 벌써 막혀 버린다! 누구의 도움을 빌려 계속할 수 있을까?
나는 '말씀'이라는 것을 그렇게 높이 평가할 수 없다.
영의 올바른 빛을 받고 있다면 달리 번역해야 한다.
이렇게 써본다. "태초에 뜻이 있었느니라!"
경망스럽게 붓이 미끄러지지 않게끔 첫 줄을 신중하게 생각해야 한다!
만물을 창조하여 움직이는 것은 과연 '뜻' 일까?
이렇게 써야 하지 않을까? "태초에 힘이 있었느니라!"
하지만 이렇게 쓰고 있는 동안에 벌써 이래서는 안 된다는 느낌이 일어난다.
영의 도움이다!
갑자기 좋은 생각이 떠올라 차분하게 이렇게 쓴다.
"태초에 행위가 있었느니라!"

나와 함께 이 방에 있고 싶거든 삽살개야, 울어 대지 마라, 짖어 대지 마라!
이렇게 귀찮은 친구를 옆에 둔다는 것은 참을 수 없다.
우리 둘 중 어느 하나가 이 방을 나가는 수밖에 없다.
본의 아니지만 손님으로서 너의 권리를 취소한다.
문은 열려 있다, 마음대로 나가거라.
그런데 이것이 어찌된 일이냐!
이런 일이 저절로 일어날 수 있을까?

환상이냐, 현실이냐?

삽살개놈이 가로세로 마구 커지고 있다.

힘차게 일어섰다.

이것은 개의 모습이 아니다!

어쩌면 내가 이런 도깨비를 집에 데려왔을까!

벌써 하마 같은 꼴이 되어 불 같은 눈, 무시무시한 이빨을 드러내고 있다.

오, 네놈은 이제 내 손아귀에 들었다!

이따위 지옥의 반편으로 태어난 놈에게는 솔로몬의 주문이 잘 들을 것이다.

영들 (복도에서) 이 속에 한 놈이 갇혀 있다!

모두 밖에 있어라, 아무도 따라들어가지 마라!

덫에 걸린 여우처럼, 지옥의 늙은 살쾡이가 겁을 먹고 있다.

하지만 조심해라!

저쪽으로 둥실, 이쪽으로 둥실, 위로 아래로 둥실거려라.

그러는 동안에 그놈은 탈출한다.

너희들이 그놈의 도움이 되려면 이대로 내버려둬서는 안 된다!

그놈은 지금까지 여러 가지로 우리에게 잘해 주었으니까.

파우스트 이 짐승을 다루려면, 우선 기본적인 네 가지 주문이 필요하다.

불의 정情 살라만더, 타올라라.

물의 정 운데네, 굽이쳐라.

바람의 정 실페, 사라져라.

흙의 정 코볼트, 노력하라.

누구나 이 4대 원소를, 그 힘을, 그 성질을 모르는 자는 영들을 다스리는 스승이 될 수 없다.

불꽃이 되어 사라져라, 살라만더!
소리내어 한데 흘러라, 운데네!
별똥이 되어 아름답게 빛나라, 실페!
집안일을 거들어라, 잉쿠부스[7]!
자, 나와서 물러가라!
네 가지 원소의 어느 하나도 이 짐승엔 소용이 없구나.
태연히 이빨을 드러내고 나를 바라본다.
아직도 혼이 덜난 모양이구나.
그렇다면 더 센 주문을 들려주마.
이놈, 너는 지옥의 낙오자가 아니냐?
그렇다면 이 표적[8]을 보아라.
이것을 보면 암흑의 악마들도 머리를 숙인다!

벌써 털을 곤두세우고 부풀어오르는구나.
불길한 놈 같으니!
네놈은 이것을 읽을 수 있느냐?
태어나지[9] 않고도 있었으며, 완전히 해명된 적 없고, 하늘 구석구석에 스며 있으며, 무참히도 못박힌 분의 표적을?

난로 뒤에 갇혀 저놈은 코끼리처럼 부풀고 있다.
온 방 안을 가득 채우고 안개가 되어 사라지려 하고 있다.

---
7) 네 가지 주문 중 흙의 정과 같으며 집의 요정이기도 하다.
8) 표적은 JKNJ(유대의 왕 나사렛 예수).
9) 이하 2행은 그리스도에 대한 설명.

천장으로 올라가지 마라!
스승의 발 아래 엎드려라!
공연히 위협하고 있는 것이 아니다.
신성한 불로 너를 태워 주겠다!
삼위일체로 타오르는 빛을 기다리지 마라!
나의 수법 중에 제일 효력이 센 수법을 기다리지 마라!

안개가 사라지고 메피스토펠레스가 방랑하는 학생의 모습으로 난로 뒤에서 나타난다.

메피스토펠레스   왜 이렇게 떠드십니까, 선생님? 무슨 일이십니까?
파우스트   이제 보니, 네가 삽살개의 정체였구나.
방랑하는 학생이라, 이거 웃기는군.
메피스토펠레스   박학하신 선생님, 인사드립니다.
정말 진땀을 흘렸습니다.
파우스트   이름은 뭐라고 하는가?
메피스토펠레스   시시한 질문이시군요.
'말씀'을 그만큼 경멸하고, 일체의 외관을 멀리하고, 한결같이 본질의 깊이를 캐려고 하시는 분으로서는 말입니다.
파우스트   그러나 너희 패거리들은 이름만 들으면 대개 본질을 알 수 있지, 암.
파리의 신이라든가, 파괴자 또는 사기꾼이라고 하면 너무나 분명하게 알 수 있지 않은가?
그럼 좋다, 대관절 자네는 뭘 하는 자인가?
메피스토펠레스   항상 악을 탐내면서도 늘 선을 이룩하는 그 힘의 일부입니다.

파우스트 수수께끼 같은 그 말은 무슨 뜻이냐?

메피스토펠레스 나는 항상 부정하는 영입니다!

생자필멸, 생겨나는 일체의 것은 반드시 멸망해야 하니까요.
그러고 보면 아무것도 생겨나지 않는 편이 더 좋을 것입니다.
그래서 당신네들이 죄악이니 파괴니라고 부르는 것, 쉽게 말해서 악이라 부르는 일체의 것이 내 본래의 영역입니다.

파우스트 자네는 자기를 부분이라고 하면서, 전체로서 내 앞에 서 있지 않은가?

메피스토펠레스 에누리 없는 진실을 말씀드렸을 뿐입니다.

인간은 어리석은 소우주小宇宙인 주제에, 자칫하면 전체라고 생각하기 쉽습니다.
나는 처음에는 일체였던 어느 한 부분의 일부, 빛을 낳은 어둠의 한 부분입니다.
그런데 지금 교만한 빛은 어머니인 밤을 상대로 오랜 지위와 공간을 두고 다투고 있지만 잘될 리가 없습니다.
아무리 애써 본들 빛은 사로잡혀서 물체에 붙어 있어야 하니까요.
빛은 물체에서 흘러나와 물체를 아름답게 보이게 하지만 물체가 그 진로를 가로막습니다.
내가 보건대, 머잖아 물체와 더불어 빛은 멸망할 것입니다.

파우스트 이제 자네의 그 훌륭한 임무를 알겠네!

자네는 전체로는 아무것도 파괴할 수 없으니까 조금씩 부수기 시작하고 있구나.

메피스토펠레스 물론 그래 가지고도 큰일은 못 해냅니다.

무에 대립하는 어떤 것, 이 볼품없는 세계 말인데요.

지금껏 내가 여러 가지로 해본 바 이놈은 감당할 수 없습니다.
해일, 폭풍우, 지진, 화재, 무엇을 가지고 공격해도 바다도 육지도 역시 그대로 태연합니다.
게다가 동물이니 인간이니 하는 그 얄미운 것들은 정말 손을 쓸 수가 없습니다.
이제까지 얼마나 많이 매장했는지 모릅니다.
그래도 여전히 신선한 피가 돌고 있으니 말입니다.
그런 식이라 우리는 미칠 지경입니다!
공기 속에서, 물속에서, 땅 속에서 수많은 싹이 굽히지 않고 터져 나옵니다.
마른 곳에서도, 습한 곳에서도, 따뜻한 곳에서도, 추운 곳에서도!
만일 내가 불이라는 놈을 잡아두지 않았던들 나는 무엇 하나 이렇다 할 무기도 없었을 겁니다.

파우스트   그래서 자네는 영원히 쉬지 않고, 자비로운 창조를 계속하는 위력을 향해 싸늘한 악마의 주먹을 음흉하게 불끈 쥐고 공연히 휘두르고 있군!
혼돈이 낳은 기괴한 아들아, 무언가 다른 일을 해보면 어떠냐?

메피스토펠레스   그 문제라면 요 다음에 더 생각해 봅시다!
더 자세한 이야기는 다음 기회로 미루고, 오늘은 이것으로 물러가도 되겠지요?

파우스트   왜 그런 걸 묻는지 모르겠네.
이제 자네와 알게 되었으니, 마음이 내키거든 다시 찾아오게나.
여기 창이 있고, 저쪽에 문이 있네.
굴뚝도 자네한텐 도움이 되겠지.

메피스토펠레스   털어놓고 말씀드리죠! 내가 밖으로 나가는 데는 조그마한 방해물이 있습니다.

댁의 문턱에 그려 놓은 별 모양의 액막이 말입니다!

파우스트 이 펜타그라마[10]가 골칫거리란 말인가?

그렇다면 여보게, 지옥의 아드님, 이것이 자네한테 금물이라면 어떻게 들어왔지?

이런 영검 있는 것을 어떻게 속였나?

메피스토펠레스 잘 보십시오! 완전하게 그려져 있지 않습니다.

밖으로 향한 한쪽 모서리가 보시다시피 조금 벌름하지 않습니까?

파우스트 그것 참 생각잖게 잘 들어맞았구나!

그래서 자네는 내 포로가 되었단 말이지?

이건 뜻밖의 성공이다!

메피스토펠레스 삽살개로 뛰어들 때는 아무것도 깨닫지 못했지요.

이젠 사정이 좀 달라져서 악마로서는 이 집을 나갈 수가 없습니다.

파우스트 왜 창문으로 나가지 않나?

메피스토펠레스 악마나 유령에게는 법률이 있어서 들어온 곳으로 나가야 합니다.

들어오는 것은 자유지만 나갈 때는 마음대로 못 합니다.

파우스트 지옥에도 법률이 있단 말이지?

그것 참 잘됐구나.

그럼, 자네하고도 신사협정을 맺을 수가 있겠군.

메피스토펠레스 약속한 것은 틀림없이 어기지 않습니다.

에누리 따윈 하지 않습니다.

하지만 이런 이야기는 그리 간단하게 되지 않으니, 이 의논은 다

---

10) 마귀를 쫓는 부적.

음으로 미룹시다.

이번에는 나를 놓아 주시기를 간절히 부탁드립니다.

파우스트 잠깐만 더 있게나.

무슨 재미있는 이야기라도 해주지 않겠나?

메피스토펠레스 지금은 좀 놓아 주십시오.

곧 돌아오겠습니다.

그때 무엇이든지 물어보십시오.

파우스트 내가 자네를 노린 것은 아니야.

자네 쪽에서 그물에 걸려들었지.

악마를 붙잡은 이상 쉽게 놓아 줄 수야 없지.

그리 쉽게 두 번 다시 잡히지 않을 테니까.

메피스토펠레스 바라신다면 마음을 고쳐먹고 여기서 상대해 드리기로 하지요.

다만 심심풀이로 나의 재간을 보여드린다는 조건으로 말입니다.

파우스트 기꺼이 보기로 하자.

뭐든지 해보게, 다만 기분 좋은 것이라야 해!

메피스토펠레스 당신은 아마 이 한 시간 동안에 지나간 1년 동안 경험한 것보다 훨씬 더 많은 관능의 향락을 맛볼 수 있을 겁니다.

상냥한 영들이 불러 주는 노래, 그리고 그들이 보여주는 아름다운 모습은 허망한 요술의 장난이 아닙니다.

코에는 향긋한 냄새가 날 것이고, 혀에는 달콤한 맛을 느낄 수 있습니다.

그리고 기분도 황홀해집니다.

준비할 필요도 없습니다.

모두 모였으니 자, 시작합시다!

영들　사라져라, 머리 위의 어두운 둥근 천장이여!

정답고 따뜻하게 들여다보라, 푸른 하늘의 대기여!

어두운 구름은 흩어져 버렸다!

별 부스러기는 반짝이고, 태양처럼 큰 별들은 밝게 빛난다.

별처럼 아름다운 하늘의 아들들, 너울너울 허리 굽혀 두둥실 떠나간다.

동경하는 마음으로 그 뒤를 따라가라.

그리고 그 옷의 펄럭이는 자락은 들과 산을 휘덮고 정자를 덮는다.

사랑하는 연인들이 깊은 생각에 잠겨 평생의 인연이 맺어지는 즐비한 정자들!

포도 덩굴은 싹이 튼다!

주렁주렁 무르익은 포도송이는 포도를 짜는 술창고의 통 속에 들어가서 거품이 이는 포도주가 되어 시냇물처럼 흘러 투명한 보석같이 바위틈을 누비고 산을 뒤에 두고 곧장 흘러가서 풍요한 초록빛의 수많은 언덕가에 퍼져서 호수가 된다.

새들은 무리지어 환희를 마시고, 태양을 향해 날아오른다.

물결 사이에 두둥실 떠도는 밝은 섬들을 향하여 날아간다.

섬에는 합창의 환성이 들리고, 들에는 춤추는 사람이 보인다.

사람들 모두 집을 나서서 행락으로 시름을 푼다.

언덕 위로 올라가는 사람들, 호수를 헤엄쳐 건너는 사람들, 봉우리에서 노는 사람들도 있다.

누구나 삶을 찾아, 사랑스러운 별을 바라보며 축복받은 하늘의 은혜를 머금은 아득한 저편으로 향한다.

메피스토펠레스　이 작자가 잠들었구나!

잘했다, 날렵하게 하늘을 나는 상냥한 아이들아!

너희는 자장가를 충실히 불러 이놈을 잠재워 주었다!
이 합창의 은혜는 나중에 갚으마.
네놈은 아직 악마를 붙잡아둘 재간이 못 된다.
얘들아, 이놈의 꿈에 요염한 여자라도 나타나게 해서 환상의 바닥에 처넣어 버려라.
그런데 이 문턱의 액막이를 풀려면 쥐의 이빨이 필요하겠구나.
그까짓 것들을 불러내는 데야 긴 주문이 필요 없지.
벌써 저기서 바스락거리니 내 목소리가 들릴 테지.

큰 쥐, 작은 쥐, 파리, 개구리

이, 빈대들아, 너희들 주인의 명령이다.
나와서 이 문턱을 갉아라.
이렇게 기름을 발라 주마.
벌써 기어나왔구나!
어서 일을 시작해라!
내게 방해가 되는 것은 맨 앞에 뾰족한 모서리다.
한번 더 갉아라, 그래, 이젠 됐다.
그럼, 파우스트 선생, 또 만날 때까지 단꿈이나 꾸시오.

파우스트 (잠에서 깨면서) 또 속았나?
떼지어 웅성거리던 영들은 사라지고, 꿈속에서 악마를 보고, 삽살개가 도망치고, 그것으로 끝인가?

서 재

파우스트, 메피스토펠레스

파우스트 누가 문을 두드리는구나. 들어와요!
　　　　누가 또 나를 괴롭히러 왔나?
메피스토펠레스 납니다.
파우스트 들어오게!
메피스토펠레스 세 번 말해 주십시오.
파우스트 그럼, 들어오게!
메피스토펠레스 감사합니다.
　　　　우리들은 사이좋게 사귈 수 있겠군요.
　　　　당신의 우울증을 쫓아 드리기 위해서 귀공자의 모습으로 왔습니다.
　　　　금으로 단을 장식한 붉은 웃옷에, 두툼한 비단 망토를 걸치고, 모자에는 수탉의 깃털을 꽂았으며, 길고 뾰족한 칼까지 찼습니다.
　　　　단도직입적으로 말하지만, 당신도 나와 같은 차림을 하지 않겠습니까?
　　　　모든 속박을 끊고 자유롭게 인생이 어떤 것인지 체험하기 위해서 말입니다.
파우스트 어떤 옷을 입어도 내가 좁은 지상 생활의 괴로움은 피할 수 없을 게다.
　　　　나는 그저 놀아나기에는 너무 늙었고, 모든 욕망을 버리기에는 너무 젊다.
　　　　이 세상이 무엇을 나에게 줄 수 있단 말인가?

참아라! 참아라!

이것이 영원한 노래다.

누구의 귀에나 평생 동안 끊임없이 쉰 목소리로 들려 온다.

아침에 눈을 뜰 때마다 두렵게 느끼지 않은 적이 없다.

하루가 지나는 동안에 한 가지, 단 한 가지 소원도 이루어지지 않고, 어떤 환희의 기대마저 고루한 세상 사람들의 왈가왈부로 부서지고, 활발한 내 가슴에 싹트는 창조도 속세의 수많은 변설로 방해받나 생각하니 안타까운 눈물이 쏟아지려고 한다.

밤의 장막이 내려덮여도, 나는 두려워하면서 잠자리에 들어야 한다.

잠자리에서도 안식은 주어지지 않고, 사나운 꿈에 위협받는다.

내 가슴속에 살고 있는 신은 깊숙이 내 마음속을 뒤흔들어 놓을 수는 있지만, 나의 온갖 힘 위에 초연히 군림하는 신도 외부를 향해서는 아무것도 움직이지 못한다.

그래서 나는 살아 있다는 것이 무거운 짐이 되고, 죽음만이 바람직스러워 삶을 저주하는 것이다.

메피스토펠레스 하지만 기꺼이 죽음을 맞이하는 일은 없잖습니까?

파우스트 아, 승리의 영광 속에서 피에 물든 월계관을 쓰고 죽는 자야말로 행복하도다!

진이 빠지도록 미친 듯이 춤을 춘 뒤에, 소녀의 품에 안겨 숨을 거두는 자야말로 행복하다!

오, 나도 숭고한 그 지령의 힘을 눈앞에 대했을 때, 넋을 잃고 쓰러져 버렸으면 좋았을 것을!

메피스토펠레스 그래도 그 어떤 양반은 그날 밤, 갈색 약을 마시지 않던데요.

파우스트 흥, 스파이 노릇이나 하는 것이 자네의 취미군.

메피스토펠레스 모두 안다고는 할 수 없지만 여러 가지를 알고 있지요.

파우스트 그 무서운 정신착란 속에서 귀에 익은 감미로운 노랫소리에 끌리고, 즐거웠던 시대의 여운에 속아 어린 시절의 감정의 여운이 되살아난 것이지만 먹이나 미끼로 사람의 마음을 얽어매고, 비애의 동굴인 육체에 기만과 감언으로 영혼을 가두는 모든 것을 나는 저주한다!
정신이 사로잡혀 우쭐해지는 오만불손함이 저주스럽다!
우리의 관능에 닥쳐오는 현상의 현혹이 저주스럽다!
꿈속에서 우리를 유혹하는 명예나 불멸의 명성 따위의 속임수가 저주스럽다!
처자와 하인과 쟁기, 괭이 따위, '내 소유물'로 우리에게 아첨하는 것이 저주스럽다!
재보의 매력으로 우리를 자극하여 대담한 일을 벌이게 하고, 안일한 쾌락에 잠기게 하려고, 부드러운 이부자리를 펴주는 부의 신이 저주스럽다!
포도의 영액에 저주 있으라!
저 최고의 사랑의 신의 자비에 저주 있으라!
희망에 저주 있으라! 신앙에 저주 있으라!
그리고 뭣보다도 인종에 저주 있으라!

영들의 합창 (모습은 보이지 않는다.) 슬프다, 슬프다!
그대는 아름다운 세계를 억센 주먹으로 부수어 버렸다!
세계는 쓰러져서 멸망한다.
반신반인이 때려부수었다!
우리는 그 파편을 허무 속에 날라 놓고, 잃어버린 아름다움을 한

탄한다.

지상의 아들 중 힘이 억센 자들아, 더욱더 아름답게 이 세상을 재건하라, 가슴속에 건설하라!

새 삶의 걸음을 상쾌한 마음으로 내딛기 시작하라. 그때 새로운 노래가 울려퍼질 것이다!

메피스토펠레스   저것은 내 일족의 아이들입니다.

들어 보십시오. 숙성한 말투로 일과 삶의 기쁨을 권합니다!

피도 마음도 얼어붙는 고독한 생활에서 넓은 세계로 당신을 유인하려 하고 있습니다.

사나운 독수리처럼 당신의 생명을 쪼아먹는 근심을 희롱하는 짓은 그만두시오.

아무리 보잘것없는 친구라도 사귀고 있으면, 당신도 평범한 인간임을 깨닫게 됩니다.

그러나 이렇게 말한다고 해서 당신을 천한 무리 속에 몰아넣자는 건 아닙니다.

나는 훌륭한 사람은 아니지만, 당신이 나를 길동무삼아 세상을 한번 걸어보고 싶으시다면 기꺼이 즉석에서 당신 것이 되지요.

당신의 수행원이 되겠습니다.

내가 하는 말이 마음에 드신다면 하인이건 종이건 되겠습니다!

파우스트   그 대신 나는 뭘 해주면 좋은가?

메피스토펠레스   그건 앞으로의 일입니다.

파우스트   아니, 안 된다! 악마는 이기주의자라 남에게 이로운 일을 공짜로는 하지 않는다. 조건을 분명히 말해 보게.

자네 같은 하인은 위험을 자아내는 법이거든.

메피스토펠레스   그럼, 이 세상에서는 내가 당신에게 봉사할 의무를 지고, 끊임없이 쉬지 않고 지시대로 하겠습니다.
그 대신 저승에서 다시 만나게 되면, 당신이 내 심부름을 해주십시오.

파우스트 저승 같은 것을 나는 그다지 마음에 두지 않네.
자네가 이 세상을 산산이 부순 뒤에 어떤 세계가 생겨도 무관하네.
이 땅에서만 나의 기쁨이 샘솟고, 이 태양만이 나의 괴로움을 비추어 주네.
내가 이러한 것들과 헤어진 뒤에는 어떻게 되든 아무 상관이 없네.
저세상에서도 사람이 미워하고 사랑하는지, 그 다른 세계에서도 상하의 구별이 있는지 없는지, 나는 그런 것은 알고 싶지도 않네.

메피스토펠레스 그렇다면 과감하게 하실 수 있습니다.
계약을 하십시오, 그러면 근간에 내 재주를 즐겁게 구경시켜 드리지요.
어떤 인간도 보지 못한 것을 보여드리겠습니다.

파우스트 자네 같은 하찮은 악마가 무엇을 보여주겠다는 건가?
숭고한 노력을 하는 인간의 정신을, 자네들 따위가 언제 이해한 적이 있나?
아니면 자네는 아무리 먹어도 배부르지 않는 음식이나, 수은처럼 가만히 있지 않고 손가락 사이로 굴러떨어지는 빨간색 황금 같은 것이라도 가지고 있다는 말인가?
결코 이긴 적 없는 도박이나, 내 품에 안기기가 무섭게 이웃 사내에게 추파를 던지는 여자나, 더없는 기쁨의 도취 속에서 유성처럼 사라져 버리는 명예라도 보여주겠다는 말인가?
따기도 전에 썩어 버리는 과일이나 날마다 새싹이 트는 나무라도 있다면 보여주게나!

메피스토펠레스 그런 주문쯤엔 놀라지 않습니다.

그 정도의 진품이라면 곧 마련해 드리고말고요.

하지만 선생, 무언가 맛좋은 것을 천천히 맛보고 싶어할 날이 머 잖아 닥쳐올걸요.

파우스트 내가 언제라도 한가하게 안락의자에 눕게 된다면 나는 그것 으로 끝장을 본 거야!

자네가 달콤한 말로 나를 속여서 황홀한 기분으로 만들어 버리거 나, 향락으로 내 눈을 멀게 만든다면 그 날이 나의 마지막 날인 줄 알게!

자, 내기를 하자!

메피스토펠레스 좋습니다!

파우스트 그럼 악수하자!

내가 어떤 순간을 향해 멈추어라, 너는 정말 아름답다! 라고 말한 다면, 그때는 나를 꽁꽁 묶어도 좋다.

나는 기꺼이 멸망해 가겠다!

그때는 종이 울려퍼져도 좋다.

그리고 자네도 내 머슴살이에서 해방된다!

시계가 멎고, 바늘이 떨어져도 좋다.

나의 생애는 그것으로 끝이 난다!

메피스토펠레스 잘 생각하십시오. 하신 말씀은 잊지 않으니까요.

파우스트 물론 잘 기억해 두게.

나는 터무니없는 말은 하지 않으니까.

한 군데 머문다는 것은 내가 노예가 되었다는 뜻이지.

자네의 노예건 누구의 노예건.

메피스토펠레스 오늘 당장 학위 축하연에서 하인의 의무를 시작하겠습니다.

다만 한 가지! 만일을 위해서 두어 줄 적어 주시면 좋겠습니다.

파우스트 　증서도 필요한가? 성가신 녀석이로구나.

자네는 남자라는 것을, 남자의 '한마디' 를 아직 모르는가?

내가 한 말이 영원히 나의 일생을 지배한다는 것만으로는 부족하단 말인가?

세계는 수많은 물줄기로 갈라져서 사납게 흐르고 있는데, 나는 한 가지 약속에 얽매여야 한단 말인가?

그러나 그런 어이없는 생각이 우리 마음에 뿌리를 내려, 아무도 기꺼이 그 미신에서 벗어나려 하지 않는다.

변치 않는 신의를 깨끗이 가슴에 품은 자는 행복하다!

그는 어떤 희생도 마다하지 않을 것이다!

그러나 글자를 쓰고 봉인을 한 양피지는 누구나 도깨비처럼 섬뜩해 한다.

말은 글씨로 쓰면 이미 죽어서, 봉인이나 양피지가 지배권을 쥔다.

이봐, 악마군, 자네는 무엇을 원하는가?

청동인가 대리석인가, 양피지인가 보통의 종이인가?

철필로 쓸까, 끌로 팔까, 펜으로 쓸까?

선택은 자네에게 맡기겠다.

메피스토펠레스 　어째서 당신은 말만 하기 시작하면 금세 그렇게 기를 쓰고 떠듭니까?

아무 종잇조각이라도 좋습니다. 다만 한 방울의 피로 서명해 주십시오.

파우스트 　그것으로 정말 자네가 만족한다면 어리석은 짓이지만 하겠네.

메피스토펠레스 　피야말로 특별한 액체이니까요.

파우스트 내가 이 계약을 깨뜨릴까 걱정할 필요는 없다!
 내가 전력을 다해서 노력하고 있는 것이 바로 내가 한 약속을 지키는 일이다.
 나는 지금까지 너무 으스댔지만 자네 정도의 지위밖에 안 되는 처지일세.
 그 위대한 영은 나에게 호통을 치고, 자연은 내 앞에 문을 닫았다.
 사색의 실은 끊어지고, 모든 지식에 구역질을 느낀 지 오래다.
 차라리 관능의 심연 속에 들어가 이 불타는 정열을 식히게 하라!
 꿰뚫어볼 수 없는 신비의 장막 뒤에 갖가지 기적을 당장 마련하라!
 시끄러운 시간의 여울 속으로 사건의 와중으로 뛰어들자!
 거기에서는 고통과 쾌락, 성공과 불만이 번갈아가면서 덤벼들어도 좋다.
 오직 쉬지 않고 활동하는 것이 인간의 본성이리라.

메피스토펠레스 당신한테는 거기까지라든가, 그 이상이라는 말은 하지 않겠습니다.
 마음 내키는 대로 아무 데서나 집어 드시고, 달아날 때는 무언가 후려 가십시오.
 좋아하는 것은 실컷 드십시오.
 용감하게 손을 내밀어야 합니다, 망설이지 말고!

파우스트 아니, 아까도 말했듯이 나는 쾌락 같은 것은 염두에 없다.
 아찔한 느낌에 잠기고 싶은 것이다.
 극도로 고통스러운 향락도 좋고, 사랑으로 생긴 증오도 좋고, 속이 후련해지는 화풀이라도 좋다.
 지식욕을 후련하게 벗어난 내 가슴은, 앞으로 어떤 고통이고 맞아들여서 인간 전체가 받아야 하는 것을 나의 자아로 음미하고 싶다.
내 정신으로 가장 높은 것과 가장 깊은 것을 사로잡아 인류의 행복과 비애를 이 가슴에 쌓아올려서, 나의 자아를 인류의 자아까지 확대하여 인류와 함께 나도 마침내 부서지고 싶다.

메피스토펠레스 몇천 년 동안 세계라는 딱딱한 음식을 먹어온 내 말을 믿으십시오.
요람에서 관 속에 이르는 동안 이 시큼한 빵 조각을 소화해낸 인간은 없습니다.
우리 말을 믿으십시오. 이 음식 전체는 신의 입에 맞게 만들어진 것입니다.
신은 자기만 영원의 빛 속에 살고, 우리를 어둠 속으로 밀어넣은 자지요.
당신네 인간들이 쓸 수 있게 한 것은 낮과 밤뿐입니다!

파우스트 그러나 나는 해보겠다!

메피스토펠레스 잘 들어두겠습니다!
다만 한 가지 염려되는 것이 있군요.
인생은 짧고, 예술은 길어서 말이지요.
지혜를 하나 빌려 드리겠는데, 시인과 결탁하도록 하십시오.
그 시인으로 하여금 공상의 날개를 펴게 해서 모든 뛰어난 성질을, 명예에 빛나는 당신 머리 위에 쌓게 하는 것입니다.
사자의 용기라든가, 사슴의 민첩성이라든가, 이탈리아인의 끓는 혈기라든가, 북극인의 끈기 같은 것을 말이지요.
그 시인에게 배우십시오.
관대한 마음과 간악한 지혜를 결합시키고, 뜨거운 청춘의 충동을 가지면서도 일정한 계획에 따라 사랑하는 비법秘法을.

그런 선생이면 나도 사귀기를 원하며, 소우주 선생이라 부르고 싶군요.

파우스트 내가 온갖 힘을 다하여 추구하고 있는 인간 최고의 왕관을 획득하지 못한다면 대체 나는 무엇이란 말인가?

메피스토펠레스 당신은 결국 당신이지요.
몇백만의 고수머리털을 심은 가발을 쓰거나, 몇 자나 되는 굽 높은 신을 신더라도 당신은 역시 당신이지요.

파우스트 나도 그렇게 느끼고 있다.
나는 공연히 인간 정신의 모든 보물을 긁어모았다.
그리하여 마지막으로 이렇게 앉아 있으나 마음속에 새로운 힘은 도무지 솟아나지 않는다.
나는 털끝만치도 자라지 않았고, 무한한 것에는 한 걸음도 접근하지 못했다.

메피스토펠레스 그러면 선생, 당신이 사물을 보는 방식은 세상 사람들과 똑같군요.
삶의 기쁨이 달아나기 전에 좀더 약게 굴어야 합니다.
아시겠습니까? 물론 두 손, 두 발, 그리고 엉덩이는 당신 것입니다.
그러나 내가 새로이 얻는 것은 새것이라 해서 내 것이 아니라고 할 수 있습니까?
가령 내가 여섯 필의 말 값을 치렀다면 그 힘은 내 힘이 되지 않겠습니까?
나는 마구 달릴 수 있으니 스물네 개의 훌륭한 다리를 가진 사나이와 같지요.
그러니 힘을 내십시오!
생각 따윈 모두 집어치우고 함께 곧장 세상으로 뛰어나갑시다!

감히 말씀드리지만, 명상 따위를 하는 인간은 마른 풀밭에서 악령
에게 홀려 빙빙 끌려다니는 마소나 다름없습니다.
주위에 아름다운 푸른 목장이 있는데 말이지요.

파우스트 그럼 어떻게 시작하면 되나?

메피스토펠레스 얼른 떠나기로 합시다. 여긴 정말 지독한 고문실이군요!
자기 자신도 학생들도 지루하게 만들고, 이런 것을 생활이라고 할
수 있습니까?
이런 것은 이웃의 뚱보 선생에게나 맡겨 두십시오.
어쩌자고 고생해 가며 이삭도 없는 짚단을 훑고 있나요?
당신이 알 수 있는 최상의 것은 학생들에게는 말할 수도 없는 것
입니다.
아, 마침 복도에 한 사람 와 있습니다!

파우스트 나는 지금 학생을 만나고 싶지 않네.

메피스토펠레스 가엾게시리, 저 애는 오래 기다렸는데요.
무슨 말도 없이 돌려보낼 수는 없습니다.
자, 당신 웃옷하고 모자를 빌려주십시오.
이 차림은 내게 기막히게 잘 어울리는데요.

(옷을 갈아입는다.)

지금부터 내 꾀에 맡겨 두십시오.
15분이면 넉넉합니다.
그 동안에 즐거운 여행 준비나 하십시오!

(파우스트 퇴장)

메피스토펠레스 (파우스트의 긴 옷을 입고) 이성이니 학문이니 하는 인간 최
고의 힘을 경멸하려무나.
요술이나 마술에 탐닉하여 거짓 영에게 기운을 얻어 보려무나.

그러면 너는 무조건 내 것이다.

운명이 저 자에게 준 정신은 무턱대고 앞으로 치닫고 싶어한다.

그래서 너무 성급히 뛰어나가려다가 이 세상의 기쁨을 지나쳐 버렸다.

나는 저 자를 분방한 생활과 평범하고 시시한 일 속으로 끌어넣어야지.

허우적거리고, 움츠리고, 끝내는 매달리게 만들어야지.

저 자의 끝없이 탐욕스러운 입 앞에 맛있는 음식을 보여줘야지.

저 자는 요기시켜 달라고 애걸하겠지만, 누가 주나.

그러면 악마에게 몸을 맡기지 않아도 반드시 파멸하고 만다!

한 학생 등장

학생 저는 이 고장에 온 지 얼마 안 되는 사람입니다.

누구나 두려워하고 존경하는 분을 한번 뵙고 말씀을 듣고자 실례를 무릅쓰고 찾아왔습니다.

메피스토펠레스 공손한 인사는 내게 과분하오!

나는 흔히 있는 평범한 사람이오. 다른 데도 더러 찾아가 보셨소?

학생 잘 부탁드리겠습니다!

저는 크게 분발하여 찾아왔습니다.

상당한 학비와 건강한 몸을 지니고 있습니다.

어머니는 저를 보내기 싫어했습니다만, 고향집을 떠나 여기서 열심히 공부할 생각입니다.

메피스토펠레스 마침 알맞은 곳에 왔네.

학생 사실은 벌써 돌아가고 싶어졌습니다.

이곳 높은 돌담과 강당은 아무래도 마음에 들지 않습니다.

너무나 옹색한 곳이라 푸른 화초 한 포기, 나무도 전혀 보이지 않는군요.

강당에 가서 의자에 앉아 있으면 귀도 눈도 머리까지 멍해집니다.

메피스토펠레스 그것은 습관 들이기에 달렸네.

갓난아기도 처음에는 어머니 젖을 곧 물지는 않는 법이야.

그러나 얼마 안 가서 좋아라고 먹게 되지.

그와 마찬가지로 자네도 날이 갈수록 지식의 유방을 좋아하게 될 걸세.

학생 지식의 목에 매달리고 싶은 심정은 간절합니다.

어떻게 그렇게 될 수 있는지, 제발 가르쳐 주십시오.

메피스토펠레스 다른 말을 하기 전에 무슨 과를 택할지 말해 보게.

학생 훌륭한 학자가 되고 싶습니다.

지상의 일, 천상의 일, 남김없이 규명하고 싶습니다.

학문과 자연을 다 알고 싶습니다.

메피스토펠레스 그것 좋은 생각이야. 그러나 정신이 산만해서는 안 되지.

학생 몸과 마음을 다 바쳐서 하겠습니다.

하지만 즐거운 여름방학 같은 때는 약간의 자유를 얻어 오락을 즐겨도 나쁘지는 않겠지요.

메피스토펠레스 시간을 잘 활용하게, 세월은 유수와 같네.

그러나 순서 있게 하면 시간을 얻을 수 있지.

친애하는 학생, 내 자네에게 충고하노니 논리학부터 하게.

그러면 자네의 정신은 충분히 훈련받고, 꼭 죄는 장화를 신은 것처럼 한층 더 신중하게, 한걸음 한걸음 사상의 길을 걷게 되네.

도깨비불처럼 이리저리 두둥실 떠다니지 않게 되지.

그리고 얼마 안 가서 먹고 마시는 일처럼 예사로 지금까지는 단숨에 해낸 일도 하나, 둘, 셋, 순서가 필요하다는 것을 배우게 될 걸세.

정말이지 사상의 공장도 베짜는 일과 같아서, 한 번 밟으면 몇천 가닥의 실이 움직이고 북이 좌우로 날며, 실이 눈에도 안 보이는 속도로 흘러나오고 한 번 치면 천 개의 매듭이 생기네.

거기에 철학자가 들어와서 이래야만 된다고 자네에게 증명할 걸세. 첫째는 이렇고, 둘째는 저렇고, 그러니 셋째와 넷째는 이렇고 저렇다.

만약에 첫째와 둘째가 없다면, 셋째와 넷째는 결코 있을 수 없다고, 이런 이론은 어느 학생이고 고마워하지.

그러나 일찍이 방직공이 된 학생은 없거든.

생명 있는 것을 인식하고 묘사하려는 자가 먼저 정신을 도외시하고 덤빈단 말이야.

그래서 부분 부분은 손에 쥐고 있지만, 슬프게도 전체를 연결하는 정신적 유대가 없지.

화학에서는 이것을 '자연의 조작' 이라고 부르는데, 화학 스스로를 조롱하는 말인데도 어째서인지는 모르고 있다네.

학생 무슨 말씀인지 이해가 안 가는데요.

메피스토펠레스 차차 알게 될 걸세.

모든 것을 하나로 환원하여 적당히 분류하는 것을 배우기만 한다면.

학생 물방아가 머릿속에서 돌고 있는 것처럼 뭐가 뭔지 모르겠습니다.

메피스토펠레스 그 다음에는 무엇보다도 형이상학을 해야 하네!

그러면 인간의 머리에 들어가기 힘든 것을 깊이 사색하여 포착할 수 있게 되지.
머릿속에 들어가는 것이건 안 들어가는 것이건 훌륭한 술어가 붙어 있어서 편리하네.
그러나 우선 처음 반 년은 가장 좋은 청강 순서를 세워 보게.
매일 다섯 시간씩 강의가 있는데, 종소리가 나면 곧 안으로 들어가게.
미리 예습을 잘해서 한구절 한구절 충분히 머릿속에 넣어 두게.
그러면 선생은 책에 씌어 있는 것밖에 말하지 않는다는 것을 나중에 알게 되지.
그러나 필기만은 부지런히 하지 않으면 안 되네.
성령이 불러 주신다는 생각으로!

학생   그것은 말씀하실 것도 없습니다!
필기가 얼마나 유용한가는 이미 잘 알고 있습니다.
흰 종이에 까맣게 쓴 것은 안심하고 집에 가지고 갈 수 있으니까요.

메피스토펠레스   그런데 무슨 과를 하겠는가 정해야지!

학생   법률학은 마음이 내키지 않습니다.

메피스토펠레스   그것도 무리는 아니지, 그 학문의 실태를 나도 잘 알거든.
법률이나 권리라는 것은 영원한 질병처럼 유전되어 가지.
한 세대에서 다음 세대로 전해지고, 이곳에서 저곳으로 서서히 옮아가네.
도리가 비리로 바뀌고, 선정이 악정이 되기도 한다네.
후세에 태어난 자가 가엾지.
타고난 권리 따위는 유감스럽게도 결코 문제가 되지 않네.

학생   그 말씀을 들으니 점점 더 싫어졌습니다.

선생님의 가르침을 받는 사람은 참으로 행복하겠습니다!

그럼, 신학을 해보면 어떨까요?

메피스토펠레스 자네를 그릇된 길로 인도하고 싶지는 않네.

그 신학이라는 학문은 사도邪道를 피하기가 참으로 곤란하지.

그 속에는 눈에 보이지 않는 독이 많이 숨어 있는데, 그것을 악과 구별하기란 거의 불가능하거든.

이 학과에서도 가장 좋은 방법은 오직 한 사람의 강의를 듣고, 그 선생의 말을 굳게 믿는 거야.

통틀어서 말에 의존하는 길밖에 없네!

그러면 안전이라는 문을 지나 확신이라는 전당으로 들어갈 수 있지.

학생 하지만 말에는 개념이 없으면 안 됩니다.

메피스토펠레스 그야 그렇지! 다만 너무 꼼꼼하게 머리를 썩히지 말아야 하네.

왜냐하면 개념이 결핍된 바로 그 자리에, 말이 때 맞추어 나타나기도 하거든.

말만 있으면 훌륭하게 토론도 할 수 있고, 말만 있으면 체계도 세울 수 있고, 말이야말로 곧잘 신앙의 대상이 되지.

말에서는 한 점 한 획도 소홀히 할 수가 없네.

학생 귀찮게 질문을 드려서 죄송합니다만, 조금만 더 지혜를 빌려 주셔야겠습니다.

제발 의학에 대해서도 적절한 말씀을 들려주십시오.

3년이면 짧은 세월인데 아, 학문의 세계는 너무나 넓습니다.

무언가 지침을 가르쳐 주시면 손으로 더듬어도 나아갈 수 있습니다.

메피스토펠레스 (혼잣말로) 이젠 딱딱한 말에 진력이 나는구나.
슬슬 악마의 본성을 나타내기로 할까?
(큰 소리로)
의학의 정신은 파악하기 쉽다.
자연의 큰 세계와 인간의 작은 세계를 두루 연구해야 해.
그리고 결국은 신의 뜻에 맡기는 수밖에 더 있나.
학문을 한답시고 돌아다녀 본들 소용없는 일, 누구나 배울 수 있는 것밖에 못 배우는 거야.
그러나 순간을 사로잡는 일이야말로 진짜 사나이의 본분이지.
자네는 체격도 꽤 좋고 배짱도 없진 않아 보이는군.
자네가 자신만 생긴다면 세상 사람들도 자네를 믿게 될 걸세.
특히 여자 다루는 법을 배워야 해.
여자는 아프니, 괴로우니, 이러니저러니 불평이 끊일 새 없지만, 그런 것은 급소 하나로 고칠 수 있지.
그러니 자네가 적당히 성실하기만 하면 여자를 모두 자네 손아귀에 넣을 수 있어.
학위가 있으면 먼저 누구보다도 자네 솜씨가 뛰어나다는 것을 믿게 할 수 있지.
그리고 초면 인사로 다른 사람이 오래 만지지 못한 소중한 일곱 군데를 더듬어 주는 거야.
맥을 기분좋게 잘 짚어 줘야 해.
그리고 허리끈을 얼마나 단단히 맸는지 더듬기 위해, 짐짓 요염한 눈길로 여자의 가는 허리를 대담하게 안으란 말이야.

학생 그편이 훨씬 그럴싸합니다!
어디를 어떻게 해야 하는지 잘 알 수 있습니다.

메피스토펠레스 여보게, 이론이란 모두가 잿빛이고, 인생의 황금나무만 이 푸른 빛깔일세.

학생 솔직하게 말씀드려서 저는 꿈만 같습니다.
다음에 다시 선생님의 깊이 있는 학문을 여쭈어 보러 찾아뵈어도 괜찮겠습니까?

메피스토펠레스 내가 할 수 있는 일은 기꺼이 해주겠네.

학생 이대로는 떠날 수 없습니다.
저의 기념첩에다 만남의 표시로 한 말씀 적어 주십시오!

메피스토펠레스 좋아. (적어서 준다.)

학생 (읽는다.) "그대들 신같이 되어 선악을 알게 되리라."
(공손히 기념첩을 접고 물러간다.)

메피스토펠레스 이 옛말과 나의 조카 뱀의 말대로 되어라.
언젠가는 너도 반드시 자신이 신을 닮은 것이 괴로워질 것이다!

파우스트 등장

파우스트 자, 어디로 가는가?

메피스토펠레스 어디든지 좋으신 곳으로.
우선 작은 세계를 본 다음 큰 세계를 보기로 합시다.
이 과정을 공짜로 즐길 수 있다는 것은 얼마나 재미있고 유익한지 모릅니다!

파우스트 그러나 이렇게 긴 수염을 기른 내 체면에 함부로 처세할 수는 없지.
무엇을 해봐야 잘되지 않을걸.
나는 원래 세상에 어울린 예가 없네.

　　　　　남 앞에 서면 내 자신이 무척 조그많게 느껴지거든.
　　　　　앞으로도 늘 우물쭈물할 걸세.
메피스토펠레스　뭐, 어떻게 되겠지요.
　　　　　자신을 가지면 살아가는 것은 문제가 아니지요.
파우스트　대관절 어떻게 이 집을 빠져나가지?
　　　　　말과 마부와 마차는 어디 있나?
메피스토펠레스　이 망토를 펴기만 하면 우리를 공중으로 실어다 줍니다.
　　　　　대담한 첫 출발을 하는 것이니 큰 짐은 가져가지 못합니다.
　　　　　내가 준비한 약간의 불기운이 순식간에 우리를 땅 위에서 들어올려 줍니다.
　　　　　짐이 가벼울수록 빨리 오를 수 있지요. 새 생활의 출발을 축하드립니다.

라이프치히의 아우어바흐 지하실

유쾌한 패들의 술자리

프로슈　아무도 안 마시나? 아무도 웃지 않나?
　　　　그 상판을 울상으로 만들어 줄까!
　　　　자네들, 오늘은 젖은 짚단 같구나.
　　　　언제나 벌겋게 달아오른 놈들이.
브란더　그건 자네 탓이야. 자네가 아무것도 안 하기 때문이야. 어리석은 것도 더러운 장난도.

프로슈 (포도주를 한 잔 브란더 머리에다 붓는다.)
자, 두 가지 다 가져라!

브란더 이 돼지 같은 놈! 이게 무슨 짓이야!

프로슈 자네가 하랬잖아!

지벨 싸우고 싶은 놈은 밖에 나가 싸워라!
가슴을 펴고 룬다를 불러라! 마셔라, 외쳐라! 자, 홀라, 호!

알트마이어 아이고, 못 견디겠다. 내가 졌어!
솜을 다오! 저놈 덕분에 귀청 찢어지겠다!

지벨 둥근 천장에 울려야 비로소 베이스(低音)의 저력을 알 수 있는 거야.

프로슈 맞았어, 정말이야.
불평하는 놈은 밖으로 끌어내!
아! 타라, 라라, 다!

알트마이어 아! 타라, 라라, 다!

프로슈 장단이 맞는구나!
(노래한다.)
사랑하는 신성 로마 제국이여, 앞으로 어떻게 더 견디어 내려느냐?

브란더 기분 나쁜 노래다! 쳇! 정치 노래구나!
집어치워라, 아니꼬운 노래다!
아침마다 신께 감사하라, 네놈들이 신성 로마 제국을 걱정하지 않아도 된다는 것을! 네가 황제도, 재상도 아니라는 것을.
나는 적어도 큰 덕을 봤다고 생각한다.
하지만 우리도 두목이 있어야 한다, 우리의 교황을 선출하자꾸나.
어떤 자격이 있어야 교황이 되는지, 자네들은 다 알고 있겠지.

프로슈 (노래한다.) 높이 날아올라라, 꾀꼬리야. 나의 아가씨에게 안부 전하라.

지벨 나의 아가씨에게 안부라니, 집어치워라, 듣기 싫다!

프로슈 나의 아가씨에게 안부를 전해 다오, 그리고 키스도! 훼방놓지 마! (노래한다.)
   문고리를 끌러라, 고요한 밤에.
   문고리를 끌러라, 내가 왔다.
   문고리를 걸어라, 날이 밝았다.

지벨 그래, 실컷 노래나 불러서 그 여자를 찬양해라!
언젠가는 내가 웃어 줄 날이 올 게다.
그 여자는 나를 속였는데, 자네도 같은 변을 당할 거야.
그 여자의 정부에는 소악마가 제격이다!
연놈이 네거리에서 농탕이나 치라지!
거기에 브로켄 산에서 돌아오는 늙은 염소가 달려오며 '음매' 하고 인사나 하라지!
진짜 살과 피를 가진 어엿한 사내라면, 그따위 갈보에겐 너무나 과분하다.
안부를 전하다니 어이없는 소리다.
창문에 돌이라도 던져 주겠다!

브란더 (테이블을 두드리며)
조용히! 조용히! 내 말 잘 들어라!
내가 세상을 잘 안다는 건 자네들도 인정하잖아.
여기에는 여자한테 반한 사람들이 모여 있다.
이 사람들에게 오늘 밤의 대접으로 신분에 어울리는 선물을 해야겠다.

잘 들어라! 최신 유행가다!
후렴을 힘차게 불러라! (노래한다.)
　　쥐가 창고 속에 살고 있었네.
　　비계와 버터를 배불리 먹고,
　　토실토실 살이 쪄서 배가 나오니,
　　루터 박사와 비슷하구나.
　　이놈에게 식모가 쥐약을 먹였네.
　　쥐는 비틀비틀 나가지도 못하네,
　　가슴이 사랑으로 욱신거리듯.

합창　(환성을 울리며) 가슴이 사랑으로 욱신거리듯.
브란더　이리 뛰고 저리 뛰고 몸부림치네.
　　수챗물을 벌컥벌컥 들이마시네.
　　온 집안을 갉아내고 할퀴면서
　　발버둥을 쳤으나 보람이 없네.
　　몇 번이고 버둥대며 뛰어오르다
　　이윽고 가엾게도 뻗어 버렸네.
　　가슴이 사랑으로 욱신거리듯.
합창　가슴이 사랑으로 욱신거리듯.
브란더　버둥대던 나머지 백주 대낮에
　　정신없이 부엌으로 달려나가서
　　부뚜막에 부딪혀 쓰러지더니
　　보기에도 딱하게 할딱거리네.
　　식모가 이걸 보고 웃어 대면서
　　"숨결이 괴로워 보이는구나,
　　가슴이 사랑으로 욱신거리듯."

합창 가슴이 사랑으로 욱신거리듯.
지벨 시시한 놈들, 좋아하는 꼴 좋다!
　　　가엾은 쥐에게 쥐약을 먹였다고?
　　　대단한 솜씨로군!
브란더 자네는 무척 쥐 편을 드는구나?
알트마이어 대머리에다 배뚱뚱이 같으니!
　　　계집 운이 나빠서 기가 꺾였구나!
　　　물에 불은 쥐를 보고 동정이 간 모양이지.

파우스트, 메피스토펠레스 등장

메피스토펠레스 뭣보다도 당신을 먼저 명랑한 친구들에게 데리고 왔습니다.
　　　삶이 얼마나 즐겁고 쉬운 것인지 알 수 있도록 말이죠.
　　　이 친구들에겐 나날이 잔칫날이랍니다.
　　　지혜는 조그마해도 기분들은 좋아서, 제 꼬리를 좇는 새끼고양이처럼 작은 원을 그리며 춤을 추고 있습니다.
　　　골치가 아프지 않은 한은, 주인이 외상으로 술을 주는 동안은 큰 소리를 치면서 즐기고 있습니다.
브란더 저 패들은 나그네들이구나.
　　　이상야릇한 복장을 보면 곧 알 수 있지.
　　　여기 온 지 한 시간도 되지 않았을 거야.
프로슈 자네 말이 옳아! 우리의 라이프치히를 나는 찬양하지!
　　　작은 파리라고 할 만큼 사람들이 땟물을 벗었거든.
지벨 저 낯선 친구들은 뭐지?

프로슈   내가 만나 보지! 한 잔 듬뿍 먹어서, 어린애 이빨 뽑듯 쉽게 정
체를 밝혀내고 말 테니까.
집안은 좋은 모양이군, 거만스럽게 못마땅한 얼굴을 하고 있는 걸
보니.

브란더   야바위꾼이야, 틀림없이. 내기해도 좋아!

알트마이어   그럴지도 모르지.

프로슈   잘 봐, 내가 놀려 줄 테니!

메피스토펠레스   (파우스트에게) 놈들은 결코 악마를 눈치채지 못합니다.
자기들의 목덜미를 잡혀도 말이죠.

파우스트   안녕들 하십니까, 여러분!

지벨   감사합니다. 안녕하시오?
(메피스토펠레스를 옆에서 보며 작은 소리로)
이녀석, 다리를 저는구나![11]

메피스토펠레스   우리가 끼어도 괜찮겠습니까?
좋은 술도 없는 것 같으니 이야기나 하고 즐기게요.

알트마이어   몹시 사치스러운 분 같군요.

프로슈   당신들은 아마 늦게 리파하[12]를 떠났지요?
거기 한스 군하고 저녁을 드셨나요?

메피스토펠레스   오늘은 만나지 않고 지나왔지만 저번에는 만났지요.
조카님들 이야기를 하면서 여러분들에게 안부 전해 달라더군요.
(프로슈에게 절한다.)

알트마이어   (작은 소리로) 당했는걸! 놈이 제법이야!

---

11) 악마는 천국에서 지옥으로 떨어질 때 절름발이가 된다. 그리고 한쪽 발이 말발굽으로 되어 있다.
12) 리파하 마을은 라이프치히 교외에 있으며, 이 고장의 한스아르슈(엉덩이라는 뜻)라 하면 우둔한 사람의 별
명이다.

지벨   호락호락 넘어갈 놈이 아니야.

프로슈   가만 있어, 내가 찍 소리 못하게 해줄 테니!

메피스토펠레스   좀전에 익숙한 목소리로 합창을 하고 계셨지요?
  여기는 합창하기에 좋은데요. 저 둥근 천장에 잘 울리겠어요!

프로슈   당신은 전문가인가요?

메피스토펠레스   천만에! 소질은 없지만 취미는 있죠.

알트마이어   한 가락 불러 주십시오!

메피스토펠레스   원하신다면 얼마든지!

지벨   아주 새것을 부탁합니다!

메피스토펠레스   우리는 스페인에서 막 돌아왔는데, 술과 노래의 본고장
  으로, 좋은 나라이지요.

  (노래한다.)

    옛날에 어느 임금님이 큼직한 벼룩을 길렀네.

프로슈   들었나? 벼룩이래! 알겠나?
  벼룩이라니, 깨끗한 손님이군그래.

메피스토펠레스   (노래한다.)

    옛날에 어느 임금님이 큼직한 벼룩을 길렀네.
    자기 왕자와 다름없이 끔찍이 벼룩을 사랑했네.
    어느 날 재단사를 불러내니, 재단사가 당장 대령했네.
    "자, 도련님의 저고리와 바지의 치수를 재도록 하라!"

브란더   재봉사에게 꼭 다짐하게, 치수를 어김없이 재라고.
    그리고 목숨이 아깝거든 바지를 구기지도 말라고!

메피스토펠레스   비로드와 비단으로 지은 옷을 벼룩 도련님이 입었네.
    저고리에는 리본을 달고, 십자 훈장까지 꽂았네.
    금방 대신에 임명되어 커다란 훈장을 받았네.

그래서 벼룩 형제들도 고위 고관이 되었네.
궁중의 귀인과 귀부인들은 그 때문에 매우 괴로워했네.
왕비도, 시녀도, 여관들도 마구 물리고 빨렸다네.
그러나 죽여서는 안 되었고 마음대로 긁을 수도 없었네.
우리네라면 물기만 하면 당장 문질러 죽일 텐데.

합창 (환성을 울리며) 우리네라면 물기만 하면 당장 문질러 죽일 텐데.

프로슈 만세! 만세! 멋있다.

지벨 벼룩을 모두 그렇게 해치워라!
손가락 끝으로 꼭꼭 잡아라!

알트마이어 자유 만세! 포도주 만세!

메피스토펠레스 여러분의 술이 좀더 고급이었다면 나도 자유를 찬양하며 건배를 했을걸.

지벨 그 말 한 번 더 해봐라. 가만두지 않는다!

메피스토펠레스 이 집 주인이 투덜대면 곤란하지만, 그렇지 않다면 여러분께 우리 술광에 있는 것을 대접하고 싶은데요.

지벨 상관없소, 주시오. 잔소리는 내가 맡을 테니까.

프로슈 좋은 술을 한 잔 대접해 준다면 칭찬해 주지!
하지만 눈꼽만큼이라면 곤란하지.
내게 술맛을 감정시키려거든 듬뿍 먹여 줘야 직성이 풀린다고.

알트마이어 (작은 소리로) 저놈들 라인 지방에서 온 것 같아.

메피스토펠레스 송곳을 갖다 주시오!

브란더 송곳으로 어쩌려고? 설마 문 밖에 술통을 갖고 온 것은 아니겠지?

알트마이어 그 뒤에 이 집 주인의 연장 상자가 있소.

메피스토펠레스 (송곳을 들고 프로슈에게) 마시고 싶은 술을 말하시오.

프로슈   뭐라고요? 그렇게 여러 가지가 있소?

메피스토펠레스   여러분이 희망하는 대로 드리지요.

알트마이어   (프로슈에게) 저런! 벌써 입술을 핥기 시작하는군.

프로슈   좋아, 고르라면 난 라인 포도주로 하겠소.

　　　　뭐니뭐니해도 국산이 제일이지.

메피스토펠레스   (프로슈가 앉은 테이블 가에 송곳으로 구멍을 뚫는다.)

　　　　밀초를 좀 갖다 주시오, 곧 마개를 하게!

알트마이어   아하, 요술을 하는구나!

메피스토펠레스   (브란더에게) 그리고 당신은?

브란더   나는 샴페인이 좋아, 거품이 잘 나는 걸로!

　　　　(메피스토펠레스, 송곳을 비벼 댄다. 그 동안에 한 사람은 밀초 마개를 만들어서 막는다.)

브란더   외국산이라고 다 배척할 수는 없지.

　　　　흔히 고급품은 먼 곳에 있는 법이야.

　　　　순수한 독일인은 프랑스인을 싫어하지만, 프랑스의 술만은 즐겨 마시지.

지벨   (메피스토펠레스가 그의 자리에 다가오자)

　　　　솔직히 말해서 나는 신것을 싫어하오.

　　　　달콤한 놈으로 한잔 부탁하오!

메피스토펠레스   (송곳을 비벼 댄다.) 그럼 토카이 주를 드리죠.

알트마이어   나는 싫다. 그런데 똑똑히 말해!

　　　　당신들, 우리를 놀리고 있는 거지?

메피스토펠레스   천만에요!

　　　　여러분 같은 점잖은 손님을 누가 감히 그럴 수 있습니까?

　　　　자! 어서, 서슴지 말고 말씀하십시오!

어떤 술을 드릴까요?

알트마이어 뭐든지 좋아!

귀찮게 묻지 말고!

(구멍을 다 뚫고 마개를 한 다음)

메피스토펠레스 (기묘한 몸짓으로) 포도는 포도나무에 난다!

뿔은 숫염소에 난다.

포도주는 물, 포도는 나무,

책상에서 포도주가 나온다.

자연을 깊이 들여다보라.

기적이 나왔다, 믿을지어다!

자, 마개를 뽑고 드십시오!

모두들 (마개를 뽑으니 저마다의 잔에 원하는 술이 흘러든다.)

야, 희한한 샘이 솟는구나!

메피스토펠레스 한 방울도 흘리지 마십시오!

(모두들 연거푸 마신다.)

모두들 (노래 부른다.)

유쾌하다, 유쾌해, 모두 유쾌해. 5백 마리의 돼지들 같다.

메피스토펠레스 민중은 자유입니다. 보십시오, 얼마나 유쾌해 보입니까!

파우스트 난 나가고 싶어졌네!

메피스토펠레스 지금부터 볼 만할 겁니다. 야수성이 기가 막히게 발휘될 테니까요.

지벨 (부주의하게 마신다. 술이 바닥에 흐르니 불길이 된다.)

사람 살려! 불이야! 사람 살려! 지옥의 불이다!

메피스토펠레스 (불길을 향해 왼다.) 진정하라, 정다운 원소元素여!

(모두를 향하여)

파우스트 93

이번에는 한 방울의 연옥의 불로 끝났습니다.

지벨 이게 어찌된 일이지?

가만 있어!

그냥 안 둘 테다.

우리를 잘못 본 모양이구나.

프로슈 다시 이따위 짓을 해봐라!

알트마이어 저놈들 살살 내보내는 게 좋겠어.

지벨 뭐요, 당신!

당치도 않게 여기서 요술을 부릴 참이야?

메피스토펠레스 닥쳐라, 낡은 술통아!

지벨 뭐야, 이 빗자루 같은 놈이!

무례한 짓까지 할 작정이냐?

브란더 가만 있어!

주먹의 소나기를 퍼부어 줄 테다.

알트마이어 (테이블에서 마개를 하나 뽑으니 불길이 솟는다.)

앗 뜨거! 나 타 죽는다!

지벨 마술이다!

죽여라! 이런 불한당은 죽여도 상관없다!

(모두 칼을 뽑아들고 메피스토펠레스에게 덤벼든다.)

메피스토펠레스 (짐짓 점잖은 몸짓으로)

모습과 말이 허망해지면 마음이 바뀐다.

장소를 바꾼다!

여기에 있고, 저기 가 있어라!

(모두 놀라서 일어나며 서로 얼굴을 쳐다본다.)

알트마이어 여기가 어디지? 아름다운 경치로구나!

프로슈 포도밭이다! 꿈이 아닌가?

지벨 포도가 손에 잡힌다!

브란더 이 푸른 잎의 그늘을 보라고.
얼마나 기막힌 줄기며 포도송이냐!

(지벨의 코를 쥔다. 다들 서로 코를 쥐고, 칼을 쳐든다.)

메피스토펠레스 (아까와 같이) 미망이여, 눈가리개를 풀어라!
악마의 장난을 잊지 말아라.

(파우스트와 함께 사라진다. 모두 손을 놓는다.)

지벨 어떻게 된 거지?

알트마이어 이상한데?

프로슈 자네 코였구나.

브란더 (지벨에게) 나는 자네 코를 쥐고 있었어!

알트마이어 짜릿한 게 온몸에 퍼졌다.
의자를 다오. 쓰러질 것만 같다!

프로슈 이상하다. 대관절 어떻게 된 거야?

지벨 그놈은 어디 갔지? 다시 만나면 살려 두지 않을 테다!

알트마이어 나는 그놈이 술통을 타고 문에서 나가는 것을 보았소.
다리가 납덩이처럼 무겁다.

(테이블 쪽을 보고)
아! 어쩌면 아직도 술이 나오지 않을까?

지벨 모두 속은 거야. 거짓이야, 야바위야.

프로슈 하지만 틀림없이 포도주를 마신 것 같은데.

브란더 그 포도송이는 어떻게 된 노릇일까?
이래도 기적으로 믿지 말라고 할 수 있나!

마녀의 부엌

야트막한 부뚜막에 큰 솥이 걸려 있다. 거기서 솟아오르는 김 속에 온갖 모습이 나타난다. 긴꼬리원숭이 암컷이 솥 옆에 앉아서 거품을 떠내며 넘치지 않도록 하고 있다. 긴꼬리원숭이 수컷과 새끼들이 곁에 앉아서 불을 쬐고 있고, 벽과 천장은 기괴하기 짝이 없는 마녀의 연장으로 장식되어 있다.

파우스트와 메피스토펠레스

파우스트 이런 미치광이 같은 요술 수법은 내 성미에 안 맞는다!
이런 광기의 소동 속에서 내 심신이 건강해진다고 약속한단 말인가?
늙은 할멈의 말을 들으란 말인가?
저 지저분한 국물이 나를 30년이나 젊게 해준단 말인가?
자네한테 더 나은 생각이 없다니, 한심한 노릇이구나!
이제 내 희망은 사라졌다.
대자연도, 고귀한 인간의 정신도 아직 무슨 영약 하나 발견하지 못했단 말인가?

메피스토펠레스 아니, 또 군소리를 시작하시는군요?
당신을 젊게 만드는 자연의 방법도 있지요.
그러나 그것은 다른 책에 실려 있는데, 기묘하게 쓰어 있지요.

파우스트　그것을 알고 싶다.

메피스토펠레스　좋습니다! 그것은 돈도, 의사도, 마술도 없이 할 수 있는 방법입니다.

당장에 들에 나가서 밭을 갈고 파헤치기 시작하십시오.

그리고 몸과 마음의 세계를 한정된 범위에 가두어 둬야 합니다.

자연식으로 몸을 보양하고, 가축과 함께 가축처럼 살며, 자기를 거두는 밭에 스스로 거름을 주는 것입니다.

이것이 바로 여든 살까지 젊게 사는 가장 좋은 방법입니다!

파우스트　그것은 내게 익숙하지 않을 뿐더러 쟁기를 들 생각도 없네.

답답한 생활은 내게 어울리지 않아.

메피스토펠레스　그럼 역시 마녀가 있어야겠군요.

파우스트　어째서 꼭 그 할멈이라야 하나?

자네는 그 약을 지을 수 없는가?

메피스토펠레스　그것은 시간이 너무 걸리거든요!

그런 틈이 있으면 마술의 다리를 천 개라도 놓겠습니다.

그 일에는 기술과 학문뿐 아니라 인내가 필요합니다.

느긋한 놈이 오랜 세월 일을 할 수 있지요.

미묘한 발효는 시간의 힘만이 효력을 나타냅니다.

거기에 필요한 것은 모두 이상야릇한 것들뿐이지요!

악마가 할멈에게 가르쳐 준 것은 틀림없지만, 악마가 손수 만들 수는 없습니다.

(짐승들을 보면서)

보십시오, 얼마나 귀엽습니까!

이것이 하녀, 이것이 머슴입니다!

(짐승들에게)

마누라는 집에 없는 모양이구나.

짐승들 굴뚝으로 해서 집을 나가 잔칫집에 갔어요!

메피스토펠레스 늘 얼마 동안 쏘다니다가 오지?

짐승들 우리가 손을 쬐고 있는 동안입니다.

메피스토펠레스 (파우스트에게) 어떻습니까, 이 귀여운 짐승들이?

파우스트 이렇게 못생긴 것은 생전 처음 본다!

메피스토펠레스 아니, 방금 주고받은 문답이 내가 제일 좋아하는 것이지요!

(짐승들에게)

이 저주받은 인형들아, 너희들이 짓고 있는 그 걸죽한 것이 뭐냐?

짐승들 거지에게 나눠 줄 멀건 죽입니다.

메피스토펠레스 그럼 많이 모이겠군.

수원숭이 (다가와서 메피스토펠레스에게 아양을 떤다.)

어서 주사위를 던져서 부자로 만들어 주세요, 돈을 벌게 해주세요!
지금은 완전한 빈털터리.
저도 돈만 있다면야 지혜도 따라서 나오지요.

메피스토펠레스 원숭이도 복권이 맞는다면 얼마나 행복해하고 좋아할까!

(그동안 새끼 원숭이는 큰 공을 갖고 놀다가 그것을 앞으로 굴리며 나온다.)

수원숭이 이것이 세상이다.

올라가면 내려가고 끊임없이 굴러간다.
유리 같은 소리가 나더니 당장 깨지겠다.
속은 텅텅 비었다.
이쪽은 번쩍번쩍, 저쪽은 더욱 번쩍.
공은 살아 있다!

귀여운 내 아들아, 물러서 있어라, 목숨이 위험하다!
　　　이것은 질그릇, 깨지면 조각이 난다.
메피스토펠레스　그 체는 무엇에 쓰나?
수원숭이　(그것을 들어 내린다.) 당신이 도둑이라면 이것으로 당장 알 수 있지요.
　　　(암원숭이한테 달려가서 비추어 보인다.)
　　　이 체로 비추어 봐!
　　　도둑인 줄 알아도 입밖에는 내지 마.
메피스토펠레스　(불 있는 데로 다가서면서) 그럼 이 냄비는?
수컷과 암컷　미련한 바보!
　　　냄비도 모른다. 솥도 모른다!
메피스토펠레스　버릇없는 짐승들이군!
수원숭이　이 총채를 가지고 의자에 앉으세요!
　　　(메피스토펠레스를 억지로 앉힌다.)
파우스트　(그동안 거울 앞에서 다가섰다 물러섰다 하더니)
　　　여기 보이는 게 뭐지? 선녀 같은 모습이 이 마술의 거울에 비치고 있구나!
　　　아, 사랑의 신이여, 당신의 가장 빠른 날개를 빌려 주십시오.
　　　그리고 나를 저 사람이 있는 데로 데려다 주십시오!
　　　아, 내가 이 자리에 머물지 않고 가까이 다가가려고 하면, 그녀는 안개에 싸인 듯 희미하게 흐려져 버린다!
　　　저것이야말로 여자의 가장 아름다운 모습이다!
　　　이런 일이 있을 수 있을까, 여자가 이렇게도 아름답다니!
　　　몸을 내던져 길게 누운 육체에 하늘의 매력이 다 나타나 있지 않나.
　　　이만한 것이 지상에서 발견될 수 있을까?

메피스토펠레스 물론 신이 엿새나 고생한 끝에 마지막에 스스로 기막히
다고 했을 정도니 그럴싸한 것이 만들어졌겠지요.
우선 실컷 보아 두시구려.
저런 아가씨를 찾아 드리지요.
저런 처녀를 집에 데려갈 수 있는 신랑은 얼마나 행복한 행운아겠
습니까!
(파우스트는 줄곧 거울을 들여다본다. 메피스토펠레스는 안락의자에 몸을 쭉 펴
고, 총채를 만지작거리며 이야기를 계속한다.)

파우스트 여기 앉아 있으니 옥좌에 앉은 임금님 같구나.
왕홀도 들었겠다, 없는 것은 왕관뿐이다.

짐승들 (그때까지 갖가지 몸짓을 하고 있더니, 큰 소리를 지르면서 메피스토펠레스
에게 관을 바친다.)
제발 부탁입니다.
땀과 피로 이 관을 붙여 주세요!
(서투르게 왕관을 다루다가 두 동강 낸다. 그러자 조각을 들고 뛰어다닌다.)
기어이 깨버렸다!
우리는 지껄이고, 보고, 귀로 듣고, 시를 짓는다.

파우스트 (거울을 향해) 아, 괴롭다!
미칠 것 같구나.

메피스토펠레스 (짐승들을 가리키며) 이래 가지고는, 나 역시 머리가 어지러
워진다.

짐승들 우리도 재수 좋게 형편만 잘 풀리면 그게 사상이야!

파우스트 (전과 같은 태도로) 가슴이 타기 시작한다!
빨리 떠나자!

메피스토펠레스 (전 같은 자세로) 하여간 이놈들이 적어도 정직한 시인임

을 인정해야 한다.

(그때까지 암원숭이가 등한히 했던 솥이 끓어 넘치기 시작한다. 불꽃이 일어나서 굴뚝으로 치솟는다. 마녀가 불길 속을 빠져나와 소리를 지르면서 내려온다.)

마녀 아이 뜨거! 아이 뜨거!

천벌받을 놈들!

망할 놈의 돼지들!

솥을 내버려두어 주인이 데게 하다니!

괘씸한 짐승들!

(파우스트와 메피스토펠레스를 보고)

이건 또 뭐야?

너희들은 누구야?

뭣 하러 여기 왔나?

뼈에 사무치도록 화형을 당해 볼래!

(거품을 걷는 국자를 솥에 넣고 불똥을 파우스트와 메피스토펠레스와 짐승들 쪽으로 퍼붓는다. 짐승들이 으르렁대며 운다.)

메피스토펠레스 (손에 든 총채를 거꾸로 들고 유리 그릇과 항아리를 두들겨 깬다.)

두 동강이 났다! 두 동강이 났어!

얼씨구, 죽이 흘러나온다!

깨져라, 유리 그릇!

이건 아직 장난이다.

너의 가락에 맞추는 장단이다, 이 썩은 할멈아!

(마녀는 분노와 놀람으로 가득 차 뒤로 물러선다.)

나를 모르느냐, 해골아! 이 귀신아!

너의 주인님, 스승님을 모르겠느냐?

사정 보지 않는다.

이렇게 두들겨서 너도, 도깨비 고양이도 박살을 내주마!
이 붉은 조끼가 이젠 무섭지 않으냐?
모자에 꽂은 수탉 깃도 안 보인단 말이냐?
아니면 내가 얼굴을 감추고 있단 말이냐?
내 입으로 이름을 대란 말이냐?

마녀 어머나, 나리, 실례를 했습니다!
말굽이 보이지 않아서 말씀이죠.
또 두 마리 까마귀는 어디로 갔습니까?

메피스토펠레스 이번만은 봐주마.
하기야 서로 안 본 지도 꽤 오래 되었다만, 온 세계를 핥고 있는 문명이란 놈이 악마에게까지 미치고 있단 말이야.
북방의 허깨비는 이제 꼴도 볼 수 없다.
어디에 뿔이, 꼬리가, 갈퀴발톱이 있느냐?
내게는 말굽이 없으면 곤란하나 사람 앞에서는 내놓을 수도 없다.
그래서 나도 젊은이들이 하듯 가짜 장딴지를 달고 다니고 있지.

마녀 (춤을 추며) 사탄 나리를 다시 만났으니, 나는 황홀해서 넋을 잃을 지경이네!

메피스토펠레스 할멈, 그 이름을 입밖에 내면 어떡하나!

마녀 왜요? 그 이름이 어떻게 되었나요?

메피스토펠레스 그 이름은 이제 옛 이야기책에나 나온다.
그렇다고 인간은 조금도 나아진 게 없다.
악마는 없어졌지만, 악마 같은 인간들은 남아 있다.
나를 남작님이라고 불러 주면 된다.
나도 기사다, 다른 기사나 다름이 없다.

내 신분이 고귀한 건 자네도 의심치 않겠지.

이것을 봐라, 이게 우리 집 문장이다.

(음탕한 몸짓을 한다.)

마녀 (방자하게 웃는다.) 호호호, 그래야 당신답지! 언제나 변치 않는 장난꾸러기세요!

메피스토펠레스 (파우스트에게) 자, 이 요령을 잘 배워 두십시오!

이것이 마녀를 다루는 수법이랍니다.

마녀 그런데 나리들, 무슨 일로 오셨나요?

메피스토펠레스 그 물약을 한 잔 그득하게 담아 다오.

제일 오래 묵은 것을 부탁한다.

해가 묵을수록 효력이 배가 되니까.

마녀 좋고말고요! 여기 한 병 있습니다.

제가 이따금 먹어 보는 약입니다.

이제 냄새는 조금도 안 납니다.

이걸 한 잔 드리지요.

(작은 소리로)

하지만 이분이 이걸 마시면, 잘 아시다시피 한 시간도 못 삽니다.

메피스토펠레스 이분은 소중한 친구이시니, 잘 듣는 게 좋다.

자네 부엌에 있는 것 중 제일 좋은 걸 먹이고 싶다.

마법의 원을 그리고 주문을 외면서 한 잔 그득히 따라드리도록 해라!

(마녀는 이상한 몸짓으로 원을 그리고, 별의별 기묘한 것을 가운데에 놓는다. 그동안에 유리 그릇이 울리고 솥이 소리를 내기 시작하더니 음악을 연주한다. 마녀는 큰 책을 꺼내 긴꼬리원숭이를 원 속에 넣는다. 한 마리는 책상이 되고 또 한 마리는 횃불을 들고 선다. 마녀는 파우스트에게 자기 곁으로 오라고 눈짓한다.)

파우스트 (메피스토펠레스에게)
 싫다, 이런 짓을 해서 무슨 소용 있는가?
 이런 어리석은 짓, 미치광이 시늉, 어리석기 짝이 없는 속임수.
 내가 다 알았으니, 이런 것은 질색이야.
메피스토펠레스 이건 장난입니다. 하찮은 우스개이지요.
 그렇게 딱딱한 말씀은 하지 말아 주십시오!
 할멈도 의사로서 요술을 부려야만 합니다. 약효가 있게끔요.
 (그는 파우스트를 억지로 원 안에 밀어넣는다.)
마녀 (과장된 투로 책의 일부를 낭독하기 시작한다.) 그대가 알아야 하느니라!
 하나로 열을 만들라.
 둘은 떠나게 하고, 셋을 즉각 이루라.
 그러면 그대는 부유하리라.
 넷을 버려라, 다섯과 여섯으로!
 이렇게 마녀는 말한다, 일곱과 여덟을 만들라.
 그러면 성취하리라. 이리하여 아홉은 하나, 열은 영(零).
 이것이 마녀의 구구단이니라.
파우스트 할멈이 열이 나서 헛소리를 하는 모양이구나.
메피스토펠레스 저건 좀처럼 끝나지 않습니다.
 나는 잘 알지만, 책 전체가 저런 투지요.
 나도 저것 때문에 꽤 많은 시간을 허비했습니다.
 왜냐하면 조리가 안 맞는 것은, 현자에게나 어리석은 자에게나 다 같이 신비롭게 들리니까요.
 학예란, 낡고도 새로운 것입니다.
 셋이 하나[13]요, 하나가 셋이라면서, 진리 대신 미망을 퍼뜨리는 것

---
13) 그리스도교의 삼위일체설에 대한 풍자.

은 어느 시대에나 있는 방식입니다.

그런 식으로 지껄이고 가르쳐도 방해는 받지 않지요.

누가 바보들을 상대한단 말입니까?

인간들은 무슨 말만 들어도 무언가 생각하게 하는 것이 있는 줄 알지요.

마녀 (계속한다.) 무릇 학술의 높은 힘은 온 세계에 감추어져 있나니!

사색하지 않는 자가 그 힘을 갖게 된다.

애쓰지 않고 이를 얻으리라.

파우스트 이 무슨 무의미한 것을 외고 있는가?

머리가 당장 빠개질 것만 같다.

마치 10만 명의 바보들이 소리를 합쳐 합창을 듣는 것 같구나.

메피스토펠레스 이제 됐다, 됐어.

아, 훌륭한 마녀야.

자네, 얼른 약을 가져와서 이 잔 가득히 따라 다오.

내 친구가 그 약에 탈이 날 염려는 없으니까.

이분은 학식을 많이 쌓으신 훌륭한 분이시다.

이것저것 좋은 약을 많이 먹어 보셨느니라.

(마녀는 갖가지 예절을 다하여 약을 잔에다 붓는다. 파우스트가 그것을 입으로 가져가자 연하게 불길이 인다.)

메피스토펠레스 자, 단숨에 들이키세요! 쭉!

곧 마음이 즐거워집니다.

악마하고 너나 하는 사이인데, 불길이 두려워서야 되겠습니까?

(마녀가 원을 푼다. 파우스트가 걸어나온다.)

메피스토펠레스 자, 어서 나가십시다!

쉬어서는 안 됩니다.

마녀   약의 효력이 나타나기를 빌겠습니다!

메피스토펠레스   (마녀에게) 내게 무슨 부탁할 게 있거든 발푸르기스의 밤에 와서 말해 다오.

마녀   여기 노래가 있습니다! 가끔 이것을 부르시면 약의 효과를 한결 더 느끼시게 될 겁니다.

메피스토펠레스   (파우스트에게) 자, 빨리 갑시다. 안내하겠습니다.
약기운이 온몸에 스며들도록 땀을 빼야 합니다.
지금부터 근사한 안일의 고마움을 가르쳐 드리지요.
곧 몸이 오그라드는 기쁨이 솟습니다.
사랑의 신이 마구 뛰어다니거든요.

파우스트   얼른 한 번 더 거울을 보게 해주게!
그 여자의 모습은 너무나 아름다웠어!

메피스토펠레스   안 됩니다! 안 돼! 곧 여자 중에서 가장 아름다운 여자를 산 모습으로 보여드리겠습니다.
(작은 소리로)
그 약이 몸속에 들어갔으니 얼마 안 가서 어떤 여자나 헬레네처럼 예뻐 보일걸.

길 거 리

파우스트, 마르가레테가 지나간다.

파우스트   아름다운 아가씨, 실례지만 내 팔을 빌려 드려서 모셔다 드릴까요?

마르가레테   전 아가씨가 아녜요. 아름답지도 않고요.
바래다 주시지 않아도 갈 수 있습니다.

(뿌리치고 퇴장)

파우스트   정말, 아름다운 처녀구나!
저런 처녀는 아직 본 적이 없다.
얌전하고, 단정하고, 그러면서도 약간 새침한 데가 있다.
그 붉은 입술이랑 빛나는 볼을 나는 평생 잊지 못하리라!
그 눈을 내리깐 모습이 내 마음에 깊이 새겨졌다.
톡 쏘면서 거절하는 폼이, 그게 또 정말 매력 있었어!

메피스토펠레스 등장

파우스트   여보게, 저 처녀를 내 손에 넣어 주어야겠다!
메피스토펠레스   어느 처녀 말입니까?
파우스트   지금 막 지나간 처녀 말이야.
메피스토펠레스   저애요? 성당에서 돌아오는 길이지요.
신부한테서 아무런 죄가 없다는 말을 듣고 말입니다.
고해석 옆으로 슬쩍 지나가 보았는데 참으로 순진한 처녀입니다.
죄도 없는데 참회하러 가거든요.
저런 애는 나도 손을 댈 수 없습니다!
파우스트   하지만 열네 살[14]은 넘었을 테지.
메피스토펠레스   마치 난봉꾼 같은 말씀을 하시는군요.
꽃다운 여자는 모두 자기 것으로 만들고 싶고, 여자의 아무리 군

---
14) 열네 살 이하의 소녀와 결혼을 하거나 육체적 관계를 맺는 것은 법률로 금지되어 있었다.

파우스트 107

은 사랑이나 정조라도 못 꺾을 건 없다고 뽐내고 계시는군요.
그러나 늘 그렇게 되지는 않습니다.

파우스트 이것 봐, 점잖은 도학자 선생, 법률 따위는 들먹거리지 마라! 미리 분명히 말해 두네만, 만일 저 귀여운 젊은 아가씨를 오늘 밤 내 품에 안지 못하면, 오늘 밤으로 자네와는 결별이야.

메피스토펠레스 될 일과 안 될 일을 생각해 주십시오.
기회를 엿보는 데만 적어도 두 주일은 주셔야지요.

파우스트 일곱 시간만 여유가 있어도 저런 계집애쯤 유혹하는 데 악마의 도움은 필요도 없겠다만.

메피스토펠레스 이런, 어느새 프랑스 사람 같은 말씨가 되셨네요.
하지만 제발 너무 서둘지 말아 주십시오.
그렇게 허겁지겁 즐겨서 무슨 소용 있습니까?
온갖 솜씨와 수완을 발휘하여 귀여운 인형으로 빚어 놓은 후 요리하는 편이 훨씬 더 기쁨이 클 것입니다.

파우스트 그런 짓 할 것 없이 당장 집어먹고 싶다.

메피스토펠레스 그럼, 조롱이나 농담은 그쯤 해두시고, 딱 잘라 말씀드리지만 저 어여쁜 아이는 그리 손쉽게 얼른 되지 않습니다.
계략을 꾸미는 수밖에 도리가 없습니다.

파우스트 그렇다면 귀여운 천사가 가졌던 물건이라도 구해 다오!
그 처녀가 쉬는 곳으로 날 데려다 다오!
그애 가슴에서 스카프를 풀어 갖다 주거나, 양말걸이라도 갖다 다오, 내 사랑의 기념으로!

메피스토펠레스 당신의 괴로움을 덜어 드리고 싶고, 도움이 되어 드리고 싶은 나의 심정을 보여 드리기 위해, 한시도 우물쭈물하지 않고 오늘 안으로 당신을 그애 방에 모셔다 드리지요.

파우스트　꼭 만나게 해주겠는가? 내 손에 넣어 주겠는가?

메피스토펠레스　아니오! 그애는 이웃 아낙네한테 가 있을 겁니다.
　　그 동안에 당신은 혼자 그 방에서 앞으로 닥칠 기쁨에 가슴 두근 거리며, 그애 체취나 실컷 즐기십시오.

파우스트　그럼, 지금 가도 되는가?

메피스토펠레스　아직 너무 이릅니다.

파우스트　그애에게 줄 선물을 마련해 주게!

메피스토펠레스　벌써 선물을? 이것 참 놀랍군! 이렇게 한다면 성공하겠지!
　　나는 좋은 데를 여러 군데 알고 있지요.
　　옛날에 보물을 묻은 곳 말입니다.
　　좀 조사를 해봐야겠는걸. (나간다.)

그날 저녁

조그마하고 말쑥한 방
마르가레테, 머리를 땋아올리면서

마르가레테　오늘 그분이 누구였는지 알 수만 있다면 인사를 하겠는데!
　　정말 믿음직한 분이었어.
　　아마 좋은 집안 출신인가 봐. 얼굴을 보면 알 수 있지.
　　그렇지 않고서는 그렇게 대담하게 할 수 없었을 거야.
　　(나간다.)

메피스토펠레스, 파우스트

메피스토펠레스   들어오세요, 자, 살짝 들어오세요.
파우스트   (한참 말이 없다가) 제발 혼자 있게 해다오!
메피스토펠레스   (사방을 살펴보면서) 어떤 처녀라도 이렇게 깨끗이 해두지 않을 겁니다. (나간다.)
파우스트   (주위를 둘러보면서) 이 신성한 곳에 감도는 정다운 황혼의 빛이여! 내 마음을 붙잡아 다오.
너, 달콤한 사랑의 고통이여, 애태우며 희망의 이슬을 빨고 사는 그대여!
이 방에 가득찬 고요와 질서와 만족의 기운! 가난 속의 이 풍요! 단칸방 속의 이 행복!
(침대 옆에 놓인 가죽의자에 털썩 앉는다.)
아, 나를 쉬게 해다오, 의자여.
너는 선인들을 기쁠 때나 슬플 때나 팔을 벌려 맞이했겠지.
아, 몇 번이나 이 가장자리를 에워싸고, 아이들이 둘러싸고 매달렸던가!
나의 귀여운 이 처녀도 어린 볼을 물들이고, 크리스마스 선물에 대한 인사를 하면서 할아버지의 메마른 손에 키스를 했겠지.
오, 처녀여, 나는 느낀다.
그대를 이끄는 풍요와 질서의 영이 나를 둘러싸고 움직이는 것을. 그 영이 어머니처럼 날마다 그대를 가르쳐서 식탁에 하얀 보를 깨끗이 펴게도 하고, 발 밑에 모래[15]를 물결무늬로 뿌리게도 한다.

---

15) 독일 시민의 집에서는 바닥을 깨끗이 하기 위해 흰 모래를 뿌리는 습관이 있었다.

오, 사랑스러운 손! 신의 손과도 비슷한 손!
이 조그만 집도 그 손으로 인해 천국이 된다.
(침대의 커튼을 쳐든다.)
오! 이 환희의 전율!
몇 시간이고 여기 머물러 있고 싶다.
자연이여!
그대는 여기서 가벼운 꿈속에서 태어난 그녀를 천사로 길렀다!
여기 그 처녀는 따뜻한 생명으로 채워진 부드러운 가슴으로 누워 있었다.
여기서 신성하고 깨끗한 자연의 영위로 그 신과 같은 모습이 태어난 것이다!

그런데 너는?
무엇이 너를 여기에 데리고 왔는가?
나는 지금 얼마나 깊은 감동에 있는가!
너는 여기서 무엇을 할 참인가?
왜 가슴이 이렇게도 무거운가?
가엾은 파우스트여! 너는 이제 완전히 변해 버렸구나.

나는 지금 마술의 안개에 싸여 있는 것일까?
나는 오로지 정욕에 못 이겨서 찾아왔는데, 지금은 깨끗한 사랑의 꿈에 녹아 없어질 것만 같구나!
사람의 마음은 기압의 변화에 따라 변하는 것일까?

지금 당장 그 처녀가 들어온다면, 너의 이 파렴치한 행위에 어떤 벌을 받을 것인가?
큰소리 치던 놈이 아, 마치 조무래기처럼 녹아 없어질 듯이 그 처녀의 발 아래 쓰러질 것인가!

메피스토펠레스 (등장) 어서 나오십시오!
그애가 저 밑에 오고 있습니다.

파우스트 가자! 가자! 다시는 여기 오지 않겠다!

메피스토펠레스 여기 좀 묵직한 작은 상자가 있습니다.
어딘가에서 가져왔지요. 이것을 옷장 안에 넣어 두십시오. 그애는 정신이 아찔해질 것입니다. 공주님이라도 유혹할 수 있는 근사한 것을 넣어 두었습니다. 뭐니뭐니해도 어린애는 어린애, 장난은 장난이니까요.

파우스트 그런 짓을 해도 괜찮을까?

메피스토펠레스 아직도 불평입니까!
아니면 이 보물을 갖고 싶어서 그런단 말입니까!
그렇다면 충고하리다. 앞으로 당신은 정사를 위해 귀중한 시간을 허비하지 말고, 내게 이 이상 헛수고를 시키지 마십시오!
설마 구두쇠가 된 것은 아니겠지요!
나는 당신을 위해 이렇게 골머리를 썩히고 있는데.
(작은 상자를 옷장 안에 넣고 다시 자물쇠를 잠근다.)
자, 가십시다! 빨리!
그 귀여운 처녀를 당신 뜻대로 굴복시키자는 것입니다.
그런데도 당신은 마치 강의실에라도 들어가는 표정이군요.
눈앞에 자연과학과 형이상학이 잿빛으로 생생하게 나타나기라도 한 듯이!
자, 가십시다.

(나간다.)

마르가레테 램프를 들고 등장

마르가레테 여긴 무척 무덥고 답답하구나.
    (창문을 연다.)
  밖에는 그다지 덥지 않은데.
  기분이 이상하다, 어째서일까?
  어머니가 빨리 돌아오시면 좋은데, 온몸이 오싹오싹해지는 것 같아.
  나는 어리석고 겁이 많은 애야!
  (옷을 벗으면서 노래를 부르기 시작한다.)
    옛날 툴레의 임금님께
    사랑을 맹세한 왕비가
    뒤에 황금잔을 남겨 놓고
    먼저 세상을 떠나갔네.

    왕은 보물이라 아끼면서
    이 잔으로 늘 술을 마시고,
    이 잔을 입에 댈 때마다
    눈물이 줄줄 흘러내렸네.

    세상 떠날 날이 다가오자
    나라 안의 모든 것을 통틀어서
    세자에게 물려주었지만,

이 잔만은 놓지 않았네.

바닷가 높은 성 위에
유서도 깊은 넓은 대청
왕은 잔치에 납시었네.
기사들이 주위에 늘어 앉았네.

늙은 왕은 일어나서
생명의 불길을 들이킨 다음,
지극히도 거룩한 황금의 잔을
깊은 바다에 던져 넣었네.

바닷물에 떨어져 한들한들
가라앉은 모양을 바라보다가
왕도 이윽고 눈을 감았네.
이제는 술도 안 마시게 되었네.

(옷을 치우려고 옷장 문을 연다. 그리고 작은 상자를 발견한다.)
어떻게 이런 예쁜 상자가 여기에 들어 있을까?
틀림없이 옷장을 잠가 두었는데 정말 이상하다! 대체 뭐가 들어 있을까?
아마 누가 담보로 가져와서 어머니에게 돈을 빌려 간 것일까?
어머, 이 리본에 열쇠가 달려 있네.
열어 볼까!
이게 뭐지?
어머나, 굉장하다!

이것 좀 봐.
이런 것은 생전 처음 본다!
패물이구나!
이것만 가지면 누구라도 가장 호화로운 축제에 나갈 수 있겠네!
이 목걸이, 내게 맞을까?
이렇게 훌륭한 게 내게 맞을까 모르겠다!
이렇게 훌륭한 게 대체 누구의 것일까?
(그것을 몸에 달고, 거울 앞으로 간다.)
이 귀걸이만이라도 내 것이었으면!
순식간에 딴사람처럼 보이잖아.
아무리 예쁘고 젊어도 소용이 없지 뭐.
그것도 물론 나쁘진 않지만, 사람들은 그것만으로는 돌아보지도 않거든.
반은 가엾어하면서 칭찬하는 거야.
돈 때문에 모여들고 돈 때문에 아첨하는 거야!
아, 우리처럼 가난해서야!

산 책

파우스트, 생각에 잠겨 왔다갔다한다. 거기에 메피스토펠레스가 온다.

메피스토펠레스　에이 속상해! 빌어먹을 할망구!

속이 후련해질 만큼 더 지독한 욕이 없나?
파우스트 왜 그렇게 화를 내고 있는가? 그런 얼굴은 처음 보겠군!
메피스토펠레스 당장 악마에게라도 몸을 팔고 싶은 심정입니다.
내가 진짜 악마가 아니라면 말이지요!
파우스트 머릿속에서 뭐가 뒤틀리기라도 했나?
미치광이처럼 날뛰니 자네한테 어울리긴 하네만!
메피스토펠레스 생각해 보세요.
내가 그레트헨(마르가레테의 애칭)을 위해서 구해 온 그 패물을 신부 놈이 가로채 가버렸단 말입니다.
그애 어머니는 그것을 보자 어쩐지 무서워졌단 말입니다.
그애 어머니는 냄새를 매우 잘 맡는 여자라 노상 기도책 냄새를 맡고 있어서, 가구류도 모조리 냄새를 맡아 보고, 이것은 성당에 갈 것, 이것은 집에 둘 것 하고 갈라 버립니다.
그 패물이 별로 축복이 깃들어 있지 않다고 어김없이 냄새를 맡아 버린 것이지요.
그래서 딸에게 "애야, 부정한 보물은 사람의 마음을 사로잡고 피를 빨아먹는단다. 이것은 성모님께 드리기로 하자. 그러면 하늘의 은혜를 내려 주실 게다!"
귀여운 마르가레테는 입가를 조금 삐죽거리며 혼자서, "선물에는 불평을 하지 말랬는데, 그리고 이렇게 친절하게 갖다준 분이 신을 배반하지는 않았을 거야!"
어머니는 신부를 불렀습니다.
신부는 내력도 채 듣기 전에 그것을 보고 홀딱 반해서, "아, 그것 참 기특한 생각입니다! 스스로 욕심을 버려야 복이 돌아오는 법이죠. 교회는 튼튼한 위장을 갖고 있습니다. 지금까지 많은 땅, 심지어 나라까지 삼켰지만, 아직 한 번도 배탈이 나지 않았습니다. 교회만이 부정한 재물을 소화시킬 수 있는 것입니다."

파우스트　세상에 흔히 있는 일이지, 유대인이나 임금님도 하는 일이야.

메피스토펠레스　그리고 신부는 팔찌도, 목걸이도, 반지도, 아무 값어치 없는 물건처럼 착복하고는, 호두라도 한 광주리 얻은 것처럼 인사를 하는 둥 마는 둥 하고, 여자들에게 하늘의 은혜가 충만할 거라고 뇌까렸는데, 여자들은 또 그게 고마워서 어쩔 줄 모르고.

파우스트　그레트헨은 어떻게 되었나?

메피스토펠레스　도무지 마음이 진정되지 않아서 자기가 뭘 하고 싶은지, 어떻게 해야 좋을지 모르고 자나깨나 패물만 생각하고 있습니다. 아니, 그보다 그 패물을 갖다준 사람에 대해 더 생각하고 있지요.

파우스트　그 귀여운 처녀를 괴롭혀서는 안 되지.

당장에 새로운 패물을 마련해 주게!

먼저 것은 그리 대단한 물건이 아니었어.

메피스토펠레스　그렇겠죠. 주인 눈에는 뭐든지 어린애 장난 같겠죠!

파우스트　어서 내 뜻대로 해다오.

우선 그 이웃집 여자와 사귀도록 해!

악마인 주제에 멍청하게 꾸물거리지 말고, 새 패물을 마련해 와!

메피스토펠레스　예, 예, 분부대로 하겠습니다.

(파우스트 나간다.)

저렇게 여자한테 반한 바보는 해고, 달이고, 총총한 별이고, 사랑하는 여자를 위해 꽃불처럼 쏘아올리려고 하거든.

(나간다.)

이웃 여인의 집

마르테, 혼자서

마르테　하느님이 우리집 양반을 용서해 주시면 좋은데.
　　　그이는 내게 잘해 주지는 않았지!
　　　무작정 집을 뛰쳐나가서 덕분에 나는 과부살이이지 뭐야.
　　　나는 그이에게 고생도 시키지 않았고, 또 얼마나 진심으로 사랑했는데!
　　　(운다.)
　　　어쩌면 그이는 죽었는지도 몰라!
　　　아, 어쩌면 좋지!
　　　사망 증서라도 있으면 좋으련만!

마르가레테 등장

마르가레테　마르테 아주머니!
마르테　그레트헨 아니냐! 웬일이지?
마르가레테　전 하마터면 주저앉을 뻔했어요!
　　　또 이런 조그만 흑단 상자가 제 옷장 안에 들어 있지 않겠어요.
　　　게다가 들어 있는 물건이 기가 막혀요, 먼저 것보다 더 값진 거예요.

마르테   어머니한테 말하면 안 돼.
       말하면 또 고해할 때 들고 가버릴 테니까.
마르가레테   자, 이것 좀 보세요! 잘 보세요!
마르테   (마르가레테를 꾸며 준다.) 너는 참 행복한 아이구나!
마르가레테   하지만 아무 소용도 없어요. 이걸 달고 한길에도 교회에도
       나갈 수 없는걸요.
마르테   우리 집에 자주 와. 여기서 몰래 달아 보면 되잖아.
       그리고 한 시간쯤 거울 앞에서 왔다갔다하면, 그것만으로도 매우
       즐거울 거야.
       그러다가 명절 같은 때 슬쩍슬쩍 달고 나가는 거야.
       처음에는 목걸이, 다음엔 진주귀걸이.
       어머니는 깨닫지 못할 거야, 들키더라도 핑계댈 수 있어.
마르가레테   하지만 대체 누가 두 번씩이나 상자를 갖다 놓았을까요?
       왠지 기분이 나빠요!
       (노크 소리)
마르가레테   어머, 큰일이야! 어머닌가?
마르테   (창문 커튼 사이로 내다보며) 낯선 남자야. 들어오세요!

메피스토펠레스 등장

메피스토펠레스   이렇게 함부로 들어와서 부인들에게 용서를 빌어야겠습
       니다.
       (마르가레테에게 경의를 나타내고 물러선다.)
       마르테 슈베르트라인 부인을 뵐까 하고요!
마르테   저예요, 무슨 일이신지?

메피스토펠레스 (작은 소리로 그녀에게)

　　이렇게 뵙게 됐으니, 이제 됐습니다.

　　지체 높으신 아씨께서 오신 듯한데, 실례한 점 용서하시고, 오후에 다시 오겠습니다.

마르테 (큰 소리로) 어머나, 얘, 어쩌면!

　　이분은 너를 귀한 댁 아씬 줄 아시는구나.

마르가레테 저는 가난한 집 딸이에요.

　　그런 말씀을 하시면 곤란해요.

　　이 패물도 보석도 제 것이 아닌걸요.

메피스토펠레스 아니, 그 패물만 보고 하는 말이 아닙니다.

　　인품과 눈매에 품위가 있으십니다!

　　이대로 있어도 괜찮으시다면 얼마나 기쁠지 모르겠습니다.

마르테 그런데 무슨 볼일로 오셨는지요? 궁금해서 못 견디겠어요.

메피스토펠레스 아, 좀더 좋은 소식이었더라면 좋았을걸!

　　제발 저를 원망하지 마시기 바랍니다!

　　실은 바깥양반께서 돌아가셨습니다.

　　그때 부인께 안부를 전하더군요.

마르테 돌아가셨다고요! 우리 그이가요?

　　아이고, 기막혀라! 주인이 죽었단 말이에요?

　　아, 이 일을 어떡하지?

마르가레테 아, 아주머니, 정신차리세요!

메피스토펠레스 그 슬픈 이야기를 들어 보십시오.

마르가레테 그래서 저는 평생 사랑하고 싶지 않아요.

　　헤어지면 죽도록 슬프지 않겠어요?

메피스토펠레스 기쁨에는 슬픔이, 슬픔에는 기쁨이 따르게 마련이지요.

마르테 우리 주인의 마지막 모습 이야기나 해주세요!

메피스토펠레스 유해는 파두아에 모셨지요.

성 안토니우스 사원의 아주 깨끗한 한 모퉁이가 영원한 안식의 자리가 되었습니다.

마르테 그 밖에 아무것도 저한테 전하실 건 없습니까?

메피스토펠레스 예, 한 가지 대단히 어려운 부탁을 하셨습니다.

자기를 위해 2백 번 미사를 올려 달랍니다!

그 부탁밖에, 저는 빈손으로 왔습니다.

마르테 뭐라고요?

유물로 메달 한 개, 보석 하나 없단 말예요?

떠돌이 직공이라도 지갑 속에는 기념이 될 만한 물건을 간직해 두는데, 굶거나 구걸을 할망정 말예요!

메피스토펠레스 부인, 정말 안됐습니다.

하지만 그분은 사실 낭비하지는 않았답니다.

그리고 자기 잘못을 몹시 후회하고, 자기의 불행을 더 한탄하고 있었습니다.

마르가레테 아, 사람이란 정말 불행한 것이네요!

저도 아저씨의 명복을 빌어 드리겠어요.

메피스토펠레스 아가씨는 곧 결혼하시게 되겠지요.

무척 애교가 많은 분 같은데.

마르가레테 별말씀을, 아직 그럴 수는 없어요.

메피스토펠레스 결혼이 아니더라도 애인이 있으면 되지요.

그런 사랑하는 사람을 꼭 껴안는 것은, 이 세상에서 더없는 즐거움이랍니다.

마르가레테 그런 짓은 이 고장에서는 하지 않는답니다.

메피스토펠레스 안 하고 하고가 어디 있어요! 하면 되지.
마르테 그 이야기를 더 들려주세요!
메피스토펠레스 저는 그분의 임종 때 입회했습니다.

쓰레기보다는 좀 나았지만, 다 썩어가는 짚더미 위였습니다. 하지만 그리스도교 신자로서 돌아가셨습니다.

하기야 속죄할 것이 아직도 많이 남았다는 것을 알고 있더군요.

"이렇게 직업도 마누라도 버리고 가다니, 나라는 인간이 너무 싫어졌다."고 외쳤습니다.

"아! 생각만 해도 죽어 마땅해, 살아 있는 동안에 마누라가 용서해 주었으면!" 하면서.

마르테 (울면서) 그렇게 좋은 사람이 또 있을까! 나는 벌써 용서해 주었는데.

메피스토펠레스 "그러나 사실을 말하면 마누라가 나보다 죄가 많았다."

마르테 거짓말! 무슨 소리야! 죽어 가면서까지 거짓말을 하다니!

메피스토펠레스 아마 숨이 넘어갈 때의 헛소리였겠죠.

나는 사정을 잘 모르지만, "난 한가로이 멍청하게 있을 수는 없었다. 우선 자식들을 만들어 달래지, 그들에게 먹일 빵을 빌어다 달래지. 빵이라고는 하나 넓은 의미의 빵이다. 나는 한 번도 내 몫을 천천히 먹을 수 없었다." 이런 말도 합디다.

마르테 그이는 내가 바친 정성도 사랑도 밤낮없는 고생도 모두 잊어버렸군요!

메피스토펠레스 아닙니다, 그분도 그 점은 명심하고 있더군요.

이렇게 말합디다.

"나는 몰타 섬을 떠날 때 처자를 위해서 열심히 기도했다. 그래서 그랬는지 운수 좋게 우리들의 배가 왕의 보물을 싣고 가는 터키

배를 사로잡았다. 그래서 용감하게 일한 보상으로 당연한 일이지만, 나도 내 몫을 톡톡히 받았다."

마르테 네! 그걸 어떻게 했을까요? 묻어 두었을까요?

메피스토펠레스 누가 아나요? 동서남북 어느 바람이 실어갔는지?

나폴리에서 낯선 거리를 헤매고 있을 때 예쁜 여자가 그분을 끌어들였습니다.

그 여자가 끔찍이도 정성껏 섬겼는지 죽을 때까지 그게 뼈에 사무쳤습니다.

마르테 몹쓸 사람 같으니!

자식들 것을 훔친 거나 같지 뭐에요!

아무리 타락해도, 아무리 궁해도!

창피한 생활은 버리지 못해군요.

메피스토펠레스 그렇지요! 그 죗값으로 죽었습니다.

그런데 내가 부인의 처지라면, 1년은 정숙하게 애도하다가 그럭저럭 좋은 사람을 찾겠는데요.

마르테 어머나, 무슨 말씀을!

그래도 그이 같은 사람은 이 세상에서 좀처럼 만나기 어려울 거에요!

그렇게 정다운 호인은 없을 거야. 덮어놓고 여행을 하고 싶어했지요.

여자와 술과 몹쓸 노름을 좋아한 것뿐이에요.

메피스토펠레스 그렇군요. 그 양반 쪽에서도 그처럼 부인을 관대하게 봐주었다고 한다면, 서로 균형이 잡혀 있었던 셈이네요.

그런 조건이라면 저도 기꺼이 당신과 반지를 교환하겠는데요!

마르테 어머나, 농담도 잘하시네!

파우스트 123

메피스토펠레스　(혼잣말로) 슬슬 물러가야지!

　　이 여자는 악마의 말을 알아차릴 것 같은걸.

　　(마르가레테에게) 그런데 아가씨 마음은 어떠신가요?

마르가레테　무슨 말씀이세요?

메피스토펠레스　(혼잣말로) 정말 순진한 처녀구나!

　　(큰 소리로) 안녕히 계십시오, 두 부인들!

마르가레테　안녕히 가세요!

마르테　아, 저 한마디만!

　　제 남편이 언제 어디서 어떻게 죽어 묻혔는지 증명서를 받았으면 하는데요.

　　저는 무엇이나 꼼꼼하게 해두는 것을 좋아하는 성미죠.

　　그이가 죽은 것을 성당 주보에 냈으면 해서요.

메피스토펠레스　아니, 부인, 증인만 둘 있으면 어디 가서나 진실이 인정됩니다.

　　신분이 좋은 내 친구가 있으니 그 친구를 재판관 앞에 세우기로 하지요.

　　여기로 데리고 오겠습니다.

마르테　제발 좀 그렇게 해주세요!

메피스토펠레스　그때는 이 아가씨도 여기 계시겠죠?

　　그는 훌륭한 청년이죠!

　　여기저기 여행을 해서 아가씨들에 대한 예절도 다 알고 있습니다.

마르가레테　그런 분 앞에 나서면 전 그만 부끄러워서.

메피스토펠레스　아가씨 같으면 이 세상 어느 왕 앞에 나가도 부끄러울 게 없습니다.

마르테　그럼 오늘 밤 우리 집 뒤뜰에서 두 분을 기다리겠어요.

길거리

파우스트, 메피스토펠레스

파우스트 어때? 잘될 것 같은가? 곧 잘되겠나?
메피스토펠레스 됐습니다! 꽤 달아올랐군요?
　얼마 안 가서 그레트헨은 당신의 것입니다.
　오늘 밤 이웃 마르테의 집에서 만나게 해드리지요.
　그 사람은 중매쟁이나 뚜쟁이로서는 안성맞춤의 여자더군요!
파우스트 그거 잘됐군!
메피스토펠레스 그런데 우리한테도 부탁이 있습니다.
파우스트 가는 정이 있어야 오는 정이 있지.
메피스토펠레스 그 여자 남편의 죽은 몸뚱이가 파두아의 거룩한 곳에 잠
　들고 있다는 유효한 증명만 해주면 됩니다.
파우스트 꽤 빈틈이 없군! 그러면 먼저 그곳에 다녀와야 하잖은가?
메피스토펠레스 원 이렇게도 순진하시기는! 그럴 필요 없습니다.
　적당히 말해서 증명만 하면 됩니다.
파우스트 그런 것까지 해야 한다면 이 계획은 집어치우겠네.
메피스토펠레스 이 양반이 대체 왜 이렇게 순진하실까!
　거짓 증언을 한 적이 지금까지 한 번도 없습니까?
　당신은 신과, 세계와, 세계 안에서 움직이고 있는 것과, 인간과, 인

간의 머리나 가슴속에서 움직거리고 있는 것을 기를 쓰고 정의하지 않았습니까? 뻔뻔스럽게 으스대면서 말이지요.

허심탄회하게 솔직히 말씀해 보십시오.

당신은 세계나 신에 대해서 정말로 알고 계십니까?

슈베르트라인이 죽었다는 것 이상으로 확실하게 말입니다!

파우스트   자네는 변함없는 궤변가, 거짓말쟁이야!

메피스토펠레스   내가 좀더 깊이 사물을 들여다볼 줄 몰랐더라면 그렇죠. 내일이면 당신도 점잖은 얼굴로, 그 가엾은 그레트헨을 꾀려고 진정으로 당신을 사랑하느니 어쩌니 말하게 될 테니까요.

파우스트   정말 진정으로 사랑한단 말이야!

메피스토펠레스   훌륭하십니다!

그러시다면 영원히 변치 않는 사랑이니, 진정이니, 단 하나의 무엇보다도 강한 열정이니…….

이런 것도 진심에서 우러나오는 것인가요?

파우스트   그만둬! 진심에서 우러나오는 것이야!

내가 마음으로 느끼는 것을, 그 감정, 그 설레임을 분명하게 표현하려고 말을 찾다가 찾지 못하고, 온 세계를 눈과 귀를 곤두세워 헤매면서 갖가지 최고의 말을 붙잡아 내 몸을 태우는 이 열정을 무한이다, 영원이다, 무궁이다라고 부를 때 그것을 악마의 헛소리라고 할 수 있을까?

메피스토펠레스   그래도 내 말은 사실입니다!

파우스트   이봐, 잘 들어!

제발 쓸데없는 말은 하지 마.

제 고집을 부려서 한 가지만 우기는 자는 반드시 이긴다.

가자, 나는 수다에 싫증이 났다.

자네가 옳다. 이렇게 말하는 수밖에 별도리가 없군.

정 원

마르가레테는 파우스트의 팔에 매달려서, 마르테는 메피스토펠레스와 같이 산책하면서 왔다갔다하고 있다.

마르가레테   전 잘 알고 있어요, 선생님이 저를 위로해 주시려고 비위를 맞추어서 상대해 주신다는 것을. 그래서 부끄러워요, 여행을 많이 하는 분은 친절하셔서, 싫은 얼굴을 하지 않고 즐겁게 대해 주세요.
   그런 견문이 넓은 분에게 저의 실없는 이야기가 뭐 재미있으시겠어요.

파우스트   당신의 눈길, 당신의 말 한마디가 이 세상의 모든 지혜보다 즐겁습니다.
   (그녀의 손에 키스한다.)

마르가레테   억지로 이러시지 마세요! 이런 손에 키스하시다니?
   이렇게 더럽고 거친 손에!
   저는 뭐든지 하지 않으면 안 된답니다.
   어머니가 너무 엄하셔서요.
   (두 사람 지나간다.)

마르테   그래서 선생님은 늘 그렇게 여행을 하시나요?

메피스토펠레스 네, 늘 직업과 의무에 쫓겨서요!
떠나기가 무척 괴로운 곳도 더러 있지요.
하지만 한곳에 눌러붙어 있을 수가 없습니다.

마르테 젊으실 때는 그것도 좋겠지요, 세상을 마음대로 돌아다니는 것도 말예요.
하지만 좋지 못한 때가 닥쳐온답니다.
고독한 홀아비로 터벅터벅 무덤을 향해 걸어간다는 것은 그리 신통한 일이 아닐 거예요.

메피스토펠레스 그것을 생각하면 소름이 끼칩니다.

마르테 그러니까 지금 정신을 차리셔야죠!

(두 사람 지나간다.)

마르가레테 네, 눈에 안 보이면 마음도 멀어지는 거예요!
선생님은 사람의 마음이 떠나지 않게 사귀시는 데 익숙하시군요.
아마 많은 친구분을 갖고 계실 거예요.
저 같은 것보다 훨씬 똑똑한 분을요.

파우스트 천만에! 똑똑하다는 것은 대체로 허영과 천박한 지혜에 지나지 않습니다.

마르가레테 네?

파우스트 아, 청순하고 순진한 사람은 끝내 자기 자신의 신성한 값어치도 깨닫지 못하는구나!
겸손한 마음이야말로 따뜻하고 자비로운 자연의 최고의 선물이다.

마르가레테 선생님이 잠시라도 저를 생각해 주신다면, 저는 평생 잊지 않을 거예요.

파우스트 당신은 혼자 있을 때가 많지요?

마르가레테 네, 저희들 살림살이는 작지만 여러 가지 할 일이 많답니다.

하녀가 없어서 밥 짓고 청소하고, 뜨개질하고, 바느질도 해야 하니 아침부터 밤 늦게까지 일을 해야 돼요.

게다가 어머니는 모든 일에 지나치게 꼼꼼하세요!

그렇게 옹색하게 살지 않아도 어지간히 살 수 있어요.

아버지가 약간의 재산과 변두리에 자그마한 집과 조그만 정원을 남겨 두셨거든요.

요즈음은 아주 조용한 나날을 보내고 있답니다.

오빠는 군대에 나가고, 어린 여동생은 죽었어요.

전 그애 때문에 무척 애를 많이 태웠죠.

그런 고생이라면 기꺼이 한 번 더 할 수 있어요.

너무나 귀여운 아이였으니까요.

파우스트 당신을 닮았다면 천사 같았겠지요!

마르가레테 제가 길러서 무척 저를 따랐어요.

아버지가 돌아가신 뒤에 태어났어요.

그때 어머니는 도저히 가망이 없을 만큼 쇠약해져서 누워 계셨어요.

회복이 무척 느렸어요.

그래서 어머니는 가엾은 아기에게 젖을 물릴 생각조차 못하셨습니다.

그래서 정말 저 혼자서 길렀죠, 물과 우유로.

그래서 제 아이가 되어 버렸는데, 제 품에 안기고 제 무릎에 오르면 좋아서 손발을 파닥거리며 자라났답니다.

파우스트 무엇보다도 순결한 행복을 맛보셨군요.

마르가레테 하지만 정말 괴로운 때도 있었어요.

밤에는 아기의 요람을 제 침대 곁에 놓아 두고, 조금만 움직여도 제가 얼른 잠이 깨게 해두었습니다.
젖을 먹이거나 제 곁에 안아 눕히기도 하고, 울음을 안 그칠 때면 자리에서 일어나 춤이라도 추듯 방안을 왔다갔다했죠.
아침에는 일찍부터 빨래를 하고, 장도 보러 가고, 부엌일도 하는 등 날마다 같은 일을 되풀이했습니다.
그래서 늘 마음이 명랑하지는 못했죠.
하지만 밥맛이 좋고, 잠을 잘 잘 수 있었어요.

(두 사람 지나간다.)

마르테 정말 여자란 불쌍해요. 홀아비의 마음을 돌리기가 어렵거든요.

메피스토펠레스 나 같은 인간의 마음을 뜯어고치는 것은 당신 같은 분의 수완에 달렸지요.

마르테 똑바로 말씀하세요, 아직도 못 찾으셨나요?
어딘가에 마음에 드는 분이 있는 게 아녜요?

메피스토펠레스 속담에도 자기 집 화덕과 착실한 마누라는 금과 진주의 값어치가 있다고 하잖습니까?

마르테 당신은 한 번도 그런 생각이 안 들었느냔 말예요.

메피스토펠레스 어딜 가나 정말 정중히 대접해 주더군요.

마르테 진정으로 생각해 보신 적이 한 번도 없으셨냐니까요?

메피스토펠레스 부인들과 무례한 농담을 해서는 안 되지요.

마르테 아, 정말 선생님은 제 말을 못 알아 들으시네요!

메피스토펠레스 미안합니다!
하지만 잘 알고 있는 것은 당신이 매우 상냥하다는 것입니다.

(두 사람 지나간다.)

파우스트 나라는 것을 곧 알아보셨나요, 제가 정원에 들어섰을 때?

마르가레테 못 보셨나요, 제 눈을 아래로 내리까는 것을?

파우스트 내 실례를 용서해 주시겠습니까?

요전에 당신이 성당에서 돌아오실 때 뻔뻔스러운 짓을 한 것을?

마르가레테 전 깜짝 놀랐어요. 한 번도 그런 적이 없었거든요.

저는 아무에게서도 손가락질을 받아 본 적이 없었는데, 그래서 저분은 내 태도에서 건방지고 얌전치 못한 점을 보시고, 이 계집애는 쉽게 다룰 수 있다는 생각을 혹시 하신 것은 아닐까 하고요.

하지만 솔직히 말씀드리겠어요!

선생님을 좋은 분이라고 생각하는 마음이 그때 벌써 일어나기 시작했던 거예요.

그래서 저는 더 약이 올랐어요.

선생님께 왜 좀더 화를 낼 수 없었던가 하고요.

파우스트 귀여운 사람!

마르가레테 저어, 잠깐 실례하겠어요!

(해국꽃을 한 송이 꺾어서 꽃잎을 하나하나 뜯는다.)

파우스트 무얼 하는 거요? 꽃다발을 만드는 거요?

마르가레테 아네요, 그저 장난하는 거예요.

파우스트 어떤?

마르가레테 저리 가세요, 웃으실 거예요.

(꽃잎을 뜯으면서 중얼거린다.)

파우스트 무얼 중얼거리지?

마르가레테 (약간 큰 소리로) 나를 사랑하신다, 안 하신다.

파우스트 오, 천사처럼 천진한 얼굴!

마르가레테 (계속해서) 사랑하신다, 안 하신다.

사랑하신다, 안 하신다.

(마지막 꽃잎을 뜯으면서 상냥하게 기쁨을 나타내며)

파우스트 131

아, 사랑하신다!

파우스트 사랑하고말고! 이 꽃점을 신의 말씀이라 생각하시오! 당신을 사랑하고 있습니다!
그 의미를 아시겠소, 당신을 사랑한다는 말을? 사랑하고말고.
(그녀의 두 손을 잡는다.)

마르가레테 몸이 오싹해져요!

파우스트 아, 떨지 마시오!
당신의 손을 쥐는 나의 이 손으로, 입으로 못 하는 말을 말하게 해 주오.
모든 것을 다 바쳐서 영원한 기쁨에 잠기려오!
이것은 영원히 사라지지 않을 것이오.
그렇소, 영원히! 그것이 끝날 때는 절망이오.
아니, 결코! 결코 끝나지 않을 것이오!
(마르가레테는 파우스트의 손을 꼭 쥐었다가 뿌리치고 달아난다. 파우스트는 잠시 생각에 잠겨 있다가 그녀 뒤를 쫓아간다.)

마르테 (걸어오면서) 어두워졌어요.

메피스토펠레스 그렇군요, 이제 가야겠습니다.

마르테 좀더 계시라고 부탁드리고 싶지만 무척 말이 많은 곳이에요, 여기는. 이웃 사람들의 일거일동을 일일이 엿듣고 구경하는 일 외에는 할 일이 없는 것 같은 사람들뿐이거든요.
아무리 조심해도 이러쿵저러쿵 말을 듣게 된답니다.
아니, 그 두 사람은?

메피스토펠레스 저쪽 길로 뛰어가더군요, 들뜬 두 마리의 나비처럼.

마르테 그분, 저애가 마음에 드시나 봐요.

메피스토펠레스 아가씨도 그런 모양이지요. 세상이란 그런 거랍니다.

정자

마르가레테가 뛰어들어와서 문 뒤에 숨어 틈새로 내다본다.

마르가레테   오시는구나!

파우스트   (들어오며) 얄미운 것, 나를 놀리다니!
  자, 잡았다! (그녀에게 키스한다.)

마르가레테   (파우스트를 껴안고 키스에 답하며)
  아, 그리운 분! 전 진정으로 당신[16]이 좋아요!

  (메피스토펠레스가 노크한다.)

파우스트   (발을 구르면서) 누구야!

메피스토펠레스   친구입니다.

파우스트   빌어먹을!

메피스토펠레스   이제 가야 할 시간입니다.

마르테   (들어온다.) 네, 이제 너무 늦었어요.

파우스트   바래다 드리면 안 되나요?

마르가레테   하지만 어머니가 ……. 안녕히 가세요!

파우스트   그럼 이대로 돌아가야 하나? 그럼, 잘 가시오!

마르테   안녕히 가세요!

---

16) 마르가레테는 처음으로 파우스트를 '당신'이라는 애칭으로 부른다. 이렇게 부르는 것은 결정적인 남녀 사이를 의미한다.

(파우스트와 메피스토펠레스 퇴장)

마르가레테 아, 정말! 저분은 모르는 게 없으셔!
저분 앞에 나가면 나는 그저 부끄럽기만 하고 무슨 말에라도 네, 네, 할 뿐이야!
난 가난하고 아무것도 모른 계집애인데, 나의 어디가 마음에 드셨을까. (나간다.)

숲과 동굴

파우스트, 혼자서

파우스트 숭고한 영靈[17]이여!
그대는 나에게 주었다, 내가 원하는 모든 것을.
그대가 불길 속에서 내게 얼굴을 돌린 것은 공연한 짓이 아니었다.
장려한 자연을 왕국으로서 나에게 주고, 그것을 느끼고 즐기는 힘까지 주었다.
냉정하게 눈을 크게 뜨고 놀랄 뿐 아니라, 친구의 가슴속을 들여다보듯 자연 속을 깊숙이 헤치고 들어가게 해주었다.
그대는 살아 있는 모든 것의 행렬이 내 앞을 지나치게 하여, 고요한 숲과 바람과 물속에 있는 내 형제들을 만나게 해주었다.
그리고 비바람이 숲을 요란스레 휘젓고, 주위의 나뭇가지와 줄기

---
17) 지령을 의미한다.

를 휩쓸면서 커다란 전나무가 쓰러지고, 그 땅울림이 언덕에 둔탁하게 언덕을 진동할 때, 그대는 나를 고요한 동굴로 인도하여 나 스스로를 돌아보게 한다.

그러면 이 가슴속에 깃든 깊은 신비와 경이가 드러난다.

그리고 내 눈앞에 밝은 달이 나를 위로하러 온화하게 떠오르면, 암벽과 이슬에 젖은 덤불 속에서 전설의 세계에 사는 온갖 모습이 은빛으로 떠올라 내 마음을 부드럽게 해준다.

아, 인간에게 완전한 것은 아무것도 주어지지 않음을, 나는 이제야 절실히 느낀다.

나를 신들에게 접근시켜 주는 환희에 곁들여서, 그대는 길동무까지 해주었다.

그놈은 냉혹하게 뻔뻔스레 나를 내 자신의 눈에도 비굴하게 만들고, 말 한마디로 그대의 선물을 허무로 돌려버릴 수 있지만, 난 이제 그놈 없이는 지낼 수 없게 되었다.

그놈은 내 가슴속에 그 아름다운 모습을 좇는 광열의 불길을 잇달아 부채질한다.

그리하여 나는 욕망과 향락 사이를 비틀거리면서 향락을 누리고, 욕망을 갈망한다.

메피스토펠레스 등장

메피스토펠레스 이 생활에도 이젠 슬슬 싫증이 나시지요?
질질 끌면 재미있을 리가 없지요.
한번 시도해 보는 것도 좋지만 또 무언가 새로운 것을 해봐야죠!
파우스트 모처럼 내가 기분좋게 지내고 있는데, 굳이 방해하지 않더라도 자네가 할 일은 있을 법하다만.

메피스토펠레스   네! 그럼 이제 당신의 휴식을 방해하지 않겠습니다.

뭐 그렇게 역정을 내실 것까지야 없잖습니까.

당신처럼 그렇게 무뚝뚝하고 퉁명스럽고 미치광이 같은 길동무는 없어져도 별로 아쉽지 않습니다.

하루 종일 일만 잔뜩 시키고 말이죠!

더구나 마음에 드는지 안 드는지, 당신의 안색으로는 알 수도 없어요!

파우스트   이제야 실토를 하는구나!

남을 귀찮게 해놓고 감사의 인사를 받으려고 하는군.

메피스토펠레스   당신 같은 불쌍한 사람은 내가 없었더라면 어떻게 연명을 했을까요?

그 갈팡질팡하는 시시한 공상 속에서 당신을 잠시라도 구해 준 것은 나라고요.

내가 없었던들 당신은 벌써 이 지구에서 떨어져 나갔을 것입니다.

어쩌자고 당신은 이런 동굴의, 이런 바위 틈새에서 부엉이처럼 멍하니 앉아 있습니까?

어쩌자고 질척한 이끼나 물이 드는 바위에서 두꺼비처럼 양분을 빨고 있습니까?

참으로 근사한 취미군요!

당신 몸에선 아직 학자의 냄새가 다 빠지지 않았어요.

파우스트   이렇게 황야를 헤매고 있노라면 어떤 새로운 생명력이 솟아나는지, 자네는 몰라.

아니, 그것을 알 수 있다면 자네는 악마의 본성을 드러내어 내 행복을 방해할 거야.

메피스토펠레스　현세를 벗어난 쾌락이라, 이거군요!

　　밤이슬에 젖어 깊은 산속에 누워서 땅과 하늘을 황홀하게 포옹하고, 신이나 된 듯한 기분이 되어 대지의 골수를 예감의 힘으로 파헤치고, 엿새 동안의 신의 창조를 가슴에 느끼며 오만스레 나 같은 것은 무언지도 모르는 것을 맛보고, 때로는 사랑의 기쁨에 취하여 만물속에 녹아들고, 지상의 아들로서의 모습은 완전히 사라지고, 그리하여 그 고원한 정신적 관찰을 입으로는 말하기 어렵지만, (음란한 몸짓을 하며) 이런 것으로 끝을 맺자는 것이겠지요.

파우스트　이런 괘씸한 녀석 봤나!

메피스토펠레스　마음에 안 드시는 모양이군요.
　　점잖게 괘씸하다고 하시는 것도 좋겠지요.
　　순결한 마음도 한 번 맛보면 그것 없이는 안 되는 것을 순결한 귀에다 말해서는 안 된다는 말씀이군요.
　　요컨대 가끔 자기를 속이는 쾌락을 나는 말리지 않습니다.
　　하지만 오래 계속하진 못할 겁니다.
　　당신은 벌써 녹초가 되어 있는걸요.
　　이 이상 계속하면 닳고 닳아서
　　미치거나 고민하거나 공포에 사로잡히고 맙니다.
　　그런 건 그만하십시오!
　　당신의 귀여운 처녀는 집에 틀어박혀서 모든 일에 애달파 슬퍼하고 있습니다.
　　당신을 아무래도 잊지 못해서지요.
　　몹시 당신을 사랑하고 있습니다.
　　처음에는 눈이 녹아 시냇물이 넘치듯이 당신은 넘치는 사랑의 격정을 그 처녀의 가슴에 쏟아넣었는데, 지금은 당신의 시냇물이 다시 마르기 시작했습니다.

내 생각으로는, 당신이 이런 숲속에서 임금님처럼 뻐기고 있기보다는, 그 가엾은 어린애 같은 처녀의 애틋한 사랑에 보답하는 편이 어울릴 것 같군요.

그녀는 견딜 수 없도록 시간이 길게 느껴질 겁니다.

창가에 서서 오랜 성벽 위를, 구름이 흘러가는 것을 보고 있습니다.

"이 몸이 새라면!" 이런 노래를 부르고 있습니다.

때로는 명랑할 때도 있지만 대개는 우울해져서 하염없이 우는가 하면, 곧 진정하는 듯이 보이기도 합니다.

하지만 사모하는 마음은 밀물 같습니다.

파우스트 뱀 같은 녀석! 이 뱀 같은 녀석아!

메피스토펠레스 (혼잣말) 됐다! 내 계략에 걸려들었다!

파우스트 망할 놈 같으니! 썩 꺼져라.

그 아름다운 처녀 얘기는 이제 하지 마라!

미쳐가고 있는 내 마음에 두 번 다시 그 달콤한 육체의 욕망을 일으키게 하지 마라!

메피스토펠레스 대관절 어쩌시려는 겁니까?

그 처녀는 당신이 도망친 줄 알고 있습니다.

사실 도망친 것과 다름없지만.

파우스트 나는 그 처녀 가까이에 있다. 비록 멀리 떨어져 있더라도 나는 결코 그 처녀를 잊을 수 없다, 버릴 수도 없다.

그렇다, 나는 주主의 몸까지도 샘이 난다, 그 처녀의 입술이 거기 닿는가 생각하면!

메피스토펠레스 그러실 테지요! 나도 당신을 곧잘 시기했답니다.

장미꽃 그늘에서 풀을 뜯는 쌍둥이 사슴 같은 유방을 생각하면.

파우스트 나가! 이 뚜쟁이 놈아!

메피스토펠레스 좋습니다! 당신은 욕을 하지만 난 웃지 않을 수가 없군요. 젊은 남녀를 만든 하느님은, 스스로 뚜쟁이 노릇하는 것이 가장 고귀한 천직임을 깨달았단 말입니다.

자, 가봐 주세요! 가엾기 짝이 없습니다.

당신의 애인의 방에 가보란 말씀이에요.

죽으러 가라는 말이 아닙니다.

파우스트 그 처녀의 품에 안길 때 천국의 기쁨이 도대체 무엇이란 말인가?

그 처녀의 품안에서 따뜻해져도 나는 줄곧 그 처녀의 괴로움을 느끼고 있지 않은가?

나는 도망자가 아닌가? 집도 절도 없는 놈이 아닌가?

목적도 안식도 잃어버린 비인간, 마치 폭포처럼 바위에서 바위로 세차게 부서져서 정욕에 미쳐 심연으로 떨어져 가는 것과 같지 않은가?

그런데 그 처녀는 한옆에 비켜서서 어린애처럼 천진스레 알프스의 조그만 들에 있는 오막살이에 있는 것이다.

집안의 일은 모두 그 조그만 세계에 한정되어 있다.

그런데 신의 미움을 산 나는 바위를 움켜잡고 산산조각으로 부수고도 직성이 풀리지 않았다!

그 처녀를, 그 처녀의 평화를 매장하지 않고서는 견딜 수 없었다!

오, 지옥아, 너에게는 이 희생이 꼭 필요했단 말이냐!

악마야, 나를 도와 이 불안의 시간을 줄여 다오!

그 처녀의 운명이 내 위에 무너져서 그 처녀도 나와 함께 멸망해 버려라.

메피스토펠레스 또 마음이 끓어올라 타기 시작하는군요!
　　어서 가서 그애를 위로해 주세요, 천치 같은 양반아!
　　그런 귀여운 머리는 빠져나갈 길을 찾지 못하면 당장에 죽을 것을
　　생각하는 법이니까.
　　대담하게 밀고 나가는 자가 승리한단 말입니다!
　　당신도 이제 어지간히 악마다워졌을 텐데, 절망한 악마만큼 꼴사
　　나운 것도 없습니다.

마르가레테의 방

마르가레테, 혼자 물레 앞에 앉아서

마르가레테 마음의 안정은 사라지고
　　내 가슴은 무겁구나.
　　그 편안함은
　　끝내 돌아오지 않네.

　　임이 안 계시면
　　어디나 다 무덤터.
　　세상이 온통
　　이 몸에는 쓰디쓸 뿐.

아, 가엾은 내 머리는
미쳐 버리고,
아, 가엾은 내 마음은
산산이 조각났네.

마음의 안정 사라지고
내 마음은 무겁구나.
그 편안함은
끝내 돌아보지 않네.

창 밖에서 찾는 것은
오직 임의 모습뿐.
집을 나서는 것도
임을 찾기 위해서네.

임의 씩씩한 걸음
기품 있는 그 모습
입가에 띠우는 미소
눈에 서리는 정기.

임이 하시는 말씀
그 오묘한 물결
꼬옥 잡으시는 손
아, 그 입맞춤!

마음의 안정 사라지고
내 가슴은 무겁구나.
그 편안함은
끝내 돌아오지 않네.

내 가슴은 오직
임만 찾고 있네.
아, 임을 붙들어
힘껏 끌어안고,

내 마음에 찰 때까지
입맞추고 싶어라.
그 입맞춤에 내 몸이
녹아 없어질지라도!

마르테의 집 정원

마르가레테, 파우스트

마르가레테 분명히 말씀해 주세요, 하인리히 씨!
파우스트 내가 할 수 있는 일이라면!
마르가레테 그럼 말씀해 주세요.

종교를 어찌 생각하세요?
당신은 정말 좋은 분이지만, 종교를 별로 중요하게 여기시지 않는 것 같아요.

파우스트   그런 이야기는 그만둡시다!
내가 당신을 사랑하고 있다는 것은 알고 있겠지?
나는 사랑하는 사람을 위해서는 살도 피도 아끼지 않소.
그리고 누구의 신앙도 교회도 뺏을 생각은 없소.

마르가레테   그걸로는 안 돼요. 직접 믿지 않으면 안 되는 거예요.

파우스트   그래?

마르가레테   당신께 무언가 해드릴 수 있으면 좋겠는데!
당신은 성사도 존중하지 않으시죠?

파우스트   그거야 존중하지.

마르가레테   하지만 진심은 아니잖아요.
벌써 오랫동안 미사에도, 고해하러도 안 가셨죠?
당신은 신을 믿으세요?

파우스트   이봐요, 누가 감히 말할 수 있을까, 나는 신을 믿는다고?
신부나 학자에게 물어봐요.
그 대답은 질문한 사람을 우롱하는 것으로밖에 들리지 않을 테니까.

마르가레테   그럼, 믿지 않으시는 거군요?

파우스트   내 말을 오해하지 말아요, 그레트헨!
누가 감히 함부로 신의 이름을 부를 수 있을까?
누가 공언할 수 있을까, 나는 신을 믿는다고!
누가 마음에 신을 느끼고 있으면서, 나는 신을 믿지 않는다고 감히 말할 수 있을 것인가?

만물을 감싸안은 자, 만물을 지탱하는 자, 그것이 당신도 자기 자신까지도 감싸안고 지탱하고 있지 않은가!

하늘은 저 위에 동그랗게 펼쳐져 있지 않소.

땅은 이 아래 흔들리지 않고 퍼져 있지 않소.

그리고 영원한 별은 여기저기서 떠오르고 있지 않소.

당신과 이렇게 서로 눈을 마주보고 있으면, 온갖 것이 당신의 머리와 가슴에 몰려와서 당신 곁에서, 영원한 신비 속에 보이지는 않지만 움직이고 있는 것을 알 수 있지 않소.

그 정감으로 당신의 가슴을 채우시오.

그 느낌에 젖어 당신이 축복받은 듯이 느낄 때, 그것을 당신 마음대로 부르시오.

행복! 정열! 사랑! 신!

나는 그것을 나타낼 이름을 모르오!

느낌이 모두요.

이름은 하늘의 불을 어렴풋이 감싸는 공허한 울림과 연기에 지나지 않소.

마르가레테 말씀하시는 것은 모두 아름답고 훌륭해요.

신부님도 대개 그렇게 말씀하세요, 다만 쓰시는 말씀이 약간 달라요.

파우스트 어디로 가나 태양 아래 누구나 저마다 자기의 말로 말하거든.

어째서 내가 나의 말로 말해서 안 되는가?

마르가레테 그 말씀을 들으니 그럴듯하게 여겨지지만, 역시 왠지 어딘가 이상해요.

당신은 그리스도교를 믿지 않으시거든요.

파우스트 당신은 귀여워!

마르가레테　저는 전부터 마음에 걸렸어요, 당신이 그 친구분하고 같이 다니시는 것이.

파우스트　어째서?

마르가레테　당신이 늘 같이 다니는 그분, 저는 그분이 정말 싫어요.
그의 천한 얼굴을 보고 있으면 제 가슴을 가시로 콕콕 찌르는 기분이 드는데, 그런 기분은 난생 처음이에요.

파우스트　그런 사람을 무서워할 건 없소!

마르가레테　그분이 곁이 있으면 전 피가 끓어요.
전 평소에 아무도 나쁘게 생각하지 않아요.
하지만 당신을 아무리 만나고 싶을 때라도, 그분을 보면 어쩐지 소름이 끼쳐요.
그분은 왠지 악한 같은 생각이 들어요!
제가 잘못 보았으면 너무나 미안한 일이지만!

파우스트　그런 괴짜도 있어야 하는 법이오, 세상에는.

마르가레테　그런 분하고는 같이 살고 싶지 않아요!
그분은 문간에 들어설 때마다 늘 사람을 조롱하는 듯한, 화난 듯한 얼굴을 하고 있어요.
남이야 어떻게 되거나 상관없다고, 아무도 사랑하고 싶은 생각은 없다고 그분의 이마에 씌어 있어요.
당신 팔에 안겨 있으면 전 기분이 좋아서 마음 편하고 모든 것을 내맡긴 포근한 기분이 드는데, 그분이 오면 가슴이 꽉 죄는 것 같아요.

파우스트　아주 눈치 빠른 천사로군!

마르가레테　그런 느낌에 전 완전히 압도되어서 그분이 우리한테 오기만 하면, 전 그만 당신마저 싫어지는 듯한 느낌이 들어요.

그리고 그분이 있는 데서는 전 기도를 드릴 수가 없어요.

그게 자꾸만 마음에 걸려요.

하인리히 씨, 당신도 그렇죠?

파우스트 말하자면, 성미가 맞지 않는 거야!

마르가레테 전 이제 가 봐야겠어요.

파우스트 아, 단 한 시간이라도 마음놓고 당신 품에 안겨서 가슴과 가슴, 마음과 마음을 맞닿게 할 수는 없을까?

마르가레테 아, 저 혼자서 잔다면!

오늘 밤이라도 기꺼이 빗장을 열어놓고 싶지만 우리 어머니는 잠귀가 밝으세요.

어머니한테 들키기라도 한다면, 전 그 자리에서 죽어 버릴 거예요!

파우스트 그런 일이라면 문제 없소.

여기 병이 있소!

이것을 세 방울만 어머님이 마시는 것에 떨어뜨리면 기분좋게 푹 주무시게 될 거요.

마르가레테 당신을 위해서라면 무슨 일이든지 하겠어요!

하지만 어머니한테 해가 되지는 않겠지요?

파우스트 해가 된다면 권하지도 않소.

마르가레테 당신 얼굴을 보고 있으면 왠지 모르게 그만 당신 뜻대로 되어 버려요.

전 벌써 당신을 위해 많은 것을 해서, 이젠 할 일이 별로 안 남은 것 같아요. (나간다.)

메피스토펠레스 등장

메피스토펠레스   깜찍한 계집은 가버렸나요?

파우스트   또 엿들었구나?

메피스토펠레스   자세히 들었지요.

박사님께서 교리 문답을 받으시더군요.
아무쪼록 마음의 양식이 되기를 바랍니다.
젊은 여자는 역시 무척 신경을 쓰는 법이랍니다.
남자가 옛날 관습대로 믿음이 깊고 순박한지 어떤지 말이지요.
그쪽에 머리를 숙이는 사내라면, 자기 맘대로 되는 줄 알거든요.

파우스트   자네 같은 괴물이 뭘 알아.

그 성실하고 상냥한 처녀는 자기에게 축복을 주는 오로지 단 하나의 신앙을 가슴 가득히 지니고, 사랑하는 남자가 나쁜 길로 빠지지 않나 하고 청순한 마음에 깊이 걱정하고 있는 거야.

메피스토펠레스   성적 매력이 넘치는 구애를 한 양반이 정말 매력 없는 말씀을 하시는군요.

그러다가 어린 계집의 놀림감이 될걸요.

파우스트   진흙과 불에서 생겨난 이 바보야!

메피스토펠레스   게다가 그앤 관상도 기막히게 잘 보던데요.

내 얼굴을 보면 왠지 이상하게 느껴진다니.
그 계집애는 내 얼굴에서 정체를 간파한 모양이죠.
내가 보통 인물이 아니라는 것을, 악마라는 것을 어쩌면 눈치채고 있는지도 몰라요.
그런데 오늘 밤엔?

파우스트   쓸데없는 걱정 마라!

메피스토펠레스   아니, 나도 그게 반가워서요.

우물가

마르가레테, 리스헨, 물동이를 들고서

리스헨 바르바라 얘기 못 들었니?
마르가레테 아무 말도 못 들었어. 난 좀처럼 사람들과 어울리지 않
 으니까.
리스헨 정말이래, 시빌르가 오늘 말했어!
 그앤 결국 유혹에 넘어갔대.
 거드름을 피운 탓이야!
마르가레테 어떻게 됐는데?
리스헨 큰일났더라! 이제 먹고 마시는 게 두 사람 몫이 되었대.
마르가레테 어머나!
리스헨 정말이지, 될 대로 된 거지 뭐니.
 꽤 오래전부터 남자를 따라다녔으니까!
 산책을 같이 안 하나, 마을 무도장에 안 따라가나, 어디를 가든지
 제일 가는 여자라는 아첨을 들었지.
 남자가 늘 파이나 포도주로 비위를 맞춰 주었단 말이야.
 자기 미모에 신이 나서, 남자한테 선물을 받아도 부끄러운 줄 모
 를 만큼 천해진 거야.
 시시덕거리고 핥고 빨고 한 끝에 소중한 꽃을 잃어버렸대!

마르가레테 가엾어라.

리스헨 어머나, 가엾다고 생각하니?

우리는 물레질을 해야 하고, 밤에도 어머니가 밖에 내보내 주지 않을 때, 그애는 좋아하는 남자를 만나 문간 벤치나 어두운 복도에서 시간 가는 줄 모르고 재미를 봤다고.

그러니까 이번에는 풀이 죽어서 죄수복이라도 걸치고 교회에서 고해나 하라지 뭐!

마르가레테 그 사람이 그애를 색시로 맞이할 거잖아!

리스헨 그 사내가 바본가 뭐! 빈틈없는 젊은 사내라면 다른 데서도 얼마든지 기분풀이를 할 수 있는걸.

그 사내도 실은 벌써 달아나 버렸대.

마르가레테 그건 너무했다!

리스헨 그 사내하고 결혼하더라도 그애는 혼이 날 거야.

젊은 남자들은 신부의 꽃관을 뜯어 버릴 거고, 우린 문 앞에 지푸라기를 뿌려 줄 테니까. (나간다.)

마르가레테 (집으로 돌아가면서) 지금까지는 다른 처녀들이 실수를 하면, 나도 얼마나 기가 막혀서 헐뜯었는지 몰라!

다른 사람의 죄를 책망하는 데는 아무리 지껄여도 말이 모자라는 것 같았지!

남의 것이 검게 보이면 더 시커멓게 칠하려고 했고, 그래도 충분히 검다고는 생각하지 않았지.

그리고 자기는 행복한 줄 알고 무척 잘난 척했는데, 그런 내가 지금은 죄악에 몸을 맡기고 있으니!

하지만 이렇게 되기까지 모든 것이 아, 그렇게 좋았는데, 그렇게 즐거웠는데!

시의 성벽 안쪽 골목

성벽 움푹한 곳에 고난의 성모상이 있고, 그 앞에 꽃병이 놓여 있다.
마르가레테, 꽃병에 새 꽃을 꽂는다.

마르가레테   아, 아픔 많으신 마리아님,
　　　　　인자하시게 제 괴로움 쪽으로
　　　　　얼굴을 돌려 주십시오!
　　　　　가슴에 칼을 맞으시고,
　　　　　수없는 아픔을 참으시면서
　　　　　아드님의 죽음을 지켜보고 계시는군요.

　　　　　하늘에 계신 아버지를 우러러
　　　　　아드님과 당신의 괴로움 때문에
　　　　　한탄의 소리를 보내고 계십니다.
　　　　　얼마나 심한 고통이
　　　　　저의 뼛속을 에이는지
　　　　　누가 느껴 주겠습니까?

　　　　　저의 가엾은 가슴이 왜 불안을 느끼고
　　　　　왜 떨며, 무엇을 원하는지

그것을 아시는 이는 오직 당신뿐입니다.

어디를 가나
저의 가슴속이 왜 이렇게
한없이 외롭고 괴로운지요!

아, 저는 혼자가 되면,
울고 울고 또 울어서
이 가슴은 미어집니다.

창가의 화분을
아, 저는 눈물로 적셨습니다.
오늘 아침 당신께 바치려고
이 꽃을 꺾었을 때.

제 방에 환하게
아침해가 비쳤을 때,
저는 벌써 자리에서 일어나
고민에 몸부림치고 있었습니다.

구해 주십시오, 수치와 죽음에서 건져 주십시오!
아, 아픔 많으신 마리아님!
인자하시게 제 괴로움 쪽으로 얼굴을 돌려 주십시오!

밤

마르가레테의 집 앞길. 발렌틴(군인, 마르가레테의 오빠)

발렌틴 자랑하고 싶어지는 술자리에 앉게 되면, 친구들이 어떤 꽃 같은 처녀를 내 앞에서 큰 소리로 칭찬하고 찬사 속에서 술잔을 들이킬 때, 나는 팔꿈치를 괴고 자리에 조용히 앉아서 모두가 기염을 토하는 것을 듣고, 웃으면서 수염을 쓰다듬고는 넘실거리는 잔을 들고 말한다.
"모두 저마다 제멋이 있겠지. 그러나 온 나라 안에 하나라도 나의 귀여운 그레트헨에 견줄 만한 처녀가, 내 누이의 발밑에나마 따라올 처녀가 있나?"
"그렇다! 그렇다! (환성과 술잔 부딪치는 소리. 몇몇이 소리친다.) 자네 말이 맞다, 그애는 여성의 꽃이다!"
그러면 지금껏 떠들어 대던 놈은 입을 다문다.
그런데 지금은 머리를 쥐어뜯고 담벼락을 뛰어올라가도 시원하지 않다!
빈정거리고 코웃음치면서 돼먹지 못한 놈도 나를 모욕한다!
나는 빚진 죄인처럼 웅크리고, 무심히 하는 말에도 진땀을 흘려야 한다.
놈들을 때려 주고 싶지만, 그들을 거짓말쟁이라고는 할 수가 없다!

저기 오는 저게 뭐지!

살금살금 오고 있는 저놈들은?

잘못 본 게 아니면, 두 놈이구나.

저게 그놈들이라면 당장 멱살을 잡아 살려 보내지 않을 테다!

파우스트, 메피스토펠레스

파우스트 저기 성구실 창문에 구원久遠의 등불이 빛나고, 옆으로는 멀어지며 점점 희미해져 이윽고 주위의 어둠 속에 잠겨 버린다!
내 가슴도 저와 같이 캄캄하구나!

메피스토펠레스 그런데 나는 발정한 고양이가 비상 사다리를 따라 살며시 석벽을 돌아나가는 기분인데요.
아무튼 즐겁습니다.
반은 도둑 근성이고, 반은 색골 근성이지만서도요.
벌써 나의 전신에 오싹오싹, 그 기막힌 발푸르기스의 밤[18]이 느껴지는군요.
내일 모래면 그 밤이 돌아옵니다.
그날 밤, 왜 잠도 자지 않고 날을 밝히는가를 알게 될 겁니다.

파우스트 저 안쪽에 반짝거리는 것이 보이는데, 보석이 차츰 땅 속에서 솟아나오는가?

메피스토펠레스 얼마 안 가서 그 냄비를 집어드는 기쁨을 맛볼 수 있을 겁니다.

---

[18] 발푸르기스의 밤(4월 30일부터 이튿날 아침까지)에는 브로켄 산에 마녀와 악마들이 모여서 음란한 춤을 춘다.

나는 최근에 곁눈질로 슬쩍 보았더니 멋있는 사자 문장의 금화가 들어 있더군요.

파우스트 내 귀여운 처녀를 단장할 보석이나 반지는 없더냐?

메피스토펠레스 그때 틀림없이 진주를 꿰놓은 끈 같은 것이 보이던데요.

파우스트 그것 잘됐네! 선물도 안 가지고 그 처녀를 찾아간다는 것은 괴롭단 말이야.

메피스토펠레스 이제 맨손으로 가서 대접을 받더라도, 그리 신경 쓸 필요는 없을 텐데요.

하늘에 별이 가득 빛나는 밤이니 진짜 예술작품다운 곡을 하나 들려 드리지요.

그애를 한층 더 홀리기 위해 마음 설레는 노래를 불러 드리겠습니다.

(기타에 맞추어 노래한다.)

    남자의 문 앞에서 카타리나는
    이런 첫 새벽에
    무엇을 하고 있나?
    아서라, 그만 두어라!
    들여놓을 때는 숫처녀지만
    숫처녀로 나가지는 못한다네.

    정신을 차려라!
    끝나 버리면 그만이란다.
    가엾은 아가씨야!
    제 몸이 귀하거든

사랑의 도둑에게

마음을 주지 마라,

제대로 반지를

끼워 줄 때까지는.

발렌틴 (앞으로 나선다.)

이놈아, 누구를 꾀어 내려고 그래? 괘씸한 놈들!

저주받을 오입쟁이(오입질하는 사람을 낮잡아 이르는 말)들아!

먼저 그 악기부터 부숴 버리겠다! 그리고 노래한 놈을 죽여 버릴 테다!

메피스토펠레스 기타가 두 동강 났어! 이제 못 쓰겠는걸!

발렌틴 이번엔 대갈통을 빠개 놓겠다.

메피스토펠레스 (파우스트에게) 선생님, 물러서지 마시오! 기운을 내시오!

내게 바싹 붙어서 내가 시키는 대로 하시오.

당신의 가벼운 그 칼을 뽑아요!

자, 찌르시오! 받는 건 내가 맡을 테니.

발렌틴 이걸 받아라!

메피스토펠레스 못 받을 게 뭐냐.

발렌틴 이것도!

메피스토펠레스 놓칠 성싶으냐!

발렌틴 아, 이놈은 악마인 모양이구나!

이게 웬일이지? 벌써 손이 말을 듣지 않는다.

메피스토펠레스 (파우스트에게) 자, 찌르시오!

발렌틴 (쓰러진다.) 아앗!

메피스토펠레스 놈이 뻗었구나!

자, 갑시다. 얼른 종적을 감춰야지. 곧 살인이라 외치는 소리가 일어날 테니까요.

경찰을 다루는 거라면 문제 없지만, 신의 이름으로 하는 재판은 질색이라서요.

마르테 (창가에서) 누구 좀 나와요! 나와 보세요!

마르가레테 (창가에서) 불을 좀 가져오세요!

마르테 (전과 같이) 칼싸움이 벌어졌어요!

사람들 저기 벌써 한 사람이 죽어 있다!

마르테 (집에서 나온다.) 죽인 사람은 벌써 도망쳤나요?

마르가레테 (집에서 나온다.) 저기 쓰러져 있는 이는 누구예요?

사람들 네 어머니의 아들이야!

마르가레테 아, 하느님! 이 일을 어쩌나!

발렌틴 나는 죽는다! 말도 쉽게 하였지만 그보다 더욱 쉽게 죽게 되었다.

이봐요, 부인네들, 왜 그렇게 서서 울고불고 하는가?

이리 와서 내 말 좀 들어 봐!

(모두 그의 주위에 모여든다.)

애, 그레트헨, 넌 아직 어려서 도무지 철이 없다.

그래서 실수를 했다.

아무도 모르게 말해 두지만, 넌 창녀가 되어 버렸다.

이제 어쩔 수 없는 일이다.

마르가레테 어머나, 오빠! 아, 하느님!

어째서 저에게 그런 말씀을?

발렌틴 하느님이라니, 농담이라도 그 이름 들먹이지 마라.

이미 일어난 일이니 딱하지만 하는 수 없다.

그리고 어차피 될 대로 되겠지.

너는 한 남자와 남몰래 시작했다.

얼마 안 가서 상대의 수가 늘어난다.
그것이 열이 되고 열다섯이 되어, 너는 온 사내의 노리갯감이 된다.

그러다가 죄의 씨라도 갖게 되어 봐라.
아무도 몰래 그 애를 낳아서 어둠의 너울을 머리에 푹 덮어씌워 주겠지.
아니, 죽이고 싶어질 게다.
그러나 그애는 자꾸만 자라서 대낮에 얼굴을 들고 돌아다닌다.
하지만 그애는 여전히 추한 죄의 자식이다.
인간이 추하면 추할수록 더 밝은 데로 나가고 싶어하는 법이다.

벌써 내 눈에 보이는 것 같구나.
거리의 성실한 사람들이 모두 전염병으로 죽은 송장 보듯 너라는 창녀를 비켜가는 꼴이.
모두 너를 훑어보면 너는 몸도 마음도 섬뜩해질 것이다.
너는 이제 금목걸이도 걸 수 없다!
성당에 가도 제단 앞에는 서지 못한다!
아름다운 레이스의 깃을 달고 춤추며 즐길 수도 없다!
거지나 병신들 속에 끼여 어둡고 비참한 구석에 숨어 있어야만 한다.
설사 하느님이 용서하시더라도 이 세상에서는 저주받고 산다!

마르테 그런 말 말고, 당신 영혼이나 하느님의 구원을 받도록 해요.
거기다 남을 헐뜯는 죄까지 걸머질 작정인가요?

발렌틴 이 철면피 같은 뚜쟁이 할망구야!

네 말라빠진 몸뚱아리를 실컷 두들겨 주고 싶다!
그러면 나의 죗값을 톡톡히 치를 수 있을 테니 말이다.
마르가레테 오빠! 얼마나 괴로우시겠어요!
발렌틴 새삼 눈물 따위는 짜지 마라!
네가 정조를 버렸을 때, 내 가슴은 가장 아픈 상처를 입었다.
나는 눈을 감고 자는 듯이 죽어서 군인으로서 훌륭하게 하느님께로 가련다. (죽는다.)

성 당

장례 미사, 오르간과 노랫소리. 마르가레테, 많은 사람들 속에 끼여 있다. 양심의 상징인 괴롭히는 영, 그 뒤에 있다.

괴롭히는 영 그레트헨, 너는 많이도 변했구나.
네가 천진난만하게 여기 제단 앞에 걸어나와 낡은 기도서를 펼치고 반은 어린애 장난으로, 반은 하느님에 대한 신앙으로, 혀 짧은 소리로 기도를 올리던 그때와는!
그레트헨! 어디에 정신을 팔고 있느냐?
네 가슴속에는 흉악한 생각이 숨어 있구나!
너로 인해 기나긴 괴로움 속에 잠든 죽은 어머니의 영혼을 위해 기도하느냐?
너의 집 문턱에는 누구 피가 흘렀냐?

그리고 네 뱃속에서는, 무언가가 벌써 꿈틀거리며 미래의 불안을 예감하고 네 자신을 위협하고 있지 않느냐?

마르가레테 아아, 괴롭다! 이 괴로움에서 달아나고 싶다! 나를 책망하려고 오락가락하는 이 생각에서!

합창 노여움의 날, 그날이 오면 세계는 재가 되리라. (오르간 소리)

괴롭히는 영 신의 노여움이 널 사로잡는다.

천사의 나팔이 울려퍼진다! 무덤이 흔들거린다!

그리고 네 영혼은 죽음의 잿더미의 고요 속에서 불길의 고통 속으로 다시 부채질되어 전율하리라!

마르가레테 여기서 빠져나갈 수 없을까?

저 오르간 소리가 내 숨결을 콱콱 틀어막는 것 같구나.

저 노랫소리가 내 심장을 갈기갈기 찢는 것 같구나.

합창 심판자가 자리에 앉으면 숨은 죄가 모두 드러나 벌을 받지 않고는 못 견디리라.

마르가레테 가슴이 죄는 것 같다!

벽의 기둥이 나를 밀어붙인다!

둥근 천장이 나를 짓누른다! 아, 답답하다!

괴롭히는 영 네가 숨어도 죄와 부끄러움은 숨길 수 없다.

답답한가? 눈이 부신가? 불쌍한 것!

합창 비참한 나는 그때 무슨 말을 하리.

그 누구에게 보호를 청하랴?

올바른 이조차 불안할진대.

괴롭히는 영 몸이 청정해진 사람들은 너를 외면한다.

너에게 손을 내밀려다가 순결한 사람들은 두려워한다.

불쌍한 것!

합창   비참한 나는 그때 무슨 말을 하리.
마르가레테   옆에 계시는 아주머니! 그 약병[19]을 좀! (기절한다.)

발푸르기스의 밤

하르츠 산중, 슈르케와 엘렌트 근처.
파우스트, 메피스토펠레스

메피스토펠레스   빗자루[20] 같은 거라도 필요치 않습니까?
나는 억센 숫양을 타고 싶은데요.
이 길을 목적지까지 걸어가다가는 큰 고생을 하겠습니다.
파우스트   두 다리가 피둥피둥할 동안에는 이 마디가 많은 지팡이면 넉넉하다.
서둘러 간들 무슨 소용이 있겠나?
골짜기의 미로 같은 길을 따라 샘물이 콸콸 솟고 있는 이 바위를 기어오르면, 이것이 산길을 걷는 참맛이라는 거지!
봄은 벌써 자작나무 가지를 물들이고, 전나무마저 이미 봄의 기운을 느끼고 있다.
우리들 팔다리에도 봄기운이 동하는 것 같지 않느냐?
메피스토펠레스   그런데 나는 그런 걸 조금도 느끼지 못하겠는걸요!

---

19) 집회 때 정신나게 하기 위하여 지니고 있는 약병 혹은 향수병.
20) 마녀들은 빗자루나 숫양을 타고 온다.

내 몸 속은 아직 겨울입니다.
차라리 가는 길에 눈이나 서리가 깔리면 싶군요.
붉은 조각달이 나지막이 열을 뿜으며 구슬프게 솟아올라 있지만,
희미하게 비치는 바람에 한 발짝 걸을 때마다 나무와 바위에 부딪
칠 것 같군요!
도깨비불한테 부탁할 수밖에 없습니다.
마침 저기 하나 신나게 타는 게 보입니다.
여보게, 친구! 이리 와 줄 수 없나?
그렇게 헛되이 타서 어쩌려고 그래!
우리가 올라가는 길을 좀 안내해 다오!

도깨비불 삼가 저의 경솔한 성품을 억제하며 해보겠습니다.
갈지자로 걷는 게 저희들의 버릇이랍니다.

메피스토펠레스 아니, 이놈 봐라! 인간의 흉내를 낼 참이구나.
똑바로 걸어라, 악마의 이름으로 명령한다!
그렇지 않으면 네놈의 깜박거리는 목숨의 불을 확 꺼버릴 테다!

도깨비불 당신이 이 산의 상전이라는 것을 잘 알고 있습니다.
기꺼이 마음에 드시게끔 하지요.
하지만 생각해 보십시오! 오늘은 산이 온통 미쳐 날뛰고 있습니다.
도깨비불한테 길잡이를 시키시려면 너무 잔소리를 하지 말아 주
십시오.

파우스트, 메피스토펠레스, 도깨비불 (번갈아 노래를 부른다.)
꿈의 나라, 마의 영역에 우리들이 들어왔구나.
잘 안내하라, 그리고 자랑하라.
앞으로 나아가면 이윽고 넓은 황야에 이르리라!

나무도 차례차례 언뜻언뜻 물러간다.
허리 굽힌 낭떠러지 길게 뻗은 바위콧날 으르렁거리며 숨을 내뿜는다!

돌을 씻고 풀을 헤치며 개울물이 흘러내린다.
들리는 것은 물소리냐, 노랫소리냐?
달콤한 사랑의 한탄이냐, 그 도취의 날의 잠꼬대냐?
오, 인간의 희망이여, 사랑이여!
메아리가 그 옛날의 전설처럼 울려퍼져서 되돌아온다.

갖가지 울음소리가 다가온다.
올빼미, 물떼새, 어치, 산새들은 벌써 깨어 있구나.
덤불 속을 기는 것은 도롱뇽이냐?
긴 다리에 배가 부르구나!
나무 뿌리가 뱀들처럼 바위의 모래에서 굽이쳐 나와 요사한 밧줄을 뻗어서 우릴 위협하고 잡으려 한다.
살아 있는 듯한 굵은 옹두리(나뭇가지가 병이 들거나 벌레가 파서 결이 맺혀 혹처럼 불퉁해진 것)는 해파리처럼 팔을 뻗어 길 가는 사람에게 들러붙는다.
가지각색 들쥐는 떼를 지어 이끼와 덤불 속을 내닫는다.
반딧불도 별을 뿌린 듯이 이리저리 떼를 지어 날아다니며 나그네 길을 어지럽힌다.
그러나 말해 다오.
우리는 멈추어 서 있느냐, 아니면 앞으로 나아가고 있느냐?
모든 것이 빙빙 도는 것 같구나.

바위와 나무도 얼굴을 찌푸리고, 도깨비불은 수가 늘어나 빙빙 돌고 있는 것만 같구나.

메피스토펠레스 내 옷자락을 꼭 잡으십시오!

여기는 중간 봉우리로, 황금의 신이 빛나는 것을 보고 사람들이 깜짝 놀라는 곳입니다.

파우스트 먼동처럼 희미한 금빛이 계곡에서 이상하게 빛나고 있구나!

깊고 깊은 골짜기의 틈새까지 그 빛이 비치고 있다.

저기는 김이 솟고 가스가 흐르고, 여기는 안개 속에서 불길이 빛난다.

그 빛은 가느다란 실처럼 기어가서 샘처럼 위로 뿜어오른다.

그것이 몇백 개의 맥이 되어 얽히고, 긴 골짜기를 메운다.

그러나 이 좁은 구석에 이르면 금방 풀려 산산이 흩어진다.

그러면 근처에 금모래를 뿌린 듯이 온 사방에 불꽃이 튄다.

그러나 보라! 저 절벽을, 온통 불이 붙었구나.

메피스토펠레스 오늘 밤의 축제를 위해 황금의 신이 궁전을 화려하게 비추고 있지 않겠습니까?

당신이 이것을 구경하게 된 것은 행운입니다.

나는 벌써 떠들썩하게 마녀들이 들이닥치는 기척을 느낍니다.

파우스트 오, 공중에 이는 지독한 회오리바람!

무서운 힘으로 내 목덜미를 치는구나!

메피스토펠레스 바위의 늙은 갈비뼈를 꽉 잡고 계십시오.

그렇잖으면 계곡 밑으로 떨어지고 맙니다.

안개가 어둠을 더욱 짙게 만들고 있군요.

숲에서 와지끈거리는 소리를 들어 보십시오!

놀란 올빼미가 날아갑니다.

들어 보세요, 영원한 초록 궁전의 둥근 기둥이 갈라지는 소리를. 나뭇가지가 부러지는 소리, 나뭇줄기가 요동치는 소리, 뿌리가 우지직 쪼개지는 소리, 모두가 무섭게 얽혀서 쓰러지고 겹쳐서 떨어지는 무서운 산울림.

산산조각 난 나무로 가득 찬 골짜기에 바람이 휙 지나갑니다.

높은 곳의 저 소리가 들립니까?

먼 곳에서도 가까운 곳에서도 아니, 이 산 전체를 뒤흔들 듯이 우렁차게 마녀들의 노래가 들려옵니다!

마녀 (합창) 마녀들이 브로켄 산으로 몰려가네.

그루터기는 누렇고, 새싹은 초록.

그곳에 우글우글 모여드는구나.

우리안[21]님의 선창에 맞추어 바위와 그루터기를 넘어간다네.

마녀는 방귀를 뀌고, 숫양은 악취를 풍기네.

목소리 바우보[22] 할멈이 혼자서 오고 있다.

새끼 밴 돼지를 타고 온다.

합창 훌륭한 마녀라면 존경해야지!

바우보 할머니 앞장서세요!

돼지는 늠름하고 새끼를 뺐네.

마녀들이 모조리 뒤따라가네.

목소리 어느 길로 왔어?

목소리 일젠슈타인 재를 넘어왔지!

거기서 올빼미 집을 들여다보았더니 두 눈을 부릅뜨더라!

---

21) 이름을 모르는 것을 말하며 악마를 가리킨다.
22) 그리스 신화에 나오는 음란하고 농담을 잘하는 여자.

목소리 이크, 위험해! 왜 그렇게 빨리 달리나!

목소리 그놈이 할퀴었지 뭐야, 이 상처 좀 봐요!

마녀 (합창) 길은 넓고, 길은 멀다.

밀치락달치락하지 마라!

갈퀴는 찌르고, 빗자루는 할퀴고, 태아는 숨막히고, 임부의 배는 터진다.

요술쟁이 (절반 합창) 우리는 어정어정 달팽이 걸음, 계집들은 모두 앞질러 가네.

악마의 소굴을 찾아갈 때는 언제나 계집들이 천 걸음 앞장서 가는 법이네.

나머지 반 수 우리는 그것을 투덜대지 않는다.

여자는 바쁘게 천 걸음을 가지만, 아무리 여자가 서둘러 가더라도 사나이는 단번에 펄쩍 뛰어 앞선다.

목소리 (위에서) 어서 와요, 어서 와! 바위의 연못에 있는 친구들!

목소리 (밑에서) 우리도 높은 곳에 함께 가고 싶어요.

몸은 날마다 씻어서 번쩍번쩍하지만, 평생 아이를 못 낳게 되었지요.

양쪽의 합창 바람은 자고, 별은 사라진다.

흐린 달은 벌써 얼굴을 가린다.

마법의 합창 소리 울려퍼지면, 하늘에 무수한 불꽃이 튄다.

목소리 (밑에서) 잠깐! 기다려요!

목소리 (위에서) 누구야, 그쪽 바위틈에서 부르는 이가?

목소리 (밑에서) 나를 데리고 가요, 같이 가요!

나는 3백 년이나 계속 올라가고 있지만 아직도 꼭대기에 못 오르고 있어요, 친구들과 함께 어울리고 싶은데!

양쪽의 합창   빗자루도 태워 주고, 지팡이도 태워 준다.
　　　　　　 갈퀴도 태워 주고, 숫양도 태워 준다.
　　　　　　 오늘 밤에 올라오지 못하는 녀석은 언제까지나 올라오지 못한다.

반마녀   (밑에서) 저는 오래전부터 아장아장 쫓아가고 있어요.
　　　　　모두들 벌써 저렇게 멀리 가버렸는데!
　　　　　집에 있으면 안절부절못하겠고, 여기에 와 봐야 따라가지도 못하겠어요.

마녀의 합창   고약은 마녀에게 용기를 준다.
　　　　　　 넝마쪽 한 장이면 돛이 되고, 어떤 통이든 근사한 배가 될 수 있다.
　　　　　　 오늘 날지 않는 자는 결코 날지 못한다.

양쪽의 합창   우리는 언덕을 날아 돌아갈 테니, 너희들은 땅바닥을 기어서 가거라.
　　　　　　 아득한 황야를 빽빽이 빈틈없이, 마물의 무리로 가득 채우자.

　　　　　　 (반마녀들 땅바닥에 앉는다.)

메피스토펠레스   밀치고, 내닫고, 덜거덕거린다!
　　　　　　　　쉭쉭거리고, 웅크리고, 잡아채고, 조잘댄다!
　　　　　　　　빛나고 번쩍거리고 악취를 풍기며 타오른다!
　　　　　　　　이거야말로 진짜 마녀의 세계로다!
　　　　　　　　나를 꼭 잡으세요! 그렇잖으면 당장 떨어지고 맙니다.
　　　　　　　　아니, 어디 계십니까?

파우스트   (멀리서) 여기 있어!

메피스토펠레스   뭐요! 벌써 거기까지 휩쓸려 갔나?
　　　　　　　　이렇게 되면 내가 주인 노릇을 아니할 수 없군.
　　　　　　　　비켜라! 포란트[23] 도련님이 나가신다!

---

23) 악마의 옛 이름.

비켜라, 이놈들아, 비켜!

자, 나를 꼭 잡으시오! 껑충 뛰어서 이 혼잡 속을 빠져나갑시다.

너무 미쳐 날뛰니, 나 같은 놈까지도 질색이군요.

저기 뭔가 이상하게 빛나고 있네요.

어쩐지 저 수풀 속으로 끌리는군요.

자, 이리 오십시오! 저리로 기어들어갑시다.

파우스트 이 심술꾸러기 같으니! 좋다, 가자! 어디든지 데려가라.

이제 알겠다. 아주 영악한 수법이로구나. 발푸르기스의 밤에 브로켄 산에 와서 굳이 이런 곳에 피해 버리다니.

메피스토펠레스 저길 좀 보십시오, 얼마나 오색찬란한 불길입니까!

명랑한 패들이 모여 있습니다.

인원수가 적어서 따돌림은 안 당합니다.

파우스트 하지만 나는 저 위로 가 보고 싶다.

벌써 불길과 소용돌이치는 연기가 보인다.

많은 무리들이 마왕에게로 몰려가는구나.

저기 가면 여러 가지 수수께끼가 풀리겠지.

메피스토펠레스 그 대신 많은 수수께끼가 얽히기도 해요.

저 큰 세계는 떠들게 내버려두고, 우리는 여기서 조용히 있읍시다.

큰 세계 안에서 여러 작은 세계를 만드는 것이 옛날부터의 관습이지요.

보세요, 젊은 마녀들은 벌거벗었습니다.

나이 든 것은 역시 살을 가렸군요.

나에 대한 의리라 생각하고 상냥하게 해주십시오.

적은 수고로 재미는 크답니다.

무슨 악기 소리가 들리는군요!
굉장히 귀에 거슬리는 소리구나! 견디기 힘들겠는걸.
자, 갑시다, 같이!
별수없군.
내가 앞에 가서 당신을 저 패거리 속에 끌어들이지요.
새 짝을 맺어 드리겠습니다.
어떻습니까? 좁은 곳이 아닙니다.
저걸 보십시오! 끝이 안 보입니다.
백 개나 되는 불이 이어져서 타고 있습니다.
춤추고, 지껄이고, 끓이고, 마시고, 껴안고 있습니다.
이보다 더 좋은 곳이 있거든 말해 보십시오.

파우스트 그런데 우리가 여기 한몫 끼려고, 자네는 마술사니 악마니 하고 신분을 밝힐 텐가?

메피스토펠레스 나는 암행하는 것이 보통이지만 축제일에는 훈장을 달고 싶어지지요.
가터 훈장도 여기서는 소용 없고 말굽 달린 말다리가 인기가 있지요.
저기 저 달팽이가 보입니까? 이쪽으로 기어오는군요.
저놈은 저 촉각으로 벌써 나를 알아봤어요.
여기서는 내 정체를 속일 수가 없습니다.
가십시다! 화톳불에서 화톳불로 빙 돌아서 가십시다.
나는 중매쟁이이고, 당신은 신랑입니다.

(사그라드는 숯불을 둘러싼 몇 사람에게)
노인장들, 이런 구석에서 무얼 하고 계십니까?
버젓이 한복판에 나가서 떠들썩한 젊은이들 속에 끼는 것이 좋을 텐데.

쓸쓸하게 앉아 있는 것은 집에서만으로 족합니다.

장군 누가 국민을 믿을 생각이 나겠소!

그들을 위해서 그만큼 일했건만, 민중들은 마치 여자 같아서 언제나 젊은 놈을 좋아하지요.

대신 요즘 세상은 정의에서 너무 멀어졌소.

옛날이 그립구려. 물론, 우리가 권위 있던 시절이 그야말로 참다운 황금 시대였을 거요.

벼락부자 우리도 사실은 멍텅구리가 아니라서 해서는 안 될 일을 무척 많이 했지요.

하지만 무엇인가 한몫 잡으려는 순간 세상이 뒤집혔지요.

저술가 온전하고 현명한 내용의 책을 요즘 세상에 누가 읽고 싶어합니까!

정말이지 오늘의 젊은 놈들만큼, 이렇게 건방진 때는 일찍이 없었지요.

메피스토펠레스 (갑자기 늙은 체해 보인다.) 나도 마지막으로 마녀의 산에 올라왔지만, 모두 마지막 심판을 받을 때가 다가온 것 같군요.

내 술통의 술이 바닥이 나서 탁해진 것을 보니, 이 세상도 슬슬 말세가 된 모양입니다.

고물상 마녀 자, 자, 나리들, 그냥 지나가지 마세요!

좋은 기회를 놓치지 마세요! 우리 물건을 잘 살펴보고 가세요!

온갖 구색을 다 갖추어 놨습니다.

우리 가게는 다른 집과 달라 이 세상에 흔한 것은 별로 없습니다.

인간이나 세상에 해를 끼친 것들뿐이랍니다.

피를 흘리지 않은 비수란 이곳에 없으며, 튼튼한 몸에 치명적인 독약을 부어 보지 않은 잔도 없습니다.

아름다운 여자를 홀리지 못한 패물이란 없으며, 맹세를 깨뜨리고 등뒤에서 상대를 찌르지 않았던 칼도 없습니다.

메피스토펠레스 아주머니! 당신은 세태를 잘 모르는군.

저지른 일은 이미 지난 일! 지난 일은 이미 저질러진 일이오!

새로운 것을 내놓으시오!

새로운 것만이 우리 맘을 끌 뿐이오.

파우스트 넋을 잃지 않도록 해야 한다! 이건 마치 시장에 온 것 같군!

메피스토펠레스 이 들끓는 무리는 위로 올라가고 있습니다.

당신은 남을 밀고 있는 줄 알지만, 실은 밀리고 있습니다.

파우스트 저게 누구야?

메피스토펠레스 자세히 보세요! 릴리트 아닙니까?

파우스트 누구라고?

메피스토펠레스 아담의 첫째 마누라 말입니다.

저 아름다운 머리칼을 조심하십시오.

저게 다시없는 자랑거리 장식이니까요.

저걸 가지고 젊은 사내를 손에 넣으면 놓아 주지 않는답니다.

파우스트 저기 둘이 앉아 있네, 늙은이와 젊은이가.

저것들은 벌써 실컷 춘 모양이군!

메피스토펠레스 오늘은 결코 쉬지 않아요.

새로운 춤을 시작할 겁니다.

자, 가십시다! 하나씩 잡읍시다.

파우스트 (젊은 마녀와 춤춘다.) 언젠가 나는 좋은 꿈을 꾸었지.

한 그루 사과나무의 꿈을.

예쁘게 반짝이는 사과 두 개가 마음이 끌리어 올라갔었지.

마녀   사과는 벌써 천국 때부터 당신네들이 좋아하던 것.

여자로 태어나서 다행히 나의 뜰에도 두 개 열렸네.

메피스토펠레스   (늙은 마녀와 같이) 언젠가 나는 이상한 꿈을 꾸었지.

한 그루의 갈라진 나무의 꿈을.

거기에는 있었네, 큰 구멍이.

크기는 했지만 내 마음에 쏙 들었네.

늙은 마녀   말발굽을 가진 기사님, 참으로 잘 오셨어요!

큰 구멍이라도 싫지 않다면 마개나 준비하세요.

엉덩이 유령론자[24]   괘씸한 놈들이군! 그게 무슨 수작들이냐?

유령이 다리가 없다는 건 이미 오래전에 증명된 일 아닌가?

그런데 너희들이 인간처럼 춤을 추다니!

마녀   (춤을 추면서) 저 자는 우리 무도회에 왜 왔을까요?

파우스트   (춤을 추면서) 아, 저 자는 어디든지 나오지.

남이 춤을 추면 평하지 않고 못 배기거든.

어떤 스텝이나 자기가 잔소리를 하지 않으면, 그 스텝은 스텝이

아닌 줄 알고 있지.

제일 싫어하는 건 우리가 이렇게 앞으로 나갈 때고, 이렇게 빙빙

돌고 있으면 자기가 낡은 방앗간에서 하고 있듯이 썩 좋다고 칭찬

을 하지.

제발 평을 해달라고 하면 더욱 좋아할걸.

엉덩이 유령론자   너희들은 아직도 거기 있었구나? 어이없는 놈들이다.

어서 썩 꺼져라! 우리가 계몽을 했는데!

---

24) 당시의 계몽주의 작가겸 출판업자인 니콜라이를 가리킨다. 그 무렵 베를린 교외 테겔의 훔볼트 저택에 유령이 나온다는 소문을 듣고, 그도 유령 때문에 고민을 했는데 엉덩이에 거머리를 붙여 피를 빨게 하여 환각을 달랬다는 말을 듣고 비꼰 것이다.

이 악마놈들, 법칙을 무시할 참이냐?

세상이 이렇게 개화했는데, 테겔에서는 아직도 유령이 나오고 있단 말이다.

정말 어이없는 노릇이다!

마녀 그만해요, 따분해요!

엉덩이 유령론자 너희들 유령에게 맞대놓고 말해 주마, 영의 독재주의는 결코 용서하지 않는다.

(춤은 계속된다.)

오늘은 아무래도 내 승산이 없구나.

하지만 여행 일기[25]는 늘 가지고 다녀야지.

그리고 마지막 걸음을 내딛기 전에는 악마와 시인놈들을 혼내줄 참이다.

메피스토펠레스 저 자는 곧 물구덩이에 앉을 거야. 그것이 저 자가 즐겨 편히 쉬는 방식이니까.

그리고 거머리가 엉덩이 피를 빠는 동안 저 녀석은 유령이나 영혼에게서 해방이 되는 거지.

(춤추다가 떨어져 나온 파우스트에게)

그렇게도 귀엽게 노래하며 춤을 추던 예쁜 아가씨를 왜 놓아 주었지요?

파우스트 놀랐어! 한창 노래를 부르는데, 입 속에서 빨간 쥐새끼가 튀어나오잖겠나!

메피스토펠레스 이상할 것 없어요! 개의치 마세요.

잿빛 쥐가 아니라서 다행입니다.

사랑을 하는 판에 누가 그런 걸 문제삼아요?

---

25) 여행 일기는 먼저 말한 니콜라이의 과장된 독일, 스위스 여행기.

파우스트 그리고 또 내 눈에…….

메피스토펠레스 뭐가 보였습니까?

파우스트 메피스토펠레스, 저기 아름다운 처녀가 창백한 얼굴로 혼자 있는 게 보이나?

가까스로 느릿느릿 움직이고 있는데, 두 발에 차꼬가 채워진 모양이야.

솔직히 말해서, 내 눈에는 상냥한 그레트헨을 닮은 것 같구나.

메피스토펠레스 내버려두세요! 누가 봐도 안 좋으니까요.

저건 그림자, 목숨 없는 환영입니다.

저 차가운 눈이 바라보면 인간의 피도 얼고 맙니다.

몸이 돌로 변하고 말지요.

메두사[26] 이야기를 들은 적이 있겠지요?

파우스트 확실히 저건 죽은 사람의 눈, 사랑하는 사람의 손이 감겨 주지 않은 눈이다.

그렌트헨이 내게 맡긴 젖가슴이요, 저 몸은 나를 즐겁게 해준 달콤한 육체다.

메피스토펠레스 저건 요술입니다. 쉽게 속아넘어가는 바보이시군요!

저 여자는 누구에게나 자기 연인처럼 보여진답니다.

파우스트 기쁘기도 하고 괴롭기도 하구나!

나는 저 모습에서 눈을 뗄 수가 없다.

칼등보다 넓지 않은 붉은 끈 한 올이, 저 아름다운 목을 두르고 있으니 참으로 이상하구나!

메피스토펠레스 정말 그렇군요! 내게도 보입니다!

저 여자는 제 머리를 겨드랑이에 낄 수도 있습니다.

---

26) 그리스 신화의 여자 괴물로, 이것을 보는 자는 공포 때문에 돌로 변한다고 한다.

페르세우스가 그 목을 잘랐으니까요.

늘 당신은 망상에 잠겨 있군요!

저 조그만 언덕을 올라갑시다.

프라터[27]같이 신나는 곳이랍니다.

내가 홀리지만 않았다면, 진짜 연극도 볼 수 있을 것입니다.

여보시오, 대관절 무엇을 상연하고 있소?

안내역 곧 또 시작됩니다.

새 작품인데, 일곱 작품 중 마지막 것입니다.

이 정도로 많은 게 이 고장의 관습입니다.

전문가가 아닌 사람이 쓰고 보통 사람이 연극을 하지요.

용서하십시오, 실례하겠습니다.

나도 그런 사람인데 막을 열어야 하니까요.

메피스토펠레스 너희들을 브로켄 산에서 만나서 반갑다.

여기는 너희들에게 알맞은 곳이니까.

발푸르기스 밤의 꿈
혹은 오베론과 티타니아의 금혼식[28]

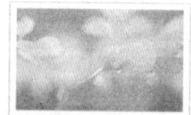

막간극

---

27) 비엔나 교외의 유원지.
28) 오베론과 티타니아는 요정의 왕과 왕비. 두 사람은 오랫동안 다툰 뒤 화해를 하고 금혼식을 올린다. 셰익스피어의 《한여름 밤의 꿈》을 모방한 것. 이 부분은 괴테가 실러와 함께 쓴 풍자단편집. 크세니엔의 여운으로 원래 파우스트를 위해 씌어진 것이 아니기 때문에 막간극으로 되어 있다. 메피스토펠레스는 파우스트의 마음을 그레트헨에게서 멀어지게 하려고 서툰 연극을 보인다.

무대주임   우리 미당[29] 스승의 젊은 제자들이여, 오늘은 우리가 놀아도 되겠소.

해묵은 산과 축축한 골짜기, 무대는 이것뿐이니까!

해설자   금혼식이라면 50년이 지나야 합니다.

그러나 부부싸움이 끝났으니, 그 금이 더욱 값진 것이지요.

오베론   여봐라, 영들아, 가까이에 있거든 지금 이 자리에 모습을 나타내어라.

왕과 왕비가 새로이 인연을 맺느니라.

푸크   이 푸크가 나타나 비스듬히 돌면서, 원무 형식으로 발을 끌며 나갑니다.

나와 같이 즐기고 싶다면서 백 명이나 뒤에서 따라나옵니다.

아리엘   아리엘이 선창을 하면서 하늘의 묘한 노래 들려주면, 얼빠진 얼굴도 많이 몰려들지만 마음씨 고운 이도 모여듭니다.

오베론   금실 좋게 지내고 싶은 부부가 있거든 우리들 두 사람을 본받아라!

두 사람을 서로 사랑하게 하려면 두 사람을 떼어놓으면 된다.

티타니아   남편이 화를 내고 아내가 토라지면, 당장 두 사람을 붙잡아다가 여자는 남쪽, 남자는 북쪽 끝까지 데리고 가버리면 된다.

관현악 전주   (가장 강하게) 파리의 주둥이, 모기의 코끝.

그 일가 친척들이 다 나왔습니다.

나뭇잎의 개구리, 풀숲의 귀뚜라미, 이것들이 모두 악사랍니다!

독창   백파이프가 나왔습니다!

실은 비눗물의 거품이지요.

---

[29] 미당은 바이마르 극장의 무대주이다.

슈네케, 슈니크, 슈나크 하고 납작코에서 울려오는 소리를 들어
보세요.

거미 다리에 두꺼비 배, 꼬마 요정이지만 날개도 있네.

갓난 요정 그런 건 존재하지 않지만 시에서라면 있을 수 있겠지.

안 어울리는 부부 꿀 같은 이슬과 그윽한 향기 속을 아내는 아장아장, 남
편은 깡충깡충 뛰네.

아내여, 아무리 종종걸음을 쳐도 도저히 하늘에는 오르지 못한다.

호기심 많은 나그네 이것은 가장무도회의 장난인가?

아름다운 신 오베론을 오늘 이런 데서 볼 줄이야, 내 눈이 헛본 것
이 아닐까?

정교 신도 발톱도 없고 꼬리도 없다!

그러나 의심할 여지가 없다!

그리스의 여러 신처럼 저 오베론도 악마일 거야.

북쪽의 화가 지금 내가 그리고 있는 것은 확실히 습작에 지나지 않지만,
언젠가는 준비를 갖추어 이탈리아에 다녀와야지.

보수파[30] 어쩌다가 이런 곳에 왔을까? 예의범절도 없구나!

이렇게 많은 마녀 중에서 머리를 손질한 것은 둘뿐이구나.

젊은 마녀[31] 분 바르고 옷치장하는 것은 백발 노파에게나 맞는 일이라
고요.

나는 알몸으로 숫염소를 타고 풍만한 육체를 보여줄 거에요.

노귀부인[32] 우리처럼 예절바르고 점잖은 사람들은 여러분과 지껄이고
싶지 않지만, 여러분의 그 젊고 부드러운 육체가 있는 그대로 썩

---

30) 외면 형식을 좋아하는 인공적 예술가.
31) 노골적인 자연주의 작가를 가리킨다.
32) 보수적인 형식주의자를 가리킨다.

어 버리는 것을 보면 좋겠군.

악장 파리의 주둥이, 모기의 코끝, 벌거벗은 여자에게 덤벼들지 마라!
나뭇잎의 개구리, 풀숲의 귀뚜라미, 노래의 박자를 깨지 마라!

풍향 깃발[33] (이쪽을 향하여) 더할 나위 없는 모임이다.
정말 훌륭한 신붓감만 모였구나!
총각들도 누구 하나 빠짐없이 믿음직스러운 신랑감뿐이로다.

풍향 깃발 (저쪽을 향하여) 땅이 입을 딱 벌리고 저놈들을 모두 삼켜 버리지 않는다면, 차라리 내가 그쪽으로 달려가서 곧장 지옥으로 뛰어들고 말 테다.

크세니엔 우린 날카로운 집게발을 가진 곤충의 모습으로 찾아왔어요.
우리 아버지인 악마 대왕에게 걸맞는 경의를 표하려고요.

헤닝스[34] 저것 봐라! 저놈들 한데 어울려 노골적으로 장난치고 있는 꼴들을.
저러다가 저놈들이 마지막에 가서는 우리는 착해요, 할는지도 모르지.

무자게트 나도 이 마녀의 무리 속에 기꺼이 끼여들고 싶구나.
뮤즈 신을 다루기보다는 마녀들의 지휘가 더 능숙하니까.

전 시대정신 높은 사람에게 붙어야 출세를 한다.
자, 내 옷자락을 잡아라!
브로켄 산도 독일의 파르나소도 꼭대기엔 빈 자리가 아직도 많다.

호기심 많은 나그네 저 으스대는 자가 누구지?
걸음걸이가 거만스럽군.

---

33) 때로는 젊은 마녀를 칭찬하고, 때로는 노귀부인을 칭찬하는 아첨 떠는 악장 라이헤르트를 가리킨다.
34) 덴마크 사람으로 〈시대 정신〉(뒤에 〈19세기의 정신〉이라고 바꿈.)이라는 잡지와 〈무사게트〉라는 시집을 펴냈다.

뭐든지 냄새를 맡아내는 놈, '그리스도교 신자를 캐낸다.' 는 친구로군.

학[35] 나는 맑은 냇물에서 낚시하고 싶지만, 흐린 냇물도 아무 상관 없습니다.

그러니 보다시피 신앙 깊은 사람이 악마와 어울려도 이상할 것 없지요.

속인[36] 정말이지 신앙이 두터운 사람에겐 세상 만사가 목적을 위한 수단이랍니다.

그래서 이 브로켄 산에서도 여러 가지 비밀 회합을 열고 있지요.

무용수들 새로운 패[37]들이 오는 모양이지?

멀리서 북 소리가 들려 온다.

"아니야! 저것은 갈대밭 속에서 제창하고 있는 해오라기야."

무용 교사 모두들 다리를 잘도 들어올리는구나!

되도록 남의 눈에 띄자는 속셈인가!

새우 등은 깡총, 뚱뚱보는 뒤룩뒤룩, 어떤 꼴로 보이든 안중에 없는 듯하구나.

바이올린 악사 저 건달들은 서로 몹시 미워해서 서로가 숨통을 끊고 싶어하면서도 백파이프 소리에 어울려 노는구나, 오르페의 리라가 짐승들을 부르듯이.

독단론자 비판론이니 회의론이 큰소리쳐도 나는 미혹되지 않는다.

악마는 역시 그 무엇인 것이다.

그렇지 않고서야 존재할 리 없다.

---

35) 괴테의 친구 라파델를 말한다. 걸음걸이가 학 같았다고 한다. 맑고 탁한 것을 가리지 않은 모순을 풍자한 것이다.
36) 속인이란 괴테 자신이며, 거짓 신앙가를 비꼰 것이다.
37) 새 학설을 낸 철학자를 가리킨다. 그 논쟁이 단조로워 왜가리의 울음소리 같다는 의미의 풍자이다.

관념론자   내 마음 속에서 공상의 힘이 이번에는 좀 지나치게 설친다.

    확실히 모든 것이 '자아'라고 한다면, 나는 오늘 아무래도 상궤를 벗어났다.

실재론자   사물의 본질이란 나의 고민의 씨라.

    몹시 불쾌하고 화가 난다.

    여기에 와서 비로소 나는 나의 발판이 흔들리기 시작했다.

초자연론자   여기 와 있으니 아주 유쾌하여 이들과는 즐겁게 지낼 수 있구나.

    확실히 악마의 존재를 통하여 한 심령을 추론할 수 있으니까.

회의론자   저들은 조그만 불길을 쫓아다니며 그것으로 보물에 접근한다고 생각한다.

    악마와 운이 맞는 것은 의혹뿐이니 나야말로 여기에 걸맞다고 할 수 있지.

악장   나뭇잎의 개구리, 풀숲의 귀뚜라미, 이 서툰 풋내기 악사들아!

    파리의 주둥아리, 모기의 코끝, 너희들도 어쨌거나 악사들이다!

처세의 능수들   끙끙 앓지 말고 살아 가자고, 신나는 패들이 모였습니다.

    다리로는 이제 걷지 못하니, 머리로 걷기를 하고 있지요.

곤경에 빠진 사람들[38]   지금껏 아첨으로 단물도 빨았지만, 이제는 그런 일도 끝장이다.

    신은 춤추느라 다 닳았고, 맨발로 쏘다니는 형편이 되었지.

도깨비불[39]   우리는 늪에서 태어나 늪에서 여길 찾아왔다.

    그러나 춤추는 축에 끼면, 어느새 멋쟁이로 바뀐다.

---

38) 프랑스 혁명 등에서 실각한 자를 가리킨다.
39) 정변으로 출세한 정치가를 가리킨다.

유성[40] 별처럼 반짝이고 불처럼 타면서, 나는 하늘에서 떨어져 내렸다.
　　　지금은 풀밭 속에 뒹굴고 있는데, 누가 일으켜 주지 않겠나?

거대한 똥보[41] 비켜라, 비켜! 물러서라!
　　　이렇게 풀을 짓밟아 줄 테다.
　　　유령님의 행차시다.
　　　유령도 역시 큰 손발을 가지고 있다.

푸크 코끼리 새끼처럼 쿵쿵 걷지 마라. 오늘 가장 쿵쿵거릴 사람은 듬직한 푸크, 바로 나란 말이다.

아리엘 자비로운 자연과 영이 너희들에게 날개를 주었다.
　　　나의 가벼운 발길을 따라 장미 동산의 언덕까지 날아오너라.

관현악 (가장 약하게) 떠가는 구름과 흐르는 안개는 위쪽에서 밝아오기 시작한다.
　　　숲속, 갈대 속에 바람이 불어 모든 것이 흔적 없이 사라져 간다.

흐린 날의 들판

파우스트, 메피스토펠레스

파우스트 비참한 꼴을 당하고 있구나! 절망하고 있구나! 애처롭게도 이 세상을 오랫동안 헤매다가 이제는 사로잡힌 몸이 되었구나!

---
40) 도깨비불과 반대로 몰락한 자를 가리킨다.
41) 파괴를 일삼는 대중을 가리킨다.

죄를 지은 여자로서 감옥에 갇혀 무서운 고역을 치르고 있구나.
그 상냥스러운 여자가 그렇게까지 되었는가!

불행하구나!

배신을 일삼는 못된 악마야, 그것을 네놈은 내게 숨기고 있었구나! 그렇게 우두커니 버티고 서 있어라!

그 악마의 눈깔을 원망스럽게 뒤룩거리고 있어라!

네놈이 내 곁에 뻣뻣이 서 있다는 것은 나로선 참을 수 없는 일이다만, 심술궂게 거기 서서 반항해 보아라.

그 여자는 사로잡혔단 말이다!

돌이킬 수 없는 비참한 변을 당하고, 책망과 힐책하는 악령들에게 둘러싸여 냉혹한 판관의 수중에 맡겨져 있단 말이다!

그런데 그동안 네놈은 나를 속여서 그 어이없는 심심풀이에 빠지게 하고, 더해 가는 그 여자의 애처로운 고통을 내게 감추고, 그 여자가 구원의 길도 없는 파멸의 구렁텅이에 빠지는 것을 그대로 방치하고 있었단 말이다!

메피스토펠레스   그애가 그런 변을 당한 최초의 여자는 아닙니다.

파우스트   이 개 같은 놈아! 보기에도 흉측한 짐승 같으니라고!

무한한 지령이여, 이 구더기를 다시 개로 바꾸어 다오.

이놈은 개의 모습으로 밤이면 가끔 내 앞에 아장아장 찾아오고, 지나가는 사람의 발밑에 뒹굴다가 그 사람이 비틀거리면 어깨를 물고 늘어지려 한다.

이놈을 본래대로 제 좋아하는 꼴로 돌려 다오.

놈이 내 앞에서 모래밭에 엎드리도록, 그리고 내가 발로 걷어찰 수 있도록, 이 망할 놈을!

최초의 여자가 아니라고! 참으로 비참한 일이다! 처참한 일이다!

인간으로서는 도저히 이해할 수 없는 일이다.

이런 비참한 구렁텅이에 빠진 자가 한두 사람이 아니라니.

그 최초로 희생을 당하신 분이 모든 것을 용서하시는 신 앞에서 몸부림치는 죽음의 고통을 받으셨는데, 그것으로도 다른 모든 사람의 죄가 씻어질 수 없다니.

나는 이 한 여자의 비참한 운명이 뼈에 사무치고, 창자가 끊어지는 것 같구나.

그런데 네놈은 무수한 사람의 운명을 아주 태연한 얼굴로 비웃고 있구나!

메피스토펠레스 이렇게 되면 우리 악마가 아무리 지혜를 짜봐야 아무 소용없겠는데요. 당신네들 인간의 머리가 돌아 버렸으니 말입니다. 끝까지 우리와 함께 동행할 수 없다면, 왜 우리와 손을 잡았습니까? 우리가 당신한테 억지로 덤볐습니까? 아니면 당신이 우리에게 달려들었나요?

파우스트 그렇게 물어뜯을 듯이 이빨을 드러내지 마라! 속이 뒤집힌다. 나에게 모습을 나타내 보이신 위대하고 장엄한 지령이여!

그대는 내 기분도, 내 심정도, 내 정신도 잘 알고 있으면서 어찌하여 인간의 재앙을 좋아하고 인간의 파멸을 기뻐하는 이런 파렴치한의 길동무로 만들어 버렸는가?

메피스토펠레스 다 끝났습니까?

파우스트 그 여자를 구해 내라. 그렇지 않으면 혼을 내줄 테다! 몇천 년이고 끝끝내 네놈에게 무서운 저주를 퍼부을 테다!

메피스토펠레스 나는 신의 이름으로 재판관이 걸어 놓은 오랏줄을 풀 수는 없습니다. 감옥의 자물쇠를 열 수도 없습니다.

그 여자를 구해 내라고요? 그 여자를 파멸에 빠뜨린 것은 누구였던가요?

(파우스트, 사납게 주위를 둘러본다.)

벼락이라도 잡아쥐고 나를 태워죽이고 싶어서 사방을 두리번거리나요?

당신들, 가엾은 인간에게 그런 게 주어지지 않은 것이 다행이군요. 순진하게 응답하는 자를 느닷없이 박살내겠다는 것은 난처할 때 화풀이하는 폭군의 수법이라고요.

파우스트 날 데려가거라! 어떻게든 그 여자를 살려내야 한다!

메피스토펠레스 당신은 위험에 자기 몸을 드러내도 괜찮단 말입니까?

알겠습니까, 거리에는 아직 당신이 저지른 살인죄가 그대로 남아 있단 말입니다.

찔려 죽은 자의 무덤 위에는 복수의 영들이 헤매고 있으며, 살인자가 돌아오기를 기다리고 있단 말입니다.

파우스트 새삼 그런 말을 네놈의 주둥이로 들어야 하다니! 세상의 모든 살인죄와 죽음의 저주를 모두 너란 괴물 위에 뒤집어씌워 줄 테다! 날 데려가란 말이다! 그 여자를 구해 내란 말이다!

메피스토펠레스 데려다 드리지요.

하지만 내가 할 수 있는 일이 무엇인지 들어 보십시오!

내가 천지간의 모든 능력을 다 가지고 있는 줄 아십니까?

내가 감옥 문지기의 정신을 몽롱하게 만들어 놓을 테니, 당신은 열쇠를 빼앗아 그 여자를 데리고 나오십시오.

그 일은 인간의 손에 맡기겠습니다.

나는 망을 보고, 마법의 말을 준비해 놓았다가 당신네들을 도망가게 해드리겠습니다! 그런 일이라면 저도 할 수 있으니까요.

파우스트 자, 가자!

밤, 훤한 벌판

파우스트와 메피스토펠레스, 저마다 검은 말을 타고 질주해 온다.

파우스트 저놈들은 저 형장에서 무엇을 하고 있지?
메피스토펠레스 무엇을 끓여 만들고 있는지 모르겠는데요.
파우스트 둥둥 떠올랐다 내렸다, 허리를 구부렸다 폈다 하고 있는데.
메피스토펠레스 마녀들 같군요.
파우스트 무엇을 뿌리고, 주문을 외고 하는군!
메피스토펠레스 어서 지나갑시다! 어서 지나가요!

감 옥

파우스트, 열쇠 꾸러미와 램프를 들고 조그만 철문 앞에 서 있다.

파우스트 오랫동안 잊었던 두려움에 전율을 느끼고, 인간의 모든 고통이 나를 엄습하는구나!
　이 습기 찬 벽 속에 그 사람이 있다.

저지른 죄라야 악의 없는 미혹迷惑에 지나지 않는데!

너는 그 사람에게로 가는 것을 망설이는구나!

너는 그 사람을 만나는 것을 겁내고 있구나!

빨리 가라! 네가 망설이면 그 사람의 죽음을 재촉하게 된다.

(자물쇠를 잡는다. 안에서 노랫소리가 들린다.)

    우리 어머니는 나쁜 사람,

    나를 죽이고 말았어요.

    우리 아버지는 나쁜 사람,

    나를 먹어 버렸어요

    나의 어린 누이동생이

    나의 뼈를 거두어 고이 싸서

    시원한 나무 밑에 묻었다.

    나는 예쁜 새가 되어

    멀리 날아갑니다!

파우스트   (자물쇠를 열면서) 내가 여기서 노래에 귀를 기울이고, 사슬 쩔렁거리는 소리며 짚이 버석거리는 소리를 듣고 있는 줄은 꿈에도 모를 테지.

(안으로 들어간다.)

마르가레테   (잠자리에 몸을 숨기면서)

아, 어쩌나! 사람이 온다. 나는 죽는다!

파우스트   (나직한 소리로) 쉿! 조용히! 나야, 당신을 구하러 왔다.

마르가레테   (그의 앞에 굴러나오면서) 당신도 사람이라면 저의 괴로움을 살펴 주세요.

파우스트   소리를 지르면 간수가 눈을 떠요.

(그녀의 사슬을 잡아 풀려고 한다.)

마르가레테 (무릎을 잡고) 망나니인 당신에게 누가 나를 처형하라고 했죠?
이런 한밤중에 벌써 나를 끌어내려고 오다니, 제발 저를 가엾이 여기고 살려 주세요!
내일 아침이라도 안 늦잖아요?
(일어선다.)
난 아직도 이렇게 젊은데, 이렇게도 젊은데, 벌써 죽어야 하나요?
너무해요!
그리고 좀 예뻤죠. 그래서 몸을 망치게 된 거예요.
그분이 가까이 계셨지만, 이제 멀리 떠나 버렸어요.
신부의 꽃관은 뜯기고, 꽃잎은 산산이 흩어졌어요.
그렇게 무례하게 붙잡지 마세요!
상냥하게 해주세요!
제가 당신한테 무슨 잘못을 했나요?
제 소원을 흘려듣지 마세요, 네!
전 당신을 아직 뵌 일이 없어요!

파우스트 이 애처로운 꼴, 차마 보고 있을 수가 없다!

마르가레테 전 이제 당신 마음대로 될 거예요.
하지만 제발 아기에게 젖이나 먹이게 해주세요.
밤새도록 꼭 끌어안고 있었어요.
날 괴롭히려고 아기를 빼앗아 놓고, 이번엔 내가 이 애를 죽였다고 하잖아요.
이제 다시는 즐거운 날이 없을 거예요.
모두 나를 빈정대며 노래 불러요!
심술궂은 사람들이죠!
옛 동화에 그렇게 끝나는 것이 있어요.

하지만 그게 바로 내 얘기라야 하나요?

파우스트 (무릎을 꿇고)

여기 당신을 사랑하는 남자가 당신 발밑에 있소.

비참하게 사로잡힌 고통에서 당신을 풀어 주기 위해서.

마르가레테 (그 옆에 무릎 꿇고)

아, 우리 함께 꿇어앉아 성자님께 기도드려요!

보세요!

이 계단 밑, 문지방 밑에도 지옥이 부글부글 끓고 있어요!

악마가 무섭게 화난 얼굴로 소리치고 있어요!

파우스트 (큰 소리로) 그레트헨! 그레트헨!

마르가레테 (귀를 기울이며) 어머, 그이의 목소리야!

(벌떡 일어난다. 사슬이 떨어진다.)

어디 계실까? 그이의 부르는 소리가 들렸는데.

자유의 몸이 되었다!

아무도 방해하지 못하게 할 테야.

그의 목에 매달려서, 그의 가슴에 안길 테야!

그레트헨이라고 부르셨어! 문턱에 서 계셨어.

지옥의 고함소리와 떠들썩한 소리 속에서, 성난 악마의 조소 속에서, 그의 상냥하고 그리운 목소리가 똑똑히 들렸어.

파우스트 나요!

마르가레테 당신이군요! 아, 다시 한 번 말씀해 주세요!

(그를 붙잡고)

당신이군요! 당신이야! 쌓인 괴로움이 다 어디로 사라졌지?

감옥의 무서움, 쇠사슬의 두려움도 어디로 갔지?

당신이군요! 나를 구하러 오셨군요! 난 살았어!

벌써 저기 내가 당신을 처음 만났던 한길이 다시 보여요.
그리고 나와 마르테 아주머니가 당신을 기다리던 그 즐거운 추억의 뜰도.

파우스트   (데려가려 애쓰며) 자, 가요, 함께.

마르가레테   아, 잠깐 기다리세요! 난 당신이 계시는 곳에 있고 싶어요.
(그를 애무한다.)

파우스트   빨리! 빨리 하지 않으면 돌이킬 수 없는 일이 일어나요.

마르가레테   왜 그러세요! 이젠 키스도 못 하세요?
잠시 떨어져 있는 동안에 벌써 키스도 잊으셨나요?
당신 목에 매달려 있는데 왜 이렇게 불안할까요?
전에는 당신의 말과 눈길에서 하늘 전체가 포근하게 나를 덮쳐왔는데, 그리고 숨이 막히도록 키스해 주셨는데.
키스해 주세요, 네!
그렇잖으면 내가 하겠어요!
(그를 끌어안는다.)
어머! 당신 입술은 차디차고, 벙어리가 되었나요?
당신의 애정은 어디로 가버렸나요?
누가 나에게서 빼앗아갔지요?
(그에게서 등을 돌린다.)

파우스트   자, 갑시다! 나를 따라와요! 자, 힘을 내요!
천 배의 정열로 사랑해 줄 테니! 아무튼 따라와요! 제발!

마르가레테   (그를 돌아보고) 정말 당신이세요? 틀림없이 당신이세요?

파우스트   나야! 자, 같이 갑시다.

마르가레테   당신은 사슬을 풀어 주시고 다시 나를 당신 무릎에 끌어당겨 주셨군요.

어째서 나를 언짢게 생각하지 않으시죠?

지금 누구를 구하고 계시는지 당신은 아시나요?

파우스트 갑시다. 자, 벌써 날이 새고 있소.

마르가레테 나는 어머니를 죽였어요. 아기를 물속에 던져 넣었고요.

그애는 당신과 나에게 점지된 것이 아니었나요?

당신한테도 점지된 거예요. 당신이군요! 이게 정말일까?

손을 쥐게 해주세요! 꿈이 아니네요!

그리운 당신의 손. 아, 하지만 축축해요!

닦으세요! 어쩐지 피가 묻은 것 같아요.

어머, 무슨 일을 하셨어요?

칼을 칼집에 꽂으세요, 제발 소원이에요!

파우스트 과거는 다 지난 일로 해둡시다.

그런 말을 들으면 난 죽고만 싶소.

마르가레테 아니에요, 당신은 살아 계셔야 해요!

당신에게 묏자리를 부탁해야겠어요.

내일 곧 그 자리를 주선해 주세요.

어머니는 제일 좋은 자리, 오빠는 바로 그 옆에, 나는 좀 떨어진 곳에 해주세요.

하지만 너무 떨어지면 싫어요!

그리고 아기는 내 오른쪽 가슴 옆에 해주세요.

다른 사람은 아무도 내 곁에 묻으면 안 돼요.

나는 당신 곁에 꼭 붙어 있는 것이 정말 기쁘고 즐거웠어요!

하지만 이제 그럴 수는 없을 것 같아요.

어쩐지 내가 억지로 당신 곁에 가려고 하는 것 같고, 당신이 나를 떠밀어낼 것 같은 기분이 들어요.

하지만 역시 당신이군요.

상냥하고 부드러운 눈으로 보시는군요.

파우스트 난 줄 알았으면 자, 갑시다!

마르가레테 저리로?

파우스트 밖으로!

마르가레테 저 밖에 무덤이 있고, 죽음이 기다리고 있다면 가겠어요.

여기서 곧장 영원한 안식의 잠자리로.

거기서 더는 한 발짝도 안 가겠어요.

당신은 그만 가버리시는 거예요?

아, 하인리히 씨, 나도 같이 갔으면!

파우스트 갈 수 있지! 그럴 생각이라면 문은 열려 있소.

마르가레테 난 갈 수 없어요, 어차피 희망이 없는걸요.

도망친들 무슨 소용이 있겠어요, 나를 잡으려고 대기하고 있는데.

구걸한다는 것도 너무 비참한 일이에요.

게다가 양심의 가책까지 받아야 하는걸요!

낯선 고장을 헤매는 것도 너무 비참해요, 결국 붙잡히고 말 테니까요.

파우스트 내가 당신 곁에 있지 않소.

마르가레테 빨리! 빨리요!

당신의 가엾은 아기를 살려 줘요!

저쪽이에요! 이 길을 곧장 시내를 따라 거슬러올라가서, 조그만 다리를 건너 숲속으로 들어가면 왼편에 울짱이 있는 연못이에요.

떠오르려고 아직도 허우적거리고 있어요!

살려 줘요! 살려 줘요!

파우스트 정신 차려요! 단 한 걸음이면 밖에 나갈 수 있소!

마르가레테 우리 빨리 이 산을 넘고 싶어요!
저기 어머니가 돌 위에 앉아 계시네. 어쩐지 목덜미가 서늘해요!
어머니가 돌에 앉아서 머리를 흔들고 계세요.
눈짓을 하는 것도 고갯짓을 하는 것도 아니에요.
머리가 무거운가 봐요.
오랫동안 주무셔서 이젠 깨어나지 못하세요.
우리들이 즐길 수 있도록 어머니는 주무시고 계셨어요.
그 무렵은 참 행복했어요!

파우스트 아무리 애원하고 타일러도 소용이 없다면 당신을 안고 나가야겠소.

마르가레테 놓으세요! 싫어요, 완력으로 하면 싫어요!
그렇게 마구 거머쥐지 마세요!
여태까지 당신을 위해서 뭐든지 해드리지 않았던가요!

파우스트 날이 샌다! 그레트헨! 그레트헨!

마르가레테 날이! 그렇군요, 아침이 되는군요! 마지막 날이 왔어요!
내 혼인날이 되었을 것인데!
그렌트헨을 찾아갔었다는 말, 아무한테도 하지 마세요.
내 꽃관은 엉망이에요!
할 수 없죠 뭐, 이렇게 된 거.
우리 다시 만납시다. 하지만 춤추는 데서는 싫어요.
벌써 많은 사람이 몰려와요, 소리는 안 들리지만.
광장에도 한길에도 들어설 틈이 없어요.
종이 울리고 지팡이가 부러져요.[42]
나는 꽁꽁 묶여 벌써 형틀에 끌려왔어요.

---

42) 사형 집행의 종이 울리면 재판관은 흰 지팡이를 꺾어 죄인의 발밑에 던져 집행을 재촉한다.

벌써 내 목덜미에 번쩍이는 서늘한 칼날, 구경꾼들은 자기 목이 섬뜩하다고 느끼고 있어요.

온 세상이 무덤처럼 소리 하나 내지 않아요!

파우스트   아, 나는 이 세상에 태어나지 말았어야 했는데!

메피스토펠레스   (문 밖에 나타난다.) 자, 갑시다!

그렇잖으면 당신네들 끝장납니다! 무얼 망설이고 있습니까!

우물쭈물 쓸데없는 소리만 지껄이고!

내 말이 몸을 떨고 있습니다.

날이 곧 밝아온단 말이오.

마르가레테   저게 뭐예요, 땅에서 솟아오른 것이?

아, 저 사람, 저 사람이군요! 쫓아 버려요!

이 깨끗한 곳에 무슨 볼일이죠? 나를 잡아가려고 온 건가!

파우스트   당신을 살리려고 온 거야!

마르가레테   하느님, 심판하소서! 하느님께 이 몸을 맡깁니다.

메피스토펠레스   (파우스트에게) 자, 갑시다.

그러지 않으면 여자와 함께 내버려두고 가겠어요.

마르가레테   하느님, 저는 당신의 것입니다. 저를 구하소서!

천사여, 신성한 천사들이여, 저를 에워싸고 지켜 주소서!

하인리히 씨, 나는 당신이 무서워요.

메피스토펠레스   여자는 심판을 받았다!

목소리   (위에서) 구원을 받았느니라!

메피스토펠레스   (파우스트에게) 이리 와요!

(파우스트와 함께 사라진다.)

목소리   (안에서 차차 잦아든다.) 하인리히! 하인리히!

비극 제 2 부

제 1 막
우아한 곳

파우스트, 꽃이 만발한 풀밭에 누워 불안한 마음으로 잠을 청하고 있다. 요정의 무리, 가볍게 떠돌며 움직이는 우아한 조그마한 모습들.

아리엘[1] (노래. 바람의 신이 켜는 하프를 반주로) 활짝 핀 꽃들이 봄비가 내리듯 모든 것들 위에 휘날리며 떨어지고, 들판의 초록빛 축복이 땅 위의 자식들에게 빛날 때 몸은 작아도 마음 너그러운 요정들은 구원할 수 있는 사람에게로 달려가네.
깨끗한 사람이건 사악한 사람이건 불행한 사람들을 불쌍히 여기네.
이 사람의 머리 위를 감돌며 가볍게 떠돌고 있는 너희들 요정아, 여기서도 거룩한 요정의 활동을 보여 다오.
이 가슴속의 무서운 싸움을 가라앉히고, 타는 듯 쓰라린 가책의 화살을 뽑아내고, 몸에 받은 공포에서 마음속을 씻어 주어라.
밤의 시간은 넷으로 구분되어 있다.[2]
곧 그것을 상냥하게 채워 주어라.

---

1) 이탈리아의 아리아(공기)와 관련된 공기의 요정으로, 인간을 곧잘 도와주는 작은 요정의 우두머리. 제1부 발푸르기스의 밤의 꿈에도 나온다.
2) 로마의 야경꾼은 밤 시간을 넷으로 구분했다. 파우스트도 이하 4행에 나타나 있는 휴식, 망각, 회춘, 신생의 네 단계를 거쳐 소생한다. 다음 네 절의 합창도 그것에 해당되며, 저녁, 잠, 아침, 눈뜸을 나타내고 있다.

우선 그의 머리를 시원한 베개 위에 뉘고, 망각의 강 레테[3]의 물로 목욕시켜라.

기운을 차려 쉬면서 새벽을 기다리는 동안 경련으로 굳어진 손발도 곧 부드러워진다.

요정의 가장 아름다운 의무를 다하여, 그를 신성한 아침의 빛 속으로 돌려주어라.

합창 (한 사람씩 혹은 두 사람씩, 그리고 여럿이 번갈아 나왔다가 모였다가 하면서)

산들바람이 훈훈하게
초록의 들에 가득 찰 때,
달콤한 향기와 안개 장막에
황혼이 내리면
즐거운 평화를 은밀히 속삭이며,
마음을 흔들어 아기처럼 재운다.
그리고 이 고달픈 사람의 눈앞에,
하루 해의 문은 닫힌다.

벌써 밤의 장막이 내렸다.
별들은 맑게 어울리고
큰 빛과 작은 불꽃이
가까이서 멀리서 반짝이며 빛난다.
여기 호수에도 비쳐서 반짝이고
저기 맑은 밤하늘에도 빛난다.
깊은 안식의 행복을 지켜보며

---

3) 저승에 있는 망각의 강으로, 여기에서는 단순히 망각만을 뜻한 것이 아니라, 파우스트의 죄과를 씻는 목욕을 의미한다.

달은 엄숙히 교교하게 비친다.

벌써 몇 시간이 지나가고
괴로움도 기쁨도 사라졌다.
안심하여라! 그대는 힘을 얻으리.
새날의 빛을 믿어라.
골짜기는 푸르고, 언덕은 너울지고,
숲은 안식의 그늘을 짓는다.
그리고 은빛 물결을 이루며
곡식은 추수의 날을 기다린다.

소원을 차례로 풀기 위해서
우러러보라, 저편의 광휘를!
그대는 잠시 가볍게 사로잡혀 있었다.
잠은 껍질에 불과하다, 벗어 던져라!
뭇사람이 모두 겁을 먹고 망설일지라도
주저하지 말고 용감히 일어서라.[4]
사리를 알고 재빠르게 손을 쓰는,
고귀한 사람이 못할 일은 없다.

(거대한 음향이 태양이 다가옴을 알린다.)

아리엘 들어라!
시간의 여신이 일으키는 폭풍 소리를!
영들의 귀에는 벌써 새로운 날의 소리가 들린다.
바위 문이 소리내며 열리고 태양신의 수레가 우렁차게 굴러나온다.

---

4) 괴테의 활동적인 정신을 나타낸 것이다.

빛이 싣고 오는 굉음!
크고 작은 나팔소리 울려퍼지고,
눈은 깜박이고, 귀는 놀란다.
들은 적이 없는 소리는 들을 수가 없다.
꽃받침 속으로 숨어 들어가라.
조용히 살기 위해
깊숙이 바위 속으로, 나뭇잎 그늘로.
저 소리에 부딪히면 귀머거리가 된다.

파우스트 생명의 맥박이 새롭고 생생하게 고동치기 시작하면서,
대기의 어스름빛에 부드러이 인사를 한다.
대지여, 그대는 간밤에도 변함없이
새로이 소생하여 내 발 밑에서 숨쉬고,
벌써 즐거움으로 나를 감싸기 시작하는구나.
나를 움직여 힘찬 결심을 충동질하는구나.
최고의 존재를 향해 끊임없이 노력하라[5]고.
새벽빛 속에서 세계는 벌써 환하게 열리기 시작한다.
수많은 생명의 소리가 숲속에 울려퍼지고,
골짜기에서 골짜기로 안개의 띠가 뻗쳐 있다.
그러나 하늘의 밝음은 낮은 곳에도 비쳐서
크고 작은 나뭇가지가 싱싱하게 되살아나
밤 동안 숨어 자던 흐릿한 골짜기에서 상쾌하게 움튼다.
꽃과 잎이 한들거리며 진주알 이슬을 뿌리는 대지에
온갖 색깔이 한꺼풀 한꺼풀 벗겨지듯 나타난다.

---

5) '최고의 존재를 향해 끊임없이 노력하라.'고 소생한 대지가 파우스트에게 결심을 재촉한다. 중요한 한 구절이다.

나의 주위는 낙원으로 바뀐다.
우러러보라!
거대한 산꼭대기가
벌써 장엄한 시간을 알리고 있다.
저 꼭대기는 제일 먼저 영원한 빛을 누릴 수 있으나,
그 빛이 이윽고 우리에게도 내려온다.
이제 알프스의 낮은 초원에도 새로운 빛과 밝음이 쏟아져
한 층 한 층 아래로 흘러 퍼진다.
태양이 나타난다! 그러나 슬프게도 나는
눈이 부시고 아파 얼굴을 돌린다.

아마도 이런 것일까.
소망이 최고의 목표를 향해 치달아 올라가서
실현의 문이 활짝 열리는 것을 본다면,
그러나 그 영원한 깊이 속에서
엄청난 불길이 뿜어나와 우리는 깜짝 놀라 걸음을 멈춘다.
생명의 횃불[6]에 불이나 붙일 생각이었는데
불바다가 우리를 휩싸 버렸으니, 이게 웬 불이란 말인가!
이것이 사랑인가, 미움인가?
훨훨 타올라 우리를 휘감아오므로
싱싱한 초록 속에 몸을 숨기려고
우리는 다시 대지로 눈을 돌린다.

---

6) 생명의 횃불이란, 그리스의 횃불 계주자가 제단에서 붙인 불을 끄지 않고 목적지까지 들고 달려서, 그 불로 제2의 제단에 불을 붙인 일에 연유하며, 파우스트가 빛의 근원에 의해 생명의 횃불에 불을 붙이려 한 것. 즉 모든 근원을 인식하려 한 태도를 가리킨다.

태양이여, 내 등뒤에 머물러 다오!
갈라진 바위틈에서 우렁차게 분출하는 폭포수,
그것을 바라보고 있으니
미칠 듯한 나의 기쁨은 점점 더해 간다.
쉴새없이 흘러 떨어지는 폭포수는
천 갈래의 분류가 되어 흩어져 쏟아지며
하늘 높이 물보라를 날린다.
그러나 심한 물보라 속에 나타나는
일곱 빛 무지개의 변화무쌍한 모습[7]은 참으로 아름답구나.
또렷이 드러나는가 하면 하늘로 슬며시 사라지고,
향기롭고 시원한 안개비를 흩뿌린다.
무지개야말로 인간의 노력을 비추는 거울.
이것을 생각해 보면 깊은 이해에 도달하게 되리라.
우리가 보는 인생은 색색가지 영상에 지나지 않는다는 것을.[8]

황제의 궁성

왕자가 있는 방

나팔소리, 여러 신하들 화려한 차림으로 등장. 황제가 옥좌에 앉는다. 그

---

7) 일곱 빛 무지개의 변화무쌍한 모습이란, 물방울은 줄곧 변하는데 무지개는 그 변화를 초월하여 하늘에 걸려 있다는, 모순의 통일이라는 괴테적 관념을 나타내고 있다.
8) 인생의 실상은 직접 사로잡을 수 없고, 현상과 상징과 비유에 의해서만 사로잡을 수 있다는 의미의 비유.

오른편에 천문박사가 서 있다.

황제   멀고 가까운 곳에서 찾아온 충성스러운 경들을 환영한다.
현자는 내 옆에 보이는데 어릿광대는 어디 갔는고?

귀공자1   폐하의 옷자락 뒤에 따라오다가 계단 위에서 쓰러졌습니다.
누군지 그 뚱뚱한 몸을 들고 나갔습니다만, 죽었는지 취했는지 알 수 없습니다.

귀공자2   그러자 놀랄 만큼 빨리 그를 대신해서 어떤 자가 들이닥쳐 왔습니다.
꽤 화려한 차림을 하고 있습니다만, 하도 우스꽝스러워서 모두 어이없어하고 있습니다.
호위병이 입구에서 창을 열십자로 엮어 그자를 가로막고 있습니다만, 아, 저기 들어왔습니다.
앞뒤를 가리잖는 저 바보놈이.

메피스토펠레스   (옥좌 앞에 무릎을 꿇으면서)
고약한 놈이라는 말을 들으면서 항상 환영받는 자, 누구[9]겠습니까?
와 주었으면 하면서 언제나 쫓겨나는 자, 누구겠습니까?
언제나 보호를 받는 자, 누구겠습니까?
엄한 꾸중을 듣고 항상 잔소리를 듣는 자, 누구겠습니까?
폐하께서 부르서서 안 되는 자, 누구겠습니까?
누구나 그 이름을 듣고 좋아하는 자, 누구겠습니까?
옥좌의 계단에 접근하는 자, 누구겠습니까?
스스로 추방을 당하도록 만든 자, 누구겠습니까?

---
9) 이 물음에 대하여 답한 것은 궁중의 어릿광대.

황제   여기서 그런 수다를 떨지 마라!
여기는 네가 수수께끼를 내는 장소가 아니다.
수수께끼는 여기 있는 경들이 내줄 거다.
너도 풀어 보아라! 그렇다면 나도 들어주마.
나의 어릿광대는 멀리 가버린 모양이니 그대가 대신 내 곁에 있도록 하여라.

(메피스토펠레스는 위로 올라가서 왼쪽에 선다.)

좌중의 중얼거림   새로운 어릿광대라, 새로운 골칫거리구나.
어디서 왔지? 어떻게 들어왔을까?
먼젓번 놈은 쓰러졌다, 죽어 없어진 거지.
그놈은 술통이었는데 이놈은 자귓밥이다.

황제   멀고 가까운 곳에서 찾아온 충성스러운 경들을 환영한다!
그대들은 좋은 별 아래 모였다.
하늘에서 우리들에게 행운과 축복이 있다고 적혀 있다.
그래서 우리는 근심 걱정을 털어 버리고, 가장무도회의 가면이나 쓰고 오로지 유쾌하게 즐기면서 보내려 하는데, 어째서 평정 따위를 열어 고생해야만 하는가?
그대들이 이렇게 하는 수밖에 없다고 말하기에 소집은 했지만.
그러면 어디, 시작하도록 하오.

재상   최고의 덕이 성자의 후광처럼 폐하의 머리를 감싸고 있습니다.
그것은 즉 정의입니다!
만인이 사랑하고, 요구하며, 바라고, 없어서는 안되는 덕, 이것을 백성에게 베푸시는 것은 오직 폐하의 뜻입니다.
하오나, 아! 인간의 정신에 분별이, 마음에 선의가, 그리고 손에 부지런히 일할 능력이 있더라도, 나라 안이 열병에 걸린 듯이 온통 들끓고, 악한 것이 다시 악을 낳는 상태에서는 아무 소용도 없는 것입니다.

이 높은 궁전에서 넓은 나라를 내려다보는 사람은 괴로운 꿈을 꾸는 듯한 심정이 들 것입니다.

괴물이 갖가지 흉측한 모습으로 날뛰고 불법이 널리 퍼져 오류투성이의 세계가 펼쳐지고 있으니까요.

가축을 훔치는 자, 여자를 겁탈하는 자, 제단에서 잔과 십자가, 촛대를 훔치는 자들이 오랜 세월 동안 평온 무사할 뿐 아니라 몸에 처벌 하나 당하지 않고, 오히려 그 소행을 자랑하고 있습니다.

고소인이 꼬리를 물고 법정으로 달려가지만, 재판관은 높은 의자에 앉아 거드름만 피우고 있습니다.

그동안에 반항의 소동은 점점 커져서 무서운 파도가 되어 밀려옵니다.

세력 있는 공범자가 뒤에 버티고 있으면, 파렴치한 행동과 악행도 대로를 활보할 수 있습니다.

반대로 죄 없는 자라도 자신밖에 의지할 데가 없으면 당장 유죄가 선고되고 맙니다.

이렇듯 세상은 온통 지리멸렬해지고, 올바른 질서가 무가치하게 됩니다.

이래 가지고서야 우리를 정의로 이끄는 유일한 것, 덕의심이 어떻게 뻗어 나가겠습니까?

끝내는 아무리 마음 착한 자라도 아첨하는 자나 뇌물을 쓰는 자에게로 기울고, 죄를 벌할 수 없게 된 재판관은 결국 범죄인과 한 패거리가 되고 맙니다.

이렇게 말씀드리면 제가 마치 너무 어둡게 묘사한 것 같습니다만,

차라리 두터운 천으로 덮어씌우고 싶은 심정입니다.

(사이를 두고)

단호히 결단을 내려 주시기 바랍니다.

모두가 서로 해를 입히는 상태에서는 폐하의 존엄도 잃게 됩니다.

병무대신 요즘의 난세상은 정도가 지나칩니다!

모두가 서로 치고 죽이고 하는 판이라, 명령 따위는 통하지도 않습니다.

시민은 성벽을 등지고, 기사는 산성의 소굴에서 우리를 무찌르려고 작당을 하고는 세력을 굳히고 있습니다.

고용된 병사들은 기다리지 않고 급료를 달라고 떠들어 댑니다.

급료라도 미루지 않는다면, 놈들은 모두 도망치고 말 것입니다.

놈들이 하고 싶어하는 일을 금지하다가는 벌집을 쑤셔놓은 듯이 될 것입니다.

그들이 지켜야 할 이 제국은 약탈당하고 황폐되어 있습니다.

그들이 미쳐 날뛰게 내버려두었기 때문에 이미 나라의 반은 못쓰게 되어 버렸습니다.

나라 밖에 여러 맹방의 왕이 있지만, 도무지 내 일처럼 생각하는 자는 없습니다.

재무대신 맹방의 왕을 누가 믿을 수 있습니까!

우리에게 약속한 원조금은 수돗물이 끊어지듯 멎고 말았습니다.

폐하, 그리고 이 넓은 나라의 소유권이 누구의 손에 있는지 아십니까?

어디를 가나 새로운 놈이 세력을 확장하려 하고, 아무 제약 없이 독립하여 살아가려 합니다.

그놈들의 행위를 방관하는 수밖에 없습니다.

우리는 너무 많은 권리를 포기했기 때문에, 이젠 아무 권리도 남아 있지 않습니다.

당파라고 이름 붙인 것도 역시 오늘날에 와서는 믿을 수 없습니다. 그들이 뭐라고 비난을 하건 칭찬을 하건, 사랑도 미움도 냉담한 것이 되었습니다.

황제파고 교황파고간에 모두 어디서 안일을 누리고 있는지 나타나지도 않습니다.

이런 때 누가 이웃나라를 도우려 하겠습니까?

저마다 자기 일로 꽉 차 있습니다.

돈의 유통 경로는 막혀 버렸고, 저마다 멋대로 긁고, 파고, 끌어모아서 국고는 텅텅 비어 있습니다.

궁내대신   우리도 얼마나 고통을 겪고 있는지 모릅니다.

매일같이 절약하려고 생각하면서도 매일같이 지출은 늘어만 가고 있습니다.

그래서 날마다 새로운 고생이 생깁니다.

요리사들이 물자 부족으로 애먹는 일은 아직 없습지요.

멧돼지, 사슴, 토끼, 노루, 칠면조, 닭, 거위, 오리, 이러한 자연의 공물은 아직도 확실한 수익으로 상당히 많이 들어오고 있습니다.

하지만 마침내 포도주가 떨어지게 되었습니다.

전에는 지하실 광에 술통이 들어차고 산지도 햇수도 최상급인 것이 그득했는데, 귀하신 분들께서 끝없이 퍼마시는 바람에 마지막 한 방울까지 동이 났습니다.

시청에서 관리하는 재고품까지 사들이고 있습니다만, 모두 큰 잔으로 들이키고 사발로 마시는 통에 식탁 바닥까지 술에 취하는 형편입니다.

그런데 셈과 사례는 제가 하지 않으면 안 됩니다.

유대인은 인정사정이 없습니다.

세입을 담보로 하지 않으면 빌려 주지 않기 때문에, 해마다 다음 해의 세입은 미리 먹히고 맙니다.

돼지는 살찔 틈이 없고, 침대의 이불마저 저당잡혀 있으며, 식탁에 오르는 빵도 외상으로 사온 것입니다.

황제 (잠시 생각한 뒤에 메피스토펠레스에게) 여봐라, 어릿광대. 너도 무슨 불평이 있느냐? 있으면 말해 보아라.

메피스토펠레스 저 말씀입니까? 전혀 없습니다.

폐하와 대신님들의 위세를 이렇게 뵙고 있으니, 폐하께서 두말 못하게 명령을 내리시고, 평소의 위력으로 적을 무찌르시며 선의가 분별과 갖가지 활동으로 굳세어지고 있는데 무슨 불평과 걱정이 있겠습니까!

이렇게 신하들이 기라성처럼 빛나고 있사온데, 화근이나 불행의 씨가 될 만한 것이 뭐가 있겠습니까?

중얼거림 수상한 놈이다. 제법이야. 감언이설로 정체가 드러날 때까지 해볼 꿍심이지. 다음에는 무슨 말을 할까? 잔꾀를 쓸 테지.

메피스토펠레스 이 세상 어디를 간들 부족한 것은 있게 마련입니다.

여기선 이게 없고 저기선 저게 없다고 하는데, 이곳에는 돈이 없는 거로군요.

돈이란 마룻바닥에서 긁어 모을 수는 없지만, 지혜가 있으면 아무리 깊은 데서라도 캐낼 수 있습니다.

심산의 광맥 속에서, 돌담 밑에서, 금화나 노다지를 발견할 수 있습니다.

누가 그것을 캐내느냐고 물으신다면, 능력 있는 자의 본성과 정신의 힘이라 말씀드리겠습니다.

재상 뭐, 본성과 정신이라고?

그런 것은 그리스도교 신자에게 할 말이 못된다.

그러한 말투는 지극히 위험하다.

무신론자를 태워 죽이는 것도 그 때문이다.

본성은 죄악이고, 정신은 악마[10]다.

이 두 가지가 합쳐져서, 그 사이에 회의라는 병신 혼혈아가 태어난다.

우리에겐 그런 것은 질색이다.

황제의 이 오랜 나라에는, 두 가지 씨족이 성립되어 있어서 그들이 거룩한 옥좌를 받들고 있다.

성직자와 기사가 바로 그들이다.

그들은 어떤 폭풍우라도 견디어 내며, 그 대가로서 교회와 국가를 위임받는 것이다.

혼란한 정신을 가진 어리석은 백성의 변덕으로 반역이 생기는 법이다.

이단자나 마법사가 바로 그들이다.

그들이 도시와 나라를 해친다.

너도 뻔뻔스러운 농담을 빌려서, 그런 놈을 이 고귀한 궁중에 끌어들이려고 하는구나.

경들은 이 고얀 놈의 말에 흥미를 느끼는 모양인데, 어릿광대도 이단자나 마법사와 같은 부류란 말이오.

메피스토펠레스 그 말씀을 듣고 보니 재상께서 학자라는 것을 알겠습

---

10) 본성은 죄악이고, 정신은 악마란, 본성의 충동은 죄악에 빠지기 쉽고, 교리를 믿지 않는 자유로운 정신은 악마와 맺어지기 쉽다는 뜻이다. 이 말을 하는 재상은 대주교이기 때문에 자유로운 정신을 적대시한다.

니다.
당신 손으로 만져 보지 않는 것은 몇 마일이나 멀리 떨어져 있고, 당신이 잡은 것이 아니면 전혀 존재하지 않고, 당신이 가르치지 않은 것은 모두 진실이 아니고, 당신이 재 보지 않은 것은 무게가 없고, 당신이 만들지 않은 돈은 통용되지 않는다고 생각하십니다.

황제 그런 말을 해봐야 우리나라의 부족한 것이 처리되지는 않는다.
재상은 지금 그런 단식절의 고해 설교를 해서 대체 어쩌자는 거요? 이럴까 저럴까 하는 말 따위는 밤낮 신물이 나도록 들었소.
부족한 것은 돈이니 어릿광대, 돈을 만들어라.

메피스토펠레스 필요하신 대로 장만하겠습니다. 아니, 그 이상이라도 장만하지요.
쉬운 일이기는 합니다만, 그 쉬운 일이 어려운 법이지요.
그것이 재간이란 말씀입니다. 누가 그것을 발휘하지요?
생각 좀 해보십시오.
저 공포 시대, 이민족의 물결이 나라와 백성을 물속에 빠뜨렸을 때, 모든 사람이 몹시 겁을 먹고 가장 소중한 것을 여기저기에 감추었습니다.
강대한 로마 시대부터 이미 그러했고, 잇달아 어제도 오늘도 그러합니다.
그런 것이 모두 땅속에 조용히 묻혀 있습니다.
땅은 폐하의 것입니다. 폐하께서 모두 가지셔야 할 물건입니다.

재무대신 어릿광대치고는 제법 말을 잘하는군.
확실히 그것은 예로부터 황제의 권리로 되어 있지.

재상 악마가 금실로 짠 덫을 놓고 있는 것이오.
신의 뜻에 맞는 올바른 일은 아니오.

궁내대신   우리 궁정이 바라는 물건을 마련해 준다면, 좀 올바르지 않더라도 나는 꺼리지 않겠습니다.

병무대신   이 어릿광대는 똑똑하구나, 모든 사람이 소중히 하는 것을 약속해 주니.

군인은 돈의 출처 따위를 문제삼지 않을 것이오.

메피스토펠레스   여러분께서 제게 속는다고 생각하신다면 여기 마침 좋은 분이 계시니, 이 천문박사에게 물어보십시오!

천계의 구석구석까지 별자리의 운행과 시간을 알고 계십니다.

자, 말씀해 보시죠, 하늘의 형편은 어떻습니까?

중얼거림   두 놈 다 악당이다. 벌써 배가 맞는군, 어릿광대와 허풍선인가. 저렇게 옥좌 바로 곁에서 어릿광대가 대사를 불어넣고 박사가 지껄인다.

천문박사   (메피스토펠레스가 일러주는 대사를 지껄인다.)

본시 태양 그 자체는 순금[11]입니다.

수성은 사자로 발탁되어 은총과 보수 때문에 일하고, 금성 부인은 여러분을 매혹하여 아침이나 밤이나 여러분께 사랑스러운 눈빛을 던집니다.

순결한 달은 변덕스러운 심술쟁이이고, 화성은 여러분을 태우지는 않아도 그 힘으로 위협합니다.

목성은 여전히 가장 아름답게 빛나고, 토성은 크지만 보기엔 멀고도 작으며 납이어서 금속으로서는 별로 귀중하다 할 수 없습니다. 값어치는 얼마 안 되지만 무게는 무겁지요.

그렇습니다.

달이 상냥하게 태양에 붙어서면 은과 금이 어울리니 세상이 밝아

---

11) 연금술에서는 태양은 순금, 달은 은, 금성은 구리, 목성은 수은, 화성은 철, 토성은 납이라고 말하고 있다.

지고, 뭐든지 바라는 대로 손에 들어옵니다.

궁전이건, 정원이건, 사랑스러운 유방이건, 빨간 불이건, 대학자는 뭐든지 손에 넣을 수 있습니다.

우리들이 아무도 못 하는 일을 그이는 할 수 있습니다.

황제 박사가 하는 말은 이중으로 겹쳐서 들리는데,[12] 그래도 나는 납득이 가지 않는구나.

중얼거림 무슨 소리야! 케케묵은 농담이다.

달력점인가, 연금술인가?

저런 소리는 몇 번이고 들었지만 늘 속기만 했지.

그런 자가 오더라도 어차피 협잡꾼일 거야.

메피스토펠레스 여러분은 빙 둘러서서 놀랄 뿐, 이 귀중한 발견을 도무지 믿지 않으시는군요.

그러면서도 만다라화 뿌리[13]로 부자가 될 수 있으니, 그것을 검정 개의 힘으로 얻을 수 있다는 터무니없는 말을 믿습니다.

아는 체하며 트집을 잡거나, 마술을 비방해 본들 무슨 소용 있습니까?

땅속의 보물로 발바닥이 근질근질해지거나, 발걸음이 말을 듣지 않는 경우도 있으니까요.

당신들은 모두 영원히 지배하는 자연의 신비로운 작용을 느끼고 계시지요.

지하의 밑바닥에서 생동하는 기미가 기어올라오기 때문입니다.

만약 손발이 여기저기 꿈틀거리거나 어떤 장소에 갔더니 기분이

---

12) 이중으로 겹쳐 들리는 것은, 메피스토펠레스가 천문박사에게 대사를 일러주고 있기 때문이다.
13) 만다라화(맨드레이크)는 뿌리가 사람의 모양을 하고 있으며, 그 옆에 황금을 놓으면 배로 불어난다는 식물. 다음 줄의 검정 개는 이것을 지키는 감시자로 생각되고 있다.

나빠지거나 하거든, 당장에 큰맘먹고 그 자리를 파헤쳐 보십시오. 악사나 보물이 묻혀 있을 것입니다!14)

중얼거림 난 발이 납덩이처럼 무거워지는걸. 팔이 꿈틀거린다, 이건 통풍이야. 나는 엄지발가락이 쑤시는데, 등이 온통 아픈걸.

이런 표적으로 짐작하건대 여기는 아주 많은 보물이 갇혀 있을 것 같다.

황제 자, 서둘러라! 이젠 달아나지 못할 것이다.

네놈의 거짓말이 거짓이 아니라는 증거로, 당장 그 귀중한 장소를 알려라.

네 말이 거짓말이 아니라면, 나는 칼과 홀을 내려놓고 손수 땅을 파겠다.

만약에 거짓말이라면 너를 지옥에 보내리라!

메피스토펠레스 지옥으로 가는 길이야 잘 알고 있지요.

하지만 주인 없이 기다리고 묻혀 있는 보물을 여기서 일일이 말씀드릴 수는 없습니다.

밭을 가는 농부가 흙덩이와 함께 황금단지를 파내는 수도 있고, 진흙 담벼락에 피는 암염을 채취하려다가 금빛으로 번쩍이는 금화 다발을 발견하고, 가난에 찌든 손으로 움켜쥐고 울고 웃는 수도 있습니다.

보물이 있는 데를 아는 자는 어떤 땅굴이나 폭파해야 하고, 아무리 깊은 구렁텅이이건 굴 속이건 지옥 근처까지라도 들어가지 않으면 안 될 것입니다.

예로부터 소중히 간직되어 온 넓은 술창고에는 큼직한 금잔과 쟁반과 접시가 즐비하게 늘어놓인 것을 발견하는 수도 있습니다.

---

14) 사람이 넘어지면 '거기 보물이 묻혀 있다.'는 미신이 있다.

다리가 긴 루비 잔이 있기도 합니다.
그것으로 한잔 하려고 하면, 그 곁에 아주 오래된 포도주를 발견하곤 하지요.
이 방면에 능통한 저를 믿어 주시겠지만 술통의 나무는 오래전에 썩어서 술이 밴 주석(酒石)이 술통이 되어 있습니다.
금이나 보석뿐 아니라 그런 귀한 술의 정수도 무서운 어둠 속에 있습니다.
현자는 그런 곳을 끈기 있게 찾지요.
대낮에 드러나는 것을 알아채는 것쯤은 어린애 장난과 같습니다.
신비로운 것은 어둠을 거처로 삼는 법이랍니다.

황제　그런 신비 따위는 너에게 맡기겠다!
어둠 속에 있어서야 무슨 소용 있느냐?
값어치 있는 것은 백일하에 드러나야 한다.
깊은 밤중에 악한을 어떻게 분간하겠느냐?
밤의 소는 검고, 밤의 고양이는 잿빛으로 보이느니라.
묵직하게 금화가 담긴 땅속의 항아리를, 네가 쟁기로 파내 오도록 하여라.

메피스토펠레스　쟁기와 괭이를 잡으시고 친히 땅을 파십시오.
농사꾼의 일을 하시면 폐하의 위광이 높아집니다.
금송아지[15]가 떼를 지어 땅속에서 튀어나올 것입니다.
그러면 폐하께서는 주저없이 기뻐하시며 폐하 자신과 왕비님을 치장하실 수 있습니다.
빛깔과 윤기가 찬란한 갖가지 보석은 아름다움과 위엄을 한층 더

---

15) 재보를 의미한다. 〈구약성서〉 출애굽기 23장 4절 참조.

높여 드릴 것입니다.

황제 자, 어서 해라, 어서! 무엇을 꾸물거리고 있느냐!

천문박사 (전과 같이) 폐하, 그런 성급한 욕망을 누르시고, 우선 화려하고 즐거운 놀이부터 끝내십시오.

마음이 산란해서는 목적을 이룰 수 없습니다.

먼저 마음을 진정시키고 속죄하는 마음으로 천상의 은혜로 지하의 보물을 얻어야 합니다.

좋은 것을 원하는 자는 스스로 좋은 사람이 되어야 하고, 기쁨을 원하는 자는 자기 피를 진정시켜야 하며, 술을 원하는 자는 무르익은 포도를 짜야 하고, 기적을 원하는 자는 스스로의 신앙을 굳혀야 합니다.

황제 그렇다면 명랑한 놀이로 시간을 보내기로 하자!

곧 사육제의 마지막 수요일이 다가온다.

좌우간 그동안 신나는 사육제를 한층 더 명랑하게 실컷 축하하기로 하자.

(나팔 소리. 퇴장)

메피스토펠레스 행복에는 고생이 따른다는 것을, 저 어리석은 작자들은 도무지 깨닫지 못한단 말이야.

비록 저들이 현자의 돌을 손에 넣어 봐야, 현자는 사라지고 돌만 남을 것이다.

많은 방이 이어진 넓은 홀

가장무도회를 위한 장식이 되어 있다.

사회자   여러분께서는 악마춤, 바보춤, 해골춤의 본고장인 독일 국경 안에 있다고 생각해서는 안 됩니다.
더 명랑한 축제가 여러분을 기다리고 있습니다.
폐하께서는 로마 원정을 하셨을 때, 당신의 이익과 여러분의 즐거움을 위해 높은 알프스를 넘으시고 명랑한 나라를 손에 넣으셨습니다.
폐하께서는 교황의 덧신에 입맞추시고, 국토 지배의 권력을 얻으셨습니다.
그리고 황제의 관을 쓰고 돌아오시는 길에 저희들에게 기념으로 어릿광대 모자를 갖다 주셨습니다.
그러자 저희들은 모두 새로 태어난 사람 같았습니다.
처세에 능한 사람은 누구나 이것을 기분좋게 머리에 푹 뒤집어씁니다.
그러면 이 모자 덕에 미친 바보처럼 보입니다만, 실은 모자 속에 숨어서 몹시 약삭빨라집니다.
벌써 많이 모여든 것 같습니다.
비틀비틀 떨어졌다가는 다시 정답게 짝을 지어 옵니다.
합창단도 계속 몰려오고 있습니다.
들어오고 나가고, 모두 정신들이 없습니다.
결국 예나 지금이나 변함이 없습니다.

이 세상은 무수한 사람들이 희극을 벌이고 있는 하나의 커다란 천
치에 불과하니까요.

꽃 가꾸는 처녀들 (만돌린의 반주로 노래한다.)
여러분께 칭찬을 받으려고 저희들 피렌체의 처녀들이
오늘 저녁에 곱게 치장하고 화려한 독일 궁전을 찾았습니다.

밤색 고수머리엔 예쁜 꽃장식을 가득 달았습니다.
비단실과 비단천이 저마다 장식품 구실을 하고 있어요.
아름답게 만든 꽃입니다.

확실히 이 장식은 소중하여 칭찬받을 가치가 있거든요.
우리의 빛나는 이 조화는 일년 내내 피어 있답니다.

오색찬란한 종잇조각을 좌우 똑같이 이었습니다.
한 잎 한 잎을 보면 초라하여도, 전체를 보면 마음이 끌리지요.

사회자 저희들 꽃 가꾸는 처녀들도 보시면 귀엽고 멋이 있지요.
여자의 자태 그 자체가 뛰어난 예술로 보이거든요.
머리에 인 꽃바구니에도,
가슴에 안은 꽃바구니에도,
아름다운 꽃이 넘칩니다.
마음에 드시는 걸 고르십시오.
푸른 잎 그늘의 오솔길이 꽃밭이 되도록 서두르시오!
꽃 파는 아가씨도, 팔리는 꽃도,
에워싸고 볼 만한 값어치가 있습니다.

꽃 가꾸는 처녀들 이 명랑한 곳에서 꽃을 사세요.

하지만 에누리는 하지 마세요!

사시는 꽃송이 하나하나에 뜻깊은 꽃말이 붙어 있어요.

열매가 달린 올리브 가지　아무리 만발한 꽃이라도 나는 부럽지 않고 싸움은 일체 피한답니다.

그것은 내 성질에 맞지 않기 때문입니다.

나는 국토의 정화精華랍니다.

누구에게나 확실한 담보물 같아서 평화의 상징이 되어 있지요.

오늘은 될 수만 있다면 여러분의 아름다운 머리를 멋있게 꾸미고 싶군요.

보리 이삭의 관(금빛)　곡물의 여신 케레스의 선물은 여러분을 아름답고 귀엽게 꾸며 줄 것입니다.

무엇보다도 유익하고 바람직한 여러분의 아름다운 장식이 되기를 빕니다.

공상의 꽃관　당아욱과 비슷한 오색의 꽃, 이끼에서 피어난 신비의 꽃!

자연에는 흔히 볼 수 없는 일이지만, 유행은 이런 것을 만들어냅니다.

공상의 꽃다발　제 이름을 여러분께 가르쳐 드리기는 식물학의 아버지 테오프라스투스라도 못할 거예요.

하지만 저는 여러분 모두에겐 아니더라도 몇 분의 마음에는 들고 싶어요.

그리고 그분 것이 되고 싶어요.

저를 머리에 꽂아 주시거나 마음의 어딘가에 제 자리를 마련해 주신다면 얼마나 영광되고 좋겠어요.

색깔도 화려한 공상의 꽃은, 그때의 유행으로 피어나려무나.

자연계의 어디서도 볼 수 없는 이상한 꽃을 피우려무나.

초록빛 줄기에 금빛 종 모양의 꽃으로, 탐스러운 고수머리 속에서 내다보려무나.

하지만 우리들은 숨어 있겠어요.

신선한 우리의 모습을 찾아내는 분은 행복하죠.

장미 봉오리(도전)[16] 이윽고 여름이 다가와서 장미 봉오리가 빨갛게 탈 때 그 행복을 맛보지 않고 견뎌낼 사람이 있을까요?

미래를 약속하고 그걸 이루는 것이 꽃의 나라의 규율이어서 눈, 마음, 영혼을 지배하지요.

(푸른 잎 그늘의 오솔길에서 꽃 가꾸는 처녀들이 아름답게 자기들의 조화를 장식한다.)

뜰 가꾸는 사나이 (저음 만돌린의 반주로 노래한다.)

보세요, 여러 가지 꽃이 조용히 피어난 여러분의 머리를 곱게 꾸미는 것을.

나무 열매는 유혹하지 않습니다.

맛을 보시며 즐기십시오.

버찌며, 복숭아며, 자두 열매가 볕에 그을은 얼굴을 내밉니다.

사십시오!

눈은 맛을 모르지요, 입으로 맛을 보셔야지요.

어서 오셔서 잘 익은 과일을 맛있고 즐겁게 잡수십시오!

장미는 보기만 해도 시가 되지만, 사과는 깨물어 봐야 합니다.

용서하십시오, 꽃 파는 아가씨들.

그 탐스러운 꽃과 함께 있고 싶습니다.

이 무르익은 과일을 산더미처럼 그 옆에 푸짐하게 쌓아 놓겠습니다.

---

16) '도전', 장미 봉오리가 달린 가지를 쥔 여자가 조화에 도전한다.

재미있게 엮어 놓은 나뭇가지 밑에서, 화려하게 꾸민 정자 구석에서 무엇이든 모두 볼 수 있습니다.
봉오리도, 푸른 잎도, 꽃도, 열매도.
(기타와 저음 만돌린의 반주로 교대로 노래하면서, 두 패의 합창단이 물건을 쌓아올리며 손님을 기다린다.)

어머니와 딸

어머니 애야, 네가 태어났을 때, 예쁜 모자를 너에게 씌워 주었지.
얼굴은 참으로 귀여웠고, 몸매도 정말로 예뻤단다.
그때 벌써 네가 새색시나 된 듯한, 제일 부잣집으로 시집이나 간 듯한, 아씨가 된 듯한 생각이 들었단다.

아, 그 후에 여러 해의 세월이 허무하게 흘러가고 말았구나.
색시감을 고르기 위해 찾는 이도 많더니만 다 그대로 지나가 버렸구나.
나도 어떤 이와 날렵하게 춤도 추고, 어떤 이에게는 승낙의 표시로 팔꿈치를 넌지시 누르기도 했건만, 아무리 궁리해서 모임을 가져봐도 어쩐지 아무런 효과가 없고 벌금내기, 술래잡기, 별일을 다 했지만 도무지 소용이 없지 않았느냐.
오늘은 턱없는 소란이 벌어질 테니 너도 한번 요염하게 설쳐 보아라, 누가 걸려들지 모를 일이니.

젊고 예쁜 여자 친구들이 끼여들어 순진한 수다가 벌어진다.
어부와 새 잡는 사람이 그물과 낚싯대, 끈끈이 장대, 그 밖의 연장을 가지고 등장하여 아름다운 여자들 사이에 낀다. 서로 꾀고, 껴안으려 하고, 도망치려 하고, 붙잡으려 하면서 즐거운 대화가 벌어진다.

나무꾼들 (시끄럽고 거칠게 등장) 비켜! 비켜!

장소가 필요하다. 우리가 나무를 베면 우지끈 쓰러진다.

메고 걸어가면 여기저기 부딪친다.

우리의 거친 일도 훌륭한 줄 알아라.

우리같이 거친 놈이 일을 하지 않는다면, 고상한 양반들이 제아무리 영리해도 혼자 살지 못한다!

이것만은 잊지 마라!

당신들이 얼지 않도록 우리가 땀흘린다는 것을.

어릿광대들 (우둔하고 미련하게) 당신들은 바보야, 태어날 때도 허리를 구부렸지.

우리들은 영리하여 무거운 짐은 안 진다.

우리들의 모자도 저고리도 앞치마도 너무나 가볍지.

그리고 한가하게 하는 일 없이 덧신을 신은 채, 시장이나 인파 속을 어슬렁거리면서 구경에 넋을 잃고 친구들도 불러 대지.

그런 소릴 신호삼아 혼잡한 사람 속을 요리조리 빠져나가, 한데 어울려 춤도 추고 와자하게 외쳐 대지. 당신들이 칭찬하건 욕을 하건 우리는 마이동풍.

식객들 (굽신거리며 무엇을 탐내는 듯이) 당신네들 억센 나무꾼도, 또 당신들의 의형제인 숯 굽는 사람들도, 우리에겐 모두 소중한 분들이죠.

아무리 굽신굽신, 지당하다 끄덕끄덕, 여러 가지 고운 말로 비위를 맞추느라고 치켜올리고, 놀려도 보고, 갖가지 재주를 부려 본들 무슨 소용이 있을까요?

그야 하늘에서 번갯불 같은 것이 멀어지는 수도 있지만, 장작이나 숯이 없다면 아궁이가 벌겋게 타오를 수는 없지요.
그래야 비로소 굽고 지지고 물을 끓일 수 있지요.
접시까지 핥는 진짜 식도락은 고기 냄새를 맡고 생선을 알아채지요.
그래야 주인이 초대하면 진미를 만끽할 수 있지요.

주정꾼 (정신없이) 오늘은 나한테 거역하지 마라!
매우 홀가분하고 기분이 좋다.
상쾌한 기쁨과 명랑한 노래를 가져온 건 나란 말이다.
그러니 나는 마신다, 실컷 마신다!
잔을 부딪쳐라! 쨍그랑 쨍그랑 하고!
여보, 거기 있는 양반, 이리 와요!
잔을 부딪치자고요, 됐어요!

우리 여편네가 화가 나서 소리치잖아.
이 화려한 윗도리를 보더니 상을 찡그리고 말이야.
내가 아무리 뽐내 봐야 가장무도회의 의상이나 걸어두는 옷걸이라는 거야.
하지만 나는 마신다, 실컷 마신다!
잔을 부딪쳐라, 쨍그랑 쨍그랑 하고!
옷걸이 여러분, 잔을 부딪치자고요!
쨍그랑 쨍그랑, 좋아요!

나를 길 잃은 놈이라고 하지 말아요.
나는 기분 좋은 곳에 있으니까.
주인이 외상을 안 준다면 안주인이 주겠지.

안주인이 안 된다면 하녀가 주겠지.
어쨌든 나는 마신다, 실컷 마신다!
거기도 마시라고요! 쨍그랑 쨍!
모두 연거푸 마시라고요!
그래, 좋아요.
어디서 어떻게 흥이 나건 말건 내 멋대로 하게 내버려두라고.
눕고 싶은 자리에 눕게 하라고.
이젠 더 이상 서 있을 수 없으니까.

합창 모두 사이좋게 마셔라, 마셔!
신나게 건배하자, 쨍그랑 쨍!
벤치와 빈 술통에 단단히 앉아라.
바닥에 쓰러지면 끝장이지요.

사회자가 여러 시인의 등장을 알린다. 자연시인, 궁정시인, 기사시인, 풍자시인, 정열시인 등 온갖 계층의 사람들이 다른 사람에게 낭독할 기회를 주지 않고 다툰다. 한 시인이 몇 마디 지껄이고 물러간다.

풍자시인 여러분, 시인인 내가 참으로 좋아하는 것이 무엇인지 아시오?
누구도 듣기 싫어하는 것을 노래 부르고 말하는 것이오.

밤의 시인과 무덤의 시인은 못 온다는 기별을 해온다. 막 소생한 흡혈귀[17]와 흥미진진한 대화중이라, 거기서 새로운 시풍이 발전될는지 모르기 때문이라는 것이다. 사회자는 하는 수 없이 그것을 양해하고, 그리스 신화의 인물들을 불러낸다.

---
17) 바이런의 친구인 폴리도리가 〈흡혈귀〉라는 소설을 썼는데, 그것을 독일의 호프만 등이 모방했다. 괴테는 그런 음산한 경향을 싫어했다.

그것은 새 시대의 가면을 쓰고 있지만, 성격도 매력도 그대로이다.

우아한 세 여신 그라티에들[18]

아글라이아 나는 우아함과 아름다움을 세상에 보냅니다.
    물건을 줄 때에도 우아함과 아름다움을 다하여 주세요.
헤게모네 물건을 받을 때도 우아함과 아름다움을 다하여 받으십시오.
    소원이 이루어진다는 것은 기쁜 일입니다.
에우프로쉬네 안온한 날이 계속되는 한 감사의 말을 할 때에도 우아함과 아름다움을 다하세요.

운명의 세 여신 파르카들[19]

아트로포스 제일 큰언니인 내가 이번엔 실을 짜기 위해 불려왔어요.
    생명의 실은 가늘어서 마음 쓸 일도 많지요.
    그 실이 나긋하고 부드럽도록 가장 좋은 삼을 골랐지요.
    그 실이 매끈하고 고르도록 재간 있는 손끝으로 꼴 거예요.
    재미를 보거나 춤을 출 때나 지나치게 흥에 겨워지거든, 실의 한계를 생각하고 조심하세요, 끊어질지 모르니까.
클로토 알아 두세요, 요즘에는 가위를 내가 맡고 있어요.
    언니 아트로포스의 행실을 별로 좋아하지들 않거든요.

---

18) 우아함의 세 여신 그라티에들로서는 보통 아글라이아(영광), 타리아(행복), 에우프로쉬네(쾌활)를 들 수 있는데, 괴테는 타리아가 희극의 여신 타리아와 혼동되는 것을 피하기 위해, 이것을 헤게모네로 바꾸었다. 괴테는 아글라이아에게는 받은 것, 에우프로쉬네에게는 감사의 역을 대표시키고 있다.
19) 운명의 세 여신 파르카들은 그리스 신화에서는 막내 클로토가 생명의 실을 짜고, 큰언니 라케시스가 운명을 나눠 주며, 아트로포스가 생명의 실을 끊는다고 되어 있는데, 괴테는 아트로포스와 클로토의 역할을 바꾸어 놓고 있다.

언니는 이제 아무 쓸모없는 실을 길게 잡아당겨 빛과 바람에 잇고, 제일 유망한 희망의 실을 끊어서 무덤으로 끌고 가지요.

하지만 저도 젊고 서툴러서 실수를 몇 번이나 저질렀지요.

오늘은 되도록 자중하려고 가위를 가위집에 넣었습니다.

나는 이와 같이 훈계하면서 가만히 구경하고 있겠습니다.

여러분, 오늘은 허락된 날이니 마음껏 안심하고 즐기세요.

라케시스 나 혼자만 분별이 있어서 질서를 유지하는 일을 맡았어요.

줄곧 움직이는 나의 물레는 결코 빨라진 적이 없지요.

실이 나오면 물레에 감고, 가닥마다 제 갈 길로 인도하여 한 올도 빗나가지 아니하지요.

실아, 잘 돌아서 따라가거라.

내가 한 번 한눈을 팔면, 세상은 무서운 꼴이 되지요.

시간은 명을 세고, 해_年는 저울질하고, 베짜는 신은 운명의 실다발을 앗아가지요.

사회자 이번에 나타나는 것은 뭔지 모르실 것입니다.

아무리 여러분이 고서에 밝더라도, 무척 나쁜 짓을 하는 여자들이지만 반가운 손님으로 보일 겁니다.

복수의 여신들인데 아무도 믿지 않으실 것입니다.

예쁘고, 맵시 좋고, 정답고, 젊거든요.

그러나 사귀어 보시면 알게 될 것입니다.

이런 비둘기가 뱀처럼 문다는 걸.

아주 음흉한 여자들이지만, 그래도 오늘만은 바보들이 모두 자기 결점을 자랑하는 날이니, 이 여자들도 천사라는 명성을 바라지 않고 도시나 시골의 망나니를 자처하고 나옵니다.

복수의 세 여신 푸리아이들[20]

알렉토　결국 여러분은 우리를 믿게 될 거예요.
　　　우리는 예쁘고, 어리고, 응석부리는 새끼 고양이이니까요.
　　　여러분 가운데 누군가 연인이 생기면 살금살금 그에게 파고들어 친해지지요.
　　　눈과 눈을 마주보고 말해 드리지요.
　　　당신 외에 여러 남자에게 추파를 던지고, 머리는 바보이고, 등이 굽은 데다가 절름발이라 색시가 되더라도 도무지 쓸모가 없다고요.
　　　색시를 괴롭히는 수단도 알고 있어요.
　　　당신 애인은 몇 주일 전에 어떤 여자에게 당신의 욕을 하고 있더라고요!
　　　화해해도 이쯤되면 뭔가 꺼림칙하지요.
메가이라　그런 건 약과지요!
　　　드디어 두 사람이 인연을 맺으면, 그때부터 내가 맡아서 근사한 행복도 변덕을 부려서 반드시 진저리나게 만들어 놓지요.
　　　인심도 시간도 변하는 것이니까요.
　　　사람은 모처럼 구한 것을 품안에 간직하지 않고, 더없는 행복에도 익숙해져 버리고는 어리석게도 더 좋은 것을 동경하는 법이지요.
　　　태양을 버리고 서리로 몸을 녹이려는 격이지요.
　　　나는 그런 인간들을 다룰 줄 알기에, 부부를 갈라놓은 아스모디라는 친구를 데리고 가 적당한 때에 불행의 씨를 뿌려 짝을 지은 남

---

20) 복수의 세 여신 푸리아이들은, 그리스 신화에서는 머리는 뱀이고 눈에서는 피가 흐르는 무서운 꼴을 하고 있지만, 괴테는 이 가장무도회에서 젊고 아름다운 여자로 등장시켰으며, 그 역할도 사랑의 행복을 방해하는 일만으로 한정시키고 있다. 알렉토는 애인들 사이를 갈라놓고, 메가이라는 부부 사이를 이간질하며, 티시포네는 정숙하지 못한 자를 벌한다.

녀들을 망쳐 놓지요.

티시포네 나는 독설 대신 독을 타고 칼을 갈지요, 배신자에게는.
딴 여자를 사랑하면 언젠가는 그 몸에 파멸의 독이 돌지요.
한때의 기쁨도 거품이 되는 노여움과 쓴 독으로 변할 거예요.
거기서는 에누리도 흥정도 없고, 범한 죄는 죗값을 치러야 하지요.
용서하라는 말은 입에 담지도 말아요.
내가 할 말을 바위에 호소하면 들어 보세요, 메아리는 '복수' 라고 대답합니다.
배신하는 남자는 살려 두지 않아요.

사회자 여러분, 미안하지만 옆으로 물러서십시오.
지금 나타나는 것은 여러분들과 다르니까요.
보시는 바와 같이 산더미[21]가 들이닥치고 있습니다.
옆구리에는 화려한 양탄자를 자랑스레 늘어뜨리고 머리에는 긴 엄니(크고 날카롭게 발달해 있는 포유동물의 이)와 구렁이 같은 코가 있습니다.
정체가 궁금하다면, 이것을 푸는 '열쇠' 를 드리지요.
목덜미에는 예쁘고 상냥한 여자가 타고 앉아, 가느다란 채찍으로 익숙하게 부리고 있습니다.
그 위쪽 등에 서 있는 당당하고 고귀한 부인은 후광에 싸여 눈이 다 부십니다.
그 양쪽에는 기품 있는 부인들이 사슬에 묶여 걸어가고 있습니다.
한 여자는 걱정스러워 보이고, 한 여자는 즐거워 보입니다.

---

21) 국가를 상징하는 큰 코끼리를 가리킨다. 코끼리 등에 마련된 탑에는 승리의 여신 빅토리아가 서고, 목덜미에는 우아한 여자로서 지혜가 타고 코끼리를 몰고 있다. 양쪽에는 '인간 최대의 적' 인 공포와 희망이 사슬에 매여 걸어가고 있다.

한 여자는 자유를 구하고, 한 여자는 자유를 즐기고 있습니다.

자, 저마다 신상을 밝혀 주십시오.

공포   그을음나는 횃불, 등불, 촛불이 어지러운 잔치를 희미하게 비춥니다.

이들 거짓 얼굴 속에 아아, 나는 사슬에 묶여 있지요.

비켜요, 웃고 있는 어리석은 자들아!

그 일그러진 웃음이 더 수상쩍어요.

나의 원수라는 원수는 모두 오늘 밤에 나를 노리고 있어요.

저것 봐요, 친구가 또 원수가 되었어요!

저 가면을 나는 진작 알고 있었지요.

저 남자는 나를 죽이려고 하다가 탄로나서 슬금슬금 달아나고 있어요.

아, 어느 방향이든 좋아요.

이 세상에서 도망치고 싶어요.

하지만 나아가기도 전에 죽음이 나를 위협하여 연기와 무서움 속에 사로잡히고 맙니다.

희망   어서 오세요, 여러분들.

여러분은 어제와 오늘 가장무도회를 즐기지만, 내일은 틀림없이 옷을 벗을 것입니다.

횃불 아래서는 별로 기분이 밝을 수 없지만, 맑게 갠 날이면 우리는 저마다 마음내키는 대로 혹은 여럿이 혹은 혼자서 아름다운 들판에서 자유로이 쉬기도 하고 돌아다니기도 하면서, 근심을 모르는 나날 속에 고생 없이 정진할 것입니다.

어디서든 반가운 손님이 되어 우리는 서슴없이 들어갑니다.

틀림없이 가장 훌륭한 보물이 어딘가에서 발견될 것입니다.

지혜   인간 최대의 적인 공포와 희망[22]을 사슬에 묶어서 여러분 곁에 못 가게 하고 있어요.

길을 비키세요, 여러분은 구원을 받았어요.

나는 거대한 코끼리를 몰고 갑니다.

보세요, 탑을 짊어진 짐승이지요.

코끼리는 험한 길을 끈기 있게 한걸음 한걸음 나아갑니다.

이 탑 꼭대기에는 여신이 큰 날개를 가볍게 퍼득이며, 승리를 거두려고 사방을 노려보고 있습니다.

여신을 에워싼 영광이 사방으로 아득히 비치고 있습니다.

승리의 여신이라 일컫는 온갖 활동을 다스리는 여신이지요.

쏘이로와 테르지테스[23]   후후, 이거 참 마침 잘 왔군.

너희들은 모두 못되먹었다!

하지만 내가 눈독을 들인 것은 저 위에 있는 승리의 여신이다.

커다란 흰 날개를 펴고, 자기가 마치 독수리나 된 줄 알고 있다.

어디든 자기가 얼굴을 돌려보기만 하면 백성이건 나라건 모두 제 것이 되는 줄 알거든.

나는 어디서나 명예로운 일이 이루어지면 당장 화가 난단 말이야.

낮은 것은 높고, 높은 것은 낮고, 비뚤어진 것은 곧고, 곧은 것은 비뚤어졌다고 트집잡지 않으면 직성이 풀리지 않거든.

이 세상 모든 것을 그렇게 하고 싶어진단 말이야.

사회자   이 불한당 녀석 같으니!

---

22) 희망을 인간 최대의 적이라고 부르는 것은, 희망은 미래를 꿈꾸게 하고 눈앞의 일에 대한 노력은 게을리하게 하기 때문이다.
23) 난쟁이 쏘이로와 테르지테스의 합체는 위대한 것을 비방하는 난쟁이를 나타낸다. 이 가면 속에 메피스토펠레스가 숨어 있다. 쏘이로는 호메로스의 결함을 찾은 문법학자, 테르지테스는 〈일리아드〉 속에서 영웅을 헐뜯는 추악한 인물.

이 고마운 지팡이로 호된 일격을 받아라.
그리고 당장 몸을 웅크리고 버둥거려라.
아니, 난쟁이 두 놈이 들러붙은 것처럼 순식간에 역겨운 흙덩어리로 변했구나!
이거 참 이상도 하다!
흙덩어리가 알이 되어 부어오르더니 둘로 갈라져서 아, 쌍둥이가 나왔다.
살무사와 박쥐구나.
살무사는 먼지 속을 기어가고, 박쥐는 시커멓게 천장으로 날아간다.
얼른 밖으로 나가서 다시 하나가 되고 싶은 모양이구나.
저런 것들과는 상종을 하고 싶지 않다.

중얼거림 자, 어서! 안에서는 벌써 춤을 추고 있다.
아니, 나는 이제 돌아가고 싶어요.
저 도깨비 같은 쌍둥이들이 돌아다니고 있는 것을 모르세요?
머리 위를 훨훨 날아다니고 있어요.
발에 걸리는 것도 같고, 아무도 다친 사람은 없어요.
하지만 모두 겁을 먹고 있어요.
모처럼의 놀이가 엉망이야, 저 망할 것들이 한 짓이야.

사회자 이 가장무도회가 열리게 되고 사회자의 직무를 맡고부터 나는 열심히 문지기 노릇을 하면서, 이 즐거운 자리에 행여 방해자가 숨어들지 않도록 끄떡도 하지 않고 지키고 있습니다.
그러나 걱정스러운 것은, 혹시 창문으로 하늘에 떠도는 괴물이 들어오지 않나 하는 것입니다.
마물이나 유령을 쫓아내고, 여러분을 지킨다는 것은 저로서는 할 수 없습니다.

그 난쟁이들도 수상쩍었습니다만, 아, 저기서도 뭔가 기세 좋게 들이닥치고 있군요.

저 가장한 것이 무엇인지 직책상 설명해 드리고 싶습니다만, 내가 알 수 없는 것은 역시 설명할 수 없습니다.

여러분의 지혜를 빌리고 싶습니다!

많은 사람들을 누비고 오는 것이 보입니까?

네 말의 용이 끄는 화려한 수레 한 대가 여러분들 사이를 움직여 오고 있습니다.

그러나 군중을 헤치는 기색도 없고, 혼잡도 일어나지 않고 있습니다.

멀리서 색깔도 아름답게 갖가지 별이 어지러이 환등처럼 반짝이고 있습니다.

용마가 콧김도 거칠게 폭풍처럼 다가오고 있습니다.

자, 비키십시오!

나도 소름이 끼칩니다!

수레를 모는 소년[24]   멈춰라! 용마들아!

날개를 접어라!

여느 때의 고삐를 느끼지도 못하느냐?

내가 너희들을 다 누르듯, 너희들도 스스로를 억제하라.

내가 칠 때만 날개를 퍼덕이며 달려 나가거라.

이 궁전에 경의를 표하자!

주위를 둘러보라, 너에게 감탄하는 사람들이 점점 불어나서 몇 겹

---

24) 수레를 모는 소년은 시를 나타낸다. 때와 장소에 제약을 받지 않는 시적 정신의 알레고리이다. 그 점에서 뒤에 파우스트와 헬레네 사이에서 태어나는 에우포리온과 같은 것이라고 괴테 스스로가 말하고 있다.

으로 둘러싸고 있다.

사회자 양반, 자, 당신의 법칙에 따라 우리가 멀리 가버리기 전에 우리를 소개해 주십시오.

우리는 알레고리입니다.

이제 우리의 정체를 아시겠지요.

사회자 당신의 이름은 모르지만 본 대로 설명할 수는 있겠지요.

수레를 모는 소년 그럼 어디 해보십시오!

사회자 솔직히 말해서 첫째, 당신은 젊고 아름답소.

아직 미숙한 소년이지만, 부인네들의 눈에는 당신이 하나의 남성으로 보일 것이오.

어쩐지 당신은 바람둥이 후보자 같구려, 말하자면 타고난 오입쟁이라고나 할까.

수레를 모는 소년 그것 참 재미있는 말씀입니다!

계속해 보십시오.

수수께끼처럼 재치 있는 말이라도 생각해 보십시오.

사회자 두 눈에서는 검은 번갯불이 번쩍이고, 칠흑 같은 머리는 보석 띠로 아름답게 단장했군요!

그리고 이루 말할 수 없이 매우 아름다운 옷이, 어깨에서 발꿈치까지 우아하게 드리워져 있군요.

게다가 보랏빛 단에 반짝이는 별 장식까지!

여자 같다고 비난받을지 모르지만, 벌써 아가씨들 사이에서 인기가 대단해서 즐거운 일과 괴로운 일이 많을 것이오.

아가씨들에게 사랑의 수법을 배운 지도 오랠 것이고.

수레를 모는 소년 그러면 이 수레 위의 옥좌에 당당히 앉아 계시는 눈부신 분은 누구지요?

사회자　부귀를 갖춘 인자한 임금님[25] 같군요.

그의 은총을 받는 자는 행복합니다!

이 임금님은 더 갖고 싶은 것이 없으며, 어디 곤란한 자는 없나 살피다가 시주를 하시는 깨끗한 기쁨을 부귀나 행복보다 더 소중히 생각하시는 분입니다.

수레를 모는 소년　거기서 그치지 말고 더 자세히 설명해 주십시오.

사회자　위엄을 설명하기가 쉽지는 않구려.

하지만 달처럼 건강한 얼굴, 탐스러운 입술과 빛나는 볼이 터번의 장식 아래에서 빛나고 있소.

넉넉한 옷을 입으시고, 의엿하게 기분이 좋아 보이시오.

그 태도의 훌륭함을 뭐라고 표현해야 좋을지?

왕자란 이런 분이구나 하는 생각이 드는군요.

수레를 모는 소년　부귀의 신이라 불리는 플루토스, 바로 그분이 성장을 하시고 납시셨습니다.

황제 폐하께서 간청을 하셨기 때문이지요.

사회자　당신 자신에 대해서 말해 보시오, 누구이며 무얼 하는 분인지.

수레를 모는 소년　나는 낭비입니다, 시입니다.

나의 가장 소중한 보물을 낭비하여 내 스스로를 완성시키는 시인이지요.

나 역시 헤아릴 수 없는 부귀를 누리고 있습니다.

플루토스 님만 못할 것이 없다고 자부하고 있지요.

이분의 무도회나 주연을 생생하게 장식해 드리고, 이분에게 없는 것을 나누어 드리고 있지요.

---

25) 부귀를 갖춘 인자로운 임금 플루토스로서 등장하는 것은 바로 파우스트이다. 그는 정신적인 소산을 아낌없이 주는 시의 화신을 따르고 있다. 그 점에서 구두쇠로 등장하는 메피스토펠레스와 대조된다.

사회자 그 호언 장담이 당신에게는 잘 어울리는군.
그러면 어디 당신의 재주를 한번 보여주구려.

수레를 모는 소년 자, 보십시오, 이렇게 내가 손가락을 튕기기만 해도 수레의 주위가 번쩍거리기 시작하지요.

이번에는 진주의 끈이 튀어나옵니다.

(사방으로 계속 손가락을 튕긴다.)

자, 받으세요, 금목걸이와 귀걸이를.

흠잡을 데 없는 빗과 조그만 관冠, 반지에 새긴 기막힌 보석도, 때로는 조그만 불꽃[26]도 나오지요.

어디 아름답게 불을 붙일 곳은 없을까 하고요.

사회자 많은 사람이 서로 빼앗고 움켜쥐고 야단이구나!

소년은 꼼짝도 못 하고 짓눌리게 되어 버렸어.

꿈속처럼 손가락으로 보석을 튕겨내면, 모두들 서로 주우려고 넓은 방이 비좁구나.

아, 이번에는 새로운 수를 쓰는 모양이지.

한 친구가 애써 움켜쥐었는데, 날개라도 생긴 듯이 둥실둥실 날아가 버렸잖아.

공연한 헛수고만 했구나.

진주를 꿴 줄이 갑자기 풀리더니 손바닥에 투구벌레가 기어다닌다.

가엾게시리 저 친구가 그것을 내던지니, 벌레들이 머리 주위를 윙윙거리며 맴돈다.

다른 친구들은 그럴듯한 것을 잡은 줄 알았는데, 지긋지긋한 나방을 움켜쥐고 있다.

---

26) 조그마한 불꽃은 시에서 우러나는 감격의 힘.

저 고약한 놈은 큰소리를 탕탕 쳐놓고, 내보인 것은 겉만 번쩍이는 것이었구나.

수레를 모는 소년 확실히 당신은 가장무도회의 설명은 잘하는데, 껍질을 벗기고 알맹이를 밝혀 내는 일은 궁정 사회자인 당신의 힘에 벅찬 것 같군요.
그런 일은 좀더 날카로운 눈이 필요하지요.
하지만 나는 싸움을 일체 하고 싶지 않습니다.
그래서 임금님께 여쭙겠습니다.
(플루토스를 향하여)
임금님은 저에게 네 마리가 끄는 질풍 같은 용수레를 맡기셨지요?
분부대로 잘 끌지 않았습니까?
대담하게 날개를 퍼덕여서 보기좋게 영예의 종려잎을 따오지 않았습니까?
임금님을 위해 몇 번이나 싸웠는지 모릅니다.
싸울 때마다 나는 이겼습니다.
지금 임금님의 머리를 장식하고 있는 월계관도 나의 이 마음과 손으로 엮은 것이 아닙니까?

플루토스 나의 증명이 필요하다면 기꺼이 말해 주리라, 그대는 내 정신의 정신이라고.
그대는 언제나 나의 뜻에 따라 행동하고 나 자신보다도 부유하다.
그대 근무에 보답키 위해 그대에게 주는 푸른 나뭇가지를 나는 나의 모든 관冠보다도 소중히 여기고 있다.
진실한 말을 모든 자에게 알린다.
"사랑하는 내 아들아, 그대는 참으로 내 마음에 드노라."

수레를 모는 소년 (군중에게) 내 수중에 있는 가장 좋은 선물을 여기서 여러분께 모두 뿌렸습니다.

여기저기 사람들의 머리 위에서 내가 던진 불티가 타고 있습니다.

불티는 이 사람에게서 저 사람에게로 튀고, 어떤 이에게는 머물고, 어떤 이에게서는 사라져 버립니다.

활활 타오르는 것은 퍽 드물어서 활짝 빛나 불꽃이 되는 것도 순식간입니다.

그러나 대개는 사람들이 알아차리기도 전에 확 타올라 슬프게도 곧 꺼집니다.

여자들의 수다 저 사두마차에 타고 있는 사람은 아마 틀림없이 협잡꾼일 거야.

그 뒤에 부엉이처럼 쭈그리고 앉은 어릿광대 좀 봐요, 굶어서 말라비틀어진 꼴은 정말 못 봐 주겠어.

꼬집어도 아마 아프지 않을 거야.

말라빠진 사나이[27] 옆에 오지 마라, 기분 나쁜 계집들아!

너희들이 나를 좋아하지 않는다는 것을 나도 잘 안다.

여자들이 아직도 부엌일을 돌보고 있을 때에 나는 아바리치야[28]였다.

그 무렵엔 우리 집 살림도 넉넉했지.

들어오는 건 많았고 나가는 것은 없었으니까!

나는 함과 벽장 속을 열심히 채우기만 했는데.

그것이 지금은 악덕이란 말을 들을 줄이야.

그런데 요즘 여편네들은 절약하는 습관이 없어지고 마구 물건을

---

27) 말라빠진 사나이는 메피스토펠레스. 그는 다른 구절에서 '나뭇잎', '허수아비 녀석', '십자가처럼 비쩍 마른 놈'이라 불리고 있듯이 항상 여윈 사내로서 조롱당한다.
28) 아바리치야란 라틴어로 욕심쟁이라는 여성명사. 주부가 절약하지 않게 된 후부터 남자가 인색하게 되어 욕심쟁이란 뜻의 남성명사로 사용하게 되었다고 한다.

사들이며, 계산도 제대로 해보지 않으니 남편만 죽을 지경이지. 어디를 돌아보나 빚투성이란 말이야.

여편네는 그럭저럭 돈을 만들어서 자기 치장을 하거나 정부에게 바치거든.

알랑대며 접근하는 사내들과 맛있는 걸 안 사먹나, 술을 안 마시나. 그래서 나는 더욱 돈이 탐이 나서, 말하자면 '욕심쟁이'가 되어 버린 거야.

여자들의 우두머리 용[29]은 용끼리 욕심을 부리라고.

어차피 알고 보면 모두 거짓말이야.

저놈은 사내들을 꼬드기러 왔겠지.

그렇잖아도 사내들은 골칫거린데.

많은 여자들 허수아비 같으니! 따귀나 갈겨 줘라!

십자가처럼 비쩍 마른 것이, 저 얼굴이 뭐가 그리 무서울까!

저 용도 나무와 마분지로 만든 거야.

저런 건 두들겨 부숴 버려!

사회자 내 지팡이로 명령하겠소! 조용히들 하시오!

하지만 내가 손댈 것까지도 없겠군.

보시오, 저 무서운 괴물들이 순식간에 쫓아나와 양쪽 쌍날개를 활짝 폈소.

용은 성이 나서 불을 뿜으며 사방으로 '비늘' 돋은 입을 내돌리고 있소.

군중은 도망치고, 자리가 깨끗이 비었습니다.

(플루토스, 수레에서 내린다.)

---

29) 용은 비밀지기로 알려져 있다. 말라빠진 기분 나쁜 사내 '메피스토펠레스'도 용을 연상시킨다. 그래서 용은 용끼리 욕심을 부리라고 했다.

사회자 내리시는구나, 정말 왕자다운 모습이다!

신호를 하시니 용들이 꿈틀거리고, 황금상자를 수레에서 내려 '욕심쟁이'와 함께 임금님의 발 아래 갖다 놓았습니다.

일이 참으로 기적 같군요.

플루토스 (수레를 모는 소년에게) 이제 그대는 성가신 짐을 내려놓았다.

그대는 자유로운 몸, 부지런히 그대의 세계로 가거라!

여기는 그대의 세계가 아니다! 여기서는 추악한 것들이 주위에서 밀치락달치락 설치고 있다.

그대가 맑은 눈으로 해맑은 경지를 바라보는 곳, 그 '고독'의 경지로 돌아가라! 거기서 그대의 세계를 만들라.

수레를 모는 소년 그러면 난 당신의 사자라고 생각하고, 제일 가까운 친척으로 당신을 사랑하겠습니다.

당신이 머무는 곳에는 부귀가 있고, 내가 있는 곳에서는 모두가 더없는 정감을 얻을 것입니다.

모순된 세상에서는 동요도 많습니다, 당신을 따를까 나를 따를까 하고.

당신을 따르면 편히 쉴 수 있지만, 나를 따르는 자는 늘 일을 해야 합니다.

나는 남몰래 일을 하지는 않습니다.

숨만 쉬어도 벌써 남들이 나를 알아 버립니다.

그럼 안녕히 계십시오! 말씀대로 내 고독의 세계로 돌아가렵니다.

(왔을 때와 같은 방향으로 퇴장)

플루토스 이제 보물을 풀어 놓을 때가 왔다!

사회자의 지팡이로 열쇠를 치면, 얼씨구 열렸다!

이걸 보라. 청동 솥에서 무언가가 솟아오르더니, 녹은 황금이 피처럼 끓어오른다.

먼저 관冠과 목걸이, 반지 등 장식품이 나타난다.

황금물이 끓어올라 장식을 녹여 삼켜 버릴 것 같구나.

군중이 서로 고함치는 소리 저길 봐라, 아, 저쪽을 봐라!

자꾸만 솟아오른다!

상자가 넘친다. 금그릇이 녹는다. 금화 꾸러미가 꿈틀거린다. 두 카텐 금화가 주조기에서 나오듯 튀어나온다.

아, 가슴이 두근거리는구나. 보이는 게 모두 내가 탐내는 것뿐이다!

아, 바닥에 떨어져서 굴러온다. 가지라는 것이다.

어서 주워라, 많이 주워서 부자가 되자.

나는 번개같이 잽싸게 저 상자를 송두리째 집어 가야지.

사회자 이게 어찌 된 일이오? 어리석은 양반들, 이게 무슨 짓이오?

가장무도회의 여흥에 지나지 않는데.

오늘 밤에는 그런 욕심을 내서는 안 되오.

여러분은 진짜 금이라도 얻을 줄 아십니까?

이런 놀이에서 당신들에게 준 것은 장난감 돈도 과분하단 말이오.

답답한 양반들! 재치를 부린 장난을 그대로 멋없는 진실인 줄 알고 있으니.

진실이 여러분에겐 무엇이오?

여러분은 허망한 망상의 꼬리를 억척같이 좇고 있소.

가장무도회의 영웅, 가면을 쓴 플루토스님!

이 패들을 여기서 쫓아내 주십시오.

플루토스 그대의 지팡이는 이럴 때 쓰기 위해 마련한 것이 아닌가?

그걸 잠깐 내게 빌려 주게.

　　　　　　　이걸 이렇게 활활 타는 불 속에 쑤셔넣고.
　　　　　　　자, 가면을 쓴 여러분, 조심들 하시오!
　　　　　　　번쩍번쩍 빛나며 타닥타닥 불꽃이 튀오!
　　　　　　　지팡이가 벌써 시뻘겋게 달았구나.
　　　　　　　너무 가까이 오면 사정없이 타 버리오.
　　　　　　　자, 이것을 들고 한 바퀴 돌아 볼까.
비명과 혼란　아이고, 답답해라! 이거 안 되겠다.
　　　　　　　도망칠 수 있을 때 어서 도망쳐라!
　　　　　　　밀지 말아요, 여보, 뒤에 있는 양반들!
　　　　　　　내 얼굴에 뜨거운 불티가 튄다.
　　　　　　　시뻘건 지팡이가 나를 짓누르는구나.
　　　　　　　우린 모두 이제 끝장이다.
　　　　　　　비켜요, 비켜, 가면 쓴 사람들아!
　　　　　　　비켜요, 비켜, 정신 나간 무리들아!
　　　　　　　아, 날개가 있으면 날아서 도망치련만.
플루토스　이제 둘러쌌던 무리들이 밀려났구나.
　　　　　　아무도 덴 사람은 없는 모양이다.
　　　　　　군중은 물러났다.
　　　　　　쫓겨간 것이다.
　　　　　　하지만 질서를 확고히 하기 위해 눈에 보이지 않는 줄을 쳐놓아야
　　　　　　겠다.
사회자　굉장한 일을 해주셨군요.
　　　　　현명하신 처사에 감사드립니다.
플루토스　아직도 좀더 두고 봐야 하네, 여러 가지 소동이 일어날 것 같
　　　　　　으니까.

탐욕[30] 이제야 마음껏 인간들을 구경할 수 있겠구나.

무슨 신기한 구경거리나 먹을 것이 있으면 언제나 맨 먼저 여자들이 나오거든.

나 역시 아직 녹이 슨 것은 아니니까 예쁜 계집은 언제 봐도 좋단 말이야.

게다가 오늘은 돈이 들지 않으니 마음놓고 여자를 구슬러 봐야겠다.

하지만 이렇게 사람들이 많아서야 아무 말도 사람들의 귀에 들리지 않을 테니 머리를 써서 솜씨를 부려 보자.

몸짓, 손짓으로 마음을 나타내자.

몸짓만으로는 모자랄지 모르니 희극이나 한 토막 꾸며야겠는걸.

진흙을 만지듯 황금을 세공해 볼까, 금은 무엇이든 둔갑할 수 있으니까.

사회자 무엇을 할 참일까, 저 말라빠진 바보는?

저렇게 굶은 녀석도 장난을 칠 줄 아나?

금을 모조리 반죽하고 있군그래.

저놈 손에 들어가니 금이 다 물러져요.

이기고, 뭉치고, 주물러서 얄궂은 물건을 만들어서는 저기 있는 여자들에게 보이러 가는구나.

여자들은 질겁을 하고 도망치려 하면서 망측하다는 표정들을 짓고 있구먼.

저 바보 녀석, 제법 뻔뻔스럽구나.

저놈은 풍기를 문란하게 하고 저 혼자 흥겨워하는구나.

이렇게 되면 잠자코 있을 수 없지.

저놈을 쫓아낼 테니 그 지팡이를 주십시오.

---

30) 탐욕 역을 맡은 것은 메피스토펠레스.

플루토스 밖에서 무엇이 닥치고 있는지 녀석은 모르고 있군.
　　　　　이런 짓을 마음껏 하게 내버려두시오, 곧 저런 장난을 칠 수 없게 될 테니.
　　　　　법의 힘은 강하지만, 필연의 힘은 더 강하오.
혼잡과 노래 사나운 무리들이 몰려나오네. 산꼭대기에서, 깊은 골짜기에서.
　　　　　파도처럼 밀려들어오네, 위대한 판 신에게 제사지내기 위해.[31]
　　　　　남이 모르는 것을 우린 알고 있어서 사람 없는 테두리 안으로 밀고 들어가네.
플루토스 나는 그대들과 판을 잘 알고 있다!
　　　　　한데 어울려서 대담한 짓을 하려는구나.
　　　　　아무도 모를 일, 나는 다 알고 있다.
　　　　　그래서 이 좁은 테두리를 풀어 주마.
　　　　　그들에게 행운이 따르면 좋으련만!
　　　　　이상한 일이 일어날지도 모른다.
　　　　　그들은 어디로 가는지도 모르고 있다.
　　　　　아예 조심하지도 않으니까.
거친 노래 여봐, 겉만 번지르르한 멋쟁이들아!
　　　　　우리는 훌쩍 뛰고 마구 달려서 험악하고 상스럽게 찾아왔다, 쿵쾅거리고 발을 구르며.
숲의 신 파우누스 파우누스 떼들이 신나게 춤을 추네.
　　　　　곱슬곱슬한 머리에 참나뭇잎 관을 쓰고, 가늘고 뾰족한 귀가 머리 옆에 쏙 나왔네.
　　　　　납작코에 넓은 얼굴, 그래도 여자들은 싫어하지 않는다네.

---

31) 판으로 가장한 사람이 황제라는 것을 자기들은 알고 있다는 말이다.

숲의 신이 춤추자고 손을 내밀면, 어떤 미인도 거절하지 못한다네.

숲의 신 사튀로스 이어서 사튀로스 뛰어 나간다.

염소 발에다가 비쩍 마른 정강이.

다리와 정강이는 야윈 편이 좋지.

영양羚羊처럼 산마루에 올라서서 사방을 둘러보며 즐길 수 있다.

그리고 자유로운 산바람을 들이키고.

안개와 연기가 자욱한 골짜기에서 생활이랍시고 하고 있는 인간 남녀노소를 비웃어 주는 거다.

세계는 산 위의 나 혼자의 것, 오염되지 않고 방해물도 없다.

흙의 정 난쟁이 무리가 아장아장 걸어 나오네.

둘씩 짝짓기를 싫어하는 우리들, 이끼로 지은 옷에 밝은 등잔을 들고 이리저리 재빨리 왔다갔다하면서, 저마다 혼자서 맡은 일을 하면서 반짝이는 개미처럼 우글거리는구나.

이리저리 부지런히 뛰어다니면서 가로세로 분주하게 설치고 다니네.

우리는 친절한 난쟁이의 친척, 산중의 외과의사[32]로도 그 이름이 높네.

높은 산에서 피를 뽑기도 하고, 가득 찬 광맥에서 금속물도 퍼내네.

"행운을 빈다"고 서로 인사 나누며, 산더미처럼 광석을 캐내네.

이것은 참으로 갸륵한 마음씨, 우리는 착한 사람들의 편이라네.

그러나 우리가 모처럼 파낸 금이 도둑이나 뚜쟁이를 도와주게도 되고, 쇠붙이가 많아지면 거드름 피는 놈이 대량 살인의 전쟁을 생각하기도 하네.

---

32) 산의 난쟁이가 광맥을 알고, 그 보물의 피를 뽑을 줄 안다는 뜻에서 나온 비유이다.

세 가지 계율[33]을 업신여기는 자는 다른 계율도 무시하게 마련이지.
그래도 모든 게 우리 죄는 아니지만, 여러분도 우리처럼 참아 나가시구려.

거인들 사나운 사나이라 불리는 우리, 하르츠 산중에선 잘 알려져 있다.
타고난 벌거숭이로 힘도 억세고, 모두가 하나같이 몸집이 크다.
소나무 줄기를 오른손에 들고, 굵은 밧줄을 허리에 감고, 가지와 잎사귀를 엮어 앞치마를 만들어 입고, 우리는 교황도 갖지 못한 친위병이다.

물의 정들 합창 (위대한 신 판을 둘러싸고) 어른이 오셨구나!
이 세상 모든 것은,[34] 위대한 우리의 신인 판이 상징한다.
명랑한 여러분, 판 신을 둘러싸고 즐겁게 덩실덩실 춤을 춥시다.
엄격한 신이지만 상냥하셔서 명랑한 여러분을 좋아하십니다.
이분은 푸른 하늘 밑에서 늘 눈을 뜨고 계십니다.
하지만 시냇물이 졸졸 흘러내리고 산들바람이 불면 조용히 주무시지요.
이분이 한낮에 잠이 드시면 나뭇가지의 잎마저 움직이지 않지요.
싱싱한 초목의 향기로운 냄새가 소리없이 주위에 가득 찹니다.
그때는 물의 정도 떠들지 않고, 그 자리에 그대로 잠이 듭니다.
그러나 이윽고 느닷없이 세찬 그분의 목소리[35]가 우레같이 노도같이 울려퍼지면, 모두 어쩔 줄을 모르고 싸움터의 용사도 사방에 흩어지고 혼란 속에서 영웅도 몸을 떱니다.

---

33) 세 가지 계율은, 훔치지 말라, 간음하지 말라, 죽이지 말라이다.
34) 이 세상 모든 것은 대신(大神) 판에서, '판'이 그리스 말로 '모든 것'을 의미하기 때문이다.
35) 그분(판)의 목소리가 울려퍼지면 만물이 공포에 떤다. 패닉(경제공황)이란 말도 여기서 비롯되었다.

그러니 숭앙해야 할 분을 숭앙하고, 우리를 인도하신 대신大神을 찬양합시다!

흙의 정 대표 (위대한 신 판에게) 빛나는 풍성한 보물이 실처럼 바위틈에 줄을 그으니, 영묘한 요술의 지팡이만이 그 미로를 밝혀 줍니다.

우리가 어두운 땅속에서 굴 속의 혈거민처럼 살고, 당신은 맑은 빛과 바람 속에서 보물을 자비롭게 나누어 주십니다.

지금 우리는 이 근처에서 희한한 샘을 발견했습니다.

그것은 쉽사리 못 얻는 것을 손쉽게 줄 것을 약속합니다.

그것은 당신만이 할 수 있습니다.[36]

그것을 거두어 지켜 주십시오.

당신의 손에 들어간 보물이어야 이 세상에 도움을 줄 것입니다.

플루토스 (사회자에게) 우리는 대범한 마음을 가져야 한다.

일어나는 일을 태연히 받아들여야 한다.

그대는 평소에도 배짱이 큰 사람이지.

이제 곧 엄청나게 무서운 사건이 그대의 눈앞에서 일어날 것이다.

아무도 그걸 믿지 않을 것이니, 그대가 사실을 충실히 기록하라.

사회자 (플루토스가 들고 있는 지팡이를 받아들면서)

난쟁이들이 위대한 신 판을 불의 샘 쪽으로 슬슬 데리고 갑니다.

불의 샘은 깊은 바닥에서 끓어올라와 다시 밑바닥으로 가라앉으면 벌려진 아가리는 캄캄합니다.

그리고는 다시 벌겋게 끓어오릅니다.

위대한 신 판은 기분좋게 서서, 그 이상한 광경을 기쁜 듯이 바라봅니다.

진주 같은 거품이 이러저리 튑니다.

---

36) 당신만이 할 수 있다는 대목에서 황제는 지폐를 발행한다는 문서에 서명한다.

저분은 그것이 이상하지 않을까?

허리를 굽히고 속을 들여다보십시다.

저런, 가장의 수염이 그 속에 떨어졌군요!

미끈한 턱을 가진 저분이 누굴까?

정체를 숨기려고 손으로 슬쩍 가리시는군요.

아, 큰일났다.

붙붙은 수염이 도로 날아오른다.

관, 머리, 가슴이 불이 붙었다.

즐거움이 금방 괴로움으로 바뀌었습니다.

불을 끄려고 사람들이 달려들지만 모두 불을 뒤채어썼습니다.

아무리 치고 두들기고 털어도 새로운 불길을 부채질할 뿐입니다.

온통 불길에 휘말려버려 가장한 군중이 한덩이로 타고 있습니다.

그런데 이게 무슨 소릴까?

입에서 귀로, 귀에서 입으로 전해져 오는 저 말이?

아, 영원히 저주받을 밤이여, 너는 어찌 이런 재앙을 가져왔느냐!

내일 이 사건은 알려지겠지만 모두가 귀를 막지 않을 수 없을 것입니다.

여기저기서 외치는 소리가 들립니다.

"황제께서 큰 변을 당하고 계신다."

아, 꿈이었으면 좋으련만!

황제와 측근들이 타고 있습니다.

황제를 유혹해서 송진투성이의 나뭇가지로 몸을 싸고, 울부짖듯이 노래를 부르고 날뛰면서 단숨에 파멸로 이끈 자에게 저주 있어라!

오, 청춘이여, 그대는 기쁨의 깨끗한 절도를 지킬 수 없단 말이냐!

오, 폐하, 당신은 전능하신데 분별 있게 거동하실 수 없단 말씀입니까?

벌써 숲은 벌겋게 불이 붙었습니다.

불길은 뾰족한 혀를 날름거리며, 격자 천장으로 치닫고 있습니다.

온통 불바다가 될 것 같습니다.

재앙도 도를 넘었습니다.

누가 우릴 구해 줄 것인지 짐작도 못 하겠습니다.

사치를 다한 황제의 영화도 내일이면 잿더미가 되어 있을 것입니다.

플루토스 이만하면 간담이 서늘해졌겠지.

이쯤에서 구원의 손길을 뻗치기로 할까!

신성한 지팡이로 힘껏 쳐보자!

대지가 흔들리고 울리도록!

빈틈없이 떠도는 공기여, 싸늘한 향기로 가득 차라!

비를 머금은 자욱한 안개여, 흘러와서 주위에 퍼져 불타는 사람들을 엎어 주어라!

물이여 떨어져라, 어수선히 구름조각을 휘몰아 일으켜라.

파도치며 밀려와 은밀히 불기운을 죽여라.

도처에서 지지 말고 불을 꺼라.

축축히 불꽃 다스리는 너희들이여, 이런 허망한 불길의 장난을 한 줄기 번갯불로 바꾸어라!

영들이 우리를 해치려고 할 때는 마술의 힘을 빌리리라.

즐거운 동산

아침해

황제와 대신들. 파우스트와 메피스토펠레스, 점잖고 수수한 시속에 따른 옷차림. 두 사람 다 무릎을 꿇고 있다.

파우스트 폐하, 그와 같은 불꽃놀이 장난을 용서해 주시겠습니까?
황제 (일어나라고 손짓하면서) 나는 그런 장난을 좋아하지.
　갑자기 활활 타오르는 불길 속에 있다는 것을 알고, 마치 지옥의 신 플루토가 된 느낌이었네.
　어둠 속에는 어느새 바위산이 솟아올라 시뻘건 불길에 싸여 있더군. 여기저기 틈새에서는 수없이 세찬 불길이 소용돌이치며 뿜어 나와 이글거리며 한데 뭉쳐 둥근 천장을 이루었네.
　불길이 둥근 지붕까지 혀를 날름거리며 올라가서, 둥근 지붕이 생겼다가는 허물어지고 허물어졌다가는 또 생기네.
　비비 꼬인 불기둥이 늘어선 넓은 방 저편에 백성들의 긴 행렬이 움직이는 것이 보이고, 그들은 큰 원을 그리며 웅성웅성 이리로 다가오더니 언제나 하듯 공손하게 절을 하더군.
　그 속에는 나의 대신들도 두세 사람 보였는데, 나는 마치 불의 정 잘라만더 왕이라도 된 것 같았네.
메피스토펠레스 폐하는 바로 불의 정의 왕이십니다!
　지수화풍地水火風이 모두 폐하의 존엄을 절대적으로 인정하니까요.
　불의 충성은 방금 시험해 보셨습니다.
　이번에는 거칠게 파도치는 바다에 뛰어들어 보십시오.

진주가 가득 깔린 밑바닥에 폐하의 발이 닿으면, 물이 끓어올라 주위에 현묘한 경치가 나타날 것입니다.

밝은 초록으로 출렁대는 물결이 아래위로 부풀어서 폐하를 중심으로 아름답기 그지없는 궁전을 이룰 것입니다.

폐하가 걸음을 옮기시면, 궁전도 함께 움직일 것입니다.

물로 이루어진 벽에서는 싱싱하게 화살처럼 헤엄치며 떼지어 왔다갔다하는 물고기를 즐기실 수 있습니다.

바다의 괴물들이 새롭고 부드러운 빛을 보고 몰려와 마구 돌진하지만 안으로 들어올 수는 없습니다.

거기에는 황금 비늘이 덮인 용이 빛깔도 곱게 노닐고, 상어가 입을 딱 벌리면 폐하는 그 속을 보시고 웃으실 것입니다.

지금도 대신들은 폐하를 둘러싸고 즐거워 보입니다만, 바닷속의 왁자한 광경은 아직 보신 적이 없으실 것입니다.

그렇다고 귀여운 부인들이 아쉽지도 않을 것입니다.

호기심 많은 바다의 정 네레이데스[37]가 영원히 신선한 수중의 화려한 궁전을 보려고 다가올 것입니다.

젊은 것들은 물고기처럼 겁을 내면서도 요염하고, 나이 든 것들은 약아서 빈틈이 없습니다.

네레이데스의 언니 격인 테티스도 재빨리 눈치채고는, 폐하를 제2의 펠레우스[38]로 알고 손과 입술로 환대할 것입니다.

그리고 올림포스 산 위로 옥좌를 옮기시면……

황제 그런 허공의 영역은 그대에게 맡기겠다.

---

37) 바다의 신 네로이스의 50명(백 명이라고도 한다.)의 딸들.
38) 네레이데스의 우두머리 격인 테티스는, 펠레우스와 결혼하여 영웅 아킬레우스를 낳았다. 메피스토펠레스는 황제가 미녀를 얻는 것과 관련시켜 제2의 펠레우스에 비유하여 아첨을 한다.

저승의 옥좌라면 언제든지 갈 수 있을 테니까.

메피스토펠레스 하지만 폐하! 폐하는 이미 지상을 소유하셨습니다.

황제 아라비안 나이트에서 바로 튀어나온 듯이 그대가 여기 온 것이 얼마나 행복한 일인지 모르겠구나.

그대가 저 세헤라자데[39] 같은 풍부한 재치를 가졌다면 이 세상 최고의 은총을 그대에게 베풀리라.

흔히 있는 일이다만 일상생활이 몹시 내 마음에 들지 않을 때는 그대를 부를 테니, 그리 알고 항상 대기하고 있어라.

궁내대신 (급히 등장) 폐하, 저는 살아 생전에 이처럼 즐거운 소식을 아뢸 수 있으리라고는 생각하지 못했습니다.

저는 하늘에라도 오른 듯한 심정이라 어전에 나와 뵈니 황홀하기 그지없습니다.

빚은 차례로 깨끗이 갚았고, 고리대금업자들의 날카로운 손톱도 쏙 들어갔습니다.

이제 지옥의 괴로움에서 벗어났으며, 천국에 간들 이보다 더 상쾌할 수는 없을 것입니다.

병무대신 (급히 뒤를 이어 등장) 급료를 선불로 지불키로 하고, 군대 전체가 새로 계약을 맺었습니다.

군인들은 새 피가 끓는 듯이 좋아하고, 술집 주인과 계집들까지 싱글벙글하고 있습니다.

황제 그대들은 가슴을 활짝 펴고 시름을 놓았구나! 얼굴의 주름살도 펴진 것 같고! 허둥지둥 달려온 모양을 보니!

재무대신 (모습을 나타낸다.) 이번 일을 해낸 저 두 사람에게 하문하십

---

39) 〈아라비안 나이트〉 이야기에 나오는 아라비아 왕비로, 공상이 풍부하여 왕에게 끝없는 이야기를 들려주고 목숨을 건진다.

시오.

파우스트   재상께서 말씀드리는 것이 좋겠습니다.

재상   (천천히 등장) 오래 산 덕택에 기꺼운 일을 보게 되었습니다.

그럼 이 중대한 문서를 먼저 들으신 다음 보아 주십시오.

이것이 모든 화를 복으로 바꾼 것입니다.

(낭독한다.)

"알고자 하는 자에게 널리 알리노라.

이 종잇조각은 천 크로네로 통용된다.

그 확실한 담보로 충당되는 것은 제국의 영토 안에 수없이 매장되어 있는 재보이다.

그 풍부한 재보는 곧 발굴되어 그 태환에 쓸 준비가 갖추어졌다."

황제   고얀 짓거리, 어이없는 사기구나!

여기에 황제의 친서를 위조하여 서명한 자가 누구냐?

이런 범죄가 벌도 받지 않고 있단 말이냐?

채무대신   기억이 안 나십니까? 폐하께서 친히 서명하셨습니다.

바로 어젯밤의 일입니다. 폐하께서 위대한 신 판으로 가장하셨을 때, 재상께서 저희들과 함께 말씀드렸습니다.

"이런 성대한 잔치의 기쁨이 백성의 행복이 되도록 한 줄 적어 주시면 좋겠습니다."라고.

폐하께서 흔쾌히 적어 주셔서, 어젯밤 안으로 요술사를 시켜 몇천 장을 만들게 했습니다.

폐하의 자비가 만인에게 골고루 베풀어지도록 갖가지 지폐에 다 같이 폐하의 관인을 찍게 하여 10, 30, 50, 100크로네짜리 지폐가 만들어졌습니다.

백성들이 얼마나 고마워하는지 폐하는 모르실 것입니다.

시가지를 보십시오. 조금 전까지는 반죽음으로 곰팡이가 슬어 있
더니, 모두 활기를 되찾아 즐거움에 들끓고 있습니다!
폐하의 어명은 예로부터 세상을 행복하게 만들어 주셨습니다만,
이번처럼 백성들이 우러러 받든 적이 없습니다.
어명 이외의 문자는 이제 무용지물이 되었습니다.
서명하신 문자만으로 모든 사람이 행복해졌습니다.

황제 그러면 백성들 사이에서 이 종잇조각이 금화 대신 통용된단 말
이냐?
군대와 군중의 급료로 충분히 지불될 수 있단 말이냐?
기괴한 일이다만, 인정할 수밖에 없구나.

궁내대신 날아가듯 흩어진 것을 회수할 수는 없습니다.
눈 깜짝할 사이에 세상에 흩어지고 말았습니다.
환전상은 문을 활짝 열어놓고, 지폐마다 물론 할인은 하지만 금화
나 은화로 바꾸어 주고 있습니다.
거기서 곧장 푸줏간이나 빵집, 술집으로 달려갑니다.
세상 사람 반은 먹는 것만 생각하고, 나머지 반은 새 옷을 사입고
는 뽐내고 있습니다.
피륙상에서는 천을 끊고, 재단사는 옷감을 마릅니다.
"황제 만세!" 하고 술집마다 야단이고, 쟁반 소리도 요란하게 음
식이 나오고 있습니다.

메피스토펠레스 공원에서 혼자 산책하고 있으면 화려하게 차려입은 아
름다운 여자가, 의젓한 공작 날개 부채로 한쪽 눈을 가리고 방싯
웃음을 머금은 채 지폐를 곁눈질합니다.
그러면 애교를 부리거나 아첨하는 것보다 쉽게 색정을 맛볼 수 있
지요.

지갑이나 주머니를 안 가지고 다녀도, 지전 한 장쯤 품속에 수월하게 들어갑니다.

연애편지와 함께 넣어 두기도 편리하지요.

신부는 점잖게 기도서에 끼워 두고, 병사들은 '뒤로 돌아'를 재빨리 할 수 있게 전대가 훨씬 가벼워졌습니다.

시시한 이야기로 이 위대한 사업의 품위가 깎였다면 용서해 주십시오.

파우스트 무진장한 보물이 폐하 나라의 땅속 깊숙이 묻혀서 이용되지 않고 있습니다.

아무리 지혜를 써서 그 양을 짐작하더라도, 그것은 하찮은 척도에 지나지 않을 것입니다.

공상을 아무리 멋대로 해봐야 공연히 힘만 들 뿐 미칠 수가 없습니다.

하지만 깊은 통찰력을 가진 사람은 무한한 것에 무한한 신뢰감을 갖는 법입니다.

메피스토펠레스 금이나 진주를 대신하는 지폐는 아주 편리해서 주머니 속을 환히 알 수 있지요.

우선 값을 매기거나 돈으로 바꿀 필요가 없습니다.

주색의 즐거움도 쉬 맛볼 수 있고요.

경화(금속으로 주조한 화폐)가 필요하면 환전상이 있고, 거기도 없으면 잠깐 파오면 되지요.

황금잔이나 황금사슬은 경매에 붙여져서 지폐로 그 값이 치러집니다.

우리를 비웃던 젠 체하던 자들은 창피해지지요.

모두들 지전에 익숙해지면 이것 없이 못 살게 됩니다.

이렇게 해서 앞으로 이 영토 안에선 어디를 가나 보석이며 금이며 지폐가 남아돌게 되지요.

황제 우리나라는 그대들 덕택에 큰 복리를 얻었다.

당장 그 공에 어울리는 상을 내리노니 국내의 땅 속은 그대들에게 맡기노라.

그대들은 가장 훌륭한 보물의 관리자이니까.

그대들은 보물이 매장된 넓은 곳을 알고 있으니 발굴의 지시를 그대들에게 일임한다.

우리 재보의 관장자인 그대들은 마음을 합하여 거룩한 직책을 기꺼이 완수하고, 땅 밑의 세계와 땅 위의 세계를 서로 맺어 세상의 복지에 이바지해 다오.

재무대신 이 두 사람과 조금도 분쟁이 일어나지 않도록 하겠습니다.

저는 마술사를 동료로 갖게 되어 좋아하고 있습니다.

(파우스트와 함께 나간다.)

황제 궁정 안의 한 사람 한 사람에게 지폐를 줄 터이니, 무엇에 쓸 것인지 솔직히 말해 보아라.

시동1 (받으면서) 신나고 명랑하고 재미있게 살겠습니다.

시동2 (똑같이) 곧 연인에게 목걸이와 반지와 팔찌를 사 주겠습니다.

시종1 (받으면서) 앞으로는 실컷 좋은 술을 마시겠습니다.

시종2 (똑같이) 주사위가 주머니 속에서 굼실거리고 있습니다.

기사[40] (신중하게) 저의 성과 밭을 담보로 얻은 빚을 갚겠습니다.

기사2 (똑같이) 다른 보물로 바꾸어서 저축하겠습니다.

황제 나는 새로운 사업을 위한 의욕과 용기를 기대했다.

---

40) 여기의 기사는 배너리트 훈작사로, 자기 집안 고유의 문장이 찍힌 갓발 아래, 부하를 거느리고 출전할 수 있는 기사의 한 칭호.

하지만 역시 그대들은 내 짐작이 빗나가지 않았구나.
잘 알았다, 아무리 보물이 꽃처럼 피어도 그대들은 언제까지나 변치 않을 것이다.

어릿광대 (앞으로 나오며) 주실 물건이 있으시면, 저에게도 나누어 주십시오.

황제 네놈이 다시 태어난다고 해도, 너는 금방 다 마시고 말 게다.

어릿광대 마술 지폐! 저는 도무지 모르겠습니다.

황제 그럴 테지. 어차피 쓰는 방법이 변변치 못할 테니까.

어릿광대 다른 지폐가 또 떨어졌습니다. 어떻게 해야 좋을까요?

황제 넣어둬라, 네 앞에 떨어진 것이니까.

(퇴장)

어릿광대 5천 크로네가 내 손에 들어왔다!

메피스토펠레스 두 발 달린 술부대야, 되살아났구나?

어릿광대 가끔 있는 일이지만, 이번처럼 잘된 적은 없었어요.

메피스토펠레스 땀까지 흘러가며 몹시 기뻐하는군.

어릿광대 이것 좀 보십시오. 이것이 돈으로 가치가 있단 말입니까?

메피스토펠레스 그것으로 실컷 먹고 마실 수 있지.

어릿광대 밭이나 집이나 가축도 살 수 있나요?

메피스토펠레스 물론이지! 어떤 물건이든지 다 손에 넣을 수 있다.

어릿광대 숲과 수렵장과 양어장이 있는 성도요?

메피스토펠레스 암! 네가 영주가 된 꼴을 보고 싶구나!

어릿광대 그럼, 오늘 밤에 영주가 되는 꿈이나 꾸어 볼까! (퇴장)

메피스토펠레스 (혼자서) 저 어릿광대가 제일 영리한 것 같구나!

어두운 복도

파우스트, 메피스토펠레스

메피스토펠레스 왜 날 이런 음산한 복도로 끌고 나오십니까?
저 안에서는 즐거움이 모자란단 말입니까?
화려한 궁정 안의 잡다한 무리들 속에 끼면 장난이나 속임수를 칠 기회가 얼마든지 있을 텐데요?

파우스트 그런 말 하지 마라, 자네는 그런 짓을 옛날부터 싫증이 나도록 해오지 않았는가.
지금 자네가 우물쭈물 왔다갔다하는 것은 나에 대한 대답을 피하기 위해서지.
그러나 나는 꼭 해야 할 일 때문에 고민하고 있다.
궁내대신과 시종이 재촉하며 성화야.
황제의 뜻이라 당장 해야 한단 말이야.
헬레네가 파리스가 보고 싶다는 거야.
남자와 여자의 이상적인 모습을 또렷한 모습으로 보고 싶다는 거야.
얼른 일을 시작해! 약속을 어길 수는 없으니까.

메피스토펠레스 경솔하게 그런 약속을 하다니 분별이 없으시군요.

파우스트 이봐, 자네 요술이 결국 우리를 어디까지 이끄는지 미처 생각하지 않았단 말이야.
우선 우리는 황제를 부자로 만들었으니까, 이번에는 즐겁게 해주지 않으면 안 돼.

메피스토펠레스　그런 일이 당장 척척 될 줄 아십니까?

　　이번에는 일찍이 없던 난관 앞에 서게 되었단 말입니다.

　　아무 인연도 없는 세계[41]에 손을 대고, 무모한 짓을 해서 결국 새로운 빚을 지게 된 셈이지요.

　　금화 대신 쓰는 도깨비 같은 지폐처럼, 간단하게 헬레네를 불러올 수 있다고 생각하시는 모양이지요.

　　얼빠진 마녀와 엉터리 도깨비나 병신, 난쟁이들 같으면 당장 대령시킬 수 있습니다.

　　악마의 정부情婦, 그것도 나쁘지 않겠지만 악마의 정부를 '그리스의 히로인입니다.' 하고 내놓을 수는 없지 않습니까.

파우스트　따분한 잔소리가 또 나오는구나!

　　자네를 상대하면 언제나 이야기가 모호해지거든.

　　자네는 모든 장애의 원천이란 말이야.

　　무엇을 부탁할 때마다 자네는 새로운 보수를 바라거든.

　　잠깐 중얼중얼 주문만 외면 되잖아?

　　잠시 한눈을 파는 동안에 자네는 헬레네와 파리스를 데려올 수 있어.

메피스토펠레스　그런 이교도와는 아무 관계도 없습니다.

　　그것들은 그것들대로 다른 지옥에 살고 있으니까요.

　　하기야 방법이 하나 있기는 하지요.

파우스트　말해 봐, 어서!

메피스토펠레스　깊은 비밀을 털어놓고 싶지 않지만 그 여신들은 적막한 땅에 거룩하게 살고 있습니다.

---

41) 메피스토펠레스가 자신은 중세 그리스도교 세계의 악마이며, 고대 그리스와는 관계가 없기 때문에 헬레네를 불러낼 수 없다는 의미에서 한 말이다.

그 주위에는 공간도 없고, 시간은 더욱 없습니다.

이 여신들에 대해서는 이야기하기조차 어렵습니다.

그것은 '어머니들'[42]입니다.

파우스트 (깜짝 놀란다.) 어머니들이라고!

메피스토펠레스 놀랐습니까?

파우스트 어머니들! 어머니들이라, 이상하게 들리는군!

메피스토펠레스 사실 그렇습니다. 언제가는 죽을 운명을 인간들은 그 이름을 모르고 있으며, 우리는 그 이름을 부르는 것을 꺼려하니까요.

그들의 집에 가려면 아주 깊은 곳까지 들어가야 합니다.

그들을 불러내게 된 것은 다 당신 때문입니다.

파우스트 그 길은 어디로 해서 가나?

메피스토펠레스 길 같은 건 없습니다! 사람이 가 보지 않은 곳, 발을 들여놓을 수 없는 곳이지요.

부탁한다고 들여놔 주지도 않고, 부탁할 수도 없는 곳으로 가는 길입니다.

각오는 되어 있습니까?

당신을 밀어내는 것은 자물쇠도 빗장도 아닙니다.

어디를 가나 적막함뿐입니다.

당신은 황량하다든가, 적막하다든가 하는 것을 알고 있습니까?

파우스트 그런 잔소리는 안 하는 게 좋을걸.

---

42) 어머니들은 말하자면 일체 존재의 원형 혹은 이상이다. 괴테는 〈플루타르크〉에서 이 착상을 얻었다. 그는 고대 그리스에 '어머니들'이라 불리는 여신에 대한 신앙이 있었다는 것을, '전에 있던 사물과 미래에 있을 사물과의 모든 근원, 형태, 원형이 부동의 자세로 누워 있는' 진리의 들이 있었다는 것을 〈플루타르크〉에서 읽었다. 이 두 가지를 결부시키면 도식, 유형, 변형 등이 괴테의 근본 관념과 부합된다. 어머니들의 나라는 비현실적인 적막한 유경이지만, 온갖 형상이 거기서 만들어진다. 파우스트는 거기서 미의 원형인 헬레네와 접촉할 수 있을까 하고 몸을 떤다.

그 마녀의 주방 냄새가 나는구나.

벌써 아득한 지난날의 그 냄새가 말이야.

나 역시 어쩔 수 없이 세상과 사귀지 않았는가.

헛된 것을 배우기도 하고 가르치기도 하지 않았는가.

내가 본 바를 이성적으로 이야기하면, 반대의 목소리는 갑절이나 크게 들려왔지.

나는 성가신 알력을 피하여 고독으로, 황량함 속으로 피하지 않으면 안 되었지.

그러나 아주 버림받고 혼자 사는 것이 괴로워서 마침내 악마에게 몸을 맡기게 된 거야.

메피스토펠레스 만약 당신이 망막한 바다를 헤엄쳐 다니고 끝없는 세계를 바라본다고 해도 파도가 밀려오는 것을 보아야 하고, 빠져죽을지 모른다는 공포를 느끼겠지만, 어쨌든 무엇이나 볼 수는 있습니다. 잔잔한 바다의 초록색 물을 헤치고 지나가는 돌고래도 볼 수 있고, 흘러가는 구름이나 태양, 달과 별을 볼 수 있을 겁니다.

그러나 영원히 공허한 아득한 세계에서는 아무것도 보이지 않고, 자기의 발자국 소리도 들리지 않으며, 몸을 쉴 단단한 자리조차 발견할 수 없을 것입니다.

파우스트 자네는 일찍이 새로 들어온 신도를 속인 비교秘教의 두목 같은 말을 하는구나. 말만 거꾸로 된 것뿐이다.[43]

자네는 나를 공허 속에 보내어, 거기서 내 솜씨와 힘을 늘리게 하자는 것이구나.

자네는 나를 불 속에서 밤을 집어내는 고양이 취급이군.

---

43) 보통 비교의 도사는 신비적인 것을 과대하게 말하지만, 메피스토펠레스는 반대로 사람을 공허의 경지로 꾀어내어 관심을 끌려 한다는 의미이다.

좋아, 해보마! 밑바닥까지 밝혀내 보자.

자네가 말하는 공허 속에서 모든 것을 찾아내마.

메피스토펠레스 떠나시기 전에 칭찬을 해드리겠습니다.

악마의 뱃속을 잘 아시는군요.

자, 이 열쇠를 받으십시오.

파우스트 이렇게 조그만 것을!

메피스토펠레스 우선 손에 꼭 쥐십시오. 얕잡아보면 안 됩니다.

파우스트 아, 손에 쥐니 자꾸만 커지는구나!

반짝반짝 빛나기 시작했어!

메피스토펠레스 어떤 보물이 손에 들어왔는지 이제 아시겠습니까!

이 열쇠가 정확한 장소를 알아낼 것입니다.

그놈을 따라가면 어머니들한테 갈 수 있습니다.

파우스트 (몸서리친다.) 어머니들한테?

그 말을 들을 때마다 오싹해지는구나!

이렇게 듣기 싫은 말이 또 있을까?

메피스토펠레스 처음 들어 보는 말에 오싹해질 만큼 옹졸하신가요?

귀에 익은 말만 듣고 싶단 말입니까?

앞으로는 어떤 말을 들어도 태연해야 합니다.

기괴한 일에는 오래전에 익숙해졌을 테니 말입니다.

파우스트 나는 무감각한 것을 좋다고 추구할 생각은 없다.

감동[44]은 인간의 가장 큰 천성이야.

세상은 그러한 느낌을 맛보기 어렵게 만들고 있지만, 인간은 감동

---

44) 감동은 인간 최대의 천성이라는 말은, 주목할 만한 괴테적인 말. 플라톤이나 아리스토텔레스와 마찬가지로 괴테도 과학적인 노력의 가장 가치 있는 성과는 냉정한 무관심에 의해서가 아니라 놀라움에 의해서 얻을 수 있다고 생각했다. 신비적인 것에 경탄하는 것을 인간의 가장 고귀한 소질로 본 괴테는, 에커만에게도 "인간이 이룰 수 있는 최고의 경탄이다."라고 말하고 있다.

해야만 비상한 것을 깊이 느끼는 법이야.

메피스토펠레스 그럼, 내려가십시오! 아니, 올라가십시오! 마찬가지니까.
이미 만들어져 버린 세계에서 빠져나가 형상이 없는 공간으로 가십시오!
이미 오래전부터 존재하지 않게 된 것을 즐기십시오.
오락가락하는 구름처럼 떼지은 것이 엉켜올 때는 그 열쇠를 휘둘러서 피하도록 하십시오.

파우스트 (감동하여) 그래! 이 열쇠를 꽉 쥐니 새로운 힘이 솟고, 가슴이 활짝 펴지는 것 같다. 큰 사업을 향해 나서 보자.

메피스토펠레스 벌겋게 단 삼발 향로[45]가 보이면 가장 깊은 밑바닥에 도달한 줄 아십시오.
향로의 빛으로 어머니들이 보일 것입니다.
앉아 있기도 하고 서 있기도 하고 걷기도 할 겁니다.
그때 그때의 처지에 따라 다를 것입니다. 모양을 이루기도 하고 모양을 바꾸기도 하는, 영원한 뜻의 영원한 장난입니다.
온갖 형상의 것이 주위에 떠돌고 있지요.
어머니들은 영상밖에 보지 않으니까, 당신의 모습을 보지 못합니다.
위험이 클 테니 마음을 단단히 가지십시오.
그리하여 곧장 향로에 다가가서 열쇠로 그것을 건드리십시오!
(파우스트는 열쇠를 들고 단호하게 명령하는 태도를 취한다.)

메피스토펠레스 (그것을 보면서) 됐습니다!
향로가 떨어지지 않고 충실한 종자처럼 따라올 것입니다.

---

45) 열쇠와 마찬가지로 순수하게 정신적인 것을 포착하기 위한 상징. 여기서는 어머니들이 예배하는 상징으로서 쓰이고 있지만, 델포이의 여자 예언자 퓌티아는 향로에 앉아 연기에 휩싸여서 신탁을 받았다.

천천히 올라오시면 행운이 끌어올려 줍니다.
어머니들이 눈치 채기 전에 당신은 향로와 함께 돌아올 수 있습니다.
그것만 여기 가져오면, 옛날의 영웅이건 미인이건 어둠의 나라에서 불러낼 수 있습니다.
당신은 그런 일을 해낸 최초의 사람이 되는 것입니다.
일은 이루어지고 공적은 당신의 것이 됩니다.
그 다음에는 마술의 조작으로 향로의 연기가 잇달아 신의 모습으로 바뀔 것입니다.

파우스트 그러면 먼저 어떻게 해야 하나?

메피스토펠레스 열심히 내려가십시오.
발걸음도 씩씩하게 내려갔다가 다시 올라와야 합니다.

파우스트 (파우스트는 발을 구르며 내려간다.)

메피스토펠레스 저 열쇠를 잘 쓰면 좋으련만, 다시 돌아오게 될지 어떨지 모르겠는걸.

밝게 불 밝힌 여러 홀

황제와 제후들, 대신들이 왔다갔다하고 있다.

시종 (메피스토펠레스에게) 유령을 보여주는 일막이 없으면 안 되오.
곧 시작하시오! 폐하께서 기다리고 계시오!

궁내대신 방금 폐하께서 어찌 됐나 물으셨소.

우물쭈물하다가 폐하의 체면을 손상시키는 일이 없도록 하시오!

메피스토펠레스 그 일로 내 친구가 떠났단 말이오.

그 친구는 어떻게 하면 되는지 알고 있어서 혼자 틀어박혀 실험을 하고 있습니다, 워낙 힘드는 일이라서요.

그 미美라는 보물을 꺼내 오려면 최고의 기술, 즉 현자의 비법이 필요합니다.

궁내대신 어떤 비법이 필요하건 알 바 아니오.

어쨌거나 황제는 빨리 보고 싶어하고 계신단 말이오.

금발의 여자 (메피스토펠레스에게) 여보세요, 잠깐만!

보시다시피 저는 예쁜 얼굴이지만 지겨운 여름이 오면 이렇게 예쁘지 않답니다!

밤색 부스럼이 잔뜩 돋아 하얀 살결을 덮기 때문에 견딜 수 없어요.

무슨 약을 좀 주세요!

메피스토펠레스 가엾어라!

이렇게 눈부신 미인이 5월이 되면 댁의 얼룩고양이처럼 얼룩지다니.

개구리 알과 두꺼비 혀의 즙을 짜서, 보름달 빛으로 정성껏 증류시킨 다음, 달이 기울기 시작할 때 곱게 바르도록 하시오.

봄이 되면 부스럼이 깨끗이 없어질 것입니다.

갈색 머리의 여자 다들 모여들어 당신을 둘러싸는군요.

저에게도 약을 주세요! 발에 얼음이 박혀서 걷는 데도, 춤을 추는 데도 애를 먹고 있어요.

인사를 하려고 해도 제대로 무릎을 굽힐 수가 없어요.

메피스토펠레스 내 발로 한 번 밟아 드리지.

갈색 머리의 여자 어머, 그것은 연인들끼리나 하는 짓이에요.

메피스토펠레스 내가 밟는 것은 더 큰 의미가 있습니다.
무슨 병이든지 끼리끼리[46] 고치는 법이거든.
발은 발이 고치고, 온몸 어디나 마찬가집니다.
이리로 오시오! 어떻습니까?

갈색 머리의 여자 (소리친다.) 아야! 아이 아파! 지독하게 밟으시네.
꼭 말발굽에 밟힌 것 같아요.

메피스토펠레스 다 나았습니다.
이제 마음껏 춤도 출 수 있을 겁니다.
식사를 하면서 애인과 서로 발장난을 할 수 있어요.

귀부인 (사람들을 헤치고 들이닥치면서)
좀 들어가게 해주세요! 너무나 괴로워서 못 견디겠어요.
가슴이 속속들이 끓어올라 뒤집히는 것 같아요.
어제까지만 해도 그이는 내 눈을 들여다보며 황홀해했는데, 벌써
다른 여자와 소곤대며 내게 등을 돌리고 있어요.

메피스토펠레스 어려운 병이군요. 하지만 내 말대로 해보십시오.
그 사람 곁에 살짝 다가섭니다.
그리고 이 숯으로 소매나 망토나 어깨에 적당히 줄을 쓱 그으십시오.
그러면 그 사람은 마음에 정다운 후회의 아픔을 느낄 것입니다.
그때 그 숯을 당신은 그 자리에서 삼켜 버려야만 합니다.
포도주도 물도 마시면 안 됩니다.
그 사람은 오늘 밤에라도 당신 문 앞에 와서 한숨을 쉬게 될 것입니다.

---

46) 옛날부터 행하여지고 있는 동종 요법(호메오파이치)를 가리켜 하는 말. 1810년에 하이네만이 '같은 것에 의하여 병이 낫는다.'고 주장한 것에 대해 괴테도 관심을 가졌다.

귀부인 설마 독은 아니겠지요?

메피스토펠레스 (성을 내며) 무슨 소리! 이 숯은 아무데서나 구할 수 있는 게 아니오.

이것은 전에 내가 부지런히 불을 땐 화형장의 장작더미에서 가져온 숯이란 말이오.

시동 저는 애가 타는데, 상대방은 저를 어른 취급을 해주지 않습니다.

메피스토펠레스 (혼잣말로) 누구의 말을 먼저 들어야 할지 모르겠군.

(시동에게) 너무 젊은 여자를 노려선 안 돼.

나이 먹은 여자면 인기를 얻을 거야.

(다른 사람들이 몰려든다.)

또 사람들이 몰려오는군! 이 무슨 악전고투람!

결국 바른말을 해서 빠져나갈 수밖에 없는데.

서툴기 짝이 없지만 하는 수 없다.

아, 아주머니들, 어머니들이여! 제발 파우스트를 돌려주시오!

(주위를 둘러본다.)

홀의 불빛이 벌써 희미해졌구나.

궁중 사람들이 갑자기 모두 움직이기 시작한다.

예의바르게 줄을 지어 가는 것이 보이는구나, 긴 복도와 먼 주랑을 지나가는 것이.

그렇구나, 해묵은 기사의 방에 모이는구나.

넓은 방인데도 다 들어갈 것 같지 않다.

넓은 벽에는 융단이 드리워지고, 네 구석과 벽감壁龕에는 투구를 장식했구나.

여기는 요술의 주문도 필요 없을 것 같다.

귀신이 저절로 나오고 말겠어.

기사의 방

어둠침침한 조명, 황제와 대신들이 등장한다.

사회자 연극의 개막사를 하는 내 본래의 소임이 망령들의 암약으로 방해받고 있습니다.
　이치에 맞게 이 얽힌 속임수를 설명하려고 해도 소용 없습니다.
　의자와 걸상은 벌써 준비가 다 되었고, 황제 폐하는 벽을 마주보고 앉으셨습니다.
　그러니 벽걸이 융단에 그려진 위대한 시대의 전쟁의 광경이라도 편안히 구경하실 수 있으시겠지요.
　이제 폐하께서도 대신들도 다 자리에 앉으시고, 뒤쪽 의자도 가득 들어찼습니다.
　연인들은 유령이 나오는 기분 나쁜 이 시간에도 좋아하는 이의 곁에 자리를 발견했습니다.
　이렇게 모든 분들이 알맞게 자리를 잡으셨으니 준비는 다 되었다.
　유령들아, 나오너라!
　(나팔소리)
천문박사 당장 연극을 시작하라.
　폐하의 분부이시다. 벽들아, 열려라!
　이제 아무 방해도 없다. 여기는 요술도 자유다.
　장막이 불길에 타오르듯 말려올라간다.

돌벽이 둘로 갈라져서 안으로 열린다.

깊숙한 무대가 마련되어 있구나.

불빛이 하나 야릇하게 우리를 비추는 것 같다.

그럼 나는 무대 앞으로 가기로 하자.

메피스토펠레스 (대사를 일러주는 구멍에서 나타난다.) 여기서 구경꾼들의 인기나 얻어 보자.

대사를 일러주는 것이 악마의 말솜씨다.

(천문박사에게)

당신은 별들의 운행 박자를 알고 계시니, 나의 속삭임을 모두 알아들으시겠지요.

천문박사 기적의 힘으로 여기 매우 육중한 고대 신전이 모습을 나타냈습니다.

옛날 하늘을 받치고 있었다는 아틀라스처럼 둥근 기둥이 즐비하게 서 있습니다.

기둥 두 개만으로도 큰 건물을 받칠 수 있는데, 저만한 기둥이면 바위 같은 무게도 충분히 지탱할 수 있을 것입니다.

건축가 이것이 고대 양식인가요! 칭찬할 수 없는데요.

어색하고 육중하다고나 할까요.

거친 것을 고귀하다 하고, 조잡한 것을 위대하다고 하는군요.

나는 무한히 치솟은 가는 기둥을 좋아합니다.

끝이 뾰족한 아치형 천장은 정신을 고양시켜 줍니다.

그런 건축이야말로 무엇보다도 우리를 기쁘게 만들지요.

천문박사 성운의 혜택을 입은 이 시간을 경건하게 받아들이시오.

이성 따위는 요술의 주문으로 묶어 버리시오.

그 대신 멋지고 대담한 공상을 멀리서 자유로이 펼치십시오.

여러분이 감히 바란 것을 눈여겨보시오.
불가능하기에 믿을 가치가 있는 것입니다.[47]

파우스트가 무대 앞 반대쪽에서 솟아오른다.

천문박사 사제 복장을 하고 화관을 쓴 이상한 사람이 나타났습니다.
그는 자신 있게 시작한 일을 이제 완수하려고 합니다.
향로가 그와 함께 텅 빈 구멍에서 솟아오릅니다.
벌써 향로에서 향 연기가 떠도는 것 같습니다.
그는 이 거룩한 사업을 축복할 준비를 하고 있습니다.
이제부터는 모든 일이 순조롭게 되어 갈 것입니다.

파우스트 (장중하게) 무한의 경지에 군림하며 늘 고독하게, 그러나 정답게 모여 사는 어머니들이여, 그대들의 이름으로 나는 이를 행하노라.
어머니들의 머리 언저리에는 생명 없이 움직이는 생의 형태가 떠돌고 있다.
일찍이 빛과 가상 속에 있던 것이 거기서 움직이고 있다.
그것은 영원히 있기를 원하기 때문이다.
전능한 힘을 가진 어머니들이여, 그대들은 그것을 나누어서 혹은 낮하늘에, 혹은 밤하늘에 보낸다.
그 중의 어떤 것은 생명의 부드러운 영위에 받아들여지고, 어떤 것은 대담한 마술의 손이 맞이한다.
마술사는 자신 있게 만인이 원하는 불가사의를 아낌없이 보

---

47) 초대 그리스도교의 교부인 테르툴리아누스가 그리스도의 죽음에 대해 "불합리한 까닭에 믿을지어다."라고 했고, 그리스도의 부활에 대해서는 "불가능한 까닭에 확실하니라."라고 말한 것을 합친 것이다.

여 준다.

천문박사 시뻘겋게 단 열쇠가 향로에 닿자마자, 안개가 순식간에 홀을 가득 채웁니다.

안개는 서로 휘감기고 구름처럼 피어오르고, 늘어졌다 뭉쳤다, 얽혔다 떨어졌다 다시 짝을 지으며.

자, 영들을 다루는 현묘한 솜씨를 보십시오!

구름의 움직임에 따라 음악 소리가 울립니다.

공중의 울림 속에는 무엇인지 모르는 것이 솟아나고, 자욱한 안개 속에서 모든 것이 멜로디가 됩니다.

기둥도, 기둥의 세 줄기 장식도 소리를 내고, 마치 신전 전체가 노래를 부르고 있는 것 같습니다.

안개가 가라앉고, 가벼운 베일 속에서 아름다운 젊은이가 발걸음도 가볍게 걸어나옵니다.

여기서 나의 소임은 끝납니다.

젊은이의 이름을 댈 필요는 없겠지요.

우아한 파리스[48]를 모르는 사람이 누가 있겠습니까?

파리스 등장

귀부인1 오! 어쩌면 한창 꽃피는 청춘의 힘이 저토록 상쾌할까요!
귀부인2 갓 딴 복숭아처럼 싱싱해요!
귀부인3 부드럽게 부푼 입술, 선이 아름답기도 해라!
귀부인4 저런 잔으로 마시고 싶으시죠?

---

48) 트로이 왕 프리아모스의 둘째 아들로, 그리스 제일 가는 미녀 헬레네(스파르타 왕 메넬라오스의 왕비)를 빼앗아가는 바람에 트로이 전쟁이 일어났다.

귀부인5   특별히 기품이 있다고는 할 수 없지만, 참으로 미남이네요.
귀부인6   거동이 좀더 우아할 수 있으련만.
기사   양치기 젊은이의 냄새가 나는 것 같군.
      귀공자 같은 구석은 없고, 궁중 예법도 전혀 모르나 봐.
다른 기사   옳은 말씀! 반벌거숭이라 아름답지만, 갑옷을 입히면 어떻게
      보일지.
귀부인   앉았어요, 사뿐히 기분좋게.
기사   저 무릎에 안겨서 황홀해지고 싶으신가요?
다른 귀부인   머리 위에 팔을 괸 모양이 멋있기도 해라.
시종   저런, 버르장머리없이! 저건 용서할 수 없다!
귀부인   남자분들은 왜 일일이 흠만 잡으세요?
시종   황제 어전에서 주책없이 팔다리를 펴다니!
귀부인   연기예요! 자기 혼자만 있다고 믿거든요.
시종   연극일지라도, 여기서는 궁중 예법을 지켜야지.
귀부인   어머나, 귀여워라. 상냥한 얼굴로 소록소록 잠이 들었어요
시종   곧 코를 골겠지. 본성이 드러날 거야.
젊은 귀부인   (황홀해서) 향 연기에 무엇이 섞여 있기에 이렇게도 향긋하
      게 내 가슴속을 상쾌하게 만들지요?
중년 귀부인   정말! 마음속에 푹 스며드는 향기네요, 저이의 냄새예요.
나이 많은 귀부인   한창 피어나는 청춘의 꽃향기, 젊은이의 몸 속에서 영
      약으로 빚어져 사방에 은은히 퍼지는 것이라오.

헬레네가 걸어나온다.

메피스토펠레스   그 여자야! 이 정도면 내겐 다행이지.

과연 예쁘기는 하지만, 내 마음에는 들지 않아.

천문박사 나로서는 이제 어떻게 할 수가 없습니다.

명예 있는 남자로서 솔직히 고백합니다.

이런 미인이 나왔으니, 아무리 말을 잘해 봐야 소용이 없습니다.

미인에 대해선 예로부터 찬양되어 왔지만, 이런 미인을 보면 누구든지 넋을 잃을 것입니다.

이런 사람을 손에 넣는 자는 더없이 행복할 것입니다.

파우스트 내게는 지금 아직도 눈이 있는가?

마음 속에서 미의 샘물이 풍족한 물을 뿜어올리고 있는 것일까?

나의 무서운 여행이 더없이 고마운 수확물을 가져온 셈이구나.

세계는 지금까지 얼마나 시시하고 흐릿한 것이었던가!

그런데 내가 미의 사제[49]가 된 뒤로 세상은 어떻게 되었는가?

비로소 바람직스러운 것, 근거 있는 것, 영속적인 것으로 되었다.

만일 내가 그대에게 등을 돌리게 된다면 생명의 숨이 끊어져도 상관없다!

지난날 나를 황홀케 한 그 아름다운 자태, 마의 거울[50]에 비쳐 나를 기쁘게 해주던 그 아름다운 자태 따위는 이 미인의 거품 같은 환상에 지나지 않는다!

그대야말로 내가 모든 힘의 작용을, 정열의 전부를, 동경을, 사랑을, 숭배를, 광기를 바쳐야 할 사람이다.

메피스토펠레스 (감독의 상자 속에서)

정신 차리십시오. 자신의 소임을 잊어서는 안 됩니다!

---

49) 파우스트는 어머니들의 나라에서 돌아와 사제의 복장을 하고 있다. 그것은 헬레네에게 종사하는 미의 사제이다. 그렇게 되고 난 뒤부터 파우스트는 비로소 살 보람을 느끼게 되었다.
50) 마의 거울은 제1부 '마녀의 부엌'에 나온다. 파우스트는 말할 수 없이 아름다운 여자의 모습을 본다.

중년 귀부인　키도 크고 맵시도 좋지만 머리가 너무 작군.[51]

젊은 귀부인　저 발 좀 보세요! 너무 못생겼어요.

외교관　고귀한 귀부인들에게서 저런 발을 흔히 보았죠.

　　　나는 머리부터 발끝까지 아름답다고 생각하는데요.

대신　잠자는 젊은이에게로 교묘히 상냥하게 다가가는군요.

귀부인　젊고 청순한 남자분에 비하면 정말 보기 싫어요.

시인　여인의 아름다움에 비쳐 젊은이가 빛나고 있습니다.

귀부인　미소년 엔뒤미온과 달의 여신 루나! 마치 그림 같아요!

시인　옳은 말씀입니다! 여신이 허리를 굽혀 젊은 사나이 위에 몸을 숙이고, 그 입김을 들이키려 하는군요.

　　　부러운데! 키스하는구나! 더 못 참겠는데!

여관장　여러 사람 앞에서 너무했다!

파우스트　어린 놈에게 과한 정을 베푸는군!

메피스토펠레스　쉿, 조용히들 하시오! 유령들이 하고 싶은 대로 내버려 둬야 해요.

대신　여자는 사뿐히 물러서고, 젊은 사내는 깨어나는구나.

귀부인　여자가 돌아보아요! 그럴 줄 알았지.

대신　사내가 놀라고 있군! 기적 같은 일이 일어났거든.

귀부인　여자로선 눈앞에 보이는 일이 기적이 아니에요.

대신　얌전하게 사내한테 돌아가는군요.

귀부인　여자가 남자를 유혹하는 거예요, 익숙한 수법으로.

　　　이런 때 남자란 모두 바보가 되거든요.

　　　저이도 자기가 첫 번째 남자인 줄 알고 있을 거예요.

---

51) 그리스 조각은 일찍부터 머리가 너무 작고 발이 너무 크다는 평을 받아 왔다. 밀로의 비너스를 보더라도 확실히 그렇게 되어 있다.

기사 나로서는 나쁘지 않군! 기품 있고, 아름답고!

귀부인 화냥년 같으니! 저런 걸 천하다고 하는 거예요!

시동 저 자의 신분이 되고 싶구나!

대신 누구든지 저 그물에 걸려들고 말걸.

귀부인 벌써 많은 사람의 손을 거친 보물이에요.

도금한 것이 상당히 벗겨져 있어요.

다른 귀부인 열 살 때부터 벌써 몹쓸 여자[52]였다고요.

기사 사람은 때때로 제일 좋은 것을 취하게 마련이지요.

나는 저 아름다운 찌꺼기를 갖겠습니다.

학자 내 눈에 똑똑히 보이긴 하지만, 솔직히 말해서 진짜인지 어떤지 의심스럽습니다.

눈앞에 있는 것은 과장해서 생각하기 쉽지요.

나는 무엇보다도 기록된 것을 존중합니다.

그래서 책을 읽어 보니, 저 여자는 사실 트로이의 모든 노인들에게 인기가 있었다고 씌어 있는데, 이 경우에도 완전히 들어맞습니다.

나는 젊지는 않지만, 저 여자가 마음에 들었소.

천문박사 이젠 애숭이가 아닙니다!

대담한 영웅이 되어 여자를 껴안으니 여자는 저항하지 못합니다.

억센 팔로 여자를 안아 올렸습니다.

데리고 도망을 갈 참인가?

파우스트 건방진 바보 같으니라고!

무슨 짓이냐! 들리지 않느냐! 너무 심하구나!

메피스토펠레스 당신 자신이 하고 있잖아요, 이 도깨비 장난을 말입니다!

---

52) 조숙한 헬레네는 열 살 때 아테네의 왕 테세우스한테 유괴당한 것으로 전해지고 있다.

천문박사 한마디만 덧붙이겠습니다! 지금까지의 줄거리를 봐서, 이 연극을 '헬레네의 약탈'이라고 부르겠습니다.

파우스트 뭐 약탈! 이 자리에서 내가 가만 있을 줄 아나?

이 열쇠가 내 손에 있지 않은가?

이것이 적막의 공포와 파도를 헤치고 나를 견고한 물가로 데려다 주었다.

여기에 나는 단단히 딛고 서 있다! 여기에 현실 세계가 있다!

여기서라면 정신이 영들과 싸워 위대한 이중 왕국을 세울 수 있다.

저 여자는 그렇게 멀리 떨어져 있었는데, 이렇게 가까이 올 수가 있지 않았는가!

나는 저 여자를 구하겠다.

저 여자는 이중의 뜻에서 내 것이 된다.53)

나는 한다! 어머니들이여, 어머니들이여! 용서해 다오!

저 여자를 한번 알게 되면, 저 여자 없이 살 수 없다.

천문박사 무슨 짓을 하시오, 파우스트 씨!

완력으로 여자를 붙잡다니! 벌써 여자의 모습이 흐려진다.

열쇠를 젊은이에게 들이댔다. 젊은이에게 닿았다!54)

아, 위험해! 큰일났다!

(폭발. 파우스트 바닥에 쓰러진다. 영들은 안개가 되어 사라진다.)

메피스토펠레스 (파우스트를 어깨에 둘러멘다.) 제기랄! 바보 녀석을 상대하면 악마도 결국은 봉변을 당하고 말거든.

(어두움, 소란스러움)

---

53) 이중의 뜻에서 내 것이 된다는 것은 파우스트가 헬레네를 어머니들의 나라에서 데리고 온 다음, 다시 파리스로부터 빼앗았기 때문이다.
54) 영적인 것에 닿으면, 그것은 사라지고 닿은 자는 생명이 위험해진다고 한다.

제 2 막
높고 둥근 천장의 좁은 고딕식 방

지난날 파우스트의 거실, 변한 것은 없다.
메피스토펠레스가 휘장 뒤에서 걸어 나온다. 그가 휘장을 들어 뒤돌아볼 때, 파우스트가 구석 침대에 누워 있는 것이 보인다.

메피스토펠레스 거기 누워 있어라, 풀기 어려운 사랑의 굴레에 얽매인 가엾은 녀석아!
 헬레네에게 넋을 잃은 자는 쉽사리 정신을 차리지 못한다.
 (주위를 둘러본다.)
 위를 보아도 사방을 둘러봐도 전혀 변하지 않았다. 상한 데도 없다.
 하기야 색유리는 전보다 더 많이 흐려졌고, 거미줄도 많아졌다.
 잉크는 굳고, 종이는 누렇게 바랬다.
 하지만 모든 것이 그 자리에 그대로 놓여 있다.
 파우스트가 악마에게 몸을 판다는 증서를 쓴 펜도 여기 이대로 뒹굴고 있구나.
 뿐만 아니라 깃으로 된 펜대 속에는 내가 꾀어서 빼앗은 한 방울의 피도 들어 있다!
 이런 둘도 없는 진품을 얻게 해서 훌륭한 수집가를 기쁘게 해주면 좋겠다만.
 저 낡은 털가죽 겉옷도 녹슨 못에 걸려 있구나.
 저것을 보니, 언젠가 신참 학생을 상대로 한 그 장난이 생각난다.
 그놈은 어른이 되어도 여전히 내가 가르쳐준 것을 되씹고 있겠지.

폭신폭신하고 따스한 털가죽 옷아, 너에게 싸여서 이 세상에 나만
이 옳다고 생각하는 대학 교수가 다시 한 번 되어서 으스대며 뽐
내 보고 싶구나.

학자는 그런 일에 능숙하지만 악마는 잊은 지가 이미 오래다.

(털가죽 옷을 내려서 턴다. 여치, 투구벌레, 나방 같은 것이 튀어나온다.)

곤충들의 합창 어서 오세요! 어서 오세요!

옛날의 두목님!

우리는 날고 울어 대고 하지만, 나리를 진작부터 알고 있지요.

나리는 남몰래 하나둘씩 조용히 우리를 심으셨어요.

우리는 수천의 무리가 되어 춤을 추며 튀어나왔어요.

가슴속의 장난꾼은 되도록 열심히 숨으려고 애를 쓰지만, 이들은
털가죽 속에 있다가 재빨리 기어나온답니다.

메피스토펠레스 이 젊은 녀석들이 뜻밖에도 나를 기쁘게 해주는구나!

씨만 뿌려 놓으면 언젠가는 수확할 수 있는 법.

낡은 털가죽을 다시 한 번 흔드니 여기저기서 튀어나온다.

뛰어올라라!

기어다녀라!

이 구석 저 구석으로 얼른 숨어라, 귀여운 놈들아.

낡은 상자가 놓여 있는 저기에도, 고동색이 되어 버린 이 양피지
속에도, 먼지에 덮인 항아리 조각에도, 저 해골의 퀭한 '눈 속'에
도, 이런 잡동사니나 곰팡이 핀 것 속에는 언제나 우울한 벌레가
있어야 한다.

(털옷을 입는다.)

자, 내 어깨를 다시 한 번 싸 다오!

오늘은 내가 다시 학자님이다.

하지만 이렇게 말해 본들 별수없구나.

나를 인정해 줄 인간은 어디 갔나?

(그가 초인종을 잡아당긴다. 굉장한 소리가 난다. 그 때문에 건물이 흔들리고 문이 쾅 하고 열린다.)

조수 (길고 어두운 복도를 비틀거리며 온다.) 이게 무슨 소릴까!

왜 이리 울릴까!

계단이 흔들리고, 벽이 진동하는구나!

덜커덩거리는 색유리 창으로 번갯불이 번쩍이는 것이 보인다.

마루청은 갈라지고, 천장에서는 석회와 흙덩이가 부서져 떨어져 내린다.

자물쇠를 굳게 걸어 놓은 문이 이상한 힘으로 열려 버렸다.

저게 뭘까?

무섭구나!

거대한 사나이가 파우스트 선생님의 낡은 털가죽 옷을 입고 서 있구나!

저 눈길, 눈짓을 받으면, 나는 이 자리에 주저앉을 것만 같구나!

달아나야 할까, 이대로 서 있을까?

아, 나는 어떻게 될까, 큰일났구나!

메피스토펠레스 (눈짓을 하며) 여보게, 이리 오게!

자네는 니코데무스지?

조수 그렇습니다, 선생님!

기도를 드릴까요?

메피스토펠레스 그만둬!

조수 정말 반갑습니다, 저를 알고 계시다니!

메피스토펠레스 잘 아네. 나이는 들었지만 아직 학생이군.

이끼 낀 선생! 학자도 그런 식으로 연구를 계속해 나가는 거지.
그밖에는 별수없으니까.
그렇게 하여 아담한 종잇조각 집을 짓는데, 가장 훌륭한 학자라 할지라도 완전하게 짓지는 못하네.
하지만 자네의 선생 말인데, 그는 능수능란한 사람이야.
고귀한 바그너[1] 박사를 모르는 사람은 없지.
현재 학계의 제일인자니까!
학계를 통틀어, 학문을 나날이 증진시키고 있는 것은 그 한 사람뿐이지.
지식욕이 왕성한 청강생과 학생이, 그의 주위에 떼지어 몰려들고 있네.
그만이 강단에서 빛을 떨치고, 성 베드로처럼 열쇠를 자유로이 사용하여 땅과 하늘나라를 열어 보여주지.
그는 빼어나게 빛나고 있어서 어느 누구의 명성도 영예도 따를 수가 없네.
파우스트 박사의 이름조차 희미해지는 판이지.
독창적인 재간을 발휘한 것은 그뿐이니까.

조수   선생님, 이런 말씀을 드리면 말대꾸 같아서 죄송합니다만, 지금 말씀하신 것은 전혀 문제가 안 됩니다.
겸양이 바그너 선생의 천성이랍니다.
그 위대한 파우스트 선생님이 홀연히 자취를 감추신 것을 바그너 선생은 단념할 수가 없어서, 그분이 돌아오시기를 학수고대하고 계십니다.

---

[1] 제1부에서 파우스트의 조수였는데, 지금은 대학자가 되어 인조 인간을 만들고 있다.

방도 파우스트 박사께서 계시던 그대로, 그냥 그대로 손도 대지
않고 주인이 돌아오시기를 기다리고 있습니다.

전 그 방에 들어가고 싶은 생각도 나지 않습니다.

지금 별의 운행 시각[2]은 어느 때쯤일까요?

벽이 겁을 먹고 있는 듯합니다.

문간의 기둥은 뒤흔들리고, 자물쇠도 벗겨져 버렸습니다.

그렇지 않았던들 선생님도 못 들어오셨을 것입니다.

메피스토펠레스 바그너 선생은 어디 가셨나?

날 그리로 안내하든가, 선생을 이리로 모셔오든가 하게.

조수 그것은 엄격히 금지되고 있어서 그런 짓을 해도 좋을지 모르겠
습니다.

몇 달 동안이나 큰 사업 때문에 조용히 파묻혀 지내고 계십니다.

학자들 가운데서도 가장 약한 분이 마치 숯굽는 사내처럼 되어 있
습니다.

귀에서 코끝까지 꺼멓게 그을리고, 불을 불어 대서 눈은 시뻘겋게
되었습니다.

그리고 이제나저제나 성과를 기다리고 계십니다.

부집게 부딪는 소리가 바로 선생님 일의 반주지요.

메피스토펠레스 내가 들어가는 것을 선생이 거절할 이유가 있을까?

나는 그의 성공을 촉진하러 온 사람이야.

(조수 퇴장. 메피스토펠레스는 점잖게 앉는다.)

내가 이 자리에 앉자마자 저기서 낯익은 손님이 나타나는군.

하지만 이제 쟁쟁한 진보파의 한 사람이 되었으니 꽤나 허풍을 떨
테지.

---

2) 점성술사는 별의 위치로 시간을 판정한다. 인조 인간의 제조가 이루어지느냐 마느냐 별의 운행에 결부시
켜 마음을 쓰고 있는 것이다.

파우스트 **275**

학사[3]) (복도를 분주히 달려온다.) 대문도 방문도 열려 있구나!
이제야 비로소 희망이 보인다.
지금처럼 살아 있는 사람이 곰팡이 속에서 산 송장이 되고, 마르고 썩어서 산 채로 죽어가는 일만은 없어질 것 같구나.
이 바깥벽도 안벽도 기울어서 허물어질 것 같구나.
우리도 빨리 피하지 않으면 그 밑에 깔려 죽을지도 몰라.
나는 누구보다도 대담하지만 이 이상은 더 들어가지 않을 테다.
그런데 오늘은 참 이상하다.
여기는 내가 오래전에 겁을 먹고 가슴을 죄며, 신참 학생으로 찾아온 곳 아닌가?
그리고 텁석부리 영감을 만나, 그의 말에 고마워하던 곳이다.

낡은 가죽표지 책을 펴놓고, 그자는 자기가 아는 것이라든가, 알아도 자기가 믿지도 않는 것을 그럴듯하게 설명해 나를 희롱했다.
아니?
저 안쪽 작은 방의 어둑어둑한 속에 누가 앉아 있구나!
가까이 가 보니 놀랐는걸.
그때 그자가 그 고동색 털가죽 옷을 입고 헤어졌을 때와 똑같이 거친 양털에 싸여 앉아 있잖은가!
그때는 내가 아직 눈이 어려서 아주 훌륭한 학자로 보았었지.
오늘은 그렇게 안 될걸.
어디 한 번 힘차게 부딪쳐 보자!

---

3) 이 학사는 제1부에서 학생으로 등장하여, 파우스트로 변장한 메피스토펠레스에게 조롱당한 사나이. '바칼로레우스'는 월계관을 받은 자라는 뜻이며, 대학에서 최초의 학위를 얻은 자. 이 학사는 피히테, 셸링, 헤겔 등의 사변철학을 수박 겉핥기식으로 하여, 특히 피히테의 절대아의 사상을 자랑하며 경험을 가볍게 보고 있다.

노선생님, 망각의 강 레테의 탁한 물결에 그 기울어진 대머리를
적시지 않으셨다면, 여기 옛 학생이 대학에서의 채찍을 벗어나,
이렇게 찾아온 것을 환영해 주십시오.
선생님은 옛날에 뵌 그대로시군요!
저는 딴사람이 되어서 돌아왔습니다.

메피스토펠레스 나의 초인종 소리를 듣고 자네가 와주니 반갑군.
나는 그때도 자네를 과소평가하지는 않았지.
장차 아름다운 나비가 될 애벌레나 번데기는 처음부터 알 수 있어.
고수머리에 레이스 깃을 달고, 자네는 어린애같이 유쾌해 보였는
데 한 번도 머리를 땋은 일이 없는가?
오늘은 스웨덴식으로 머리를 깎았구나.
명쾌하고 건강해 보이는데, 제발 절대주의자는 되지 않도록 하게.

학사 선생님, 우리가 지금 같은 곳에 있긴 하지만, 시대의 변천을 생각
하셔서 애매한 말씀은 삼가해 주십시오.
이제 저희들은 생각이 아주 달라졌으니까요.
선생님은 선량하고 천진한 젊은이를 조롱하셨습니다.
그때는 아무런 기교 없이 성공했습니다만, 지금은 그런 것을 하게
하는 자가 없습니다.

메피스토펠레스 젊은 사람들한테 진실을 말해 주면, 애송이들은 결코 좋
아하지 않거든.
그러다가 해를 거듭하면서 그것을 모두 뼈저리게 겪고 나면, 그것
이 마치 자기 머리에서 나온 일인 것처럼 뽐내며, 그 선생은 바보
였다고 주접을 떤단 말이야.

학사 '교활' 했다는 정도겠지요! 왜냐하면, 저희들에게 바로 대고 직접

진실을 말하는 선생이 있습니까?
어느 선생이나 더했다가 뺐다가 하면서 때로는 정색을 하고, 때로는 명랑하고 빈틈없이 순진한 아이들을 다룰 뿐이거든요.

메피스토펠레스 배우는 데는 물론 시기가 있지.
보아하니 자네는 가르칠 준비가 되어 있는 모양이군.
여러 세월이 흘렀으니, 자네도 아마 충분히 경험을 쌓았겠지.

학사 경험이라고요! 그것은 거품이나 먼지일 뿐입니다!
정신과 한자리에 놓을 수도 없습니다.
솔직히 말씀하십시오! 사람이 지금까지 얻은 지식은 과연 알 만한 가치가 있는 것인지요?

메피스토펠레스 (잠깐 사이를 두고) 나도 벌써부터 그렇게 생각하고 있었네. 나는 바보였어.
이제야 내 자신이 천박하고 어리석다는 것을 안 것 같네.

학사 그것 참 기쁩니다! 좋은 말씀을 들었습니다.
제가 만난 최초의 분별 있는 노인이십니다!

메피스토펠레스 나는 묻힌 황금 보물을 찾으러 나섰다가 아무 소용도 없는 숯을 가지고 돌아온 셈이야.

학사 솔직히 말씀드려서 선생님의 두개골이나 대머리가, 저기 저 해골 이상의 값어치가 있습니까?

메피스토펠레스 (싹싹하게) 자네는 자신이 얼마나 불손한지 모르는 모양이군.

학사 독일말로 공손하게 말하는 자가 거짓말쟁이가 틀림없다고 합니다.

메피스토펠레스 (자기가 앉아 있는 바퀴의자를 차차 무대 앞으로 밀고 나가서 관중석을 향하여)

이 높은 곳에 있으니 눈이 부시고 숨이 막힙니다.
여러분들 틈으로 피난 좀 할 수 없을까요?

학사 시대에 뒤떨어져서 이제 아무런 가치도 없는데, 자기를 대단하게 생각하다니 뻔뻔스럽군요.
인간의 생명은 피 속에 살아 있습니다.
청년의 몸속처럼 피가 활동하는 곳이 또 어디 있습니까?
신선한 힘을 가진 싱싱한 피야말로, 생명 속에서 새로운 생명을 만드는 것입니다.
거기서는 모든 것이 활동하고, 무엇인가가 이루어지며, 약한 것은 쓰러지고, 강한 것은 전진합니다.
우리가 세계의 반을 차지하는 동안 당신은 도대체 무엇을 하고 있었습니까?
졸다가, 생각하다, 꿈을 꾸고, 궁리하며 이것저것 계획만 세웠지요.
확실히 노년이란 차가운 열병이라, 변덕스러운 고통의 오한에 사로잡혀 있습니다.
인간이란 서른을 넘으면 이미 죽은 거나 다름없어요.
당신 같은 사람은 때를 보아 때려 죽이는 게 상책입니다.

메피스토펠레스 이거, 악마도 입이 딱 벌어지는구나.

학사 내가 원하지 않는 한 악마는 존재하지 않아요.

메피스토펠레스 (방백) 머잖아 그 악마에게 한 대 얻어맞을걸.

학사 청년의 가장 고귀한 사명은 이것입니다!
세계는 내가 창조하기 전까지는 존재하지 않았습니다.
태양은 내가 바다에서 끌어올렸습니다.
달이 차고 기우는 것도 내가 시작했으며, 낮은 내가 걸어가는 길을 단장하고, 대지는 나를 맞이해 푸른 빛을 띠고 꽃을 피웁니다.

나의 눈짓으로 그 첫날밤에 모든 별이 하늘 가득히 빛나기 시작했습니다.

속인적인 옹졸한 사상의 굴레에서 내가 아니면 누가 당신들을 해방시키겠습니까?

한편 나 자신은 자유로이 내 정신의 소리에 귀기울여 즐거이 내면의 빛을 추구합니다.

그리고 더없는 환희에 잠기면서 광명을 가슴에 안고, 어둠을 등지고 거침없이 나아가는 것입니다.

(퇴장)

메피스토펠레스 바보 녀석, 어디 한 번 뻐기면서 나아가 보아라!

이런 식의 일이건 슬기로운 일이건, 앞선 이들이 전에 생각하지 못했던 것을 누가 생각해낼 수 있단 말이냐?

그것을 알면 너는 아마 무척 괴로울 게다.

하지만 너 같은 놈이 있어도 걱정할 것은 없다.

몇 해가 지나면 딴사람이 될 테니까.

포도즙이 어떻게 끓어오르든지, 결국은 역시 포도주가 될 뿐이야.

(박수를 치지 않은 관람석의 젊은 관객들에게)

당신들은 내 말을 듣고도 냉정하지만, 젊은 사람들이라 그래도 봐 드리지.

하지만 잘 생각해 봐요, 악마는 늙은이이이니까.

악마를 이해할 수 있도록 늙어 봐요!

실 험 실

중세풍의 공상적 목적에 쓰는 크고 다루기 힘든 기계 기구류

바그너 (화덕 앞에서) 요란스레 초인종이 울리더니, 그을린 벽이 흔들리는구나.
성공에 대한 오랜 기대가 이 이상 애매하게 계속되지는 않겠지.
이제 탁한 것이 맑아지고 있다.
플라스크의 중심부에서 활활 타는 석탄 같은 것이, 어둠 속에서 번개처럼 번쩍인다.
환한 흰 빛이 나타나는구나!
이번만은 놓치지 말아야겠다!
아, 누가 저렇게 문을 흔들어 대지?

메피스토펠레스 (들어오면서) 안녕하십니까! 도와 드리려고 찾아왔습니다.

바그너 (불안스러운 듯이)
어서 오십시오, 마침 별의 운행이 좋은 때 오셨습니다.
(낮은 소리로)
하지만 잠시 입 다물고 숨을 죽여 주십시오.
굉장한 일이 지금 성취되려 하고 있습니다.

메피스토펠레스 (더 낮은 소리로) 대관절 무슨 일입니까?

바그너 (더욱 낮은 소리로) 인간이 만들어지고 있습니다.

메피스토펠레스 인간이라고요! 어떤 연인들을 그 연기 구멍에 가두어 놓았지요?

바그너 원, 천만의 말씀을! 지금까지 유행된 생식법은 시시한 어릿광

대 짓이라고 우리는 선언합니다.

생명이 튀어나온 그 미묘한 핵, 내부에서 분출하여 주거니받거니 하는 정애의 힘, 자신의 닮은 모습을 만들어내고 처음에는 가까운 것을, 다음엔 먼 것을 자기 소유로 만드는 부드러운 힘 따위는 이제 가치가 없습니다.

동물은 앞으로도 여전히 그런 짓을 즐길지 모르나 위대한 천분을 가진 인간은, 장차 더 고상한 곳에서 태어나지 않으면 안 됩니다.

(화덕 쪽을 향하여)

빛나고 있군! 보십시오! 이번에는 정말 가능성이 있습니다.

우선 수백 가지 물질을 혼합해서, 이 혼합 방법이 중요합니다만 인간의 원소를 침착하게 조합하여 플라스크에 넣어서 밀봉하고, 적당히 증류하면 일은 은밀히 완성됩니다.

(화덕 쪽을 향하여)

되어 가는구나! 덩어리가 움직이면서 맑아집니다.

확신하고 있던 것이 점점 더 굳어져 갑니다.

자연의 신비라고 찬양해 온 것을 우리의 지력으로 실험해 보고 있는 것입니다.

자연이 지금껏 유기적으로 이룩해 온 것을, 지금 우리가 결정시키는 것입니다.

메피스토펠레스 오래 살면 온갖 것을 경험하는 법이지만, 결국 이 세상에서는 새로운 일이란 일어나지 않지요.

나는 여기저기 여행하고 다닐 때, 결정結晶으로 된 인간족[4]을 본 적이 있습니다.

바그너 (줄곧 플라스크에 주의를 기울이고 있다.) 올라온다. 빛난다. 한데 뭉

---

4) 결정으로 된 인간이란, 바그너와 같이 내적 생명이 부족한, 돌로 화한 인간을 조롱하는 말.

친다.

이제 곧 될 것입니다. 위대한 의도는 언제나 처음에는 미친 짓으로 보이는 법이지요.

하지만 이제는 우연한 작용을 비웃어 줘야겠습니다.

뛰어난 사색을 하는 두뇌도, 장래에는 사색가에 의해서 만들어질 것입니다.

(황홀하게 플라스크를 들여다보며)

유리그릇이 부드러운 소리를 내는구나.

탁해졌다가는 다시 맑아진다. 드디어 되어 가는 모양이다!

아, 귀여운 조그만 인간이 우아한 모습으로 정답게 몸짓을 하고 있다.

이 이상 우리가, 세계가 무엇을 바라겠는가!

신비가 백일하에 드러났는데 이 소리에 귀를 기울이십시오.

목소리가 되고, 말이 되어 있습니다.

호문쿨루스[5] (플라스크 속에서 바그너에게) 아버지! 어떻습니까!

농담이 아니었군요.

자, 저를 가슴에 꼭 안아 주세요.

하지만 너무 세게는 말고요, 유리가 깨지니까.

사물의 성질이란 이런 것입니다.

자연의 것은 우주도 좁지만, 인공의 것은 한정된 공간을 원합니다.

(메피스토펠레스에게) 아, 장난꾸러기 아저씨, 여기 계셨군요?

---

5) 호문쿨루스는 라틴어로 작은 인간이라는 뜻. 중세기에는 연금술로 인간을 만들려고 했다. 괴테도 빠라짤수스 등에서 이 착상을 얻은 것이리라. 빠라짤수스에 의하면, 인간의 정자를 유리그릇에 밀폐해 두면 곧 생기가 발동하여 움직이는 것이 보인다. 그것은 투명하여 육체와 실존은 갖추고 있지 않지만, 신비로운 지혜를 가지고 있다. 그것을 호문쿨루스라 이름지었다.

마침 잘 오셨습니다. 감사합니다.

당신이 여기 오신 것은 정말 행운입니다.

저도 존재하는 한 일을 해야 하니까 곧 일할 준비를 갖추고 싶습니다.

당신은 세상을 잘 아니시 빠른 방법을 가르쳐 주십시오.

바그너 　잠깐, 한마디만 더 합시다! 지금까지 나는 노인이나 젊은이에게서 여러 가지 어려운 질문을 받고 애를 먹었지.

예를 들면 이건 아직 아무도 풀지 못하고 있다만, 영혼과 육체가 이렇게 훌륭히 어울려서 결코 떨어지지 않고 단단히 결합되어 있는데, 왜 인간은 늘 생활을 즐기지 못하는 것일까라든가…….

메피스토펠레스 　잠깐! 나라면 이렇게 묻겠군.

어째서 남자와 여자는 이렇게 사이가 나쁠까요? 라고.

당신은 아마 이것을 풀 수 없을 게요.

여기 할 일이 있소. 이걸 이 작은 인간에게 부탁합시다.

호문쿨루스 　무슨 일인데요?

메피스토펠레스 　(옆문을 가리키며) 여기서 너의 재능을 보여 다오!

바그너 　(여전히 플라스크를 들여다보며) 정말 너는 너무나 귀여운 아이구나!

(옆문이 열리고 침상에 누워 있는 파우스트가 보인다.)

호문쿨루스 　(놀라며) 야, 굉장하다!

(플라스크가 바그너의 손에서 빠져나와 파우스트 위로 떠돌아가며 그를 비춘다.)

정말 아름다운 경치[6]로구나!

---

6) 아름다운 경치란, 호문쿨루스가 천리를 내다볼 수 있는 영적 힘에 의해 파우스트가 꿈꾸고 있는 광경을 꿰뚫어보고 서술한 것. 그것은 그리스 신화의 레다가 제우스의 화신인 백조와 사귀어 헬레네의 어머니가 되는 장면.

울창한 숲속에 맑은 물이 흐르고, 여자들은 옷을 벗는구나.
더없이 아름다운 여자들이! 야, 볼수록 재미있어진다.
그런데 그 중 한 여자가 뛰어나게 빛나는구나.
최고의 영웅이나 아마도 신의 혈통인가 보지.
저 여자는 투명한 물속에 발을 담그니, 기품 있는 몸의 우아한 생명의 불길이, 연한 물결의 수정 속에서 식어 간다.
아니, 이건 또 무슨 수선스러운 날개 소리.
왜 저리도 시끄럽게 거울 같은 수면을 흔들어 놓을까?
처녀들은 겁을 먹고 달아나는데, 그 여왕만은 태연한 모습으로 침착하게, 자랑스럽고 여자다운 만족한 얼굴로, 백조의 왕이 서슴지 않고 자기 무릎에 매달리는 것을 바라보고 있구나.
백조는 퍽 친밀해지는 것 같더니 갑자기 안개가 일며, 촘촘히 짠 엷은 망사로 비할 데 없이 정감이 넘치는 장면을 가려 버리는구나.

메피스토펠레스 잘도 지껄이는구나!
자네의 몸집은 무척 작은데 공상은 참으로 크군.
내게는 아무것도 보이지 않는다만.

호문쿨루스 그럴 테지요. 당신은 북방에서 태어나, 기사와 신부들이 들끓던 몽매한 시대에 자랐으니까요.
어떻게 자유로운 눈이 트일 수 있었겠어요!
암흑이 아니면 당신의 본성을 발휘할 수 없지요.
(주위를 둘러본다.)
갈색으로 변한 돌벽은 곰팡이가 피어 더럽고, 끝이 뾰족한 둥근 천장은 꾸불꾸불하고 낮게 내리덮였고, 이런 데서 저 사람이 눈을 뜨면 귀찮은 일이 생깁니다.
당장 죽어 버릴 테니까 말입니다.

숲속의 샘, 백조, 벌거숭이 미인 등 그것은 이 사람의 예감에 찬 꿈이었습니다.

그런 사람이 어떻게 이런 곳에 정이 들 수 있겠어요!

누구보다 마음 편한 나도 참을 길이 없는데.

자, 저 사람을 다른 데로 데려갑시다.

메피스토펠레스 그거 좋은 생각이군!

호문쿨루스 군인은 싸움터로 보내고, 처녀는 춤추는 데로 데리고 가야 합니다.

그러면 모든 것이 금방 해결됩니다.

지금 막 생각이 났습니다만, 지금은 마침 고전적인 발푸르기스의 밤[7]입니다.

아마도 지금 할 수 있는 가장 좋은 일은, 저 사람을 그의 성품에 맞는 곳에 데리고 가는 것입니다.

메피스토펠레스 그런 발푸르기스 밤은 들어 보지 못했는데.

호문쿨루스 그런 것이 어떻게 당신 귀에 들어가겠어요?

당신은 낭만적 유령밖에 모릅니다.

진짜 유령은 역시 고전적인 것이라야죠.

메피스토펠레스 그건 그렇고 어디로 가나?

고대의 유령이란 생각만 해도 속이 메스껍군.

호문쿨루스 마왕님, 당신이 좋아하는 곳은 서북 하르츠 산 쪽이지만, 이번엔 남동의 그리스 쪽으로 가십시다.

대평원에 페네이오스 강이 유유히 흐르며 수풀과 숲에 둘러싸여

---

7) 고전적 발푸르기스의 밤이란 고대 그리스의 마물의 집회로, 장소는 그리스의 북방 테살리아의 들판. 때는 시저가 거기서 폼페이우스와 일대 격전을 벌여서 이긴 6월 6일 전날 밤, 고전적이란 말은 제1부의 발푸르기스의 밤이 북방적, 독일적, 낭만적이었기 때문에 붙인 것이다.

조용히 후미에 쏟아져 들어갑니다.

평야는 산의 골짜기마다 파고들어가고, 위쪽에 파르살루스의 신구 시가가 있지요.

메피스토펠레스   맙소사! 그만둬라!

폭군 제도와 노예 제도의 싸움[8] 따위는 보기도 싫다.

지루해서 못 견딘다, 끝이 났다 하면 또 처음부터 시작이거든.

더구나 뒤에 숨은 불화의 악마 아스모데우스[9]에게 조롱당하고 있다는 것을 아무도 모른단 말이야.

자유의 권리를 위한 싸움이라고는 하지만, 자세히 보면 노예 대 노예의 싸움과 다를 바 없거든.

호문쿨루스   인간들이 서로 싸우는 천성은 내버려두세요.

누구나 어릴 때부터 힘껏 자기를 방어하며 간신히 성인이 되는 것입니다.

지금 문제는, 어떻게 하면 이 사람을 고쳐주느냐 하는 것입니다.

무슨 방법이 있거든 여기서 시험해 보십시오.

없으면 내게 맡기십시오.

메피스토펠레스   브로켄 산에서의 마술이라면 여러 가지 시험해 볼 수도 있지만, 이교도들의 세계에선 그것이 안 통하거든.

고대 그리스인은 정말 쓸모가 없다고!

그런데 놈들은 자유로운 관능의 유희로 너희들을 홀려서, 인간의 가슴을 즐거운 죄악으로 유혹하거든.

그래서 우리 죄악은 늘 어둡게만 보이지.

---

8) 시저와 폼페이우스의 싸움은 폭군 제도와 노예 제도의 싸움과 다를 바 없다. 자유를 위한 싸움이라고는 하지만, 실은 권력을 펴기 위한 싸움이라 어느 쪽이 이기더라도 민중이 노예가 되는 데는 변함이 없었다.

9) 앞에서는 부부의 금실을 갈라놓는 마물 아스모디로 나왔지만, 여기서는 일반적으로 불화를 선동하는 악마를 뜻한다.

그래, 이제 어떻게 하지?

호문쿨루스 당신은 평소에 그 방면에는 월등한 솜씨니까 테살리아[10]의
마녀라고만 해도, 벌써 무언가 짐작이 갈 텐데요.

메피스토펠레스 (욕정을 드러내며) 테살리아의 마녀라고!
내가 오래전부터 보고 싶었던 여자들이야.
그녀들하고 밤마다 같이 보낸다는 것은 그리 기분 좋을 것도 없지
만, 한번 찾아가서 시험해 보는 일이라면 좋지!

호문쿨루스 그 망토를 이리 주세요.
이 기사에게 덮어 줍시다!
이 천이 여태까지처럼 당신네들 두 사람을 날라다 줄 것입니다.
내가 길을 밝히기로 하지요.

바그너 (불안한 듯이) 그러면 나는?

호문쿨루스 아참, 그렇군요.
당신은 집에 남아 가장 중요한 일을 하세요.
낡은 양피지 책을 펼쳐들고, 처방대로 생명의 여러 요소를 모아
조심해서 하나하나 배합하세요.
'무엇' 도 중요하지만, '어떻게' 는 더욱 중요합니다.
그동안에 나는 세상을 좀 돌아다니며, 나의 완성에 요긴한 한 점[11]
을 찾아내도록 하지요.
그러면 큰 목적이 이루어집니다.
그러한 노력에는 그에 상당한 보수가 있습니다.
황금, 영예, 명성, 건강한 장수, 학문, 그리고 어쩌면 덕도 얻을 수

---

10) 마녀나 요괴가 많이 나오는 곳으로 유명하다.
11) 나의 완성에 요긴한 한 점이란, 육체를 갖지 않은 호문쿨루스를 인간으로 만드는 장면의 육체를 가리킨다.

있겠지요.

그럼 안녕히 계십시오!

바그너 (슬픈 듯이) 잘 가거라! 그 말을 들으니 우울하다.

너를 다시는 못 만날 것 같은 기분이 드는구나.

메피스토펠레스 자, 그럼 페네이오스 강으로 가 보자.

이 꼬마가 제법인걸.

(관객에게)

결국 우리는 자기가 만든 인간에게 좌우당하고 마는군요.

고전적 발푸르기스의 밤[12]

파르살루스 평야의 암흑

마녀 에리히토[13] 지금까지 몇 번이나 그랬듯이 오늘 밤의 무시무시한 잔치에 나는 나가렵니다.

나는 에리히토라는 음침한 여자입니다.

심술궂은 시인들이 지나치게 욕할 만큼 나는 그렇게 흉측한 여자는 아닙니다.

시인은 칭찬도 욕도 끝이 없지요.

---

12) 고전적 발푸르기스의 밤은 완전히 괴테가 꾸민 것이다.
13) 테살리아의 마녀. 무서운 형상을 한 복수의 여신으로 그려져 있다. 폼페이우스의 아들은 시저와 결전하기 전에 그 결과를 그녀에게 예언하도록 하였다.

큰 물결 같은 회색 천막의 줄이 아득한 골짜기에 희뿌옇게 보입니다.
저것은 걱정과 공포에 찬 밤의 여운인 환상입니다.
벌써 몇 번이나 되풀이되었는지 모릅니다!
영원히 되풀이되겠지요.
나라를 타인에게 맡기는 자는 없습니다.
나라를 완력으로 손에 넣어서 힘으로 지배하는 자는, 그것을 남에게 맡기지 않습니다.
자기 마음속으로 지배할 수 없는 자일수록 이웃사람의 뜻을 자기의 교만한 마음대로 지배하고 싶어하지요.
그 큰 예로 여기 싸움이 벌어졌습니다.
폭력이 보다 강한 폭력에 대항하고, 수많은 고운 꽃을 짜넣은 자유의 꽃관은 찢기고, 빳빳한 월계관이 지배자의 머리에 얹혀졌지요.
여기서 폼페이우스는 옛날의 위대한 영광의 날을 꿈꾸고, 저기서는 시저가 흔들거리는 운명의 저울 바늘을 바라보면서 밤을 세웠습니다!
결판이 났지요. 어느 쪽이 이겼는가는 세상이 다 알고 있습니다.
화톳불이 시뻘건 불길을 뿜으며 타오르고, 대지는 흐른 피에서 반사되는 빛을 토해냅니다.
그리고 밤의 불가사의한 광휘에 이끌려서 그리스 전설의 마물 떼가 몰려듭니다.
어느 화톳불의 주위마다 옛이야기의 모습이 흔들거리기도 하고, 한가히 앉아 있기도 합니다.
달은 기울기는 했으나 밝게 빛나면서 부드러운 빛을 사방에 던지며 떠오릅니다.

천막의 환상은 사라지고, 불은 파랗게 타오릅니다.
아니, 내 머리 위에 웬 난데없는 유성일까요?
그것은 반짝반짝 둥근 덩어리를 비추고 있습니다.
살아 있는 생명 냄새가 나는군요. 생물에 다가가는 것은 내게는 어울리지 않습니다. 나는 생물에 해로운 존재거든요.
그런 짓은 내 평이 나빠져서 이롭지 않습니다.
벌써 내려오는군요! 나는 조심해서 피해야겠습니다!
(퇴장)

위쪽을 나는 자들

호문쿨루스 한 번 더 원을 그려서 기분 나쁜 불길과 괴물 위를 날아 봅시다.
골짜기와 바닥은 보기만 해도 유령의 기척이 강하게 느껴집니다.
메피스토펠레스 옛날에 창문들을 통해서 북극의 무시무시한 도깨비들을 보듯이 정말 흉측스런 유령들이 보이니, 여기도 그곳처럼 정이 가는구나.
호문쿨루스 보세요! 저기 키 큰 여자가 성큼성큼 걸어가고 있어요.
메피스토펠레스 우리가 하늘을 나는 것을 보고 무서워진 모양이야.
호문쿨루스 저것은 가게 내버려두고 당신의 기사를 내리세요, 곧 소생할 것입니다.
그리스의 옛이야기 속에 살고 싶은 사람이니까.
파우스트 (땅에 닿자) 그 여자는 어디 있지?
호문쿨루스 모르겠습니다.
하지만 여기서 물어보면 알겠지요.

날이 새기 전에 서둘러서 모닥불에서 모닥불로 찾아가 보세요.
어머니들이 있는 데까지 갔다온 분이니까 더 이상 무서워할 것은 없겠지요.

메피스토펠레스 나도 여기서 하고 싶은 일이 있다.

그러나 우리들의 행복을 위해 가장 좋은 방법은 저마다 화톳불 사이를 빠져나가서 각자의 운을 시험해 보는 일이야.

그리고 우리가 다시 모이려면 꼬마 친구, 네 불빛을 비추고 소리를 내게.

호문쿨루스 이런 식으로 번쩍이고, 소리가 나게 하지요.

(유리병이 울리고 세차게 빛난다.)

자, 그럼 새로운 불가사의를 구경하러 갑시다!

파우스트 (혼자서) 그녀는 어디 있지? 이제 더 이상 묻지 말자.

이 흙이 그 여자가 밟은 것이 아니더라도, 이 물결이 그 여자를 맞아서 출렁인 것이 아니더라도, 이것은 그 여자의 말을 전한 공기이다.

여기에! 기적으로 내가 그리스에 와 있다!

내가 서 있는 땅이 그곳이라는 것을 금방 느꼈다.

잠자고 있던 내 속에 하나의 새 정신이 타오르자마자, 나는 대지에 닿아 늠름해진 거인 안타이오스[14] 같은 기분이 들었다.

여기에 어떤 기괴한 것이 모여 있다고 해도 나는 불길의 미로를 열심히 찾아다닐 테다.

(떠난다.)

---

14) 바다의 신 포세이돈과 대지의 여신 가이아의 사이에 태어난 거인. 몸이 어머니인 대지에 닿아 있으면 대담무쌍한 힘을 나타내는데, 헤르쿨레스는 안타이오스를 대지에서 끌어내어 퇴치하고 말았다. 안타이오스가 대지에 닿아 힘을 얻듯이 파우스트도 그리스 땅에 와서 정신적인 활기를 찾는다.

페네이오스[15] 강 상류

메피스토펠레스　(주위를 살피면서) 이 화톳불 사이를 돌아다니고 있으니,
나는 역시 객지에 와 있다는 느낌이 드는구나.
거의가 벌거숭이이고, 속옷을 입은 자가 간혹 있을 뿐이다.
여자 얼굴을 한 스핑크스[16]는 파렴치한이고, 새 대가리를 한 그뤼
프스는 철면피다.
앞에서나 뒤에서나 눈에 보이는 것이라고는 모두 고수머리와 날
개를 가진 것들뿐.
하기야 우리도 진정 버릇은 없지만, 옛적 놈들은 그게 너무 노골
적이란 말이야.
이걸 최신의 감각으로 휘어잡아 여러 가지 현대식으로 겉칠을 해
야겠다.
불쾌한 놈들이다! 하지만 내색은 말아야지.
새로 온 손으로서 공손히 인사를 해야겠다!
안녕하시오! 아름다운 부인들, 영리한 그뤼스(노인)들.

그뤼프스　(탁한 목소리로) 그뤼스가 아니라, 그뤼프스야!
누구나 그뤼스라는 말은 듣기 싫어하지.

---
15) 이 앞 줄에 '페네이오스 강 상류' 라는 장면 표시가 있는 판(版)도 있고 없는 것도 있다.
16) 스핑크스는, 여기서 하반신은 사자, 상반신은 여인인 매혹적인 여성으로 그려져 있다. 그뤼프스는 머리가 독실, 몸뚱이는 사자로 날개가 있는 동양계의 괴물이다. 황금의 수호자로 간주된다.

어느 말이나 그 출처를 말하는 어원의 여운이 남아 있는 법.

잿빛, 우울, 불평, 공포, 무덤, 잔인 등

어원적으로 그리스를 닮아서 들으면 매우 불쾌하단 말이야.

메피스토펠레스 그러나저러나 매한가진데, 존칭 그뤼프스의 '움켜쥔다' 는 어원은 마음에 드시지요?

그뤼프스 (역시 탁한 소리로, 이하 같음.) 물론이지!

때로는 좋지 못한 소리도 듣지만, 칭찬을 듣는 일이 더 많지.

처녀나 왕관이나 황금이나 무엇이든 움켜쥐어야 하거든.

움켜쥐는 자에게는 대개 행운의 여신이 동정을 하지.

개미들 (거대한 종류) 황금이라고 하셨는데, 저희들은 그걸 잔뜩 모아서 바위틈과 굴 속에 몰래 감추어 두었습니다.

그것을 외눈박이 아리마스포이족[17]이 냄새를 맡고 멀리 가져가서 웃고 있습니다.

그뤼프스들 놈들을 잡아다가 자백을 시켜야지.

아리마스포이 이 자유로운 환락의 밤만은 봐 주시오.

내일까지는 모두 써 버리겠습니다.

이번에는 틀림없이 잘될 것입니다.

메피스토펠레스 (스핑크스들 사이에 앉는다.) 여기가 편하고 살기 좋겠구나.

너희들의 말을 다 알아들으니까.

스핑크스 우리들은 유령의 목소리를 내고 있어요.

그걸 당신이 구체적으로 해석하고 있는 거예요.

우선 이름을 대세요, 차차 자세히 알게 되겠지만.

메피스토펠레스 다들 나를 여러 이름으로 부르고 있지.

여기 영국인은 없나? 그들은 무척 여행을 좋아하여 전쟁터나 폭포

---

17) 아리마스포이족은 우랄 지방의 외눈박이 기마민족으로, 그뤼프스가 지키고 있던 금을 빼앗았다.

나 허물어진 성벽이나, 고적 같은 그늘진 곳을 곧잘 찾아다니지.
여기도 그들에겐 어울리는 목적지야.

그들이 만들어낸 것이지만 옛날 연극에서 나를 '묵은 죄악'[18]이라 부르고 있지.

스핑크스 어째서 그렇게 되었나요?

메피스토펠레스 나도 모르겠어.

스핑크스 그럴지도 모르겠군요! 별에 대해 좀 아시나요?
지금 이 별의 운행상 무슨 시각이죠?

메피스토펠레스 (위를 쳐다본다.) 별은 잇따라 흐르고 조각달이 밝게 비치며, 나는 정다운 이 자리에서 쉬고 있네.

당신의 사자 털가죽에 아늑하게 싸여서 별세계에 올라가려고 하는 것은 헛수고야.

수수께끼나 걸어 보게. 하다못해 글자풀이라도 말이야.

스핑크스 당신 자신의 이야기를 해보세요.
그러면 그것이 수수께끼가 될 테니까.

가령 내가 당신의 정체를 풀이한다면, "신앙심 두터운 자에게도 아닌 자에게도 필요한 것, 전자에게는 수련을 위해 금욕의 칼로 쳐들어가는 과녁이 되는 흉갑胸甲[19], 후자에게는 광포한 짓을 할 때의 친구. 어느 것이건 제우스 신의 위안거리에 불과하다."

그뤼프스1 (탁한 목소리로) 마음에 안 드는 놈이다!

그뤼프스2 (더욱 탁한 목소리로) 여긴 뭘 하러 왔지?

---

18) '묵은 죄악'은 중세기 영국의 교화극 속에서 '늙은 너구리'로 나오며, 악마의 길동무지 악마는 아니다. 메피스토펠레스는 자기를 이렇게 부름으로써 본성을 속이려고 했다.

19) 수련을 위해 금욕의 칼로 쳐들어가는 과녁이 되는 흉갑이란, 착한 사람이 자기가 입고 있는 것이 아니라 가장한 적이 입고 있는 것으로 보고, 이것과 싸웠기 때문에 수련하는 흉갑이라고 한다. 악마는 착한 사람에게는 그러한 작용을 하고, 악인에게는 친구로서 작용한다.

둘이서   저런 언짢은 놈은 여기 둘 수 없다.

메피스토펠레스   (무섭게) 너는 내 손톱이 네놈의 뾰족한 발톱만 못할 줄 아느냐? 한 번 덤벼 봐라!

스핑크스   (상냥하게) 여기 얼마든지 계셔도 괜찮아요.

하지만 자진해서 도망치게 될걸요.

당신의 나라라면 즐거운 일도 있겠지만, 아마 여기는 별로 마음에 안 드실 것 같네요.

메피스토펠레스   당신의 윗몸은 보기만 해도 맛있어 보이는데, 아랫몸은 짐승이라 소름이 끼치는군.

스핑크스   그 따위 못된 수작을 하면 혼이 날 거예요.

우리들의 앞발은 튼튼하다고요, 장식이 아네요.

당신의 그 절름발이 말밥굽 따위는 우리들 사이에 있어 봐야 창피하기만 할걸요.

바다의 요녀 세이레네스들,[20] 위쪽에서 전주처럼 노래한다.

메피스토펠레스   강가의 버드나무 가지에 앉아 흔들거리고 있는 저 새는 무엇이지?

스핑크스   조심하세요! 아무리 훌륭한 분이라도 저 노래에는 꼼짝 못 하니까.

세이레네스들   아, 어째서 당신은 그 추한 것에 정을 들이시나요!

들어 보세요, 우리는 여기 몰려와 아름다운 노래를 부른답니다.

세이레네스의 기쁨의 노래를.

---

20) 해변에서 매혹적인 노래로 뱃사공의 배를 현혹시켜 난파시킨다. 처음에는 여자의 머리를 가진 새의 몸이었는데, 차차 여체의 부분이 많아졌다.

스핑크스들   (세이레네스들을 조롱하며 같은 가락으로 노래한다.)
　저 새들을 끌어내리세요.
　나뭇가지 속에 큰 매가 추한 발톱을 숨기고 있어요.
　저 노래에 넋을 잃고 있을 때, 당신을 덮쳐 죽일 거예요.
세이레네스들   미움과 시기를 버리세요!
　푸른 하늘 아래 뿌려진 깨끗하고 맑은 기쁨을 모읍시다!
　물 위에서나 땅 위에서나, 성심성의껏 명랑한 몸짓으로 반가운 손님을 맞이합시다.
메피스토펠레스   이거 고약한 친구들이 새로 나타났구나.
　목청을 울리고, 줄을 튕겨서 소리와 소리가 얽히는구나.
　어떤 소리든 내게는 소용없다.
　귓전을 간지럽게 해주기는 하지만 가슴속에 스며들지는 않는다.
스핑크스들   가슴이니 어쩌니 그런 말은 마세요. 역겨워요.
　오그라든 가죽주머니라고 하는 것이 당신 얼굴에는 꼭 맞아요.
파우스트   (다가오며) 희한하구나!
　보기만 해도 흐뭇하다.
　추한 것 속에 위대하고 늠름한 모양이 나타나 있구나.
　나는 벌써 복받은 운명을 예감한다.
　이 엄숙한 첫인상이 나를 어떤 경지로 옮겨갈 것인가?
　(스핑크스들에 대해서) 이런 것들 앞에 옛날 오이디푸스 왕이 서 있었겠지.
　(세이레네스들에 대해서) 이런 것들의 유혹을 이겨내기 위해 오디세우스는 밧줄로 자기 몸을 묶게 했겠지.
　(개미들에 대해서) 이런 것들에 의해 최고의 보물이 저장되었겠지.
　(그뤼프스들에 대해서) 이놈들이 충실하고 실수 없이 보물을 지켰

겠지.
나는 상쾌한 정신이 온몸에 스며드는 것을 느낀다.
모습들이 위대할수록 기억에 남는 것도 위대하다.

메피스토펠레스 전 같으면 이런 건 저주하며 물리쳤을 텐데, 지금은 마음에 드시는 모양이군요.
연인을 찾으러 온 것이니까 괴물까지도 반가우신 모양이지요.

파우스트 (스핑크스들에게) 여보시오, 여인네들, 나에게 대답해 주오.
그대들 중 누가 헬레네를 못 보았소?

스핑크스들 저희들은 헬레네의 시대에는 없었습니다.
저희들의 마지막 자손이 헤르쿨레스[21]에게 맞아죽었지요.
반인반마半人半馬의 모습을 한 슬기로운 케이론[22]에게 물어보세요.
그이는 이런 영들의 축제날 밤에 잘 뛰어다닌답니다.
그이를 붙잡기만 해도 당신은 대성공이에요.

세이레네스들 여기 머물러 계시면 좋은데…….
오디세우스도 조롱하시지 않고, 저희들 곁에 머물렀을 때 여러 가지 이야기를 하셨습니다.
만약 당신이 푸른 해변의 우리들 마을에 오신다면 그 얘기를 모두 털어놓지요.[23]

스핑크스 고귀하신 분, 속아서는 안 돼요.
오디세우스는 몸을 묶게 했지만, 당신은 우리의 충고에 묶이세요.
그 고상한 케이론을 만나면 제가 드린 말씀을 아시게 될 거예요.

(파우스트, 자리를 뜬다.)

---

21) 헤르쿨레스는 온 세계의 해로운 괴물을 퇴치했는데, 스핑크스를 죽였다는 것은 괴테의 창안.
22) 반인반마의 지자智者. 헤르쿨레스와 아킬레스의 스승이며, 스핑크스는 태곳적부터 헬레네의 시대에 이르는 교량 역할을 한다.
23) 세이레네스는 언제나 하듯 거짓말로 파우스트를 홀리려 한다.

메피스토펠레스 (기분 나쁜 듯이) 깍깍 울면서 날아가는 저것은 뭐지?

너무나 빨라서 눈에도 안 띄게 줄곧 잇따라 날아가는구나.

저래서야 사냥꾼도 당할 수가 없겠구나.

스핑크스 겨울에 불어 대는 북풍처럼 헤르쿨레스의 화살도 당하지 못할 거예요.

저것은 괴조怪鳥 스팀팔리데스.[24]

꺽꺽 우는 것은 인사에 지나지 않지만 독수리의 부리에 거위의 발을 가졌답니다.

지금 우리들 패에 끼어서 친척이라는 것을 표시하고 싶은 거예요.

메피스토펠레스 (겁먹은 듯이) 그 밖에도 무언가 쉭쉭 소리가 난다.

스핑크스 별로 겁낼 것은 없습니다.

저것은 레르네의 뱀[25] 대가리인데, 머리통에서 잘려 나갔는데도 온전한 체하고 있지요.

그런데 당신은 왜 그러십니까?

어째 그리 조바심을 내세요?

어딘가에 가고 싶으세요?

그럼 곧 가세요!

아, 알겠어요.

저기에서 합창하고 있는 것들이 당신의 목을 그리로 돌리게 하는군요.

참을 것 없이 그리로 가세요!

예쁜 것들에게 인사나 건네세요.

---

24) 그리스의 알카디아 펠로폰네소스 반도 가운데에 있는 팀플로스 호수에 사는 괴상한 새. 그 깃을 화살로 삼아 인간을 잡아먹었다. 헤르쿨레스가 퇴치했다.
25) 역시 헤르쿨레스에게 퇴치당한 괴물. 알카디아에 이웃하는 아르고스 부근의 레르네 늪가에 사는 뱀. 목이 잘리면 곧 목이 돋아나온다.

라미에들[26]인데 굉장한 호색이죠.
미소 짓는 입과 뻔뻔스러운 몸가짐이 산야의 신 사튀로스의 마음에 든답니다.
염소발을 가진 사튀로스는 거기서 무슨 짓이나 할 수 있지요.

메피스토펠레스 당신들은 줄곧 여기 있을거요? 또 만나고 싶은데.

스핑크스 네! 당신은 저 바람기 많은 여자들을 만나고 오세요.
우리는 이집트 이래 오랫동안 천 년이나 이렇게 가만히 앉아 있는데 길들었답니다.
우리들의 위치[27]에 경의를 표하세요.
음력이고 양력이고 우리가 정하지요.
피라미드 앞에 자리잡고 앉아 온갖 민족의 흥망을 지켜보며 홍수, 전쟁, 또는 평화, 무슨 일에도 끄떡하지 않아요.

페네이오스 강 하류

강의 신 페네이오스가 늪과 물의 정에 둘러싸여서

페네이오스 속삭이는 갈대여, 한들거려라.
호젓이 숨쉬어라, 사초(가축의 사료로 쓰이는 풀)여!
웅성거려라, 부드러운 버드나무 숲이여!

---

26) 라미에는 자식을 잡아먹는 피에 굶주린 괴물. 매혹적인 젊은 여자의 형태.
27) 스핑크스의 위치는 움직이지 않기 때문에, 시간과 세월을 재는 표준이 된다.

소곤거려라, 포플러의 떨리는 잔가지여, 깨어진 꿈길을 좇아!
그러나 무서운 하늘의 기척과 은밀히 다가오는 땅의 울림이 잔잔한 물의 안식에서 나를 깨운다.

파우스트　(강가에 다가서면서) 내가 잘못 듣지 않았다면, 이 엉크러진 나뭇가지와 나직하게 우거진 나뭇잎 뒤에서 사람 소리 같은 음성이 울려오는 것 같다.
그러나 물결도 열심히 조잘거리고, 산들바람도 장난치며 흥겨워하는 것 같구나.

물의 정들　(파우스트에게) 무엇보다도 여기에 몸을 누이고 시원한 곳에서 피곤한 손발을 쉬며 늘 당신 바라던 잠을 즐기세요.
당신을 위해서 졸졸 속삭여 드릴게요.

파우스트　나는 분명히 눈을 뜨고 있다! 아, 여인들을, 비할 데 없는 꿈의 모습[28]을 그대로 그곳에 있게 해다오.
무어라 말할 수 없는 생각이 가슴에 스며든다!
꿈일까, 추억일까?
전에도 한 번 이처럼 행복한 기분을 느낀 적이 있다.
조용히 흔들거리는 무성한 나무숲의 산뜻한 초록 속으로 물이 흐른다.
졸졸거리는 소리조차 없이 사방에서 맑은 샘이 모여서, 깨끗하고 맑아 목욕하기 좋은 알맞게 깊은 못이 되었다.
건강한 젊은 여인들의 팔다리가 물의 거울에 비치고 겹쳐져서, 내 눈을 더욱 즐겁게 해준다!
젊은 여인들은 정답게 즐거운 듯 목욕도 하고, 대담하게 헤엄도

---

[28] 꿈의 모습은 백조로 화한 제우스가 레다에게 접근하여 헬레네를 낳게 하기에 이른 장면. 그 다음은 대낮에 그것을 꾼 파우스트의 꿈 이야기.

치고, 겁먹은 얼굴로 물도 건넌다.
끝내는 요란한 물싸움질.
나는 이것을 바라보고 만족해하고 즐기고 있으면 그만이다.
그런 내 마음은 앞으로 더 나아간다.
내 눈은 날카롭게 저쪽 숲속을 꿰뚫어본다.
풍성하게 우거진 푸른 잎이 고귀한 여왕을 감추고 있다.

이상도 하구나! 백조떼가 이리로 헤엄쳐 온다.
위엄이 있으면서 깨끗한 동작으로.
조용히 떠다니고 정답게 어울리며, 자랑스레 우쭐대며 머리와 부리를 움직이고 있다.
그러나 그중 한 마리가 유난히 의젓하게 가슴을 활짝 펴고, 대담하고 자랑스레 무리를 헤치고 헤엄쳐 나아간다.
온몸의 깃털을 불룩하게 부풀리고, 스스로 파도가 되어 파도 위에 파도를 일으키며, 신성한 장소로 돌진해 간다.
다른 백조들은 깃털을 빛내며 조용히 이리저리 헤엄쳐 다니기도 하고 부산하게 화려한 싸움도 벌인다.
겁많은 시녀들의 정신을 빼앗아 자기들의 임무를 잊어버리게 하고, 자신의 안전만 생각하게 하기 위해서다.

물의 정들   자매들이여, 모두 귀를 강 기슭의 푸른 언덕에 대 보세요.
내가 잘못 들은 것이 아니라면 말밥굽 소리가 울리는 것 같아요.
누군가가 오늘 밤 잔치의 급한 소식을 전하러 오는 것이 아닐까?

파우스트   달리는 말밥굽 아래서, 대지가 우렁차게 울리는 것 같구나.
저쪽을 보라, 나의 눈이여!
행운이 벌써 나를 찾아오는가?

아, 유례 없는 기적!
말 탄 사람이 달려온다.
지혜와 용기를 갖춘 사람인 듯.
눈부시게 흰 말을 타고 있다.
틀림없이 나는 저 사람을 안다.
필뤼라의 유명한 아들이다!
잠깐만 케이론, 잠깐만! 당신에게 할 얘기가 있소.

케이론 무슨 일인가! 왜 그래?

파우스트 천천히 달리시오!

케이론 나는 쉬지 못한다.

파우스트 그럼 제발, 나를 태워 주시오.

케이론 올라타라! 그럼 마음대로 물을 수도 있지.
어디로 가는가? 강을 건네줄 수도 있지.

파우스트 (올라타면서) 어디든 데려다 주십시오.
은혜는 평생 잊지 않겠습니다.
당신은 위대한 분, 고귀한 스승, 영웅 일족을 길러 명성을 떨치시고, 아르고 선[29]에 탔던 용사들과 시인들이 찬미하던 사람들을 모두 키워 주셨습니다.

케이론 그런 말을 꺼내지 말게!
팔라스[30]조차 스승으로서는 존경을 못 받았네.
제자들이란, 결국 아무 교육도 받지 않은 것처럼 저마다 자기 식대로 해나가는 법이라네.

파우스트 당신은 모든 식물 이름을 아시고, 그 뿌리의 약효를 깊이 아

---

29) 아르고 선에 탄 것은 영웅 이아손의 일당으로, 황금의 양가죽을 되찾기 위하여 흑해로 원정했다.
30) 제우스의 딸 팔라스(아테네)조차도 테레맛흐를 안내했을 때는 쓸모가 없었다고 〈오디세이아〉에 나온다.

시어, 병자를 고치고 아픔을 덜어 주는 의사이십니다.
그분을 나는 지금 온 힘을 다하여 이렇게 껴안고 있습니다.

케이론 내 곁에서 영웅이 부상당하면, 그야 구해 줄 수 있겠지!
하지만 결국 나의 기술은 무녀와 신부들의 일이 되고 말았네.

파우스트 당신은 진정 위대한 분이군요.
칭찬의 말 따위에는 귀도 기울이지 않으십니다.
겸손하게 이야기를 피하려 하시고, 자기 같은 사람은 얼마든지 많다는 태도이십니다.

케이론 자네는 비위 맞추는 게 능숙하군.
왕이나 백성의 맘에 쏙 들겠어.

파우스트 하지만 이것만은 인정하시겠지요.
당신은 같은 시대의 최대의 인물을 보셨고, 가장 고귀한 인물의 행위를 본뜨셨으며, 반은 신처럼 진지하게 살아오셨습니다.
그런데 그 많은 영웅들 가운데서 누구를 가장 훌륭하다고 생각하십니까?

케이론 아르고 선에 탔던 사람들은 저마다 용감했고, 자신의 타고난 싱싱한 힘으로 다른 사람의 약점을 채워 주더군.
넘치는 청춘과 아름다움이 중요시될 때는 디오스쿠로이[31] 형제가 남을 압도했지.
결연히 민첩하게 사람을 구하는 일은 보레아스[32] 자식들의 아름다운 천성이었네.
사려 깊고 힘이 세고 총명하고 재치가 있어 지배자가 된 것은 이

---

31) 디오스쿠로이 형제는 헬레네의 동생인 쌍둥이 카스토르와 폴룩스. 두 사람은 테세우스에게 유괴당한 헬레네를 도로 빼앗았고, 아르고 선의 원정에도 참가했다.
32) 바람의 신으로, 날개 있는 아들 제테스의 아버지.

아손이었고 여자들의 호감도 샀지.
오르페우스는 늘 조용해서 누구보다도 칠현금을 잘 뜯었네.
눈이 날카로운 링케우스는 낮이고 밤이고 신성한 아르고 선이 암초와 기슭에 부딪히지 않도록 몰아갔지.
마음만 합치면 위험은 벗어날 수 있는 법이야.
한 사람이 일하면 모두 칭찬을 해주었지.

파우스트 헤르쿨레스에 대해선 한마디도 안 하십니까?

케이론 오, 나의 그리운 정을 건드리지 말아 주게!
나는 해의 신 포이보스도 본 적이 없고, 싸움의 신 아레스나 신들의 사자 헤르메스도 이름밖에 몰라.
그러나 모든 인간이 신처럼 찬양하는 그 사람이 내 눈앞에 서 있는 걸 보았지.
그 사람은 정녕 타고난 왕자로, 젊을 때는 보기에도 훌륭했네.
형도 잘 섬기고, 아름다운 여자들에게도 아주 잘해 주었지.
대지의 여신 가이아도 그런 이를 또 낳지는 못할 것이고, 청춘의 여신 헤카테도 다시는 그런 남성을 섬길 수 없을 게야.
아무리 애를 써도 그이를 노래할 수는 없을 것이고, 아무리 새겨봐야 그이를 조각할 수는 없을 걸세.

파우스트 조각가가 아무리 헤르쿨레스를 정교하게 조각해 놓고 뽐내도, 당신의 말씀처럼 훌륭하게 표현할 수는 없습니다.
이제 가장 훌륭한 남자 이야기는 들었으니, 이번에는 가장 아름다운 여자 이야기를 해주십시오.

케이론 뭐야? 여자의 아름다움이란 하찮은 것이지.
자칫 움직임 없는 인형 같은 것이 되기 일쑤니까.
쾌활하게 삶을 즐기며 움직이는 게 아니라면, 나는 미인이라고 찬양할 수 없네.

아름다운 여자는 혼자 기분 좋아하지만, 우아하게 아름다워야 사람을 확 끌어당기는 법이야.

내가 태워 주었을 때의 헬레네[33]처럼.

파우스트 헬레네를 태워다 주었어요?

케이론 그렇지, 이 잔등에 태웠지.

파우스트 그렇지 않아도 나는 어찌할 바를 모르고 있는데, 이런 고마운 자리에 내가 올라타고 있다니!

케이론 헬레네는 내 갈기를 움켜쥐고 있었지.

자네가 지금 하고 있는 것처럼 말일세.

파우스트 아, 이거야말로 정신이 아찔해지는 것 같구나!

어떤 모습이었는지 이야기 좀 해주십시오.

그 사람이야말로 나의 단 하나 소원입니다.

어디서 어디로 헬레네를 태워다 주셨습니까?

케이론 그 말에 대답하기는 쉬운 일이지.

디오스쿠로이 형제가 누이 헬레네를 도둑의 손에서 구해 냈을 때의 일이야.

그 도둑은 도둑을 맞은 일이 없었기 때문에 화가 잔뜩 나서 뒤쫓아온 거야.

그때 달아나는 남매 세 사람을, 엘레우시스 늪이 가로막지 뭔가.

오빠들은 걸어서 건넜고, 나는 헤엄쳐서 건넜지.

헬레네는 등에서 뛰어내려 젖은 내 갈기를 쓰다듬고 교태를 부리면서 인사를 했는데, 사랑스러운 데다 영리하고 기품이 있더군.

어찌나 매력적이던지! 이런 늙은이도 정말 기쁘더군!

---

33) 케이론이 헬레네를 태워 주었다는 것은 괴테의 창안.

파우스트 고작 열 살[34]의 나이로!

케이론 그것은 문헌 학자가 스스로를 속이고 자네를 속인 걸세.

신화 속의 여자란 아주 특별난 것이라서, 시인이 자기 멋대로 그려 보이기 때문에 어른이 되었다가는 늙은이가 되었다 하는 이야기는 없고, 늘 군침이 넘어가는 싱싱한 모습을 하고 있으며, 어려서도 납치되고 늙어서도 줄곧 청혼을 받는 법이지.

요컨대 시인은 시간에 속박되지 않는다네.

파우스트 그러니까 헬레네도 시간의 속박을 받지 않아도 되는 셈입니다! 아킬레우스[35]가 페레에서 그 여자를 발견했다는 것도 시간을 초월한 이야기였습니다.

얼마나 드문 행복일까요, 운명을 거역하고 사랑을 얻다니!

나라고 해서 이 절실한 동경의 힘으로, 그 비길 데 없는 모습을 살려내지 못할 까닭이 없지 않습니까?

신들 못지않게 위대하고, 상냥하고, 고귀하고 사랑스러운 영원한 그 모습을!

당신은 옛적에 그 여자를 보았지만 나는 오늘 꿈에 보았습니다. 마음을 매혹하는 그 아름다운 자태, 벌써 내 몸도 마음도 꽁꽁 묶이고 말았습니다.

헬레네를 얻을 수 없다면 나는 살 수 없습니다.

케이론 어디서 왔는지 모르나 인간인 자네가 열중하는 것도 무리는 아니네만, 영들의 눈에는 미친 것같이 보이겠네.

---

34) '고작 열 살'이라는 대목을, 괴테는 처음에는 일곱 살이라고 썼기 때문에 일곱 살로 되어 있는 판(版)도 많다. 뒤에 괴테는 열 살로 고치도록 에커만에게 지시했다. 미안마드 판(版)도 열 살로 되어 있다. 헬레네의 연령에 대해서는 신화학자들 사이에도 말이 많다.

35) 아킬레우스는 죽은 후 역시 죽은 헬레네와 결혼한다는 불가능한 일을 이루어서 오이포리온을 낳았다. 괴테는 그 장소를 레우케 섬에서 페레로 옮겼다.

그런데 마침 자네로선 다행한 일이군.

나는 해마다 잠깐씩이지만 의술의 신 아스클레피오스의 딸 만토[36]를 찾아가기로 하고 있는데, 만토는 몰래 기도를 드리며 아버지에게 애원하고 있지.

아버지의 명예를 위해서 이제는 의사들의 마음을 일깨워서, 어이없는 살인을 그만두게 해주십사고.

만토는 예언하는 여자들 중 내가 가장 좋아하는 여자지.

천한 몸짓도 하지 않고, 떠들지도 않고, 정이 많고 상냥하다네.

자네도 그 여자 집에서 잠시 머무르면 여러 가지 약초 뿌리의 힘으로 깨끗이 치료해 줄 걸세.

파우스트   그런 치료는 받고 싶지 않습니다. 내 마음은 건전합니다.

만일 치료를 받아 낫는다면, 나도 다른 사람처럼 비속해지고 말 것입니다.

케이론   만토라는 거룩한 샘의 영검을 소홀히 생각하지 말게!

어서 내리게! 이제 다 왔네.

파우스트   말씀해 주십시오! 이 무시무시한 밤중에, 자갈 깔린 강을 건너 저를 데리고 오신 데가 어딥니까?

여기는 로마와 그리스가 맞서 싸운 곳이야.

페네이오스 강이 오른편에 흐르고, 올림포스 산이 왼편에 서 있네.

가장 큰 제국은 모래 속에 사라지고, 국왕은 도망치고 백성이 승리를 거두었지.

눈을 들어 보게! 바로 저기에, 달빛 속에 영원의 신전[37]이 서 있지 않은가?

---

36) 만토(여자 예언자라는 뜻)는 테베의 예언자 티레시아스의 딸인데, 그녀를 여의사로 본 괴테는 의술의 신 아스클레피오스의 딸로 만들었다.
37) 올림포스의 아폴로 신전을 의미한다.

만토   (신전 안에서 꿈을 꾸듯) 말발굽 소리에 신전의 층계가 울리는 걸 보니 반신半神들이 오시나 봐.

케이론   네 말이 옳다! 눈을 떠 보라!

만토   (잠을 깨며) 어서 오세요! 또 오실 줄 알았어요.

케이론   그대의 신전도 그대로 서 있구나!

만토   여전히 지치지도 않고 뛰어다니시나요?

케이론   그대가 신전 안에 호젓이 살고 있듯이, 나는 뛰어다니기를 좋아하거든.

만토   저는 가만히 있지만, 시간이 제 주위를 돌고 있어요.
그런데 이분은 누구세요!

케이론   어처구니없는 오늘 밤의 잔치가 이 사람을 소용돌이 속으로 끌어넣어 여기까지 데리고 왔지.
미친 듯이 헬레네를 찾는데 어디서 어떻게 해야 할지 모르고 있단다. 누구보다도 아스클레피오스의 치료가 필요한 사람이야.

만토   불가능한 것을 원하는 사람이 저는 좋아요.
(케이론은 벌써 멀리 사라진다.)
들어오세요, 당돌한 양반! 당신이 좋아할 일이 있어요.
이 어두운 길은 저승의 여왕 페르세포네[38]에게로 통하고 있어요.
올림포스 산기슭의 굴 속에서 여왕은 금지된 지상의 인사를 몰래 듣고 있답니다.
제가 오르페우스[39]를 몰래 들여보내 준 곳도 여기지요.
그 사람보다 더 잘해 보세요. 자, 기운을 내!

---

38) 페르세포네(라틴어 이름은 프로세르피나)는 제우스의 딸로, 꽃을 꺾다가 저승에 끌려가 저승의 왕비가 된다. 그녀는 지상을 동경하여 금지된 것을 어기고 지상으로부터의 인사를 듣는다.
39) 아내를 저승에 빼앗긴 악인(樂人) 오르페우스는 노래의 힘으로 아내를 데리고 돌아오게 되었으나, 도중에 아내를 돌아보기 때문에 다시 잃는다. 만토가 그때 인도해 주었다는 것은 괴테의 창안.

페네이오스 강 상류

세이레네스들 페네이오스 강물속에 뛰어들어요!
물장구를 치면서 헤엄을 치고, 불행한 육지의 사람들을 위해 즐겁게 노래를 부릅시다!
물 없는 곳에는 행복도 없어요! 모두 왁자하게 떼를 지어 에게 해로 서둘러 가면 어떤 쾌락도 맛볼 수 있어요.
(지진)
거품이 이는 파도는 돌아오지만, 이제 강바닥에는 흐르지 않네.
대지가 흔들려 물줄기가 막히고 갈라진 강바닥에 흙이 날리네.
자, 도망가요! 오세요, 모두!
이 재앙은 아무도 좋아하지 않네.
자, 가세요! 오늘 밤의 즐겁고 귀한 손님들, 바다의 신나는 잔치를 보러 가요.
흔들리는 물결이 번쩍이면서 기슭을 적시고 조용히 굽이치는 곳으로, 달이 하늘과 바다에 이중으로 비치고 맑은 이슬로 우리를 적시는 곳으로.
여기는 무서운 지진이 있지만, 거기는 자유로이 약동하는 생명이 있어요.
똑똑한 사람은 모두 급히 떠나세요, 소름끼치는 이곳에 있지 말고!

지진의 신 사이스모스 (땅속에서 으르렁대고 소동을 일으키며)
한번 더 힘껏 밀자.
어깨로 왈칵 추켜올리자!
그러면 위로 나갈 수 있다.
위로 나가면 모두 비켜 줄 것이다.

스핑크스들 이 무슨 기분 나쁜 진동일까.
언짢고 무서운 땅울림이야!
어쩌면 이렇게도 요란스레 그네처럼 위아래로 흔들거릴까!
견딜 수 없이 기분 나쁘네!
하지만 우리는 꼼짝도 하지 않을 거야.
비록 지옥이 폭발하더라도.
아니, 둥근 천장이 솟아오르네.
어머, 이상해라, 그 사람이야.
예전에 백발이 된 그 노인이야.
해산의 진통으로 신음하는 여자[40]를 위해 파도를 헤치고 델로스 섬을 쳐들어 만들어 준 그 사람이야.
기를 쓰고 밀고, 버티며 팔꿈치를 쭉 뻗고 등을 구부리네.
지구를 메는 아틀라스와 같이 모래땅도, 잔디도, 흙덩어리도, 조약돌도, 자갈도, 모래도, 진흙도, 강변의 조용한 강바닥도 쳐드네.
이리하여 골짜기의 평온한 땅을 비스듬히 갈라놓고 마네.
힘껏 버티고 피로도 모르는 거대한 여인상 같아요.
지금도 무서운 돌의 뼈대를 여상주가 받들듯이 흙 속에서 가슴까지 쳐들고 있네.

---

40) 레토가 헤라의 질투로 해산의 진통에 신음하고 있을 때, 늙은 바다의 신이 델로스 섬을 바다 밑바닥에서 솟구쳐올려 아폴로(해의 신)와 디아나(달의 신)를 낳게 해주었다.

하지만 더는 올리지 못할 거야, 스핑크스가 버티고 앉아 있으니.

사이스모스 모두 나 혼자 한 일이다.

언젠가는 다 인정을 해주겠지.

내가 마구 흔들지 않았던들 어찌 이 세상이 이렇게 아름다울 수 있으랴!

너희들 산만 해도 어찌 푸른 하늘에 솟아 있을 수 있으랴!

저 산들도 내가 땅속에서 밀어 그림처럼 아름답게 보이도록 하지 않았다면!

밤이나 혼돈 같은 태고의 선조들 앞에서 내가 마구 설치기도 하고, 거인들을 상대로 공을 주고받듯 펠리온 산과 옷사[41] 산을 던졌을 때 일이었지.

우리는 청춘의 혈기에 못 이겨 까불어 대다가, 싫증이 나서는 짓궂게도 파르낫소스 산에다 두 개의 산을 중절모처럼 씌워 버렸지. 지금은 아폴로가 행복한 뮤즈들과 함께 거기에서 즐겁게 살고 있지.

유피테르와 그 번개를 위해서도, 내가 올림포스 산의 의자를 쳐들어 주었지.

그래서 오늘 밤도 이렇게 무던히 노력하여 땅 속에서 확확 치밀어 올라와 즐거워하고 있는 주민들로 하여금 새 생활을 시키려고 소리치고 있다.

스핑크스들 여기 솟아 있는 산이 태곳적부터 있었다고 하지 않을 수 없겠지.

땅에서 몸부림치며 삐어져나오는 걸 우리가 눈으로 보지 않았더

---

41) 펠리온 산과 옷사 산은 올림포스 산에 이웃하는 산. 거인들은 신들을 습격하기 위해 올림포스 산 위에다 이 두 개의 산을 포개었다고 한다.

라면 무성한 숲 위로 퍼져 나가고, 지금도 첩첩 바위가 아래로 움직이고 있네.

하지만 스핑크스는 꿈쩍도 않고 신성한 자리에 태연히 앉아 있지.

그뤼프스들 황금이 금박 종잇조각 되어 바위틈에 반짝이는 것이 보이는구나.

저런 보물을 도둑맞아서는 안 되지.

자, 개미들아, 어서 파내라!

개미들의 합창 거인들이 이 산을 밀어올린 것처럼 부지런한 우리는 빨리 위로 올라가자!

잽싸게 드나들자!

이런 바위틈의 작은 부스러기라도 모두 가져와야 한다.

조그만 알맹이도 구석구석 샅샅이, 재빨리, 서둘러서 찾아내야 한다.

우글대는 개미들아, 부지런히 일하자. 오직 금만 가져오고 돌조각은 버려라!

그뤼프스들 들어와라! 들어와! 금만 쌓아 올려라.

우리가 발톱으로 지켜 주마.

이런 자물쇠는 다시 없다. 어떤 보물이나 안전하다.

난쟁이들[42] 우리는 지금 막 여기에 자리를 잡았는데, 어떻게 이렇게 되었는지는 모른다.

어디서 왔는지는 묻지 말아 다오.

어쨌든 여기에 와 있으니까!

지내기에 즐거운 곳이라면 어디에 있거나 상관없다.

---

42) 퓌그마이오이는 난쟁이라는 뜻. 지구의 남쪽 끝에 살며, 바다를 건너온 학과 싸우는 것으로 되어 있는데, 괴테는 전설과는 상관없이 땅속의 광맥을 파내는 난쟁이로 만들었다.

갈라진 바위틈만 보이면 금방 난쟁이들이 찾아온다.

난쟁이 부부는 부지런해서 어느 부부에게나 모범적이다.

옛 낙원에서도 그랬는지 그것은 우리가 모르는 일.

어쨌든 여기가 제일 좋다.

행운의 별을 우리는 축복한다.

동녘이거나 서녘이거나 어머니인 대지는 잘 낳아 준다.

가장 작은 난쟁이들 어머니인 대지는 하룻밤 사이에 조그만 어린것들을 낳았다.

가장 작은 어린것들을 낳게 되면 거기 어울리는 짝을 발견하겠지.

난쟁이의 장로 얼른 서둘러서 적당한 자리를 잡아라!

어서 일을 시작해라.

기운 대신 빠르게 해라!

세상은 아직 평온하다만 대장간을 세우고 갑옷과 무기를 만들어라, 군대를 위해서.

여봐라, 개미들아, 모두 힘을 내어 광석을 가져오너라.

제일 작은 난쟁이들은 수가 많으니까, 장작을 가져오라고 명령을 내린다!

그것을 쌓아올려 가마불에 구워서 숯을 만들어라.

총사령관 화살과 활을 메고 급히 출동하라!

저 연못가에 수없이 집을 짓고 건방지게 으스대는 왜가리 놈들을 단숨에 공격하여 모두 떨어뜨려라!

그리고 그 깃으로 투구를 장식하자.

개미들과 가장 작은 난쟁이들 누가 우리를 구해 줄까?

우리가 쇠를 만들면, 놈들은 그것으로 쇠사슬을 만든다.

하지만 달아나기에는 아직 이른 시기다.

고분고분 참을 수밖에.

이뷔코스⁴³⁾의 학 살육의 고함 소리, 단말마의 비명 소리!

겁을 먹고 퍼덕퍼덕 홰를 치는 소리!

신음 소리며 앓는 소리가 이 높은 데까지 들려오는구나!

한 마리 남김없이 모두 맞아 죽어서 호수는 그 피로 시뻘겋게 물들었다.

추악한 놈들의 욕망이 왜가리의 기품 있는 것을 약탈하고, 그 깃이 벌써 저 배불뚝이, 구부정다리의 악한들 투구에서 한들거리고 있다.

여보게, 우리 친구들이여, 줄지어 바다를 건너는 새들이여, 가까운 친척인 왜가리의 이 참사, 복수하라고 그대들에게 호소한다.

모두 힘과 피를 아끼지 말고 저놈들과 끝까지 싸워라!

(목쉰 소리로 울어 대며 공중에서 흩어진다.)

메피스토펠레스 (평지에서) 북국의 마녀라면 잘 다룰 수 있겠는데.

이국의 유령들은 마음대로 되지 않는군.

브로켄 산은 역시 마음 편한 곳이지, 어디를 가나 지리를 훤히 알거든.

일제⁴⁴⁾ 아줌마는 일제 바위에서 망을 봐 주고, 하인리히도 하인리히 언덕에서 지켜 주거든.

코고는 바위가 가난한 마을에 콧김을 불어 대건 말건 모두 천 년이 지나도 변함이 없지.

그런데 여기서는 걸어가거나 서 있거나, 언제 발 밑이 부풀어오를지 모른단 말이야.

---

43) 기원전 6세기의 그리스 시인. 그가 길에서 도둑떼에 살해되는 것을 본 학이, 그 죄를 폭로하여 복수하는 기회로 삼게 했다. 실러의 시로 유명.
44) 하르츠 산에 있는 강 일젠슈타인, 이하의 지명과 함께 제1부의 발푸르기스의 밤에 나온다.

기분 좋게 편평한 골짜기를 거닐고 있으면 뒤에서 느닷없이 산이 하나 솟아오르고, 산이라고 할 것까진 없을지 모르나, 어쨌든 스핑크스들과 나를 떼어 놓기에는 충분한 높이다.

여기 아직도 많은 화톳불이 골짜기를 따라 괴상한 축제를 둘러싸고 타고 있구나.

아직도 요염한 여자들이 나를 유혹하려는 듯, 피하려는 듯 장난꾸러기들처럼 희롱하면서 너울너울 춤을 추는구나.

슬쩍 가까이 가 보자! 훔쳐 먹는 것은 나의 장기니까, 어디서든 하나 붙잡아 보자.

라미에들   (메피스토펠레스를 유인하면서) 빨리, 좀더 빨리!

어서 앞으로 가자!

그러고는 걸음을 멈추고 조잘대며 지껄여야 해!

저 이름난 악당을 꾀어내다가 실컷 죗값을 치르게 하는 것은 무척 재미있을 거야.

못생긴 저 발로, 비틀비틀 건들건들 휘청대며 걸어오네.

우리가 도망치면 발을 질질 끌면서도 열심히 쫓아오네.

메피스토펠레스   (걸음을 멈추고) 이거, 지독한 변을 당하는군!

나 역시 꼬임수에 넘어간 사나이야!

아담 이래로 여자에게 늘 속아만 왔지.

나이가 들었다고 현명해지지 않거든!

그만하면 어지간히 바보짓을 해왔는데!

저것들이 전혀 쓸모가 없다는 거야 알고 있지.

허리통을 가늘게 보이게 하고, 얼굴에 덕지덕지 분을 처바른 것들이 싱싱하기를 바랄 수는 없지.

어디를 만져 봐도 온몸이 썩어 문드러졌거든.

그거야 알지. 보아도 알고 만져 봐도 안다고.
그런데도 저 썩은 여자들이 피리를 불면 춤을 추지 않을 수 없단 말이야.

라미에들 (멈추어 서서) 잠깐만!
저 치가 뭘 생각하면서 주저하고 있어.
못 달아나도록 무슨 말을 해줘.

메피스토펠레스 (걸어가면서) 가보자! 공연히 의심만 하지 말고.
세상에 마녀가 없다면, 어떤 악마가 뻐질 수 있겠는가!

라미에들 (되도록 교태를 보이면서) 자, 이분 주위를 빙 둘러서자.
틀림없이 우리들 가운데 누군가가 이분 마음에 들게 될 거야.

메피스토펠레스 희미한 불빛으로 보는 것이지만, 당신들은 모두 아름다워 보여요.
그러니 흠을 잡고 싶지 않구려.

엠푸제[45] (끼여들면서) 저도 그렇죠!
예쁜 여자로서 저도 끼게 해주세요.

라미에들 이 여자는 골칫거리예요.
언제나 우리의 즐거움을 망쳐놓는걸요.

엠푸제 (메피스토펠레스에게) 사촌누이 엠푸제예요, 안녕하세요?
나귀의 발을 가진 친한 친구예요.
당신이 가진 것은 말발굽이지만, 사촌 오빠를 잘 부탁하겠어요.

메피스토펠레스 여기는 모르는 사람들뿐인 줄 알았더니 마침 가까운 친척이 있었구나.
옛 족보라도 펼쳐 봐야 알겠지만, 하르츠에서 그리스까지 친척투성이일 줄이야!

---

45) 라미에와 같은 종류의 여자 괴물. 청동의 나귀의 발을 갖고 있으며, 여러 가지로 모습이 변하는 괴물.

엠푸제 저는 과감하게 재빨리 행동할 수 있어요.

여러 가지 것으로 변할 수도 있고요.

지금은 오빠에게 경의를 표하려고, 나귀 대가리로 둔갑해 본 거예요.

메피스토펠레스 이 친구들 사이에서도 혈통을 존중하는 모양이구나.

하지만 무슨 일이 일어나든지간에 나귀 대가리야 어디 견딜 수 있나.

라미에들 그런 추한 여자는 내버려두세요.

아름답고 귀여운 것은 쫓아 버리는 여자니까.

아무리 아름답고 귀여운 것이라도 그 여자가 나타나면 추해져 버리니까!

메피스토펠레스 화사하고 가냘픈 당신들도 모두 수상쩍은 여자들이야.

저 장미 같은 뺨 뒤에 무언지 요괴가 숨어 있을 것 같아.

라미에들 그럼 시험해 보세요! 이렇게 여럿이 있잖아요.

잡아 보세요!

운수가 좋으면 가장 좋은 제비를 뽑을 테니까.

색골 같은 잔소리만 해서 무슨 소용 있어요?

당신은 처량한 호색인인가 봐, 뽐내고 돌아다니면서 으스대지만.

자, 이 녀석이 슬슬 우리들 사이에 끼어드는구나.

가면을 하나씩 벗어던지고 진짜 모습을 똑똑히 보여주자고.

메피스토펠레스 제일 예쁜 것을 붙잡았다.

(여자를 안는다.)

아, 이게 뭐야! 비쩍 마른 빗자루잖아!

(다른 여자를 붙잡고)

요건? 아, 지독한 상판이구나!

라미에들 이만해도 과분해요. 젠 체하지 말아요.

메피스토펠레스 요 작은 놈을 잡아 보자.

　도마뱀처럼 내 손에서 쏙 빠져나가는구나!

　땋아내린 머리가 뱀처럼 미끄럽다.

　이건 그만두고 키 큰 것을 잡아 보자.

　손에 잡힌 것은 주신酒神의 지팡이다!

　손잡이가 솔방울로 되어 있구나.

　어떻게 할까?

　뚱뚱보를 한번 잡아보자.

　이런 것이 재미있을지도 모르겠군.

　마지막 승부다! 한 번 해보자!

　몹시 물컹하고 푸석푸석하구나.

　동양인이라면 비싼 값을 내겠는데…….

　이크, 말불버섯이 둘로 갈라졌다!

라미에들 저마다 뿔뿔이 헤어져서 번갯불 모양으로 흐늘흐늘 두둥실 꺼멓게 날아다니며, 끼여든 이 마녀의 아들놈을 에워싸자! 걷잡을 수 없는 무서운 원을 그리고 박쥐처럼 소리 없이 날개를 퍼덕이자!

　이놈이 용케도 빠져나갔다.

메피스토펠레스 (몸을 떤다.) 나도 별로 영리해지지 못한 것 같군그래.

　북국도 엉망이지만 여기도 엉망이다.

　여기서도 마침 가장무도회가 열리고 있는데, 어디서나 마찬가지로 육감적인 춤이야.

　귀여운 가장행렬에 손을 내밀어 보았더니 소름이 쫙 끼치는 놈을 잡고 말았다.

그래도 좀더 오래 계속되었다면 기꺼이 속아 보고 싶기는 했는데.
(바위 사이를 헤매면서)
대체 여기가 어디지?
어디로 빠져나가지?
아까는 오솔길이었는데, 지금은 돌투성이 길이구나.
줄곧 평탄한 길을 걸어왔는데, 지금은 돌무더기 길이다.
공연히 올라갔다 내려갔다 하고 있다.
스핑크스들과는 어디서 다시 만날 수 있을까?
하룻밤 사이에 이런 산이 생기다니, 이런 어처구니없는 일이 일어날 줄이야!
마녀들의 새 요술이겠지, 브로켄 산을 날라와 버렸으니.

산의 정 오레아스 (바위 위에서) 이리 올라오세요!
나의 산은 옛날 그대로의 모습이랍니다.
나의 험준한 바위 고개를 고맙게 생각하세요.
핀두스 산맥의 끝이니까요.
폼페이우스[46]가 나를 넘어서 도망쳤을 때도, 나는 꼼짝 않고 서 있었지요.
저 옆에 있는 환상의 산 따위는 닭울음 소리와 함께 덧없이 사라집니다.
그런 이야기는 생겼는가 하면, 이내 사라져 버리는 것이 흔히 있는 일이지요.

메피스토펠레스 크고 늠름한 참나무 숲에 둘러싸인 거룩한 머리에 경의를 표하겠소!

---

46) 폼페이우스가 시저에게 졌을 때, 북그리스의 핀두스 산을 넘어 도망했다는 것은 사실이 아니고, 실은 테베 계곡에서 바다로 도망했다.

아무리 밝은 달빛이라도 저 숲의 어둠 속에는 미치지 못한다.

그런데 무성한 숲 가까이에 얌전한 불덩어리 하나가 지나가고 있구나.

저게 대관절 뭘까?

아, 호문쿨루스구나!

어디서 왔나, 여보게 꼬마 친구?

호문쿨루스 그저 여기저기 날아다니고 있어요.

참된 의미로 완성되고 싶어 이 유리를 깨려고 안달이랍니다.

하지만 지금까지 보아온 것 중에는 과감하게 뛰어들어가고 싶은 곳이 없었습니다.

하지만 당신한테 살짝 말하지만, 실은 두 사람의 철학자를 미행하고 있어요.

가만히 들어 보면, 자연! 자연! 하고 줄곧 말하고 있습니다.

이 두 사람에게서 떨어지고 싶지 않아요.

지상의 존재에 대한 것을 잘 알고 있는 것 같거든요.

결국 나도 어디에 몸을 의탁하면 가장 현명한지 알 수 있겠지요.

메피스토펠레스 그런 것은 자기 힘으로 하는 것이 좋아.

유령이 판을 치는 데서는 철학자도 환영을 받는 법이니까, 세상 사람들이 그 솜씨를 보고 고마워하니까.

철학자는 새로운 유령을 금방 한 다스쯤 만들어 내거든.

미망에 빠져 봐야 분별을 갖게 되지.

완성되고 싶거든 자기 힘으로 해야 해.

호문쿨루스 하지만 좋은 조언은 무시할 수 없습니다.

메피스토펠레스 그럼 따라가 보게! 결과를 보기로 하세나.

(두 사람 헤어진다.)

화성론자火成論者 **아낙사고라스**[47] (탈레스에게) 자네의 완고한 머리는 굽힐 줄 모르는군.

자네를 설득하려는데 이 이상 무엇이 필요한가?

수성론자水成論者 **탈레스** 파도는 바람에게 기꺼이 머리를 숙이지만, 험한 바위는 피해서 간다네.

아낙사고라스 그 바위는 불길의 가스로 생긴 거야.

탈레스 습기 속에서 생물은 만들어졌지.[48]

호문쿨루스 (두 사람 사이에서) 두 분을 따라가게 해주십시오.

저는 완성되고 싶어서 못 견디겠습니다.

아낙사고라스 오, 탈레스 군, 자네는 하룻밤 사이에 진흙으로 이런 산을 만들어 낸 적이 있는가?

탈레스 자연과 그 싱싱한 흐름은 낮이나 밤이나 시간 따위에 속박되지 않네.

자연은 규칙대로 온갖 형태를 만들며, 아무리 거대해도 결코 폭력으로는 하지 않네.[49]

아낙사고라스 그런데 여기는 폭력이 없었거든! 지옥의 왕 플루토의 무서운 불길과 바람의 신 아이올로스의 강렬한 가스 폭발력이, 편평한 땅의 낡은 표면을 찢어 버렸기 때문에 새로운 산이 순식간에 만들어지지 않을 수 없었다네.

탈레스 그래서 앞으로 어떻게 된단 말인가?

---

47) 아낙사고라스(기원전 500~428년)는 화성론의 대표자로 되어 있고, 탈레스(기원전 639~546년)는 수성론의 대표자로 되어 있다. 괴테는 지구의 생성이 화산이나 지진에 기인하는 급격한 변화로 돌아간다는 화성론에 반대하고, 물의 끊임없는 작용으로 돌아간다는 수성론을 취했다.
48) 습기 속에서 생물이 만들어졌다는 말은, 괴테의 수성론적 의견을 요약한 것으로 지극히 과학적인 뛰어난 견해.
49) 자연의 규칙에 따라 온갖 형태를 만들지 폭력으로 하지는 않는다. 이 몇 행도 질서 있는 영위를 귀중히 여긴 괴테 사고방식의 요약이다.

산이 생겼고 그것으로 된 거야.

이런 논쟁을 하고 있다간 시간만 허비하고 참을성 있는 사람들을 언제까지나 기다리게 할 뿐이야.

아낙사고라스 산에는 순식간에 개미 같은 뮈르미돈[50]족이 우글우글 생겨서 바위틈에 자리잡고 살려고 하지.

난쟁이와 개미와 퓌그마이오이족, 그밖에 부지런한 조그만 것들이지.

(호문쿨루스에게)

너는 무언가 큰 일을 해보려고 노력한 적이 없고, 은자처럼 좁은 세계에 틀어박혀 답답하게만 살아왔다.

만일 사람을 지배하고 싶다면 난쟁이의 임금으로 만들어 주지.

호문쿨루스 탈레스 선생님의 의견은요?

탈레스 그런 것은 권하고 싶지 않군.

작은 놈들과는 작은 일밖에 못해.

큰 놈을 상대해야 작은 놈도 커지는 법이야.

저걸 봐! 먹구름 같은 학의 무리를!

폭동을 일으킨 난쟁이 족속들을 위협하고 있는데, 네가 왕이 되면 저처럼 위협을 받을걸.

날카로운 부리와 뾰족한 발톱으로 난쟁이들을 내리덮친다.

슬픈 운명이 벌써 예감된다.

조용한 평화의 연못을 둘러싸고, 무도하게 왜가리들을 죽인 대가지.

학들의 살기 띤 빗발 같은 화살이 참혹하고 피비린내나는 복수심

---

[50] 뮈르미돈은 그리스어로 개미를 뜻한다. 제우스는 페스트에 걸려 사멸한 주민을 보충하기 위해 개미를 인간으로 바꾸었다. 그로 인해 생긴 종족으로, 트로이 전쟁 때 아킬레우스에게 이끌려 갔다.

을 불러일으킨 거야.

왜가리 친척인 학의 분격을 사서, 못된 퓌그마이오이족의 피를 요구하게 된 거야.

이렇게 되니 방패고 투구고 창이 무슨 소용 있겠나?

왜가리의 깃 장식이 난쟁이한테 무슨 도움이 될까?

제일 작은 난쟁이와 개미들이 달아나 숨는 꼴을 봐!

난쟁이 군사는 벌써 동요하고, 도망치고, 무너지고 있다.

아낙사고라스   (잠시 후 엄숙하게) 나는 여태까지 지하의 힘을 찬양해 왔지만, 이러고 보니 천상의 힘에 의지하지 않을 수 없구나.

그대여, 천상에 있어 영원히 늙지 않고 세 가지 이름[51]과 세 가지 형태를 갖춘 자여, 지상에서는 디아나, 하늘에서는 루나, 지하에서는 헤카테라 불리는 자여!

우리 백성의 고난에 즈음하여 그대를 부르노라.

그래, 쓰라린 가슴을 펴게 하는 자, 깊이 생각하는 자,

그대, 조용히 비추는 자, 굳세고 은근한 자여,

그대의 어둡고 무서운 입을 벌려서, 예로부터의 힘을 마술에 의존하지 않고 나타내소서!

(사이)

나의 소원을 벌써 들어준 것일까?

저 하늘을 향한

나의 애절한 탄원이

자연의 질서를 어지럽게 하였는가?

---

51) 달이 지상에서는 디아나, 하늘에서는 루나, 지하에서는 헤카테라 불리는 것을 가리킨다.

점점 크게 벌써 다가온다.

달의 여신의 둥글게 테를 두른 옥좌가.

보기만 해도 무섭고, 처절하구나!

그 불길이 거뭇거뭇 붉게 탄다.

가까이 오지 마라! 무섭게 위협하는 거대한 원반이여!

그대는 우리를, 육지를, 바다를 파멸시킨다!

그렇다면 테살리아의 마녀들이[52] 무엄하게 버릇없이 마술의 노래를 불러 달의 원반을 궤도에서 지상으로 끌어내려, 심한 재앙을 그대에게 강요했다는 것은 정말이었던가?

밝은 원반의 주위가 어두워지는구나.

느닷없이 터져서 번쩍하더니 불꽃이 튀긴다!

타닥타닥 쉭쉭 하는 저 사나운 소리!

그 소리에 섞여서 단속하는 천둥과 돌풍!

공손히 옥좌 앞에 엎드리자―

용서해 주십시오, 내가 초래한 일입니다!

(땅에 엎드린다.)

탈레스 이 친구에겐 온갖 것이 들리고 안 보이는 게 없는 모양이야!

나는 무슨 일이 일어났는지 잘 알 수도 없다.

이 친구가 느낀 것도 나는 느끼지 못했다.

사실 지금은 정신이 돌아버리는 시간, 달은 여전히 제자리에 아주 한가히 떠 있지 않은가.

호문쿨루스 난쟁이 있는 곳을 보세요!

저 산은 둥글었는데 지금은 뾰족합니다.

---

52) 테살리아의 마녀는, 이상한 노래의 힘으로 달이나 별을 땅으로 끌어내릴 수 있다고 했다.

저는 굉장히 심한 충격을 받았어요.

달에서 바위가 떨어졌습니다.

그 운석이 다짜고짜로 사정없이, 자기 편이건 적이건 짓눌러 버렸습니다.

하지만 하룻밤 사이에 창조의 힘이 위에서 아래서 동시에 이런 산을 만들어낸 솜씨를 감탄하지 않을 수 없습니다.

탈레스   진정해라! 그것은 환상에 불과한 거야.

그런 추악한 놈들은 없어지는 게 좋아!

네가 난쟁이 왕이 되지 않아서 다행이다.

자, 명랑한 바다의 잔치에나 가볼까?

거기서는 진기한 손님은 환영받고 존경받는다.

(그들은 사라진다.)

메피스토펠레스   (반대쪽에서 기어올라오며) 이렇게 험한 바위를 기어오르고, 묵은 참나무의 억센 뿌리에 걸려 넘어져야 하다니!

우리 고향 하르츠 산에서도 송진 냄새가 콜타르 같아서 기분이 좋았다!

그리고 유황도 마음에 들었지.

그런데 이 그리스에서는 그런 것은 흔적도 없구나.

나무의 정 드뤼아스   당신은 정든 당신의 나라에선 영리했겠지만, 낯선 나라에선 별 수 없군요.

고향에만 마음을 돌리지 말고, 이 신성한 참나무의 고마움도 알아주세요.

메피스토펠레스   누구나 버리고 온 것을 그리워하는 법이지.

정든 곳은 언제나 천국이거든.

그건 그렇고, 저 굴 속 흐릿한 빛 속에 웅크리고 있는 세 사람은 누구지?

드뤼아스 바다의 노인 포르퀴스의 딸들[53]이지요.
무섭지 않거든 저기 가서 이야기해 보세요.

메피스토펠레스 해보고말고! 하지만 놀라운걸!
무척 콧대가 센 나지만 고백하지 않을 수 없군.
이런 것은 한 번도 본 적이 없다.
요마 알라우네보다도 더 지독하군.
저 세 귀신을 보고 있으니, 태곳적부터 용서받지 못할 극악이라는 것도 그리 추하게 보이지 않을 것 같구나.
우리의 가장 무서운 지옥의 문턱에도 저런 끔찍한 것은 놓아두지 않겠다.
이 미의 나라 그리스에 저런 것이 뿌리를 내리로, 고전이라며 칭찬을 받고 있으니…….
아, 저놈들이 움직인다.
나를 알아본 모양이지.
쁵쁵 소리를 내는구나, 박쥐 같은 흡혈귀가!

포르퀴스의 딸 눈을 빌려 다오, 동생들아.
우리 궁전에 누가 이렇게 다가왔는지 봐야겠다.

메피스토펠레스 여러분! 용서하십시오.
가까이 가서 여러분의 축복을 겹겹으로 받는 것을.
안면도 없이 찾아왔지만, 아마도 나는 먼 친척이 될 것입니다.
예로부터 존경받던 신들은 이미 뵈었고, 올림포스 이전의 오푸스

---

53) 포르퀴스의 세 딸은, 바다의 노인 포르퀴스와 바다의 괴녀 케토 사이에서 태어났으며, 그라이아이라고도 한다. 셋이서 한 개의 눈과 한 개의 이빨을 가지고 있으며, 필요할 때는 서로 빌려준다. 볕이 들지 않는 곳에 살며, 태어날 때부터 백발 노파로, 늙은이를 상징한다.

와 레아[54] 여신들에게도 공손히 인사를 드렸지요.

혼돈의 자식이며, 당신들의 자매이기도 한 운명의 여신 파라카도 그저께 만났습니다.

당신들은 처음 뵙습니다만, 나는 할 말도 없고 그저 황홀할 따름입니다.

포르퀴스의 딸들 이 귀신은 사리를 아는 것 같아.

메피스토펠레스 그런데 시인들이 당신들을 찬양하지 않은 것이 이상하군요.

들려주십시오, 어째서 그렇게 되었는지.

그림에서도 이토록 품위 있는 당신들을 본 적이 없어요.

조각가들도 주노나 팔라스나 비너스보다는 당신들을 새기려고 시도하면 좋을 텐데.

포르퀴스의 딸들 적적하고 조용한 어둠에 틀어박혀 있어, 우리들 세 사람은 아직 그런 생각을 해보지 못했어요.

메피스토펠레스 무리도 아니지요. 당신들은 세상을 떠나 아무도 만나지 않고 아무도 당신들을 보지 못할 테니까.

호사와 예술이 다같이 높은 지위를 차지하고, 대리석 덩어리가 날마다 어수선하게 영웅의 상이 되어 쏟아져 나오는 그러한 세상에 당신들은 살아야 하는데. 거기서는―

포르퀴스의 딸들 닥쳐요, 우리를 부추기지 말아요!

그것이 좋다고 생각한들 무슨 소용 있어요?

밤에 태어나서 밤의 것들과 친척이 된 우리는 누구에게도 알려지지 않고, 심지어 우리 자신도 모르는데.

---

54) 오푸스는 물과 불의 여신, 레아는 대지의 어머니. 뒤에 이 두 사람은 동일시되었는데, 올림포스 이전의 신들의 대표로 전해지고 있다.

메피스토펠레스 그렇다면 별 문제가 없습니다, 자기를 다른 사람으로 바꿀 수 있으니까.

당신들 세 사람은 눈 하나 이빨 하나로 견디고 있는데, 세 사람의 본질을 두 사람 속에 담고, 세 번째 분의 모습을 내게 빌려주신다 해도 신화적인 면에서는 별 지장이 없을 것 같은데요, 잠깐 동안이니까.

포르퀴스의 딸1 어떻게 생각해? 괜찮을까?

다른 두 딸들 한 번 해봐! 하지만 눈과 이는 없어요.

메피스토펠레스 그렇다면 가장 좋은 것이 빠지는 셈이니 아무리 그 모습을 흉내내도 완전하게는 되지 않습니다.

포르퀴스의 딸1 한쪽 눈을 감아요. 문제 없어요. 그리고 앞니를 한 개만 드러내 보여요.

그러면 당신 옆얼굴이 순식간에 형제처럼 우리와 꼭 닮게 될 테니까.

메피스토펠레스 (옆얼굴이 포르퀴스의 딸이 되어) 자, 이제야말로 나는 혼돈의 귀염둥이 아들이 되었다!

포르퀴스의 딸들 우리가 혼돈의 딸인 것은 확실하고.

메피스토펠레스 이렇게 되고 보니, 나는 남녀 양성이라고 욕을 먹게 생겼는걸.

포르퀴스의 딸들 우리 새로운 세 자매는 정말 미인이야!

눈도 둘이고, 이도 둘이 되었으니.

메피스토펠레스 나는 아무 눈에도 띄지 않게 숨어 있다가 지옥의 늪에서 악마들을 놀래 줘야겠다.

(퇴장)

에게 해의 바위 기슭

달이 중천에 걸려 있다.

세이레네스들 (낭떠러지 여기저기에 앉아 피리를 불며 노래한다.)
그 무서운 밤에 테살리아의 마녀들은 그대 달님을 무도하게도 끌어내렸지만, 지금은 그대가 다스리는 밤하늘에서 일렁이는 물결이 부드럽게 반짝이고, 무리지어 빛나는 것을 내려다보시고 파도 사이에서 솟아오르는 이 무리들을 조용히 비추어 주소서!
그대를 섬기는 우리에게, 아름다운 달의 여신이여,
자비를 베푸소서!

네레우스의 딸들과 트리톤들 (바다의 괴물로서) 넓은 바다에 울려퍼지는 소리를 더 날카롭게 높여서 바닷속의 무리들을 부르십시오.
폭풍이 휘몰아치는 심연에서 가장 평온한 바다로 피했다가 상냥한 노래에 이끌려서 나왔습니다.
보세요! 우리가 기쁨에 도취되어 금줄로 단장한 모습을.
게다가 보석을 새긴 관을 쓰고, 또 팔찌와 허리띠 장식까지 했습니다.
이것은 모두 당신들이 주신 것입니다.
그대들 바다의 영들은 난파하여 여기 가라앉은 보물을 노래의 힘으로 우리에게 끌어올려 주셨습니다.

세이레네스들 우리는 상쾌한 바닷속에서 물고기들이 근심 걱정 없이 즐겁게 살고 있는 것을 알아요.
하지만 축제로 법석대는 당신들이 물고기보다 훨씬 뛰어나다는 것을 오늘 우리는 보고 싶네요.

네레우스의 딸들과 트리톤들   그것은 우리가 여기 오기 전부터 그렇게 생각하고 있었습니다.

자매들아, 형제들아, 어서들 가자!

우리가 물고기보다 낫다는 것을 충분히 보여 드리기 위해 오늘은 잠깐 길을 떠나야 한다.

(멀어져 간다.)

세이레네스들   눈 깜짝할 사이에 가버렸구나.

사모트라케의 섬[55]을 향하여 순풍을 타고 사라져 갔네.

거룩한 카비렌[56]의 나라에 가서 무엇을 하려는 것일까?

카비렌은 참으로 이상한 신들!

끊임없이 자기가 자기를 낳으면서 자기가 무엇인지 끝내 모르지.

정다운 달의 여신이여, 하늘 높이 자비롭게 언제까지나 머무르시라.

긴 밤이 줄곧 계속되어 해가 우리를 몰아내지 않도록!

탈레스   (물가에서 호문쿨루스에게) 바다의 신 네레우스에게 기꺼이 너를 데려다 주마.

그이가 살고 있는 동굴은 멀지 않지만, 그 고집쟁이 완고한 영감은 무뚝뚝하고 괴팍스럽지.

그 불평가에게는 인류 전체가 도무지 마음에 들지 않지.

하지만 그이는 미래를 알고 있어서 그 점을 누구나 존경하고 가만히 숭앙하고 있는 참이야.

---

55) 사모트라케 섬 에게 해에 있고, 흑해 입구에 가깝다. 절벽이어서 난파선원들이 쉽게 접근할 수 없다. 그런 자들을 구원한 것이 카비렌이다.

56) 카비렌은 항해를 보호하는 신들, 사모트라케에서 페니키아 사람들에게 숭앙을 받는 매우 신비로운 신들로 본래는 위대한 것이란 뜻.

그이 덕을 입은 자가 적지 않거든.

호문쿨루스 아무튼 한 번 찾아가 보죠, 뭐!

설마 다짜고짜 나의 유리를 깨고, 생명의 불을 끄지야 않겠지요.

네레우스 내 귀에 들리는 것은 인간의 목소리인가?

벌써 속이 메스꺼워진다!

그놈들은 신이 되려고 애를 쓰지만 언제까지나 구태의연한 얼간이 놈들.

나는 예로부터 신답게 편안히 살 수 있었는데, 뛰어난 인간을 보면 돌봐 주지 않을 수 없단 말씀이야.

그런데 마지막에 그놈들이 해놓은 것을 보면 내가 도와주지 않은 거나 다를 게 없거든.

탈레스 하지만 바다의 노인장, 모두들 노인에게 의지하고 있습니다.

노인은 현자이십니다. 우리를 여기서 쫓지 말아 주십시오.

이 불을 보십시오. 인간을 닮긴 했지만 노인의 충고대로 하겠다고 합니다.

네레우스 뭐, 충고라고! 인간에게 내 충고가 통한 예가 있었더냐?

현명한 말도 쇠귀에 경 읽기지.

마음대로 하고 나서 후회하고 자책하면서도 인간은 여전히 제 고집만 부리거든.

이방의 여자가 파리스의 정욕을 흘리기 전에, 나는 미리 아비처럼 경고를 해주었지![57]

그리스 해안에 그가 대담하게 섰을 때 나는 영의 눈으로 본 것을 그에게 알려준 게야.

---

57) 파리스가 타국 여자인 헬레네를 약탈, 그리스 해안에서 소아시아로 돌아가려 했을 때, 늙은 바다의 신 넵투누스가 트로이의 멸망을 예언했다는 것이 호라츠의 노래에 나온다.

바람에 연기는 소용돌이치고, 붉은 불길은 치솟고, 대들보는 시뻘
겋게 타오르고, 그 밑에는 학살과 참사!

이 트로이의 심판의 날은 시로 읊어져서 천 년 뒤까지 그 공포가
전해지고 있지.

하지만 그 당돌한 젊은이는 늙은이의 농담으로 여겼어.

그래서 정욕에 이끌려 트로이는 멸망하고 말았지.

오랜 고통 끝에 뻗어 버린 거인 트로이의 시체는 핀두스 산의 독
수리들에게는 좋은 먹이가 되었다네.

오디세우스 역시 마찬가지야! 나는 그에게 미리 마녀 키르케의 간
계와 애꾸눈의 거인 퀴클롭스가 무섭다는 것을, 그리고 그 자신의
망설임과 부하들의 경솔함도 경고하지 않았던가?

그 밖에 모든 것을 일러주었지! 그게 무슨 소용 있었던가?

여기저기 표류한 끝에 너무나 늦게 물결 덕분에 고맙게도 기슭에
닿을 수 있었지.

탈레스   그런 인간의 행동은 현자인 노인에겐 고통이었겠지요.

하지만 친절한 마음으로 한 번 더 해주시지 않겠습니까?

눈꼽만한 감사라도 받으면 기쁨이 큰 법이라, 우리의 소원도 결코
작은 것이 아니지요.

실은 한 가지 부탁이 있습니다.

이 꼬마가 기특하게도 완성되기를 바라고 있습니다.

네레우스   나는 지금 모처럼 기분이 좋다. 망치지 마라.

오늘은 다른 일을 할 참이야.

나의 딸들, 말하자면 도리스가 낳은 바다의 미녀 그라티아들을 모
두 오라고 했다.

올림포스 산에도, 자네의 그리스에도, 그렇게 거동이 고운 여자는

없을 거야.

그애들은 우아한 몸짓으로 해룡의 등에서 바다의 신인 말 위로 옮겨 타지.

물거품이라도 타는가 싶을 만큼 물과 성품이 꼭 어울린단 말씀이야.

가장 아름다운 그라티아는 색깔도 화려한 비너스의 조개수레를 타고 오지.

그애는 키프로스의 비너스[58]가 우리를 배반한 뒤 파포스에서 여신으로 숭상을 받고 있다네.

그렇게 하여 그 상냥한 딸은 오래전부터, 비너스의 후계자로 파포스 신전과 수레의 옥좌를 차지하고 있지.

이제 떠나라! 아버지의 기쁨을 맛보는 오늘, 마음에 증오를 품고 입에 욕을 담고 싶지 않다.

프로테우스[59]에게로 가거라! 그 괴상한 놈에게 물어보게.

어떻게 하면 완성될 수 있고 변화될 수 있는가를.

(바다 쪽으로 사라진다.)

탈레스   수고는 했지만 아무 이득도 보지 못했구나.

프로테우스를 만나 봐야 곧 사라져 없어질걸.

상대를 해준다 해도 그자가 하는 말은 결국 깜짝 놀라게 하거나 어리둥절하게 할 뿐일 거야.

하지만 좌우간 네가 그런 조언을 듣고 싶어하니, 시험삼아 그리로 가보기로 하자.

---

58) 비너스 또는 아프로디테, 즉 바다의 거품에서 태어난 미의 여신으로 키프로스 섬(사이프러스 섬)에 올라갔기 때문에 퀴프리스라고도 불린다. 올림포스로 옮겨간 뒤 그라티에가 키프로스 섬의 파포스에 있는 퀴프리스 신전에 모셔지게 되었다는 것.
59) 〈오디세이아〉에 나오는 바다 노인의 한 사람으로, 온갖 것으로 변신할 수 있고 예언을 잘하는 것으로 옛날부터 유명했다.

(두 사람 퇴장)

세이레네스들 (바위 꼭대기에서) 저 멀리서 넘실거리는 바다 위를 미끄러져 오는 것은 무엇일까?

바람이 부는 대로 하얀 돛이 달려오듯 밝게 보이기 시작하는 것은 빛나는 바다의 처녀들.

자, 우리도 바위에서 내려가자. 벌써 목소리가 들려 온다.

네레우스의 딸들과 트리톤들 우리가 받쳐들고 온 것은, 여러분이 기뻐하시는 것입니다.

바다거북의 큰 딱지 위에 거룩한 모습이 빛나고 있습니다.

우리가 모셔온 신들이니 찬양의 노래를 부릅시다.

세이레네스들 모습은 작으셔도 힘이 크서서 난파하는 배를 구하시는 분은 예로부터 숭상받는 신들이지요.

네레우스의 딸들과 트리톤들 평화로운 축제를 벌이기 위해 카비렌을 모시고 왔습니다.

이 신들이 계시는 곳에서는 바다의 신도 얌전히 계십니다.

세이레네스들 우리는 여러분께 미치지 못합니다.

배가 부서져서 가라앉을 때 여러분은 거역할 수 없는 힘으로 뱃사람들을 지키십니다.

네레우스의 딸들과 트리톤들 세 분의 신을 모시고 왔습니다.

네 번째 분은 오시려 하지 않았지요.

그는 자기가 진정한 신이며 자기는 참된 신으로서 그들 모두를 대신한다고 합니다.

세이레네스들 어떤 신이 다른 신을 조롱하는 일도 있습니다.

당신들은 신의 은총을 숭상하고, 모든 재앙을 두려워하셔야 합니다.

네레우스의 딸들과 트리톤들   신은 원래 일곱 분이었어요.

세이레네스들   나머지 세 분은 어디 계신가요?

네레우스의 딸들과 트리톤들   우리는 대답할 수 없습니다.

　올림포스에 가서 물어보세요.

　거기에는 아직 아무도 생각하지 못한 여덟 번째의 신이 계실지도 모릅니다.

　우리들에게 자비를 베풀어 주시지만 신들이 전부 완성된 것은 아닙니다.

　이 비길 데 없는 신들은 더 앞으로 나아가려 하십니다.

　얻을 수 없는 것을 얻기 위해 그리움으로 허덕이고 있어요.

세이레네스들   태양 속이건 달 속이건, 신이 계신 곳이 어디이건간에 기도하는 것이 우리의 습관, 그러면 보답이 있으니까요.

네레우스의 딸들과 트리톤들   이 잔치를 주관하는 우리의 명예는 더욱 빛납니다!

세이레네스들   고대 영웅들의 명성이 어디서 얼마나 빛날지라도 당신들의 영예와는 비교가 안 돼요.

　영웅들은 황금과 양피를 얻었지만 당신들은 카비렌의 신들을 얻었으니.

　(전원 합창으로 반박한다.)

　영웅들은 황금과 양피를 얻었지만, 우리가 얻은 것은 카비렌의 신들.

　(네레우스의 딸들과 트리톤들이 지나간다.)

호문쿨루스   저 못생긴 신의 모습을 보니 볼품없는 토기 항아리[60] 같습

---

60) 카비렌은 가끔 토기 항아리로 표현되었는데, 그런 꼴사나운 신들을 학자가 과장해서 논의하는 것을 비꼰 것이다.

니다.

그런데 슬기로운 학자님들이 거기에 머리를 부딪치며 떠들고 있습니다.

탈레스 그런 것이야말로 사람들이 탐내는 물건이지.

녹이 슬어야 화폐도 값이 나가거든.

프로테우스 (모습을 나타내지 않고) 그런 것이 나같이 늙은 공상가에겐 재미가 있지.

색다를수록 진귀하거든.

탈레스 어디 있소, 프로테우스?

프로테우스 (복화술을 써서 때로는 가깝고 때로는 멀리서) 여길세! 아니, 여기야!

탈레스 자네의 그 농은 탓하지 않소만, 친구에게 거짓말은 마시오!

다 알고 있소, 당신이 있는 곳을 속이고 지껄인다는 걸.

프로테우스 (먼 데서 말하는 것처럼) 잘 있게!

탈레스 (나직한 소리로 호문쿨루스에게)

바로 곁에 있어.

자, 힘차게 빛을 내봐!

저 친구는 물고기처럼 호기심이 많으니까 어디에 어떤 형태로 숨어 있더라도 불빛으로 꾀어낼 수 있을 거야.

호문쿨루스 빛은 얼마든지 내놓겠지만, 유리가 깨지지 않도록 조심해야겠어요.

프로테우스 (큰 거북의 모습으로) 그렇게 예쁘고 곱게 빛나는 게 무엇인가?

탈레스 (호문쿨루스를 숨기면서) 좋아! 보고 싶다면 더 가까운 데서 보여드리지.

하지만 힘이 좀 들더라도 마다하지 말고, 두 발로 선 모습으로 나타나야 해요.

여기 감추고 있는 것이 보고 싶으면, 우리들의 호의와 뜻을 따라 주어야 하오.

프로테우스　(기품 있는 모습이 되어서) 그 약삭빠른 처세는 여전하군.

탈레스　모습을 바꾸어 보이는 것이 여전히 당신의 즐거움이군그래.

(호문쿨루스를 내보인다.)

프로테우스　(깜짝 놀라며) 반짝이는 난쟁이구나? 처음 보는데!

탈레스　이 녀석은 누구 지혜를 빌려 완성되길 바라고 있소!

이 녀석 이야기를 들어 보면, 이상하게도 반밖에 세상에 태어나지 않았다는구려.

정신적인 면에서는 모자라는 것이 없는데, 붙잡을 신체가 없어 난처해하고 있소.

프로테우스　너야말로 진정한 숫처녀의 아들이구나.

존재하기 전에 태어나 버렸거든!

탈레스　(나직한 소리로) 다른 면도 문제가 있을 것 같소.

아무래도 양성을 가진 것 같아.

프로테우스　그렇다면 오히려 더 잘될지 모르지.

원하는 대로 완성될 수 있으니.

그러나 여기서 걱정해 봐야 소용없지.

넓은 바다에 나가서 시작해 봐야지!

처음에는 아주 작은 것부터 시작해서 아주 작은 놈을 영양분으로 먹는 거야.

그렇게 해서 점점 크게 자라 더 높은 완성을 이루도록 하면 되네.

호문쿨루스　여긴 산들바람이 기분좋게 불고 있어요.

아, 초록의 냄새, 참 기분 좋다!

프로테우스 그럴 게다, 귀여운 꼬마야!

더 앞으로 나가면 더욱 기분이 좋을 게다.

저 좁은 곳 끝에는 공기가 더욱 상쾌해서 말할 수 없지.

그 앞으로 나가면 지금 막 파도를 타고 몰려오는 축제 행렬이 가까이 보일 게다.

자, 그리고 같이 가자!

탈레스 나도 함께 가겠소.

호문쿨루스 세 귀신의 기묘한 행차[61]로구나!

로도스 섬[62]의 정령精靈 텔키네스들, 물고기 꼬리를 한 해마海馬와 해룡의 등에 올라앉아 해신의 삼지창을 휘두르며 등장.

합창 우리는 해신의 삼지창을 달구었다.

그것으로 거센 파도를 잠재울 수 있다.

우레의 신이 하늘 가득히 구름을 펴면, 해신은 무서운 굉음으로 화답을 한다.

위에서 아무리 날카로운 번갯불이 떨어져도, 아래에서는 큰 파도가 연거푸 물보라를 뿜는다.

그 사이에서 전전긍긍 싸우는 자는, 실컷 희롱당한 끝에 물속 깊숙이 삼켜 버린다.

해신은 오늘 그 창을 우리에게 빌려 주었다.

---

61) 세 귀신의 기묘한 행차는, 죽은 뒤에도 살아 있는 철학자 탈레스, 완성되지 않은 인간 호문쿨루스, 온갖 것으로 변하는 프로테우스를 가리킨다.
62) 로도스 섬은 해의 신 아폴로의 영이 자리잡은 곳으로, 여기서는 안개도 한 시간 이상 끼지 못한다. 텔키네스는 로도스 섬의 원주민으로 바닷속에 화산을 일으키는 괴물인데, 청동과 철을 가공하여 바다의 신 넵투누스의 삼지창을 만들었다. 히포캄프는 마두어시(馬頭漁屍)의 해마로 넵투누스의 수레를 끈다.

마음 편히 바다를 건너 축제를 즐기자.

세이레네스들 해의 신에게 몸을 바치고 맑은 날에 축복을 받은 그대들, 달의 여신의 아름다움에 마음 동하여 숭앙할 마음 일어났을 때 잘도 오셨네!

텔키네스들 하늘에 계시는 상냥한 달의 여신이여!
당신의 오빠 태양신을 찬양하는 소리를 들으십시오.
복 많은 로도스 섬에 귀를 기울이십시오.
태양신에 대한 영원한 찬미가 솟아오르고 있습니다.
태양신이 하루의 걸음을 내디뎌 하늘에 오르면 불타는 눈초리로 우리를 바라보십니다.
산도, 거리도, 기슭도, 물결도, 태양신의 마음에 들어 친근하고 밝습니다.
안개도 우리를 덮지 않고, 비록 살며시 끼여들어도 햇살이 비치고 산들바람이 불면 섬은 다시 맑게 갭니다!
그러면 고귀한 신은 자신의 모습이 각양각색으로 만들어진 것을 보십니다.
젊은이로, 거인으로, 때로는 위대하게, 때로는 상냥하게.
이렇게 신들의 굳센 힘을 그에 어울리는 고상한 인간의 모습[63]으로 만든 것은 우리들이랍니다.

프로테우스 제멋대로 노래하게 놔두어라.
자랑하게 내버려두어라!
생명을 주는 태양의 신성한 빛에 비하면 죽은 세공물 따위는 단순한 우스개에 지나지 않는다.

---

63) 신들의 상을 인간의 모양으로 만든 것은 텔키네스들이 최초이다. 그 이전의 신의 형상은, 예를 들면 동양의 신의 형상은 동물의 형태를 하고 있었다. 괴테는 그것을 싫어했다.

놈들은 만들고 녹이면서 싫증도 안 나는지 청동으로 구워 내기만
하면, 제법 그럴듯한 것이라도 만든 줄 안다.

그런 교만한 놈들이 결국 뭐란 말인가?

신들의 상은 거창하게 서 있었다.

그러나 지진이 한 번 일어나 허물어져서, 다시 녹여져 원재료로
돌아갔다.

지상의 영위는 어떤 것이건 결국은 헛수고에 지나지 않는다.

생명에는 파도가 훨씬 도움이 된다.

너를 영원불변의 물속으로 데려다주는 것은 돌고래로 탈을 바꾼
프로테우스다.

(모습을 바꾼다.)

어때, 됐지!

앞으로 너는 잘 풀릴 것이다.

내가 너를 등에 태워 넓은 바다와 인연을 맺게 해주마.

탈레스 갸륵한 소원대로 조화의 작업을 처음부터 시작하도록 해라!

거침없이 해나갈 준비를 갖추어라!

거기서 영원의 법칙을 따라 활동하고 수천, 수만 가지 모양을 거
쳐서 인간이 되기까지는 시간이 걸린다.

(호문쿨루스[64]는 프로테우스 돌고래에 탄다.)

프로테우스 정신만의 상태로 넓은 물속에 따라오너라.

거기서 네 생명은 곧 가로세로 뻗어 마음대로 움직일 수 있게 될
것이다.

다만 억지로 땅위 것들 속에 끼려 하지 마라.

---

64) 호문쿨루스는 자연의 발전을 가장 간단한 형태에서 한단 한단 경과하여 인간이 되라는 뜻.

한번 인간이 되어 버리면,[65] 그것으로 끝장이 나고 만다.

탈레스   그때의 사정에 달렸지요.

그 시대의 훌륭한 인물이 되는 것도 나쁘지는 않지요.

프로테우스   (탈레스에게) 자네 같은 모양의 인간 말인가!

그거라면 다소 오래 가겠지.

창백하게 사라지는 많은 유령들 속에서 몇백 년째 자네를 보아 왔으니까.

세이레네스들   (바위 위에서) 조그만 구름이 달 둘레에 짙은 달무리를 짓고 있는데, 저게 무얼까?

저것은 사랑에 애태우는 비둘기, 날개가 빛처럼 눈부시게 하얗구나.

비너스가 파포스에서 보낸 사랑에 가슴으로 타는 새의 무리.

우리들의 잔치도 이제 절정에 이르러 명랑한 기쁨이 그늘 없이 넘친다!

네레우스   (탈레스에게) 밤길을 헤매는 나그네는 달무리를 공기의 현상이라 했다지만, 우리 영들은 전혀 다른 올바른 의견을 가지고 있지.

저것은 비둘기들, 옛날에 배워 둔 특별한 모양으로 날아다니며, 내 딸의 조개수레를 인도하고 있지.

탈레스   안온하고 따뜻한 마음속에 신성한 것이 숨쉬며 살아간다면, 나도 그것을 최상이라고 생각하지만 뛰어난 사람의 마음에도 들지요.

프슈렌족[66]과 마르젠족   (물소, 바다송아지, 바다숫양을 타고 등장)

---

65) 인간이 되어 버리고 나면 끝장이라는 것은, 호문쿨루스는 인간 이하일 때는 끝없는 변화의 가능성이 있지만, 인간의 단계에 이르면 형성 능력을 잃어버린다는 뜻이다.
66) 프슈렌은 리바이의 땅꾼 종족이고, 마르젠은 이탈리아의 땅꾼 종족. 괴테는 이들을 범이 많은 키프로스에 옮겨 비너스의 수레 수호자로 삼았다.

키프로스섬의 거친 동굴에 바다의 신에게 파묻히지도 않고 지진의 신에게 무너지지도 않은 채, 영원한 산들바람에 싸여 옛날 옛적과 다름없이 고요하게 즐거움을 맛보며 우리는 비너스의 수레를 지킨다.

그리고 밤마다 바람이 속삭일 때 부드럽게 얽히는 물결을 누비고, 새 시대의 지배자에게 들키지 않도록 그지없이 아름다운 갈라테이아를 데리고 온다.

우리처럼 조용히 일하는 자는 독수리표 로마인이나 날개 돋친 사자표 베니스인이나, 십자가표 그리스도 교도나, 반달표 회교도나 겁나지 않는다.[67]

위에서 지배하는 자가 아무리 바뀌고 흔들려서 쫓고 쫓기고, 죽고 죽이고, 곡식과 고을을 짓밟아도 우리는 언제나 변함없이 아름다운 아가씨를 받들고 모십니다.

세이레네스들 사뿐사뿐 움직이며 적당히 빨리 수레를 둘러싸고 원에 원을 그리면서, 때로는 줄과 줄이 얽혀 뱀처럼 길에 너울지면서, 가까이 다가오는 네레우스의 딸들이여, 소박하고 귀여운 여자들이여, 인정 많은 도리스의 딸들이여, 어머니를 닮은 갈라테이아를 모셔와요.

신들처럼 엄숙하고, 불사신에 품위 있고, 그러면서도 상냥한 인간의 여인처럼 매력 있고 우아한 갈라테이아 공주를.

도리스의 딸들 (합창하면서 네레우스의 곁을 지나간다. 모두 돌고래를 타고 있다.)
달의 여신 루나여! 빛과 그림자를 저희에게 주고, 이 꽃다운 젊은이를 밝게 비춰 주세요!

---

[67] 키프로스 섬은 로마(독수리), 베니스(날개 돋친 사자), 그리스도 교도(십자가), 터키(반달)에 잇따라 지배되었는데, 땅꾼들은 그러한 변화를 개의치 않고 키프로스의 예배를 계속했다.

우리는 아버님께 간청하면서 사랑하는 남편들을 소개하려 합니다.

(네레우스에게)

이 사람들은 무서운 파도의 이빨 속에서 저희들이 구해낸 젊은이예요.

갈대와 이끼 위에 뉘어서 몸을 녹여 소생시켰습니다.

이들은 뜨거운 입맞춤으로 저희들에게 감사하고 있습니다.

사랑하는 이들을 돌보아 주세요!

네레우스   일거양득이라 좋은 일이로다.

남을 구하고 자기는 즐거우니.

도리스의 딸들   아버님, 우리의 행동을 칭찬하시고 당연한 보답의 기쁨을 인정하시거든, 이 사람들을 죽는 일 없이 영원히 젊은 가슴에 꼭 껴안게 해주세요.

네레우스   아름다운 수확물을 소중히 하고, 이들을 너희들의 남편으로 삼아라.

하지만 제우스 신만이 줄 수 있는 불사不死를, 내가 너희들에게 줄 수는 없다.

너희들을 출렁출렁 흔들고 있는 파도가 사랑이 영원히 계속되도록 하지는 않을 게다.

그러니 사랑의 꿈에서 깨어나거든 이들을 조용히 뭍으로 돌려보내 주어라.

도리스의 딸들   사랑스러운 젊은이들이여, 우리에겐 소중한 당신들이지만 슬픈 이별을 해야 합니다.

영원히 변치 않는 맹세를 바랐건만 신들이 원하지 않으십니다.

젊은이들   이렇게 앞으로도 여러분들이 우리들 성실한 뱃사공의 힘을 북돋아 주십시오.

이렇게 행복했던 일은 없었으며 이 이상은 바라지도 않습니다.

갈라테이아가 조개수레를 타고 다가온다.

네레우스 왔느냐, 귀여운 내 딸아!
갈라테이아 아, 아버님, 반가워요!
돌고래야, 잠깐만! 아버님의 눈에서 멀어질 수가 없다!
네레우스 저런, 벌써 가버렸구나.
원을 그리며 춤추듯 뛰면서 가버렸구나.
아비의 설레는 가슴은 마음에도 없구나!
아, 나도 같이 데려가 주지 않고!
하지만 한 번의 이 기쁨으로도 헤어져 산 1년이 메워지리라.
탈레스 만세! 만세! 만만세!
아름다움과 진실이 온몸에 스며, 너무 기뻐 어쩔 줄 모르겠구나.
만물은 물에서 발생했다![68]
만물은 물에 의해 유지된다!
바다여, 우리를 위해 영원한 지배를 계속해 다오.
만일 그대가 구름을 보내 주지 않았던들, 냇물을 여기저기 굽이치게 하지 않았던들, 강을 이루어 주지 않았던들, 산도 들도 세계도 다 어떻게 되었을까?
생기 넘치는 생명을 유지시켜 주는 것은 바로 그대다.
메아리 (합창) 생기 넘치는 생명을 유지시켜 주는 것은 바로 그대다.

---

68) '만물은 물에서 발생' 등 두 줄도 괴테의 수성론적 근본 관념을 나타내고 있어 중요하다.

네레우스   모두들 파도에 흔들리며 아득히 멀어져 가는구나.
　　　　이제 눈과 눈이 마주칠 수도 없다.
　　　　길게 뻗어 원무를 추면서, 무수한 무리들이 과연 축제답게 신나게
　　　　누비며 나아간다.
　　　　갈라테이아의 조개 옥좌가 언제까지나 잘 보이는구나.
　　　　몰려가는 군중 속에서 마치 별처럼 빛나고 있구나.
　　　　귀여운 모습이 잡담 속에서 빛나는구나.
　　　　저렇게 멀어져 갔는데도 아직 환하고, 또렷하게 빛나는구나.
　　　　언제까지나 가깝고 참되다.
호문쿨루스   이 고마운 물속에서는 내가 무엇을 비추어도 모든 것이 황
　　　　홀하게 아름답구나.
프로테우스   생명을 주는 이 물속에서야말로, 네 불빛은 비로소 빛나고
　　　　훌륭한 소리가 울리는구나.
네레우스   무리의 한가운데 나타나 우리의 눈을 끄는 저 진기한 비밀은
　　　　무엇인가?
　　　　조개수레 언저리 갈라테이아 발 밑에서 반짝이는 것이 무엇일까?
　　　　세게 반짝이는가 하면, 사랑스럽고 달콤하게 흔들거린다.
　　　　사랑의 맥박에 감동이나 된 듯이.
탈레스   저건 프로테우스에게 유인된 호문쿨루스입니다.
　　　　저 빛은 강한 그리움에 못 이기고 있는 징조이지요.
　　　　몸부림치며 신음하는 소리가 들리는 듯합니다.
　　　　빛나는 옥좌에 부딪혀서 부서질지도 모르겠는데요.
　　　　아, 탄다, 번쩍인다. 벌써 녹기 시작한다.
세이레네스들   서로 부딪쳐 반짝이며 부서지는 파도를 이상한 불이
　　　　비추고 있구나!

빛났다가 흔들거리고 다시 환하게 피어오른다.
저 모습은 밤바다의 물길에서 환희 타오르고,
모든 것이 온통 녹아서 흐르는 불의 바다.
그럼, 모든 것을 낳은 사랑의 신 에로스[69]여, 지배하라!
성스러운 불길에 둘러싸인 바다를 찬양하자!
파도를 찬양하자!
물을 찬양하자, 불을 찬양하자!
희귀한 신의 위업을 찬양하자!

모두들 마음씨 상냥한 바람을 찬양하자!
신비를 간직한 동굴을 찬양하자!
이 세상에 있는 것 모두 높이 찬양하자!
물과 불과 바람과 흙, 이 네 가지 모두를!

---

69) 에로스(사랑의 신)는 혼돈 속에서 직접 태어난 최초의 신. 모든 것을 생성하는 신. 이 말은 올포이스의 우주 생성론에 나와 있지만, 괴테는 즐겨 읽던 플라톤의 〈심포지움〉에 근거했다.

제 3 막
스파르타의 메넬라오스 궁전 앞

헬레네 등장, 사로잡힌 트로이 여인들의 합창단과 함께.
판탈리스가 합창을 지도한다.

헬레네   한없이 찬양도 받고 비난도 받은 헬레네, 갓 상륙한 해안에서 돌아왔습니다.
파도의 끊임없는 거센 요동에 아직도 취해 있지만, 그 큰 파도가 트로이의 평야에서 곤두서는 갈기의 높다란 등에 우리를 태워 바다 신의 호의와 바람 신의 힘으로 조국 뒤쪽에 실어다 주었습니다. 저쪽에서는 메넬라오스[1] 왕이 가장 용감한 전사들과 지금 승리를 축하하고 계십니다.
오, 장엄한 궁전이여, 나를 따뜻이 맞이해 다오.
나의 아버지 스파르타 왕 튄다레오스[2]가 귀국하여 팔라스의 언덕 비탈에 지으신 궁전, 내가 여기서 누이 클뤼타임네스트라와 남동생 카스토르, 풀룩스아와 즐겁게 노닐며 자라던 집.
스파르타의 어느 집보다도 화려하게 꾸며져 있었다.
아, 그리운 철문이여, 내 인사를 받아 다오!
그 옛날 많은 사람들 가운데서 간택된 내 앞에, 메넬라오스가 신랑 차림으로 휘황하게 나타나신 것도, 손님을 맞이하기 위해 활짝

---
1) 메넬라오스는 그리스어의 메네라오스를 프랑스어로 옮긴 것. 헬레네의 남편으로 스파르타를 지배하고 있었다. 트로이 공략의 총대장 아가멤논의 아우.
2) 스파르타의 왕이자 헬레네의 어머니 레다의 남편. 그가 없는 동안 레다는 백조로 변한 제우스에게 유혹당하여 헬레네를 낳았다.

열린 그대들을 지나서였지.

임금님의 급한 분부를 아내로서 충실히 이룰 수 있도록 다시 열어다오.

나를 들어가게 해다오! 지금껏 불길하게 날 따라다니며 괴롭히던 것들은 모두 밖에 남겨두자꾸나.

내가 거룩한 의무를 위해 마음 편히 이 문을 나서서 퀴테라[3]의 신전을 찾아갔다가 트로이의 도둑 파리스에게 납치된 이래 많은 일이 있었지.

그걸 세상 사람들은 즐겨 이야기하지만, 누구든 자기 이야기가 과장되거나 조작되면 듣기 싫은 법이야.

합창 오, 아름다운 왕비님, 그지없이 귀한 보물을 지니신 영예를 소홀히 하지 마세요!

누구보다도 아름답다는 명예의 더없이 큰 행복은 당신에게만 주어진 거예요.

영웅의 이름은 사방에 떨쳐져 그는 뽐내며 걸어가지만, 아무리 긍지 높은 영웅이라도 당신의 아름다움 앞에는 무릎을 꿇습니다.

헬레네 그만해요! 나는 남편과 함께 배를 타고 왔는데, 남편의 분부로 먼저 도시에 들어왔습니다.

하지만 남편의 속마음은 모르겠어요.

아내로서 돌아온 걸까, 왕비로서 돌아온 걸까, 아니면 임금의 쓰라린 고통과 그리스 백성의 오랫동안 참아온 슬픈 운명의 희생으로서 돌아왔는지.

나는 싸움으로 다시 쟁취된 몸이라 포로의 몸인지도 몰라요!

---

3) 스파르타에 속하는 섬. 헬레네가 그곳 신전의 다이나에게 희생을 바치러 갔을 때, 파리스가 배를 타고 와서 그녀를 유괴해 갔다. 여기에 대해서는 여러 설이 있다.

불사不死의 신들은 두 가지 뜻을 가진, 명성과 슬픈 운명을 내게 주셨습니다.

아름다운 모습을 따라다니는 이 위험한 길동무는, 지금도 이 문턱에 음산하게 위협하듯 내 곁에 서 있습니다.

그 움푹한 배 안에 있을 때도 남편은 나를 거의 쳐다보지도 않았으며, 위로의 말도 걸어 주지 않았어요.

무언가 불길한 것을 꾀하듯, 나와 마주보고 앉아 계셨습니다.

그런데 앞서가는 배의 뱃머리가 에우로타스 강의 깊숙한 후미로 들어가 물에 닿자 말했어요.

"여기서 나의 병사들은 대오를 정돈하여 상륙하겠소. 나는 그들을 해안에 정렬시키고 점검해야겠소. 당신은 먼저 가시오. 신성한 에루로타스 강의 기름진 기슭을 따라 줄곧 거슬러올라가서, 이슬에 젖어 꽃피는 초원으로 말을 몰아 아름다운 들판에 이를 때까지 가시오. 그곳에는 일찍이 기름진 들판이었던 라케다이몬 거리가 주위의 험준한 산에 둘러싸여 있을 것이오. 그리고 높다랗게 솟은 왕궁에 들어가서, 내가 영리한 늙은 여집사와 함께 남겨 두고 온 시녀들을 점검하시오. 늙은 하녀에게 보물도 내오게 하여 조사하시오. 그것은 장인이 남기고 가신 것을 내가 전시와 평화시에 줄곧 불러서 쌓아 놓은 것이오. 빠짐없이 정리되어 있을 것이오. 집에 돌아왔을 때, 모든 것이 전과 다름없이 본래의 자리에 그대로 놓여 있는 것을 보는 것은 왕의 특권이오. 신하는 무엇 하나 바꿀 권능이 없기 때문이오."

합창 자, 줄곧 불어난 훌륭한 보물로 눈과 가슴을 위로하세요!
사슬 장식과 왕관의 보석이 그대로 자랑스레 오만을 부리고 있습니다.

들어가서서 아름다움을 겨루세요.

저것들은 당장 싸울 준비를 할 것입니다.

황금, 진주, 보석과 겨루시는 왕비님의 아름다움을 보고 싶어요.

헬레네 그리고 남편이 이어 말씀하신 것은 이러했어요.

"모든 것이 정돈되어 있는 것을 확인한 다음, 당신이 필요하다고 생각하는 향로와, 희생을 바치는 자가 신성한 의식을 행하는 데 있어야 할 여러 가지 제기를 갖추시오. 솥과 주발과 납작한 쟁반은 물론 거룩한 샘에서 정수를 길어 높다란 항아리에 담아 놓고, 불이 잘 붙는 마른 장작도 마련하시오. 마지막으로 잘 간 칼도 잊어서는 안 되오. 다른 것은 당신의 재량에 맡기겠소."

이렇게 남편은 말했습니다, 어서 떠나라고 재촉하면서.

그러나 올림포스의 신들을 찬양하기 위해 제물로 무엇을 잡으라는 지시는 없었습니다.

궁금하기는 했지만 그 이상 마음에 두지 않고, 모든 것을 거룩한 신들에게 맡기겠어요.

신들께서 뜻대로 이루실 것입니다.

인간이 좋다고 생각하건 말건, 우리 인간들은 신들의 위업을 기다릴 수밖에 없지요.

지금까지 몇 번이나 제물을 바치기 위해서, 땅에 누운 짐승의 목에 무거운 도끼를 엄숙히 쳐들고도 죽이지 못한 때가 여러 번 있었습니다.

적이 들이닥치거나 신이 말렸기 때문이지요.

합창 무슨 일이 일어날질 모르지만 왕비님, 힘 내시고 안으로 들어가세요!

좋은 일이고 나쁜 일이고 느닷없이 사람을 찾아오지요.

예고를 받아도 우리는 안 믿어요.

트로이는 불타 없어지고 그 비참한 죽음을 목격한 우리들, 그래도 우리들은 여기 와서 기꺼이 왕비님의 시중을 들며 하늘의 눈부신 태양을 쳐다보고 이 지상에서 가장 아름다운 왕비님을 모시고 있지 않습니까.

헬레네 어찌되든 상관없어요! 무엇이 기다리고 있든지, 주저하지 않고 왕궁에 올라가는 것이 나의 임무랍니다.

멀리 떨어져 줄곧 그리워하며 돌아오지 못할 뻔했는데, 아, 그 왕궁이 웬일인지 다시 내 눈앞에 서 있군요.

어릴 때는 높은 계단을 껑충껑충 뛰어올라갔지만, 지금은 힘차게 발을 옮겨 놓을 수 없어요.

(퇴장)

합창 오, 자매들이여, 슬픔에 사로잡힌 사람들이여, 괴로움을 멀리 내던져 버립시다.

왕비님의 행복을 나누어 가집시다.

헬레네의 행복을 나누어 가집시다.

조상의 집 부엌으로 돌아오기는 늦었지만 그런 만큼 확실한 걸음걸이로 부지런히 다가서는 헬레네입니다.

행복을 되찾아 주시고 떠난 이를 고향에 데려다 주시는 거룩한 신들을 찬양합시다!

멍에에서 벗어난 사람은 마치 날개라도 돋친 듯이 아무리 험준한 곳도 날아 넘지만, 사로잡힌 사람은 애타는 심정으로 감옥의 흉벽 밖에 팔을 내밀며 헛되이 슬퍼하며 말라갑니다.

하지만 신께서는 멀리 가 있던 여왕을 붙잡으시고, 트로이의 폐허에서 새로 꾸며진 조상의 집으로 그분을 다시 데려다 주셨습니다.
이루 다 말할 수 없는 기쁨과 괴로움을 겪은 뒤에 젊었던 옛 시절의 추억도 새로이 생각할 수 있도록.

판탈리스　(합창을 지휘하다가) 기쁨에 젖은 노래를 멈추고, 눈길을 문으로 돌리세요!
웬일일까요? 여러분, 왕비님이 흥분하신 걸음으로 되돌아오시고 있어요.
왕비님, 무슨 일이세요?
궁전 안의 하인들이 인사를 안 드립디까?
이상한 일이라도 보셨습니까?
숨기지 마세요! 얼굴에 불쾌한 빛이 뚜렷하십니다.
뜻밖의 놀라움과 싸우시는 고귀한 노여움이 보입니다.

헬레네　(문을 열어젖힌 채 흥분해서) 신들의 신 제우스의 딸이 하찮은 일로 놀란다면 부끄러운 일입니다.
한순간 가볍게 스치는 공포의 손도 무섭지 않아요.
하지만 태고의 오랜 밤의 품에서 생겨나 화산 구멍에서 솟구치는 불길의 구름처럼 솟구치는 공포는 영웅의 가슴까지 떨게 할 거예요.
그와 같이 오늘 지옥의 악령들이 집 안에 들어가는 내게 무서운 흉조를 보여주었습니다.
그래서 나는 지난날 자주 드나들고 오랫동안 그리워한 문턱에서 내쫓긴 손님처럼 달아나고 싶었습니다.
하지만 달아나진 않았어요! 밝은 데로 물러나긴 했지만.
영들아, 너희들이 누구거나 이 이상 물러가지는 않겠다.
액막이 방법을 생각해야겠어요.

심신을 정하게 하면 조상의 아궁이 불이 남편과 아내를 맞이해 주
겠지요.

합창을 지휘하는 여자 왕비님, 당신을 공경하여 시중드는 저희에게 무슨
변을 당하셨는지 말씀해 주십시오.

헬레네 당신들에게도 똑똑히 보여주겠어요.

만일 그 태고의 밤이 자기가 만든 요괴를 그 깊고도 기괴한 품속
으로 삼켜 버리지 않았다면, 당신들이 알아듣도록 말로 이야기해
주겠어요.

내가 우선 해야 할 일을 생각하며 엄중한 왕궁 속으로 천천히 들
어섰더니, 황량한 복도가 이상하게 적적하여 섬뜩했습니다.

부지런하게 오가는 발소리도 들리지 않고, 바쁘게 일하는 사람들
의 모습도 보이지 않고, 하녀도 여집사도 나오지 않았어요.

전에는 낯선 사람이 와도 친절히 맞이하여 주었는데, 부엌 아궁이
에 가까이 가자 불꺼진 미지근한 잿더미 곁에 얼굴을 가린 몸집
큰 여자가 앉아 있었어요.

잠자고 있다기보다 생각에 잠긴 것 같았어요.

남편이 마음을 써서 남아 있도록 분부해 둔 여집사인가 하고 생각
하면서 내가 주인다운 말투로, 일어나 일하라고 일러도 꼼짝도 하
지 않고 천을 두른 채 있었어요.

나중에 내가 호통을 치자, 그제서야 간신히 부엌과 홀에서 나가라
고 하듯 오른손을 흔들었어요.

화간 난 나는 돌아서서 얼른 계단으로 갔어요.

그 위에는 장식된 부부의 침실이 높다랗게 마련되었고, 그 곁에는
보물광이 있었지요.

그런데 그 괴물이 바닥에서 벌떡 일어나더니 명령이라도 하듯 길

을 가로막잖아요.

큰 키에 비쩍 마르고, 움푹 꺼진 눈에는 핏발이 서고, 눈과 마음을 어지럽히는 기괴한 꼴이었어요.

하지만 입으로 아무리 말해 봐야 소용없었어요, 말로는 여러 가지 형태를 표현하지 못하니까.

저기를 봐요! 뻔뻔스럽게도 밝은 데로 나오고 있어요.

여기서는 왕인 남편이 오실 때까지 내가 주인이에요.

흉한 밤의 자식은 미의 벗인 태양신이 동굴 속으로 몰아넣거나 잡아 주실 거예요.

포르퀴스가 문설주 사이로 나타난다.[4]

합창   젊은 여자답게 고수머리가 관자놀이에서 물결치지만, 우리는 온갖 변을 당했습니다!

전쟁의 비참함.

트로이 성이 함락되던 날 밤의 광경 등 무서운 일을 많이 보아 왔습니다.

전운戰雲에 휩싸여 먼지를 차 일으키며 소란하게 웅성대는 전사들 속에서, 신들이 무섭게 외치고 홀로 싸우는 여신의 날카로운 소리가 들을 넘어 성벽에 울려퍼지는 것이 들렸습니다.

트로이의 성벽은 그대로 서 있었습니다.

하지만 활활 타는 불길은 벌써 이웃에서 이웃으로 옮겨가, 스스로 일으킨 돌풍에 휘말려 여기저기서 불길이 솟아 밤거리를 깨끗이

---

4) 포르퀴스는 물론 메피스토펠레스. 헬레네가 조금 전에 서 있는 문간에 메피스토펠레스가 출현함으로써 파우스트와 헬레네의 결합이 예고된다.

태웠습니다.

연기와 더운 불과 혀를 날름거리며 타오르는 불길 속에서 무섭게 노한 신들이 다가오고, 붉은 불꽃을 반사하는 검은 연기를 뚫고 거인처럼 크고 야릇한 모습이 걸어나오는 것을 우리는 도망치면서 보았습니다.

우리가 그것을 정말로 보았는지, 불안에 사로잡힌 마음이 그런 혼미의 그림을 그려냈는지 말할 수는 없지만, 이 무서운 여자를 지금 우리 눈으로 보고 있다는 것, 그것만은 확실히 알고 있습니다. 만약에 공포가 우리들로 하여금 위험에 다가가지 못하도록 붙잡지만 않는다면, 내 손으로 이것을 잡을 수도 있습니다.

너는 대체 포르퀴스의 딸들 가운데 누구냐? 나는 너를 그 추한 일족으로 보지 않을 수 없구나.

아마도 너는 백발로 태어나서 한 눈과 한 이를 번갈아 쓰고 있는 포르퀴스의 딸들 가운데 하나가 변해서 왔겠지.

너같이 추악한 괴물이 아름다운 여왕과 태양의 신 포이보스의 날카로운 눈앞에 대담하게 모습을 보이려 한단 말이냐?

좋아, 자, 앞으로 나오너라.

태양신의 거룩하신 눈은 지금까지 한 번도 그늘이라는 것을 보신 적이 없으시니 추한 것도 보시지는 않을 것이다.

아, 하지만 슬픈 운명으로 죽어야 하는 우리 인간들은 아름다움을 사랑하기에 오히려 추악하고 영원히 불행한 것을 보면 눈에 말할 수 없는 고통을 느낀다.

그러니 뻔뻔스럽게 우리들 앞에 다가오는 자여!

들어라, 저주의 소리를.

신들이 만든 복된 자의 분노의 입에서 나오는 온갖 비난과 욕설의 메아리를 들어라.

포르퀴스 수줍음과 아름다움이 손을 잡고[5] 지상의 푸른 오솔길을 나아가는 일은 결코 없다.

이것은 오랜 속담이지만 그 뜻은 언제까지나 진실이다.

이 둘 사이에는 오랜 증오가 깊이 뿌리박고 있어, 언제 어디서 만나더라도 서로 원수처럼 등을 돌린다.

그리고 서로 총총히 떨어져 가버린다, 수줍음은 구슬픈 듯이, 아름다움은 오만하게.

만일 늙음이 둘을 먼저 묶어 버리지 않는다면 둘은 끝까지 저승의 허허로운 어둠 속으로 걸어간다.

보니, 너희들 뻔뻔스러운 것들은 다른 나라로부터 오만한 얼굴로 찾아왔구나.

마치 쉰 목소리로 크게 울며 날아가는 흑고니 무리처럼.

고니가 우리 머리 위를 기다란 구름처럼 이어져 지나가면, 요란한 소리가 아래까지 들려 묵묵히 걷던 나그네가 저도 모르게 하늘을 쳐다본다.

그러나 고니는 고니, 나그네는 나그네라.

저마다 자기 길을 간다.

우리의 경우도 마찬가지겠지.

너희들은 대체 뭐냐? 임금님의 거룩한 궁전 앞에서, 주신의 반려인 주정뱅이 메나데처럼 떠들어 대다니.

너희들은 대체 뭐냐?

달을 보고 짖은 개떼처럼, 여집사인 나를 향해 짖어 대다니.

---

5) 수줍음과 아름다움은 결코 손을 잡지 않는다는 속담은, '아름다운 모습과 정결과의 일치는 극히 드물다.' (로마의 시인 유베나리우스), '자태와 겸양 사이에는 큰 불화가 있다.' (오비디우스)에서 본뜬 것이리라.

너희들이 어떤 신분인지 모를 줄 아느냐?

전쟁 속에서 태어나 싸움터에서 자라난 애송이들.

너희들은 사내들에게 속고 사내들을 속이고, 병사와 시민 양쪽의 힘을 빼놓는 탕녀들이야!

너희들이 떼지어 있는 것을 보니, 마치 메뚜기 떼가 우르르 몰려와 푸른 곡식밭을 휘덮는 것 같구나.

남이 정성들여 가꾼 것을 좀먹는 계집들.

모처럼 싹트는 부를 뜯어먹어 버리는 계집들.

정복당하고, 시장에 내다팔리고, 교환되는 물건들!

헬레네 여주인 앞에서 하녀들을 욕하는 것은, 집안을 다스리는 주부의 권리를 무례히 짓밟는 짓이에요.

잘한 것은 칭찬하고 나쁜 것은 벌 주는 것은 여주인만이 할 수 있는 일이에요.

위세당당한 트로이가 포위 함락되고 멸망했을 때, 이 사람들이 내게 베풀어 준 친절에 진정 만족하고 있어요.

게다가 근심 많은 바다의 유랑길에서, 나를 위해 숱한 고생을 참아 주었어요.

그럴 때는 저마다 자기 일만 생각하게 마련인데 여기서도 이들이 나를 기분좋게 섬겨 주었으면 해요.

주인은 하인이 누구냐가 아니라 어떻게 일하느냐에 더 신경을 쓴답니다.

그러니 그대도 입을 다물어요, 무서운 얼굴을 하지 말고.

그대가 이 궁전을 나 대신 지금까지 잘 지켜 주었다면, 그것은 그대의 공이에요.

하지만 주부가 돌아온 지금은 물러가도록 해요, 당연한 보답 대신 벌을 받지 않도록.

포르퀴스 종을 꾸짖는 일은 신의 은총을 받은 왕의 고귀한 왕비가, 오랜 세월 슬기롭게 집안을 다스렸다면 마땅히 가질 수 있는 큰 권리입니다.

왕비님은 다시 인정을 받은 분으로서, 왕비와 주부의 본디 자리에 앉으시겠다니 오랫동안 느슨해진 고삐를 다잡아 지배하시고, 보물과 우리들 모두를 거두어들이세요.

아름다운 백조 같은 왕비님 곁에서 떠들어대는 날개도 제대로 나지 않은 이 여자들을 누르시고, 나이 먹은 저를 두둔해 주세요.

합창을 지휘하는 여자 아름다운 사람 곁에서는, 추한 여자는 더욱 추해 보이지.

포르퀴스 영리한 사람 곁에서는, 바보는 더욱 바보로 보이지.

(이하 합창단 가운데서 한 명씩 나와 서로 묻고 대답한다.)

합창단원1 아버지[6]인 어둠, 어머니인 밤에 대해 얘기해요.

포르퀴스 네 사촌 바다괴물 스킬라[7]에 대해 얘기해요.

합창단원2 당신 족보에는 온갖 귀신이 다 나타나요.

포르퀴스 저승에 가서 네 일가나 찾아라!

합창단원3 거기 사는 자는 모두 너한테는 너무 젊어.

포르퀴스 장님 예언자 티레시아스의 정부라도 되려무나.

합창단원4 오리온[8]의 유모는 네 증손의 자식이지?

포르퀴스 괴상한 새 하르퓌아들[9]이 너를 똥 속에서 길렀지, 아마.

---

6) 암흑(에레보스)은 태곳적에 혼돈에서 태어났다.
7) 포르퀴스의 딸. 자기 동굴에 다가오는 자를 잡아먹음으로써, 메시나 해협의 험한 장소의 이름이 되었다.
8) 그리스 신화 속에 나오는 거대한 어부. 포르퀴스이 크기는 오리온을 연상시킨다.
9) 하르퓌아는 처녀의 머리를 가진 괴상한 새이다. 아르고 선의 전설 속에서 트라키아 왕을 괴롭혀 그 음식을 더럽혔다고 한다.

합창단원5   무엇을 먹었기에 그렇게도 말랐느냐?

포르퀴스   너희가 그렇게 빨고 싶어하는 피는 빨지 않아.

합창단원6   자기가 송장이면서 송장을 먹고 싶어하는구나.

포르퀴스   뻔뻔스러운 네 주둥이에서 흡혈귀의 이빨이 번쩍이는구나.

합창을 지휘하는 여자   네 정체를 폭로해 말문을 막아 주랴?

포르퀴스   그럼 먼저 네 이름부터 대라. 그러면 서로 수수께끼가 풀리겠지.

헬레네   이 심한 말다툼을 말리기 위해 화는 안 났지만 슬픈 심정으로 내가 끼여들어야겠어요!

충실한 종들의 사이가 어느새 나빠진 것만큼 주인에게 손해되는 것은 없어요.

그렇게 되면 주인의 어떠한 명령도 당장 실행된 행동으로 메아리쳐 오지 않지요.

그 메아리는 오히려 저도 당황하여 헛되어 꾸짖고 있는 주인의 주위에서 제멋대로 소란스레 떠돌 뿐이지요.

그뿐 아니라 그대들은 하찮은 일에 성이 난 나머지, 불길한 저승의 무서운 요괴들을 마구 불러냈기 때문에 그것들이 내 주위에 밀어닥쳐 날뛰는 바람에, 나는 고향 땅에 와 있으면서 저승에 끌려 들어가는 듯한 기분이 들어요.

그것은 옛날의 기적일까? 아니면, 망상에 사로잡혀 있는 것일까? 여러 고을을 망가뜨린 여자[10]의 무서운 환상, 그게 모두 나였을까? 지금도 그럴까? 앞으로도?

젊은 하녀들은 몸을 떨고 있지만, 가장 나이 든 그대는 태연하게

---

10) 여러 고을을 망가뜨린 여자는 헬레네를 말한다. 유리피데스의 희곡 〈트로이의 여자들〉 속에서 헬레네는 그렇게 불리고 있다.

서 있어요. 알아듣도록 내게 얘기를 좀 해봐요.

포르퀴스 오랜 세월 여러 가지 행복을 누려온 사람도 끝내는 더없는 신의 은총이라도 한낱 꿈처럼 여기는 법이죠.
하지만 끝없이 높은 은총을 받으신 왕비님이 평생 동안 만난 것은 사랑을 위해 어떤 무모한 짓도 당장에 해내는 사나이들뿐이었죠. 먼저 헤르쿨레스처럼 늠름하고 아름다운 테세우스가 젊은 왕비님을 사랑하여 사로잡았습니다.

헬레네 겨우 열 살밖에 안 된 어린 새끼사슴 같은 나를 유괴해서 아티카의 아피드나이 성에 가두었어요.

포르퀴스 그러나 곧 카스토르와 폴룩스에게 구출되어, 왕비님은 뭇 영웅들의 구혼의 대상이 되셨습니다.

헬레네 하지만 솔직히 내가 몰래 좋아한 분은 아킬레우스를 닮은 파트로클로스였어요.

포르퀴스 그런데 아버님의 뜻으로 메넬라오스에게, 대담한 항해자이며 집을 잘 다스리는 그분에게 시집가셨습니다.

헬레네 아버님은 딸을 주신 데다가 나라의 통치권까지 맡기셨지요.

포르퀴스 메넬라오스 왕이 크레타 섬을 찾기 위해 원정 나간 사이에, 홀로 쓸쓸해진 왕비님 앞에 너무나도 아름다운 손님이 나타났습니다.

헬레네 어째서 그대는 그 반 과부생활을 하고 있던 때의 일을, 그리고 그뒤 불행이 잇따라 일어난 일을 회상하게 만들지?

포르퀴스 그 때문에 크레타 섬의 자유민으로 태어난 나도 사로잡혀서 오랫동안 노예가 되었습니다.

헬레네 왕은 그대를 곧 이곳의 여집사로 삼으시고, 성과 대담하게 손에 넣은 보물과 온갖 것을 그대에게 맡기셨어요.

포르퀴스   왕비님은 그 성과 보물을 버리시고 성탑에 에워싸인 트로이
     의 거리와 그곳의 그칠 줄 모르는 사랑의 기쁨을 찾아가셨습니다.
헬레네   사랑의 기쁨이라니, 그런 말은 하지 마오!
     너무나 쓰라린 괴로움을 내 가슴과 머리에 받았으니.
포르퀴스   하지만 소문으로 들으니, 왕비님은 두 개의 모습[11]으로 트로
     이에도, 이집트에도 나타나셨다던데요?
헬레네   이 미칠 듯한 마음의 어지러움을 더 휘젓지 마오.
     지금도 어느 쪽이 참된 나인지 모르니까.
포르퀴스   그리고 또 아킬레우스[12]가 허허로운 명부에까지 나타나, 사랑
     을 불태우며 왕비님을 아내로 맞았다고도 합니다.
     그는 전부터 운명의 규정을 어기고 왕비님을 사랑했지요.
헬레네   그것은 환상인 내가 환상인 그이와 인연을 맺었을 뿐이에요.
     그것은 꿈이었다고 전설에서도 말하고 있어요.
     아, 나는 이대로 사라져서 환상이 될 것만 같아요.

     (합창단의 팔에 쓰러진다.)

합창   입을 닥쳐라, 입을 닥쳐!
     건방진 눈길, 건방진 말투!
     그 무서운 외이빨의 입술에서 그 소름끼치는 흉악한 목구멍에서
     무슨 말을 토해내는 거지!
     양털 가죽을 쓴 이리의 분노처럼 인정스러운 듯이 보이는 악당아,
     머리가 셋 달린 지옥의 개 아가리보다 훨씬 더 무섭구나.
     우리는 겁을 먹고 여기서 엿보고 있었지.

---

11) 파리스가 데리고 간 헬레네는 환상에 지나지 않고, 진짜 헬레네는 신들에 의하여 이집트로 끌려갔기 때문에 두 개의 모습이라고 한 것.
12) 아킬레우스는 트로이의 성벽 위에서 헬레네를 보고 열정에 사로잡혔으며, 그의 어머니가 꿈속에서 헬레네를 만나게 해주었다고 한다. 또 아킬레우스는 죽은 뒤 저승에 있는 헬레네와 결혼했다고 한다.

언제, 어디서, 어떻게, 음흉한 흉계가 틈을 타서 뛰쳐나올까 하고. 친절하고 정다운 위안이 되고 근심 걱정을 잊게 하는 부드러운 말 대신, 너는 과거 속을 샅샅이 훑어서 좋은 일보다 궂은 일을 더 쳐들어, 현재의 밝은 빛뿐 아니라 부드럽게 비쳐드는 미래의 빛까지 모두 함께 지워 버린다.

입을 닥쳐라, 입을 닥쳐!

금방 꺼져 버릴 듯한 왕비님의 영혼을 꼭 붙들어, 태양이 비치는 모습 가운데 가장 아름다운 그 모습을 단단히 잡고 있어야겠다.

(헬레네는 기운을 되찾고, 다시 무대 가운데에 선다.)

포르퀴스 오늘의 빛나는 태양이여, 흐르는 구름 속에서 나와 주세요.

당신은 엷은 비단에 가리워져도 사람을 황홀케 하는데, 지금은 눈부시게 빛나며 군림하고 계십니다.

세계가 당신을 향해 펼쳐 있듯이, 당신도 상냥한 눈으로 정답게 보아주십니다.

모두들 나를 추하다고 욕하지만, 나 역시 아름다운 것은 잘 알고 있지요.

헬레네 나는 황량한 곳에서 비틀거리고 나왔기 때문에 아직 피로에 지친 몸이라 쉬고 싶어요.

어떤 무서운 일이 느닷없이 닥치더라도 마음을 단단히 갖고 용기를 내는 것이, 왕비는 물론이고 모든 사람에게도 매우 중요한 일이에요.

포르퀴스 왕비님은 위엄과 아름다움을 되찾아 앞에 서 계십니다.

그 눈은 분부할 일이 있다고 말씀하십니다.

무슨 분부십니까? 말씀하세요.

헬레네 너희들이 천한 입씨름으로 시간을 허비했으니 얼른 제물을 바칠 준비를 해라, 임금님의 분부대로.

포르퀴스 다 마련되어 있습니다.
쟁반도, 향로도, 날카로운 도끼도, 씻을 물도, 땔감도.
제물로 잡을 것을 지시해 주세요.

헬레네 그것은 임금님께서 지시하지 않았어요.

포르퀴스 안 하셨어요? 아, 딱해라!

헬레네 딱하다니?

포르퀴스 제물은 바로 왕비님이십니다!

헬레네 나라고!

포르퀴스 그리고 이 여자들도!

합창 아, 슬프고 애처로워라!

포르퀴스 왕비님은 도끼로 찍히십니다.

헬레네 몸서리쳐지는구나! 짐작은 했지만 가엾은 신세로다!

포르퀴스 어쩔 수 없는 일인 것 같습니다.

합창 아, 우리는 어떻게 되지요?

포르퀴스 왕비님은 거룩한 최후를 마치실 거야.
하지만 너희들은 박공을 받치고 있는 높다란 대들보에, 그물에 걸린 개똥지빠귀처럼 나란히 매달려서 버둥거리게 될 거야.

(헬레네와 합창단은 겁을 먹고 서 있다.)

포르퀴스 망령들아! 너희들은 멍청이처럼 꼼짝도 못 하고 서 있구나.
본디 너희들 것이 아닌 이 밝은 세상과 헤어지는 게 그렇게도 두려우냐?
인간들도 너희들과 같은 유령인데, 그것들도 이 장엄한 햇빛을 단념하기 싫어한다.
하지만 인간을 그 최후로부터 구해 주기 위해 탄원하는 자도, 구해 주는 자도 없다.
누구나 알고 있으면서 깨끗이 체념하는 자도 하나도 없다.
어쨌든 너희들은 끝장이다!
자, 어서 일을 시작하자.

(손뼉을 친다. 문간에 가면을 쓴 난쟁이들이 나타나서 명령을 재빨리 수행한다.)

이리 오너라, 이 음산하고 동그란 괴물들아!
이리 굴러오너라, 너희들 멋대로 설쳐라.
네 모서리를 황금으로 장식한 제단을 놓아라.
이 도끼를 번쩍번쩍 빛나게 은으로 만든 틀 위에 놓아라.
항아리에 물을 가득 채워라.
시커먼 피로 무시무시하게 더러워진 것을 씻어야 한다.
이 흙먼지 위에 훌륭한 양탄자를 깔아라.
제물이 될 왕비가 왕비답게 무릎을 꿇으면 당장 목이 떨어지고,
시체를 둘둘 말아서 지체에 어울리게 장사 지내야 하니까.

합창을 지휘하는 여자 왕비께선 생각에 잠겨 서 계시고, 종들은 베어진 풀처럼 시들하구나.
가장 나이 많은 내가 노인이신 당신께 말을 건네는 것이 거룩한 나의 의무인 것 같군요.
당신은 경험이 많고 똑똑하며, 호의도 있는 것 같습니다.
이 애들은 잘못 보고 철없이 당신에게 대들었지만, 그러니 말씀해 주세요, 혹시 우리가 살아날 길이 있는지.

포르퀴스 말하기야 쉽지. 왕비님 마음에 달려 있다.
스스로를 구하시고, 너희들도 같이 구하시는 것도.
결심이 필요하시다, 그것도 아주 급한 결심이.

합창 운명의 여신 가운데 가장 존경받는 슬기로운 예언자, 생명을 끊

는 황금 가위는 그냥 두시고, 우리에게 구원의 빛을 비추어 주소서.

우리의 팔다리가 벌써 기분 나쁘게 허공에 매달려서 흔들리는 것 같아요.

이 팔다리는 먼저 실컷 춤을 즐기고, 그런 다음 연인의 가슴에서 쉬고 싶은데.

헬레네   이 여자들이 무서워하는 것은 어쩔 수 없어요.

나는 괴롭지만 무섭지는 않아요.

하지만 그대가 구원의 길을 알고 있다면 고맙게 받아들이겠어요.

앞을 내다보는 현자는 불가능한 것도 때로는 가능한 것으로 할 수 있지.

합창   자, 말해 주세요. 어서 들려줘요. 우리들이 어떻게 당치 않은 목걸이가 되어 우리 목에 감기려는 저 무섭고 끔찍한 올가미를 면할 수 있는지.

모든 신들의 거룩한 어머니인 레아님, 당신이 가엾게 여겨 주지 않는다면, 불쌍한 우리는 벌써 목이 죄고 숨이 끊어지는 것 같아요.

포르퀴스   너희들은 긴 이야기를 꾹 참고 들을 수 있겠나?

여기는 여러 가지 사연이 있단다.

합창   얼마든지 참겠어요! 듣고 있는 동안은 살아 있을 수 있으니까.

포르퀴스   집에서 귀중한 보물을 간수하고, 갈라진 궁전의 벽을 때우거나 지붕이 새지 않게 손질이나 하고 있으면, 긴 한평생을 행복하게 지낼 수 있겠지.

그와 반대로 신성하고 똑바른 문턱을 함부로 당돌하게 넘어가는 자는, 후일 돌아와 보면 본래 자리이긴 하지만 완전히 달라진 것을 느낄 것이다.

헬레네   왜 그렇게 뻔히 아는 말을 새삼 늘어놓아요?
말해 줄 생각이라면 속상한 일은 들먹이지 말아요.

포르퀴스   이건 사실이지 결코 비난이 아닙니다.
메넬라오스 왕은 해적선을 이끌고 항구를 저어 다녔고, 해안이나 섬에서 약탈하지 않은 곳이 없으며, 약탈한 물건을 갖고 돌아와 성에 가득가득 쌓았습니다.
트로이를 공격하는 데 10년이란 긴 세월이 걸렸지만, 돌아오는 데 또 얼마나 걸렸는지 모릅니다.
그러나 튄다레오스 왕의 장엄한 이 궁전은 어떻게 되었지요?
주위의 영토는 어떻게 되었지요?

헬레네   그대는 욕지거리가 완전히 몸에 배어서 악평을 하지 않고는 입을 놀리지 못하는군요.

포르퀴스   스파르타의 뒤쪽, 북으로 높이 올라가서 타이게토스 산을 등진 골짜기에는 오랫동안 사는 사람도 없었습니다.
그 산에서 에우로타스 강이 힘차게 흘러내려, 갈대가 무성한 골짜기를 널찍이 흘러가며 궁전의 백조를 키우고 있습니다.
그 골짜기 깊숙이 아무도 몰래 대담한 종족이 북녘 밤의 나라에서 침입해와 살고 있습니다.
기어오를 수도 없는 견고한 성을 쌓고, 거기서 멋대로 주위의 토지와 백성을 괴롭히고 있습니다.

헬레네   그런 짓을 정말 했나요? 도저히 안 믿어지는데.

포르퀴스   오래 걸렸지요. 그럭저럭 20년은 됐을 겁니다.

헬레네   왕이 있나요? 도둑떼는 여럿이 모여 있나요?

포르퀴스   도둑떼는 아니지만 성주가 한 사람 있습니다.

나도 습격을 받았지만, 그를 비난하진 않습니다.

그는 모두 뺏을 수도 있었는데 하찮은 선물로 만족하고, 그것을 공물이라고는 부르지 않았습니다.

헬레네 어떤 꼴을 하고 있는데요?

포르퀴스 흉하진 않아요! 내 마음에는 들었어요.

명랑하고 과감하며 몸집이 좋고, 그리스인으로는 보기 드문 사려 깊은 사나이이지요.

그 일족을 야만인이라고 욕하는 사람도 있지만, 트로이 성 앞에서 식인종같이 행동한 영웅도 적잖은데, 그런 참혹한 짓을 하는 자는 아닌 것 같더군요.

저는 그자의 너그러움을 존경하고 믿습니다.

그리고 그의 성! 그것은 직접 한 번 보셔야 합니다!

애꾸눈의 거인 퀴클롭스[13]가 한 것처럼 이것저것 바위를 굴려서 왕비님의 선조가 척척 쌓아올린 거친 축대와는 모양부터 다릅니다.

거기에 모두 수직, 수평으로 규칙적입니다.

밖에서 보세요! 하늘로 치솟아올라 참으로 튼튼하고 이은 자리 하나 없이 강철로 닦은 듯이 매끈합니다.

기어오르자! 생각하는 순간 미끄러져 떨어집니다.

성 안에는 넓은 안마당이 있고, 그 주위를 갖가지 용도의 건물들이 에워싸고 있지요.

거기에는 크고 작은 두리기둥, 크고 작은 아치, 성 안팎을 보기 위한 발코니와 화랑, 그리고 문장 등이 보입니다.

---

13) 미케네 등의 대성벽은 외눈박이 거인 퀴클롭스들이 만든 것이라고 한다.

합창   어떤 문장이지요?

포르퀴스   저 이아코스가 얽힌 뱀 문장을 방패에 달았던 것은 너희도 보았겠지?

테베에 쳐들어간 일곱 용사[14]도 저마다 방패에 뜻깊은 문장을 달고 있었지.

그 가운데는 밤하늘에 비치는 달과 별도 있었고, 여신도 영웅도, 사다리도 검은 횃불도, 평화로운 고을을 위협하는 위압적인 것도 있었다.

그러한 문장은 내가 얘기하는 영웅의 무리들도 선조 대대로 물려오는 문장을 빛깔도 찬란하게 달고 있다.

거기에는 사자, 독수리의 발톱과 부리, 물소의 뿔, 날개, 장미꽃, 공작의 꼬리, 금과 검정, 은과 파랑과 빨간 줄무늬도 볼 수 있지.

그런 것이 홀마다 즐비하게 걸려 있지, 끝없는 세계처럼 넓은 홀에.

거기는 너희들이 춤을 추기에도 꼭 알맞지!

합창   춤을 출 줄 아는 남자도 있어요?

포르퀴스   그럼, 멋있지! 금발의 싱싱한 젊은이들이야.

청춘의 형용할 수 없는 향기!

그런 향기가 나는 것은 파리스가 왕비님께 다가섰을 때, 바로 그때뿐이지.

헬레네   그대의 이야기는 완전히 빗나가 버렸어요. 결국 어떻게 하라는 거예요?

포르퀴스   그것은 왕비님께서 말씀하셔야지요. 분명하게 "좋아."라고

---

14) '테베에 쳐들어간 일곱 용사'는 아이스퀼로스의 희곡으로 유명. 그 희곡 속에 사자가 이 일곱 사람의 방패를 설명하는 대목이 나온다. 테베는 중부 그리스에서 가장 큰 고을.

말씀하세요.

그러면 당장 그 성으로 안내하겠습니다.

합창　제발 그 한마디를 해주세요!

그리하여 왕비님과 저희들을 구해 주세요!

헬레네　뭐라고! 설마 나의 메넬라오스 왕이 나를 죽이다니, 그런 무참한 짓을 하실 까닭이 없어요.

포르퀴스　벌써 잊으셨나요? 파리스가 전사하자 과부가 된 당신을 억지로 손에 넣어 애인으로 삼은 그의 아우 데이포보스를, 메넬라오스가 코와 귀를 도려내고 난도질까지 하여 너무도 끔찍한 복수를 한 것을?

헬레네　그것은 나 때문에 하신 거예요.

포르퀴스　그 남자 때문에 왕은 왕비님에게도 같은 짓을 할 것입니다.

미인을 나누어 가질 수는 없어요.

미인을 완전히 소유하려는 자는 나누어 갖는 것을 저주하고 차라리 죽여 버립니다.

(멀리서 나팔 소리, 합창단은 벌벌 떤다.)

저 나팔 소리가 귀와 창자를 날카롭게 할퀴듯이, 전에는 소유했으나 이젠 잃어버려 소유하지 못하는 것을 결코 잊지 않는 사나이의 가슴속에 질투가 단단히 그 발톱을 찍습니다.

합창　저 피리 소리가 들리지 않으세요?

번쩍이는 무기가 보이지 않으세요?

포르퀴스　잘 돌아오셨습니다. 임금님, 자세한 것은 제가 보고드리겠습니다.

합창　하지만 우리는?

포르퀴스　뻔한 일이지.

먼저 왕비님의 죽음을 본 다음, 너희들도 살아날 길은 없다.

(사이)

헬레네 우선 과감히 해볼 수 있는 일을 생각해 보았어요.

그대가 심술궂은 악령이라는 것을 잘 알고 있어요.

그대는 좋은 일을 나쁜 일로 바꾸어 버릴 거예요.

하지만 어쨌거나 그대를 따라 그 성으로 가보겠어요.

그 뒤의 일은 내가 알아서 하겠어요.

내가 지금 무엇을 가슴 깊숙이 숨기고 있는지는 아무에게도 말하지 않겠어요.

자, 안내해 줘요!

합창 아, 우리는 발걸음도 가볍게 기쁨에 넘쳐서 떠나갑니다.

뒤에는 죽음, 앞에는 치솟은 넘을 수 없는 성벽.

트로이의 성은 끝내 비열한 목마의 계략에 빠졌지만 우리를 지켜 주었다.

그와 같이 이 성도 왕비님을 지켜 주겠지.

(안개가 퍼져서 배경을 덮는다.)

아니, 이것은 어찌 된 일일까?

모두들 돌아봐요! 좋은 날씨였는데, 안개가 하늘하늘 에우로타스의 신성한 강물에서 솟아오르네.

갈대로 아름답게 꾸며진 아름다운 강변도 벌써 시야에서 사라졌네!

자유로이 우아하게 자랑스럽게, 나란히 즐겁게 헤엄치면서 한가로이 미끄러져 가던 백조도 아, 이제는 보이지 않네!

그러나 백조의 노래가, 쉰 소리가 멀리서 들려오네!

죽음을 알리는 노래인가?

아, 저 소리가 우리들에게 약속된 구원의 행복 대신 파멸을 알리는 것이 아니면 좋으련만.
백조를 닮은 길고 아름다운 흰 목을 가진 우리들도, 백조에서 태어난 왕비님도 아, 슬프구나, 슬프구나!
사방이 온통 벌써 안개에 뒤덮였네.
서로의 얼굴도 보이지 않는구나!
어찌 되었을까? 모두 걸어가고 있는 것일까?
우리는 그저 땅바닥을 종종걸음으로 떠돌고 있는 것일까?
아무것도 안 뵈나?
죽은 자의 안내자 헤르메스[15]가 앞장서서 둥둥 떠가고 있는 것이 아닐까?
그의 번쩍이는 금지팡이가 걷잡을 수 없는 것으로 차 있는, 즐거움도 없이 잿빛으로 날이 새는, 영원히 허허로운 지옥으로 돌아가라고 우리를 재촉하고 있지나 않을까?
아, 문득 어두워지더니 안개가 빛을 잃고 사라져 가네.
어두운 잿빛 벽처럼.
성벽이 우리들 눈앞에, 훤히 트인 눈앞에 나타나네.
안뜰일까, 깊은 구덩이일까?
소름끼치는구나!
아, 알았다! 우리는 사로잡혔다.
언젠가 그랬던 것처럼 다시 사로잡혔다.

---

15) 헤르메스는 신들의 사자인데, 여기서는 죽은 자의 영혼을 저승으로 인도하는 자로 나온다.

성 안의 안마당

중세기의 호화롭고 환상적인 건물에 둘러싸여 있다.

합창을 지휘하는 여자 경솔하고 어리석기가 정말 계집의 전형이구나!
눈앞의 일에 좌우되어 기분대로 움직이고, 운명에 희롱되어 행복도 불행도 차분한 마음으로 참아내지 못하는 너희들.
늘 서로 싸우고 토닥거린다.
보조가 맞는 것은 기쁘거나 슬퍼서 울거나 웃을 때뿐.
자! 조용히 해요! 왕비님께서 거룩한 마음으로 스스로를 위해, 그리고 우리를 위해 정하신 말씀을 들어요.

헬레네 그 점쟁이는 어디 갔지? 퓌토닛사라는 그 여자?
이 음침한 성 안의 둥근 천장 밑에서 나오너라.
만일 그대가 그 이상한 영웅인 성주에게 내가 온 것을 알리고, 환영 준비를 시키러 갔다면 고맙겠어요.
어서 나를 그이 있는 곳으로 데려가 줘요.
이제 방랑을 끝내고 싶어요. 나는 오로지 쉬고 싶어요.

합창을 지휘하는 여자 왕비님, 여기저기를 둘러보셔도 헛일입니다.
그 보기 흉한 여자는 사라졌습니다.
저 안개 속에 머물러 있는 것일까요?
우리는 웬일인지 저 안개의 품속에서 열심히 걷지도 않았는데 여기 와 있어요.
아니면 많은 건물이 이상하게 하나로 이루어진 성 안의 미로 속을 헤매면서, 왕비님께 당당한 인사를 해드리라고 성주를 찾아 헤매고 있을까요?

하지만 보세요, 저 위쪽에 벌써 많은 사람들이 회랑과 창가와 현관에 오락가락하고, 종들이 이리저리 부산하게 오가고 있습니다.

저것은 공손히 손님을 맞이하겠다는 뜻입니다.

합창 이제 안심이 되는구나! 자, 저쪽을 보세요.

상냥한 젊은이들이 발걸음도 조용조용 장중하게, 줄을 지어 얌전하게 내려오고 있어요.

대체 누구의 명령으로 저 훌륭한 시동들은 이렇게도 빨리 줄을 지어 나타나고 있을까요?

무엇이 가장 멋있을까?

우아한 걸음걸이일까?

하얀 이마에 걸린 고수머리일까?

아니면 복숭아처럼 발그레하고 보드라운 솜털이 난 귀여운 두 볼일까?

물어보고 싶지만 무서워요.

비슷한 경우가 있었는데, 말하기도 싫지만 입속에 재[16]가 가득찬 적이 있었으니까!

하지만 멋지고 아름다운 젊은이들이 이쪽으로 오고 있어요.

대체 무엇을 들고 오는 것일까?

아름다운 장식이 왕비님의 머리 위로 구름테를 두르면서 겹겹으로 물결치고 있어요.

왕비님은 벌써 인도되어 화려한 보료 위에 앉으셨어요.

---

16) 합창은 젊은이들의 볼을 재와 먼지로 채워진 소돔의 능금에 비유하고 있다. 죄 많은 소돔 거리의 능금은 줄기에서 마르면 재가 된다고 했다. 그와 같이 젊은이들은 닿기만 하면 재로 변할지도 모른다고, 합창은 두려워하고 있는 것이다.

자, 앞으로 나아가요, 한단 또 한단 엄숙하게 늘어서요.
훌륭하고 훌륭한, 참으로 훌륭한 이 환영을 축복해요!
(합창단의 가사대로 모두 차례로 실행된다.)

파우스트, 시동과 시종들이 긴 줄을 지어 내린 뒤에, 파우스트가 계단 위에서 중세 기사의 궁중복을 입고 나타나 천천히 품위 있게 내려온다.

합창을 지휘하는 여자 (파우스트를 찬찬히 바라보면서)
신들께서 곧잘 그러시듯, 저분에게 놀라운 모습과 고귀한 거동과 자상한 태도를 잠시 동안 임시로 빌려 주신 것이 아니라면, 저분이 하는 일은 언제든지 잘될 거예요.
남자끼리의 싸움에서나, 아름다운 여자와의 알력에서나.
평판이 자자한 분을 많이 보아 왔지만, 저분은 확실히 누구보다도 훌륭하십니다.
천천히 엄숙하게 경건한 걸음걸이로 저분이 오십니다.
왕비님, 저쪽을 보세요!

파우스트 (결박당한 사나이를 데리고 다가온다.)
예절을 다하여 마중나와야 하는 대신, 공손히 환영을 해드려야 하는 대신 사슬로 묶은 이 하인을 데리고 나왔습니다.
이놈은 보고하는 의무를 게을리하고, 손님을 맞을 나의 의무까지 이루지 못하게 하였습니다.
여기 꿇어앉아 귀하신 부인에게 네 죄를 고백하라!
고귀하신 왕비님, 이자의 눈은 드물게 날카로운 녀석이라, 높은 탑에서 사방을 둘러보는 임무가 주어졌습니다.
저 하늘과 넓은 땅을 날카롭게 감시하여 여기저기서 일어나는 일들과 주위의 언덕에서 골짜기의 군건한 요새에 이르기까지 움직이는 것은, 물결 같은 가축떼건 혹은 군대건간에 놓치지 말아야 합니다.

가축이면 보호하고, 군대라면 맞서 싸워야 합니다.

그런데 오늘은 이 무슨 태만한 짓이겠습니까!

왕비님이 다가오시는데도 이자는 알리지 않았습니다.

그래서 이처럼 귀하신 손님을 공손히 맞아들일 기회를 잃어버렸습니다.

실수를 하여 제 목숨을 버렸으니 마땅히 피를 쏟고 쓰러져 있어야 할 것입니다만, 벌을 주시건 용서하시건 재판은 왕비님 뜻대로 하십시오.

헬레네 재판하고 명령하는 것을 허락하시니 제게 높은 권한을 주시는군요.

짐작하건대, 저를 시험해 보시려는 것 같군요.

아무튼 재판관의 첫째 의무로서 피고의 말을 들어 보겠어요.

어디 말해 보아요.

파수꾼 륑케우스[17] 무릎을 꿇게 하시든 우러러보게 하시든 저를 죽이시든 살리시든 마음대로 하세요.

신께서 보내신 고귀한 부인께 저는 이미 몸을 바쳤으니까요.

날이 새는 즐거움을 기다리면서 동녘에 해가 뜨는가 살피고 있었는데, 이상하게도 느닷없이 태양이 남쪽에서 돋았습니다.[18]

그쪽으로만 눈이 끌려서 골짜기도 언덕도 보지 못하고, 넓은 하늘

---

17) 파수꾼 륑케우스라는 이름은 살팽이 '륑쿠스'에서 따왔다. 살팽이처럼 날카로운 눈을 갖고 있다. 륑케우스는 이 책에서 세 가지 의미로 쓰이고 있다. 첫째, 아르고 선의 키잡이로서, 둘째, 헬레네 극의 감시자로서, 셋째, 제5막에 탑의 파수꾼으로 나온다.
18) 태양이 남쪽에서 돋는다는 것은, 헬레네가 남쪽 스파르타에서 북으로 오는 것을 태양에 비유한 것이다.

과 땅도 아랑곳없이 그분만을 보려 하였습니다.

높은 나뭇가지에 사는 살쾡이 같은 눈이 저에게 주어져 있는데, 어쩐지 깊고 어두운 꿈에서 깨어난 듯 눈도 제대로 뜰 수 없었습니다.

저는 분간을 할 수 없었습니다.

흉벽인지, 탑인지, 닫힌 문인지, 안개가 너울대고 사라지더니 여신 같은 분이 나타나셨습니다!

눈과 가슴을 그쪽으로 돌려서 저는 부드러운 빛을 마셨습니다.

눈부신 그분의 아름다움이 가엾은 저의 눈을 멀게 하였습니다.

저는 파수꾼의 소임도 잊고, 뿔피리를 부는 것도 잊었습니다.

처형하겠다고 꾸짖어 주십시오.

아름다움은 모든 원한을 지워 줍니다.

헬레네 나로 인한 실수를 어찌 내가 벌할 수 있겠어요.

불쌍한 이 몸, 얼마나 가혹한 운명이 나를 따라다니기에 어디를 가나 남자들의 마음을 이토록 홀려서, 그 자신과 그 밖의 귀중한 것까지도 소중히 하지 않게 만드는 것일까?

반신半神도, 영웅도, 신도, 악령들까지 나를 빼앗고, 유괴하고 싸우고 이리저리 끌고 다니면서 서로 가지려 하는군요.

혼자일 때도 세상을 어지럽혔으니 두 몸일 때는 말할 나위도 없고, 이제 네 개[19]로 되어 재앙을 거듭하고 있어요.

이 착한 사람을 데려다가 놓아 주세요.

사랑의 신에게 미혹당한 자를 욕되게 하지 마세요.

---

19) 헬레네가 네 개의 몸이 되어 세계를 홀렸다는 것은 다음의 것을 의미한다. 첫째는 스파르타에서 총애를 받았을 때, 둘째는 이집트로 끌려갔을 때, 셋째는 스파르타에서 메넬라오스의 왕비였을 때, 넷째는 지금 파우스트의 성에서.

파우스트   오, 왕비님, 실수 없이 사랑의 화살을 쏘는 분과 맞은 자를 여기서 동시에 보고 나는 놀랄 따름입니다.

화살이 활에서 떠나 이자의 가슴에 상처 입히는 걸 보고 있으니, 화살이 연거푸 날아와 내 몸에도 꽂힙니다.

여기저기, 가로세로로 화살은 깃을 울리며 성 안을 날고 있는 것 같습니다.

나는 어떻게 될까요?

당신은 단번에 나의 충신을 반역케 하고, 나의 견고한 성벽을 위태롭게 합니다.

나의 군대도 질 줄 모르는 왕비님께 쏠리지나 않을까 걱정입니다.

이제 나 자신과 내 것이라고 생각하고 있는 모든 것을 그대에게 바치는 수밖에 없습니다.

그대의 발 아래 엎드려 자진해서 진심으로 그대를 주군으로 우러르게 해주십시오.

그대는 들어오자마자 이 성과 옥좌를 차지하셨습니다.

륑케우스   (상자 하나를 들고 등장, 다른 사나이들도 상자를 들고 뒤따른다.)

왕비님, 보시는 바와 같이 다시 돌아왔습니다.

부자도 한 번 뵙자고 졸라대고는 왕비님을 보기가 무섭게 거지처럼 가난하고, 왕자처럼 풍요함을 느낄 것입니다.

전에 저는 무엇이었을까요? 지금은 무엇일까요?

무엇을 원하고 무엇을 해야 할까요?

눈빛이 아무리 날카로워야 무슨 소용 있습니까?

왕비님의 옥좌에 부딪치면 다시 튀어나옵니다.

우리는 동쪽에서 찾아왔습니다. 서쪽에서는 재앙이었지요.

길고 폭이 넓은 민족의 대군大群으로 앞장선 자는 끝 사람을 모를 정도였습니다.

첫째 사람이 쓰러지면 둘째 사람이 나서고, 셋째 사람은 벌써 창을 겨눕니다.

저마다 백 배로 용기가 나서 천 명쯤 죽어도 돌아보지 않습니다.

아우성치며 쳐들어가서 연달아 마음을 점령했습니다.

오늘 내가 지배하고 명령한 땅에 내일은 다른 자가 와서 약탈합니다.

우리는 살피고 돌아다녔습니다, 재빨리.

어떤 자는 예쁜 여자를 붙잡고, 어떤 자는 다리가 튼튼한 황소를 잡았습니다.

말은 누구나 다 끌어갔습니다.

하지만 나는 남들이 보지 못한 신기한 것을 찾기를 좋아했습니다.

다른 사람이 가지고 있는 것은 나로서는 마른 풀잎과 같았습니다.

나는 보물이 있는 곳을 알아냈습니다.

한결같이 날카로운 눈에 의지하여 어떤 주머니속도 꿰뚫어보고, 장롱도 모두 투명해 보였습니다.

그리하여 산더미 같은 금은 내 것이 되었습니다.

그러나 가장 멋진 것은 보석입니다.

이 녹색 구슬이야말로 정말 왕비님의 가슴에 푸르게 빛날 값어치가 있습니다.

귀와 입 사이에는 바다에서 캐온 물방울 모양의 진주를 답시다.

홍옥은 볼의 붉은 빛에 무색해져서 달아나 버리고 말 것입니다.

이렇게 하여 다시없는 보물을 왕비님 앞에 옮겨 놓습니다.

피비린내 나는 많은 싸움의 전리품을 왕비님 발 아래 바칩니다.

이렇게 많은 상자를 끌고 왔습니다.

쇠 상자라면 더 많이 있습니다.
왕비님 곁에 있게만 해주시면, 보물광을 가득 채워 놓겠습니다.
왕비님이 옥좌에 오르시면 당장 지혜도, 부귀도, 권력도 비길 데 없는 자태 앞에 머리를 숙이고 허리를 굽힙니다.
내 것이라고 단단히 쥐고 있던 그 모든 것이, 이제는 저를 떠나 모두 왕비님 것이 되었습니다.
귀하고 값지고 비싼 것인 줄 알았는데, 이제는 보잘것없는 것으로 밖엔 여겨지지 않습니다.
내가 가졌던 것은 다 사라지고 베어서서 시든 풀이 되었습니다.
왕비님의 아름다운 눈길을 던지셔서 본래의 값어치를 되찾게 하십시오!

파우스트 대담하게 손에 넣은 그 물건을 냉큼 치워라.
꾸짖지는 않겠다만 칭찬은 못 한다.
이 성 안에 간직된 것은 모두 왕비님 것이다.
특별히 내드린다는 것은 쓸데없는 짓이다.
가서 보물 위에 보물을 차곡차곡 쌓아라.
일찍이 보지 못한 화려하고 장엄한 보물산을 쌓아라!
둥근 천장을 맑은 하늘처럼 빛나게 하고, 생명 없는 보물로 생명 넘치는 낙원을 세워라!
왕비님이 걸으시면 얼른 앞에 가서 꽃무늬의 양탄자를 잇달아 깔아! 보드라운 바닥에 발걸음이 닿게 하고, 눈이 부시지 않도록 더 없는 광휘로 맞이하여 드려라!

륑케우스 나리의 명령은 쉬운 일입니다.
그까짓 일은 장난이나 같습니다.
보물도 목숨도 이 아름다운 분의 위력이 지배하고 있습니다.

벌써 전군이 맥이 다 풀어지고, 칼은 무디어져서 쓸모 없습니다.
이 빛나는 모습 앞에서는 태양도 빛을 잃고 차갑습니다.
이 풍만한 광경을 바라보면 모든 것이 공허해집니다. (퇴장)

헬레네 (파우스트에게) 이야기가 하고 싶어요.
어서 제 곁으로 올라오세요!
비어 있는 이 자리에 주인을 모시면 저도 안심하고 앉아 있을 수 있겠어요.

파우스트 먼저 꿇어앉아 참된 마음으로 충성을 바치게 해주십시오.
고귀하신 분이여, 나를 당신 곁으로 끌어올려 주시는 그 손에 입 맞추게 해주십시오.
가이없는 당신 나라의 공동 통치자로 나를 임명해 주십시오.
당신의 숭배자, 종, 파수꾼을 모두 한몸에 겸한 사람으로서 나를 받아 주십시오.

헬레네 갖가지 이상한 일을 듣고 보고 해서 저는 놀라고 있으며, 여러 가지를 물어보고 싶어요.
하지만 먼저, 어째서 저 사람이 한 말이 신기하게, 더구나 그렇게 들렸는지 가르쳐 주세요.
한 가지 소리가 다음 소리에 가락을 맞추고, 한마디 말이 귀에 들어오면 다음 말이 그 말에 아양을 떠는 것 같았어요.

파우스트 우리의 말씨가 마음에 드셨다면, 노래도 틀림없이 당신을 황홀케 하여 귀와 마음을 속속들이 흡족하게 해드릴 것입니다.
하지만 곧 해보는 것이 가장 확실합니다.
주고받는 말이 그것을 꾀어내고 불러냅니다.

헬레네 그럼, 어떻게 이야기할 수 있을까요?

파우스트 쉬운 일입니다. 진심에서 우러나오면 됩니다.

파우스트 381

그리운 정이 가슴에 넘치면 사람은 주위를 둘러보고 묻지요.

헬레네 누가 함께 즐길까?

파우스트 그리고 마음은 앞뒤도 보지 않고 오직 현재에만—.

헬레네 우리의 행복이 있지요.

파우스트 현재만이 보물이고, 이익이고, 소유이고, 담보입니다.
　이 보증은 누가 해줍니까?

헬레네 제 손이 하지요.

합창 누가 나무라겠어요, 왕비님이 성주님께 정답게 하신다고.
　우리는 아직도 자유의 몸이 아닌걸요.
　트로이가 비참하게 망하고 미궁 같은 슬픈 방랑을 시작한 후, 우리는 몇 번이고 사로잡혔던 몸인걸요.
　남자의 사랑에 익숙해진 여자는 좋고 나쁜 것을 가리지는 않지만 남자에 대해서는 다 알고 있지요.
　그래서 금발의 양치기에게도, 검고 억센 머리칼의 신에게도 기회만 있으면 포동포동한 사지를 기꺼이 맡기지요.
　두 분은 차츰 더 가까이 다가앉아 벌써 서로 기대고 계시네요.
　어깨와 어깨, 무릎과 무릎을 맞대고, 손과 손을 맞잡고, 옥좌의 푹신한 보료 위에서 몸을 흔들고 계시네요.
　남의 눈을 피하는 은밀한 즐거움도 지체가 높아지면 버젓하게 여러 사람의 눈앞에서 예사로 드러내 보이시나 봐.

헬레네 저는 아주 멀리 떨어져 있는 듯한, 그러면서도 바로 가까이에 있는 듯한 기분이에요.
　하지만 "저는 여기 있어요! 여기요!"라고 말하지 않을 수 없어요.

파우스트 난 숨쉴 수가 없고, 몸이 떨리며, 말이 막혀요.
　꿈입니다.

때도 장소도 사라져 버렸습니다.

헬레네 저는 일생을 다 살고 나서 되살아난 기분이에요.

낯선 당신에게 몸과 마음을 다 바치고, 당신 속에 다 녹아 버렸습니다.

파우스트 다시없는 이 운명을 너무 의심하지 맙시다!

비록 순간일지라도, 산다는 것은 의무입니다.

포르퀴스 (허둥지둥) 사랑놀이를 연습하는 것도 좋고, 희롱하며 사랑을 의심하고 한가로이 따지면서 사랑을 하는 것도 좋지만, 이제 그럴 시간이 없습니다.

아득한 땅울림이 들리지 않습니까?

하다못해 저 나팔 소리라도 들어 보세요.

파멸은 가까이에 와 있어요.

메넬라오스 왕이 대군을 이끌고 파도처럼 들이닥치고 있다고요.

격전의 준비를 하세요!

승리한 군사에 둘러싸여 데이포보스처럼 난도질을 당할 거예요.

이 여자를 끌어들인 보복으로요.

값싼 여자부터 목매달리고, 곧 이 여자를 베기 위해서 시퍼런 도끼가 제단에서 기다리죠.

파우스트 괘씸한 방해자가 무례하게 뛰어들어왔구나!

위급할 때라도 나는 무의미한 소동은 좋아하지 않는다.

언짢은 소식을 가져오면 아무리 아름다운 사자라도 추하게 보인다.

더구나 가장 추한 그대는 늘 나쁜 소식만 가져오는구나.

하지만 이번만은 헛수고를 했다.

공연한 숨결로 공기나 뒤흔들어라.

여기에 위험은 없다.
있더라도 텅 빈 위협에 지나지 않는다.
(봉화, 탑 위에서 터지는 폭음, 금속 나팔과 나무 나팔, 군악, 당당한 대군의 행진)

파우스트 걱정 마십시오. 지금 당장 정예 군대를 집결시키겠습니다.
여성을 늠름하게 지킬 수 있는 자만이 여성의 사랑을 받을 자격이 있습니다.
(대열에서 떠나서 다가오는 대장들에게)
조용한 투지를 갖고 나아가라.
그러면 틀림없이 승리를 거둔다.
너희들 북방의 청춘의 꽃들이여, 너희들 동방의 꽃다운 힘들이여!

강철로 몸을 싸고, 강철을 번쩍이며, 나라마다 쳐부수고 무찌른 군대여!
너희들이 나타나면 대지가 흔들린다.
너희들이 지나가면 우레소리 뒤따른다.

우리가 퓌로스[20]에 상륙했을 때, 노장 네스토르는 이미 없었다.
모든 작은 왕국의 연합군을 용맹한 우리 군이 짓밟았다.

지체하지 말고 이 성벽에서 메넬라오스를 바다로 몰아내라.
바다에서 헤매고 약탈하고 염탐하고, 그것이 그의 취미요 운명이다.

스파르타 여왕의 명령으로 너희들 대장에게 인사한다.

---
20) 펠로폰네소스 반도의 으뜸가는 항구. 트로이 전쟁 때의 용사 네스토르의 영지.

산과 골짜기를 여왕 발 아래 바쳐라.
정복하는 영토는 너희들의 차지다.

게르만 장군이여, 성채를 쌓아 코린트의 뒤쪽을 지켜라.
그리고 수많은 골짜기의 아카이아[21]는 고트 장군이여, 그대에게 맡긴다.

에리스는 프랑켄군이 진격하고 멧세네는 작센군이 감당한다.
노르만군은 바다를 소탕하여 아르골리스 지방을 확장하라.

그리고 저마다 그 지방에 눌러앉아 밖으로 위광을 떨쳐라.
여왕의 조상의 땅 스파르타는 너희들 위에 군림하지 않으면 안 될 것이다.

너희들이 저마다 충실된 영토의 생활을 즐기는 것을 여왕은 보시리라.
너희들은 안심하고 여왕의 슬하에서 보증과 권리와 빛을 찾도록 하라.

(파우스트가 계단을 내려온다. 제후들이 그를 둘러싸고 자세히 명령과 지시를 받는다.)

합창   절세의 미인을 얻고자 하는 분은 무엇보다도 실력이 있어야 하고, 무기를 슬기롭게 간수해 두어야 해요.
비단같이 고운 말로 절세의 미인을 손에 넣어도, 안심하고 가지고 있을 수는 없지요.

---
21) 펠로폰네소스의 지명. 이 반도를 옛 독일의 여러 민족에게 나누어 방어시킨다.

엉큼한 놈이 교활하게 훔치고, 도둑이 대담하게 빼앗아가거든요.
그것을 막아낼 채비를 하세요.
그래서 이 성주님을 나는 찬양하고 다른 누구보다 훌륭하다는 거예요.
슬기롭고 용감하게 조화를 이루어, 힘센 이들이 언제 어느 때라도 일일이 지시를 기다리고 있다가 명령을 충실히 이행해 나가지요.
그것은 저마다 자기 이익도 되고, 성주는 감사의 보답을 해주시니 양쪽이 높은 명예를 얻지요.
이제 와서 어느 누가 왕비님을 억센 소유자에게서 뺏을 수 있겠어요?
왕비는 마땅히 우리 성주님의 것.
우리가 간절히 그렇게 바라는 것은 왕비님과 우리를 안으로는 견고한 성벽으로, 밖으로는 강력한 군대로 지켜 주니까요.

파우스트 각자에게 풍성한 나라를 주는 것이니 여기서 내려지는 상은 크고도 훌륭하다.
자, 싸움터로 나아가라!
우리는 중앙을 지키고 있겠다.
그리하여 모두들 앞을 다투어 지키자.
사방에서 파도가 튀고, 너울진 언덕에서 유럽 최후의 산줄기와 이어지는 이 반도를.
태양이 비치는 어느 나라보다도 뛰어난 이 나라는 모든 종족을 위해 영원히 번영하라.
일찍 왕비님을 우러러본 이 나라는 이제 왕비님의 영토가 되었다.
에우로타스 강의 갈대 속삭임 속에서 왕비님이 알 껍질을 깨고 빛나게 태어났을 때, 고귀하신 어머니와 형제들은 그 아름다움으로 눈이 부셨다고 한다.

오로지 당신만 바라보는 이 나라는 가장 아름다운 꽃을 피우고 있다.

지구 전체가 당신 것이지만, 태어난 조국은 더욱 그리운 것!

산등성이에는 뾰족뾰족한 봉우리가 태양의 싸늘한 광선을 감수하고 있지만, 벌써 바위틈에서 푸르스름한 빛이 보이고 염소가 모자라는 먹이를 게걸스레 뜯는다.

샘물은 솟아나 시냇물을 이루어 흐르고, 골짜기와 산허리의 풀은 이미 푸르르다.

평야에 이어졌다 끊어졌다 하는 수없는 언덕 위에, 양떼가 흩어져 풀 뜯는 것이 보인다.

뿔 돋친 소들은 따로따로 떨어져 조심스러운 걸음으로 가파른 벼랑 쪽으로 간다.

암벽에는 둥글게 파인 무수한 동굴이 있어 모든 짐승이 비바람을 피하기에 알맞다.

목신牧神 판이 그들을 지켜 주고, 생명을 주는 물의 정은 상쾌한 물가에 산다.

빽빽이 들어선 나무가 가지를 뻗어 더 높은 곳을 동경하고 있다.

여기는 오랜 숲! 떡갈나무는 힘차게 치솟아 고집스레 가지와 가지가 서로 버티고 있다.

단풍은 상냥하게 달콤한 물을 머금고, 시원하게 뻗어서 묵직한 잎사귀를 하늘거린다.

고요한 나뭇그늘에서는 어미답게 따뜻한 젖이 솟아나 어린이와 새끼양을 기다린다.

들판의 무르익은 식물과 과실도 가까이에 있다.

움푹하게 팬 등걸에서는 꿀이 흐른다.

여기는 안락한 생활이 자손에게 이어져서 사람들의 볼과 입에 기쁜 빛이 감돈다.

누구나 자기 자리에서 불사신이 되어 만족하고 또 건강하게 살아간다.

이렇듯 맑은 빛을 받은 철없는 아이가 자라서 훌륭한 어른이 되는데, 그것을 보고 우리는 놀라 물어본다.

저것이 신이냐, 아니면 사람이냐 하고.

그래서 아폴로는 양치기[22]의 모습을 하고 있으니 가장 아름다운 양치기는 아폴로를 닮는 법.

자연이 자연 그대로 지배하는 곳에서는 신의 세계와 인간의 세계가 서로 교류한다.

(헬레네의 곁에 앉으면서)

이렇듯 나도 당신도 뜻이 이루어졌습니다.

과거는 뒤로 던져 버립시다.

당신은 최고의 신에게서 태어났다는 걸 깨달으세요.

당신만이 최초의 세계에 속하는 분입니다.

견고한 성채가 당신을 가두지는 않습니다!

지금도 영원한 청춘의 힘을 간직하고, 우리들이 환희에 찬 생활을 계속할 수 있도록 낙원 아르카디아[23]가 스파르타 가까이에 있습니다.

축복된 땅에 사시라는 권유를 받고, 당신은 더없이 밝은 운명 속

---

22) 아폴로는 외눈박이 거인 퀴클롭스를 죽인 벌로, 아르도메토스 왕의 양치기가 되어야만 했다. 단 그것은 테살리아에서의 일이지 펠로폰네소스에서의 일은 아니다.
23) 아르카디아는 펠로폰네소스의 중앙, 스파르타의 북쪽에 이웃해 있는 산악 지대. 소박하고 부지런하고 명랑하여, 음악을 좋아하는 주민에 의하여 낙원이란 별명이 붙어 있다. 다음 무대는 아르카디로 바뀐다.

으로 피해 오셨습니다!
옥좌가 정자로 바뀝니다.
우리의 행복이 낙원처럼 자유롭기를!

나무 그늘이 짙은 숲

늘어선 암굴에 문이 잠긴 정자가 몇 채나 붙어서 있다.
주위를 둘러싸는 암벽 곁에까지 나무가 우거져 어두컴컴하다.
파우스트와 헬레네는 보이지 않는다. 합창단원들이 여기저기 흩어져서 잠들어 있다.

포르퀴스 이 여자들이 얼마나 잤는지 모르겠구나.
　　내가 눈으로 똑똑히 본 것을 이 사람들이 꿈에서 보았는지 그것도 모르겠고.
　　그러니 깨워서 놀라게 해주자.
　　나직한 관중석에 앉아 믿을 수 있는 기적의 해결을 끝까지 보려고 기다리고 계시는 텁석부리들도 놀라시겠지.
　　일어나라! 나오너라! 얼른 고수머리를 추스르고.
　　개운하게 깨어나라!
　　껌벅거리지 말고 내 말을 들어라.
합창 어서 말해 주세요, 무슨 이상한 일이 일어났는지!
　　믿을 수 없는 일이 더 듣고 싶어요.

이런 바위만 바라보고 있으니 따분해서 죽겠어요.

포르퀴스　눈을 뜨고 일어나자마자 벌써 따분하단 말이냐?

그럼 들어봐. 이 동굴, 이 바위 집, 이 정자 안에 동화에 나오는 연인처럼 우리 성주님과 왕비님이 숨어 계신단다.

합창　어머, 저 속에요?

포르퀴스　세상을 떠나서 두 분만이.

나 혼자만 불려가서 몰래 시중을 든단다.

총애를 받는 내가 곁에서 모시지만, 되도록 외면하고 이리저리 돌아다니며 여러 가지 약효는 모두 알고 있으니 나무 뿌리며 이끼며 나무 껍질을 찾아다니지.

그래서 두 분은 아무도 없는 듯이 정답게 지내신단다.

합창　마치 저 속에 넓은 세계가 그대로 들어 있는 것 같아.

숲도, 풀밭도, 개울도, 호수도.

이야길 잘도 꾸며내시네!

포르퀴스　정말 세상 모르는구나! 저 속이 얼마나 깊은지.

방에서 방, 마당에서 마당이 이어져 있는 것을 나는 찬찬히 돌아보았지.

그런데 느닷없이 간드러진 웃음소리가 동굴 속에서 메아리치잖겠니.

보니 한 사내아이[24]가 왕비님 무릎에서 성주님 무릎으로, 아버지한테서 어머니에게로 뛰놀고 있더라.

응석을 부리고, 장난을 치고, 귀엽다고 놀리고, 재미있다는 듯이 환성을 지르고 야단법석이라 나는 귀가 멀 지경이었다.

---

24) 사내아이는 즉 에우포리온.

날개 없는 벌거숭이 천사인데, 숲의 신 같았지만 짐승은 아니다.
단단한 바닥에 뛰어내리니 바닥이 휘청거려 아이를 공중으로 팅기더구나.
두 번 세 번 뛰는 동안 높은 둥근 천장에 닿았고, 걱정스레 어머니가 소리치더라.
"마음대로 뛰어라, 하지만 허공을 나는 것은 조심해야 해. 너는 멋대로 날아서는 안 된다."
그러자 인정 많은 아버지도 타이르더라.
"땅에는 너를 팅겨올리는 탄력이 있다. 발끝으로 땅바닥에 닿기만 하면, 너는 안타이오스처럼 금방 힘이 세어질 게다."
아이는 공이 부딪쳐서 뛰어오르듯 바윗덩이 위를 이리저리 뛰었다.
그러다가 갑자기 험한 바위틈새로 사라져 버려, 아, 끝장이구나 생각했지.
어머니는 탄식하고 아버지는 달래고, 나는 걱정이 되어 우두커니 서 있었지.
그런데 다시 보기좋게 나타나지 않겠니!
거기에는 보물이 감춰져 있었던지 아이는 훌륭한 꽃무늬 옷을 입었더라.
소매 끝에는 술이 살랑살랑, 가슴에는 리본이 팔랑팔랑, 금으로 된 칠현금을 들고, 아이는 마치 조그만 아폴로처럼 신나게 툭 튀어나온 바위 끝에서 나왔다. 우리는 넋을 잃었지.
양친은 좋아서 어쩔 줄 몰라 번갈아 꼭 끌어안더라.
그애의 머리가 얼마나 빛나던지!
무엇이 반짝였는지 쉽사리 말할 수가 없더구나.

금 패물인지 엄청난 영의 힘으로 된 불길인지?
아직도 어린데 벌써 영원한 선율이 온몸에 감돌고, 미래의 온갖 미의 명장인 듯한 몸짓을 하고 있더라. 너희들은 그애의 목소리를 듣고 그 모습을 본다면 아마도 감탄해 버릴 거다.

합창 크레타 태생의 할머니, 당신은 그것을 기적이라고 하나요?
시가 가르치는 뜻깊은 말을 당신은 아직도 들은 적이 없지요.
이오니아나 헬라스에, 먼 조상으로부터 전해지는 풍부한 신화나 영웅 이야기를 들어 본 일도 없나 봐요.
오늘날 우리 시대에 일어나고 있는 일은 모두 빛나는 조상들 시대의 슬픈 여운에 지나지 않아요.
마이아[25]의 아들을 노래한 사랑스러운 이야기가 사실보다 그럴듯하게 만들어져 있는데, 당신 이야기는 아무것도 아니에요.
예쁘고 튼튼해 보였지만, 그 갓난아기를 수다스러운 유모들이 경솔히 잘못 알고, 깨끗한 강보에 포근히 싸서 훌륭한 장식으로 묶었지요.
그런데 튼튼하고 예쁜 그 아기는 부드럽지만 탄력 있는 손발을 용케 빼내어, 다칠세라 꼭 두른 새빨간 강보를 살짝 벗어놓고 나갔대요.
다 자란 나비가, 답답하고 딱딱한 번데기 속에서 날개를 펴고 재빨리 빠져나와 태양이 빛나는 대기 속을 대담하게 마음껏 팔랑팔랑 날아가듯.
이렇듯 이 날쌘 아이는 도둑들과 악당들과 욕심꾸러기들에게 영원히 자비로운 영임을 아주 교묘한 솜씨로 금방 증명했지요.

---

25) 마이아(그리스 말로 어머니라는 뜻)는 신들의 사자 헤르메스(머큐리)의 어머니.

바다를 다스리는 신에게서 재빨리 삼지창을 훔치는가 하면, 싸움의 신 아레스의 칼을 어느새 칼집에서 뽑았답니다.
태양의 신에게서는 활과 화살을, 불의 신에게서는 불집게를.
불이 무섭지만 않았던들 아버지 제우스의 번개도 빼돌렸을걸요.
사랑의 신과는 씨름을 하여 다리를 걸어서 이겼지요.
키프로스의 여신이 애무하는 사이에 가슴에서 허리띠[26]를 빼앗기까지 했대요.

(매혹적인 맑은 멜로디의 현악이 동굴 속에서 울려 온다. 모두 귀를 기울이고 있다가 이윽고 깊이 감동하는 모습이다. 여기서부터 쉬는 표시까지 줄곧 전음의 반주.)

포르퀴스 저 아름다운 소리를 들어 봐요, 지어낸 이야기는 집어치우고!
묵은 신들의 이야기 따위는 내버려둬요, 잠꼬대니까.
아무도 너희들의 말은 듣지 않는다.
우리는 더 절실한 것을 요구하거든.
사람의 마음을 감동시키려면 진심에서 우러나야만 한다.

(바위 쪽으로 물러난다.)

합창 무서운 할머니인 당신도 저 고운 소리는 좋아하는군요.
우리는 너무 좋아 눈물이 다 나네요, 마치 방금 새로 태어난 듯이.
햇빛 따위는 사라져도 좋아요, 영혼 속에 날이 밝아 온 세계가 줄 수 없는 것을 자기 마음속에서 찾아낼 수 있다면.

헬레네, 파우스트, 위에서 설명한 의상을 입은 에우포리온

에우포리온 자기 아이의 노래를 들으시면, 두 분은 금방 기뻐지시죠.

---
26) 키프로스 섬에 모신 비너스의 허리띠는 사나이를 매혹하는 힘을 지니고 있었다.

박자를 맞추어서 내가 뛰는 것을 보시면 아버지 어머니의 마음도 뜁니다.

헬레네 인간답게 행복해지기 위해서 사랑은 고결한 두 사람을 맺어 줍니다.

하지만 신과 같은 기쁨을 맛보려면 귀한 세 사람이 이어져야만 해요.

파우스트 이제 모두 갖추어졌소.

나는 당신의 것, 당신은 나의 것.[27]

이렇게 해서 우리는 맺어졌으니 이것이 변치 않기를 바라오.

합창 오랜 세월의 행복이, 아기의 부드러운 빛으로 되어 두 분 위에 모입니다.

아, 이 단란함, 부럽기도 하여라!

에우포리온 나를 춤추게 해주세요.

높이 뛰어오르게 해주세요!

공중 어디에나 마구 올라가는 것이 나의 소원이에요. 꼭 그렇게 할 테야.

파우스트 대강 해두어라!

무모한 짓을 하다가 네가 떨어져서 다치지 않도록!

소중한 아들아, 그런 일로 우리를 실망시키지 말아 다오!

에우포리온 저는 이 이상 땅에 붙어 있기는 싫어요.

내 손을 놓아요! 옷자락을 놓아요! 머리칼을 놓아요!

이건 모두 내 것이에요.

헬레네 잘 생각해 다오! 생각 좀 해다오, 네가 누구의 것인지!

---

27) 나는 당신의 것, 당신은 나의 것이란 말은 옛날 독일의 약혼식 형식.

간신히 손에 넣은 나의 것, 너의 것, 이분의 것을 네가 부수어 버린 다면 우리가 얼마나 슬퍼할 것인지!

합창 얼마 안 가서 이 단란함이 깨지지 않을까 걱정입니다.

헬레네와 파우스트 억눌러라, 억눌러!

어버이를 생각하여 너무나 활발하고 격렬한 충동을!

여기서 얌전히 춤을 즐기자꾸나.

에우포리온 두 분을 기쁘게 해드리려고 꾹 참고 있는 거예요.

(합창단들 사이를 누비면서 모두를 춤으로 이끈다.)

명랑한 사람들의 주위를 가볍게 덩실덩실 떠다니고 있어요.

가락은 이만하면 될까요?

몸집은 이러면 될까요?

헬레네 그래, 그만하면 됐다.

아름다운 사람들의 앞장서서 복잡한 원무를 이끌어 보렴!

파우스트 빨리 끝나면 좋겠는데!

이런 속임수는 조금도 즐겁지 않다.

(에우포리온과 합창단, 춤추고 노래하며 서로 얽혀 움직인다.)

합창 두 팔을 귀엽게 흔들고, 빛나는 고수머리 나슬나슬 흔들며, 발을 가볍게 땅 위에 스치면서 춤추는 행렬이 이리저리 움직이니 그만 하면 됐어요, 귀여운 도련님.

우리는 모두 도련님이 귀여워요.

(사이)

에우포리온 너희들은 모두 걸음 빠른 사슴이야, 새로운 놀이를 시작하자.

멀리 흩어져라, 나는 사냥꾼이고 너희들은 짐승이야.

합창 우리를 붙잡으려고 서둘 것은 없어요.

우리들은 어차피 도련님을 안고 싶은 생각뿐이랍니다.

아름다운 도련님!

에우포리온　숲속을 지나가자, 곧장 앞으로!

쉽게 잡은 것은 마음에 들지 않는다.

애써 얻은 것만이 나를 즐겁게 해.

헬레네와 파우스트　이 방자한 짓! 이 난폭한 꼴!

얌전한 것은 바랄 수가 없구나.

뿔피리라도 분 듯이 골짜기와 숲속이 어수선하구나.

이 무슨 소동이며, 이 무슨 외침이냐!

합창　(한 사람씩 달려나오며.)

그분은 우리를 지나가 버렸네.

우리를 깔보고 업신여기나 봐.

우리들 가운데 가장 난폭한 애를

사냥이나 한 듯이 잡아가 버렸네.

에우포리온　(한 젊은 처녀를 메고 오면서)

이 말괄량이를 끌고 가서 억지로라도 재미있게 놀아야겠다.

반항하는 가슴을 눌러 대고, 입에다 입을 맞추어 내 힘과 고집을

보여주어야 더 재미있고 즐거울 거야.

처녀　놓아요! 이래봬도 나에게도 고집과 힘은 있어요.

당신의 고집처럼 내 고집도 쉽사리 꺾이지는 않을걸요.

내가 궁지에 몰린 줄 아세요?

솜씨에 자신이 있는 모양이군요!

단단히 붙잡아요, 이 못난 도련님.

재미삼아 화상이나 입혀 줄테니.

(처녀는 불길이 되어 높이 타오른다.)

하늘 위까지 따라오세요, 무덤 속까지 따라오세요, 사라진 목표를 붙잡아 봐요.

에우포리온   (마지막 불길을 털어 버리면서)

여기는 숲의 덤불 사이에 바위가 첩첩이 쌓여 있다.

이런 답답한 곳, 나는 싫다. 나는 젊고 성성하다.

바람, 바람이 울고 있다.

파도, 파도가 출렁댄다.

두 가지 다 아득하다.

더 가까이 가서 듣고 싶다.

(그는 바위 위로 점점 높이 뛰어올라간다.)

헬레네와 파우스트와 합창   영양羚羊의 흉내라도 내는 것이냐?

떨어질까 봐 무섭구나.

에우포리온   더 높이 높이 올라가야지.

더 멀리 바라봐야지.

이제 내가 어디 있는지 알았다.

바다와 육지가 가까운 섬의 한복판이다.

펠롭스 나라의 한가운데다.

합창   이 산과 숲속에서 평화로이 살고 싶지 않으세요?

즐비하게 들어선 포도나무, 언덕 끝에 서 있는 포도송이, 무화과에 금빛 능금 등 곧 찾아 드리겠어요.

아, 이 온화한 나라에서 한가로이 살아가세요!

에우포리온   너희들은 평화로운 날을 꿈꾸느냐?

꿈을 꾸고 싶은 자는 꾸어라.

전쟁! 이것이 우리의 암호!

승리! 이렇게 뒤따라 울려퍼진다.

합창 평화로운 시대에 살아가면서 전쟁을 그리워하는 사람은 희망이라는 행복에서 떨어져나간 사람이지요.

에우포리온 위험 속에서 위험 속으로 탄생시킨 자, 자유와 끝없는 용기로 아낌없이 자기의 피를 흘리는 자, 굽힐 줄 모르는 거룩한 지조로 싸우는 모든 사람들에게 승리가 돌아가기를!

합창 보세요, 얼마나 높이 올라갔는가!
하지만 조그맣게 보이지는 않아요.
갑옷을 입고 승리를 위해 나아가듯 청동과 강철에 싸인 것 같아요.

에우포리온 보루도 없고 성벽도 없이 믿는 것은 오로지 자기뿐이다
끝까지 버티는 굳은 성채는 사나이의 강철 같은 가슴뿐이다.
정복당하지 않고 살아가려면 당장 무장하여 싸우러 나가라!
여자들은 모두 여걸이 되고, 아이들은 저마다 용사가 되어라.

합창 저분은 거룩한 시의 화신, 하늘로 올라가세요!
저분은 가장 아름다운 별, 멀리 더욱 멀리서 빛나세요!
그래도 그 시는 언제까지나 들려 오고 있어요.
그 목소리를, 모두 기쁘게 듣고 있어요.

에우포리온 아냐, 난 어린애로서 오지 않았어.
무장한 청년으로서 찾아온 거야.
억세고, 자유롭고, 대담한 사람들과 함께 온 기분으로 찾아온 거야.
자, 가자! 저 곳으로, 영예로 향하는 길이 열려 있다.

헬레네와 파우스트 간신히 이 세상에 나와서 맑은 날을 보기가 무섭게 너는 어지러운 층계에 올라가 고통에 찬 곳을 동경하느냐?
우리야 어떻게 되건 아무렇지도 않느냐?
그 즐거웠던 단란함은 꿈이었단 말이냐?

에우포리온　바다 위에 울려퍼지는 소리가 들려요?

골짜기에도 메아리치고 있어요.

먼지와 파도를 일으키며 대군과 대군이 맞붙어서 엎치락뒤치락 싸우고 있어요.

죽음은 피할 수 없어요.

그것은 당연한 숙명이지요.

헬레네와 파우스트의 합창　이 얼마나 놀랍고 무서운 말인가!

너에게는 죽임이 숙명이란 말인가?

에우포리온　그냥 멀리서 보고만 있으란 말예요?

나는 괴로움과 함께하겠어요.

앞의 사람들　무모하고 위험한 것!

죽음을 못 면한다.

에우포리온　그래도! 양쪽 날개를 활짝 펴고 날아가겠어요!

저쪽으로 가야지! 가겠어요!

날아가게 해주세요!

(그는 공중에 몸을 던진다. 한순간 의상이 그의 몸을 지탱한다. 그의 머리가 빛나고, 한 가닥 빛이 꼬리를 끈다.)

합창　마치 이카루스![28] 이카루스야! 정말 애처로운 일이구나.

(아름다운 젊은이가 양친의 발 아래 떨어진다. 죽은 것을 보니 유명한 사람의 모습[29] 같다. 하지만 그 형체는 곧 사라지면서 후광이 혜성처럼 하늘로 올라가 옷과 망토와 칠현금만 남는다.)

헬레네와 파우스트　기쁘더니 곧 슬픈 고통이 찾아왔구나.

---

28) 그리스 최초의 거장 다이달로스의 아들. 다이달로스는 자기와 아들 이카루스를 위해 날개를 만들어서 밀초로 몸에 붙여 하늘로 날아올라 미궁에서 달아나는 데 성공했다. 그런데 이카루스는 아버지의 훈계를 듣지 않고 너무 태양 가까이에 날아갔기 때문에 밀초가 녹아 날개가 떨어져 바다에 빠져죽었고, 아버지만이 무사히 시칠리아로 돌아왔다고 한다.
29) 바이런을 가리킨다.

에우포리온의 목소리   (땅속에서) 어머니, 이 어두운 나라에 나 혼자 있게 하지 마세요!

합창   (애도30)의 노래) 혼자가 아닙니다, 어디에 계시거나!
　　우리는 당신을 알며, 잊을 수가 없습니다!
　　당신은 이 세상을 급히 떠나셨지만, 누구의 마음도 당신을 떠나지 않습니다.
　　애도의 말을 우리는 모릅니다.
　　당신이 부러워서 노래 부를 뿐입니다.
　　맑게 갠 날에도 흐린 날에도 당신의 노래와 용기는 아름답고 위대했습니다.
　　고귀하신 혈통에 능력도 뛰어나 이 세상의 행복을 타고난 당신인데, 애석하게도 몸을 안 돌아보시고 꽃다운 청춘을 불태워 버리셨습니다.
　　세상을 보시는 날카로운 눈초리는 어떤 정열에나 따뜻하게 공감하고, 아름다운 여성을 뜨겁게 사랑하며, 독특하고 훌륭한 시를 지으셨지요.
　　하지만 당신은 억제하지 못하고 차가운 운명의 그물 속에 뛰어들어서 이 세상의 어떤 풍습이나 법률을 단호히 깨부수려 하셨습니다.
　　이윽고 더없이 높은 생각이 순수한 용기를 중히 여기시고 빛나는 성과를 거두시려 했지만 끝내 성공하지 못하셨습니다.
　　누가 그 일에 성공할 수 있을까?
　　이 슬픈 물음에 운명도 입을 다뭅니다.

---

30) 이 애도의 노래는 에우포리온이 아닌 실은 바이런을 위한 것이다. 바이런은 1824년에 죽었다. 이 부분은 그 뒤에 씌어진 것이다.

모든 백성이 비운의 날[31]에 피를 흘리면서 입을 다물거든요.
이 이상 머리를 숙이고 있어선 안 됩니다.
이 땅이 일찍이 영웅을 낳았듯이 다시 시인의 영웅이 나겠지요.
(완전한 침묵. 음악이 그친다.)

헬레네 (파우스트에게) 행복과 아름다움은 언제나 맺어져 있지 않다[32]는 옛말이 슬프게도 이 몸에게 증명되었습니다.
생명의 줄도 사랑의 끈도 다 끊어져 버렸으니, 그 양쪽을 서러워하면서 저는 떠나가겠습니다.
그러니 다시 한 번 당신 품에 안기게 해주세요.
저승의 여신 페르세포네여, 아들과 나를 받아 주세요.
(그녀가 파우스트를 껴안자, 그녀의 육체는 사라지고 옷과 베일이 그의 팔에 남는다.)

포르퀴스 (파우스트에게) 하다못해 당신 손에 남은 것이라도 단단히 잡으세요.
그 옷을 놓아서는 안 됩니다.
벌써 악령들이 옷자락을 휘어잡고 지옥으로 끌고 가려 합니다.
단단히 잡으세요!
그것은 당신이 잃은 여신은 아니지만 거룩한 거예요.
헤아리기 어려운 귀한 은총의 구원을 빌려서 높이 올라가세요.
그것은 모든 비속한 것을 떠나 당신을 하늘 높이 싣고 올라갈 것입니다.
당신의 힘이 있는 한 또 만납시다, 여기서 멀고 먼 아주 먼 곳에서.

---

31) 비운의 날은 그리스 독립전쟁의 거점 밋소룽기가 1825년 12월에 함락되어 그리스 국민이 비탄에 잠긴 날을 가리킨다. 바이런도 밋소룽기에 갇혀 있는 동안에 병으로 죽었다.
32) 행복과 아름다움은 언제까지나 맺어져 있지 않다는 구절을 괴테는 열 번이나 고쳐 쓰고 열한 번째에 이 형태로 정했다.

(헬레네의 옷은 흩어져서 구름이 되어 파우스트를 감싸고 하늘 높이 끌어올려 그를 데리고 가버린다.)

포르퀴스 (에우포리온의 옷과 망토와 칠현금을 땅에서 주워올려 무대 앞으로 나와서 유물을 쳐들며 말한다.)

이것만이라도 남았으니 다행입니다.

불길은 물론 꺼졌습니다만, 그것은 조금도 아깝지 않습니다.

이것만 있으면 시인에게 관록을 붙여 주고, 동업자의 시기심을 돋우는 데 충분합니다.

나는 없는 재능을 빌려 줄 순 없지만, 의상쯤은 빌려 줄 수 있거든요.

(무대 전면의 둥근 기둥 옆에 앉는다.)

합창을 지휘하는 여자 자, 서둘러요! 마술은 풀렸어요.

옛 테살리아 마녀의 요사한 주문은 풀렸어요.

귀뿐 아니라 마음속을 몹시 어지럽히던 서툰 미치광이 음악도 끝났어요.

자, 저승으로 내려갑시다!

왕비님은 엄숙한 걸음걸이로 내려가셨으니, 충실한 종이라면 곧 따라가야 해요.

저승의 여왕 옥좌 곁에서 왕비님을 뵐 거예요.

합창 왕비님이라면 어디나 가실 수 있지요.

저승에 가더라도 높은 자리를 차지하고, 같은 신분과 자랑스레 어울리고, 저승의 여신 페르세포네와도 친해지시겠지요.

하지만 우리는 아스포데로스[33] 백합이나 무성한 풀밭 속에서, 가

---

33) 아스포데로스는 백합과 비슷한 꽃나무로, 저승에 무성하여 죽은 자의 영혼을 달랜다고 하는데, 개간되지 않은 땅 그리스나 이탈리아 여기저기서 흔히 볼 수 있다.

느다란 포플러나 열매도 열리지 않는 수양버들이 친구이니 무슨 재미가 있겠어요?

박쥐처럼 우울하게 울거나 유령처럼 메마르게 속삭일 뿐이지요.

합창을 지휘하는 여자 이름도 날리지 못하고 높은 뜻도 갖지 못하는 자는 자연의 원소로 돌아가는 거예요. 자, 가요!

왕비님과 함께 있게 되기를 나는 열망하고 있어요.

공로만이 아니라 성실성이 인격을 지켜 줘요.[34]

(퇴장)

모두들 우리는 햇빛 비치는 곳으로 돌려보내졌습니다.

그러나 개성 있는 인간의 자격은 이제 없습니다.

그것은 우리도 느끼고 있고 또 알고 있습니다.

그러나 다시 저승에는 돌아가지 않겠습니다.

영구히 살아 있는 자연은 우리 영들에게 알맞은 요구를 하지만, 우리도 자연에게 같은 요구를 합니다.

합창단의 제1부[35] 이 수많은 가지들이 속삭이고, 떨고, 웅성대고, 흔들리는 속에서 우리는 간질이고, 부추기고, 생명의 샘을 살짝 꾀어서 뿌리에서 가지로 올리지요.

잎과 꽃을 듬뿍 달아 주고, 망가진 머리를 다듬어 자유로이 하늘로 뻗어가게 합니다.

열매가 떨어지면 명랑한 사람들과 가축떼가 엎치락뒤치락 달려와서 줍기도 하고 먹기도 합니다.

그리고 태초의 신들 앞에서 그랬듯이, 모두 우리 주위에서 허리를

---

34) '공로만이 아니라 성실성이 인격을 지켜줘요.' 이것 또한 괴테가 자주 밝힌 불멸의 신념을 나타내는 것으로, 그는 노력과 더불어 현재의 상태에서 끈기와 성실성을 보여줌으로써 보다 높은 단계로 올라가는 능력이 얻어진다고 믿었다.
35) 합창단 제1부는 나무의 정들.

굽힙니다.

합창단의 제2부[36] 우리는 멀리까지 반짝이는 매끄러운 거울 같은 암벽에, 잔잔한 물결처럼 흔들거리며 아양을 떨듯 붙어섭니다.

새의 노래, 갈대의 피리 소리, 숲의 신 판의 무서운 소리, 어떤 소리에나 귀를 기울이고는 곧 메아리쳐 줍니다.

웅성대면 웅성대면서 화답하고, 천둥이 울리면 두 곱 세 곱 열 곱으로 우렁차게 되돌려 주지요.

합창단의 제3부[37] 자매들이여! 아무것도 거리끼지 않는 가벼운 마음으로 우리들은 냇물과 함께 서둘러서 갑니다.

저 멀리 초목으로 꾸며진 언덕에 마음이 끌려서지요.

점점 아래로 더 나직이 메안델[38] 강처럼 굽이치며 지금은 초원을, 다음에는 목장을, 이윽고 집 둘레의 과수원을 적셔 줍니다.

저기 늘씬한 삼나무 가지가 들과 기슭과 물결 위에서 하늘에 치솟고 있는데, 우리가 있는 곳이 바로 거기지요.

합창단의 제4부[39] 당신들은 마음대로 어디든지 가세요.

우리는 사방에 포도나무를 심어서, 시렁(선반)에 푸른 포도가 매달린 언덕을 바람처럼 떠돌겠어요.

거기서는 일 년 내내 언제나 일꾼들이 포도나무에 손질을 하고, 정성을 기울여도 수확이 될지 근심하는 빛이 보입니다.

파고, 헤치고, 긁어모으고, 가지를 자르고, 묶으면서 여러 신들에게 특히 태양의 신에게 기도드립니다.

지저분한 주신 바커스는 충성스러운 하인들은 아랑곳없이 정자

---

36) 합창단 제2부는 산의 정들. (메아리치는 바위.)
37) 합창단 제3부는 샘의 정들.
38) 소아시아에 있으며, 굴곡이 많은 곳으로 유명하다.
39) 합창단 제4부는 포도의 정들.

에서 빈둥거리거나 동굴 속에 드러누워 젊은 숲의 신 판과 장난을 칩니다.

이 주신이 꿈꾸듯 얼큰해지는 데 필요한 술은, 가죽부대나 항아리나 술통에 담아서 서늘한 지하 광속 양쪽에 언제까지나 간직해 둡니다.

모든 신들이, 특히 태양의 신이 바람을 넣고, 비로 적시고, 햇빛으로 쬐어 익은 포도송이를 주렁주렁 매달면, 농부들이 조용히 일하던 장소는 갑자기 활기를 띠고, 잎 그늘은 어수선해져 줄기에서 줄기로 바스락거립니다.

바구니가 우지직, 통은 덜거덕, 광주리는 삐걱거리고, 모두 큰 통에 옮겨지면 포도 짜는 사람들의 춤이 흥겨워집니다.

이렇듯 신에게서 담뿍 혜택을 받고 깨끗하게 태어난 물기 많은 포도가 사정없이 짓밟히고, 거품을 내고, 물을 사방에 튀기면서 서로 으깨어져 섞입니다.

이윽고 심벌즈와 징소리가 요란하게 울립니다.

주신 디오니소스가 신비의 장막을 헤치고 염소 발굽의 숲의 신과 함께, 숲의 여신과 춤을 추며 나타났기 때문입니다.

그와 더불어 주신의 스승 실레누스가 타는, 귀가 긴 나귀가 괴상하게 울어 댑니다.

엉망진창, 호색적인 염소의 쪼개진 발톱이 예절 따위는 모두 짓밟아 버리고, 모든 관능이 비틀거리고 소용돌이치며 왁자한 소란에 귀가 먹어 버립니다.

술을 찾는 주정뱅이는 머리고, 배고, 온통 술투성이입니다.

말리는 자가 한두 사람 있지만 더욱더 소란해질 뿐입니다.

새 술을 담기 위해 헌 가죽 부대를 급히 비워야 하니까요.

막이 내린다.

포르퀴스는 무대 전면에서 거대한 모습으로 일어나, 굽이 높은 무대용 신을 벗고 가면과 베일을 뒤로 젖혀 메피스토펠레스의 정체를 드러내고, 필요한 경우에는 에필로그를 말하고 각본에 주석을 덧붙인다.

제 4 막
높은 산

톱니처럼 치솟은 바위 봉우리. 한 덩어리의 구름이 다가와서 바위에 붙어 앞으로 튀어나온 편평한 바위 위로 내려온다. 구름이 갈라진다.

파우스트　(구름 속에서 걸어나온다.) 깊고 깊은 고독의 경지를 발 아래 내려다보면서, 나는 조용히 이 꼭대기의 바위 끝에 발을 디딘다.
　　이 맑게 갠 날에 육지와 바다를 건너 조용히 나를 실어다 준 구름[1]의 수레를 보낸다.
　　구름은 흩어지지 않고 천천히 떠나간다.
　　그 덩어리는 둥그렇게 뭉쳐서 동쪽을 향한다.
　　내 눈은 놀라 감탄하며 그 뒤를 쫓는다.
　　구름은 흘러가면서 파도처럼 형태를 바꾸며 갈라진다.
　　그러나 어떤 형태로 뭉치려고 한다. 그렇다! 잘못 본 것이 아니다! 햇빛에 빛나는 보료 위에 엄숙하게 몸을 뻗고 있는, 거인처럼 크지만 신들과 비슷한 여자의 모습이 확실히 보인다!
　　유노, 레다, 헬레네 모두를 닮은 모습이 장엄하고 아름답게 내 눈 앞에 어른거린다.
　　아, 벌써 허물어진다! 형태가 흩어져서 넓게, 그리고 높게 솟아올라 아득한 빙산처럼 동쪽 하늘에 머물러 덧없는 나날의 큰 뜻을 눈부시게 반영한다.

---

1) 이 구름에 대해서는 이 책의 초안에 "구름의 반은 헬레네로서 남동쪽으로, 반은 그레트헨으로서 북서쪽으로 올라간다."고 되어 있으며, 이 구름은 영원한 여성에 대한 동경을 상징하고 있다.

그러나 부드럽고 밝은 안개의 띠가 아직도 내 가슴과 이마 언저리에 감돌며 시원하고 흐뭇하게 기운을 돋우어 준다.

이제 그것이 가볍게 서성이며 점점 높이 떠올라 하나의 형태로 뭉친다.

착각일까, 그 황홀한 모습은?

그 옛날에 잃은 내 청춘 시절의 값진 보물이 아닐까?

내 마음속 가장 깊은 곳의 오랜 추억이 솟아오른다.

그것은 가슴 설레게 한 오로라[2]의 사랑.

당장 느끼긴 했지만 이해를 하지 못한 최초의 눈길.

그 눈길에 사로잡히면 모든 보물이 빛을 잃는다.

그 상냥한 모습은 아름다운 영혼처럼 부풀어올라 녹지 않고 대기 속으로 올라가, 내 마음속의 최상의 것을 끌고 사라져간다.

(7마일 장화[3] 한 짝이 걸어나오고, 곧 나머지 한 짝도 나타난다. 메피스토펠레스가 그것을 벗어놓고 내려서자 7마일 장화는 금방 사라진다.)

메피스토펠레스 이거 정말 굉장히 걸었구나.

그런데 당신은 무슨 생각을 하셨습니까?

이런 무시무시한 곳에서 무섭게 아가리를 벌리고 있는 이런 바위산에 내리다니요?

나는 이 바위를 잘 알고 있지만 이 장소가 아니지요.

원래 이것은 지옥의 밑바닥에 있었으니까요.

파우스트 자네는 어이없는 이야기는 모르는 게 없군.

여기서 또 그것을 털어놓을 참인가?

---

2) 오로라는 새벽빛, 오로라의 사랑은 덧없는 첫사랑을 가리킨다. 마음속에 마르가레테를 그린 것.
3) 7마일 장화는 독일 동화에 나온다. 한 걸음에 7마일을 걸어갈 수 있는 마법의 구두. 이 동화로 신화는 그리스에서 독일로 옮겨진다.

메피스토펠레스　(진지하게) 주님께서 왜 그러셨는지 나도 잘 알고 있지만 우리를 하늘에서 깊고 깊은 밑바닥에, 지구의 중심에, 영원한 불이 온통 시뻘겋게 불기둥을 세워 훨훨 타고 있는 곳에 떨어뜨렸을 때, 그곳이 너무나 밝아서 우리는 아주 답답하고 옹색한 꼴들을 하고 있었습니다.

악마들이 모조리 기침하기 시작하여, 위에서도 아래에서도 소란스레 헉헉댔습니다.

지옥은 유황의 악취와 유산硫酸으로 가득 차고, 심한 가스가 발생했지요!

그것이 어마어마하게 차더니 이윽고 세계 여기저기의 두껍고 편평한 지각이 순식간에 우지직 하고 터졌습니다.

그래서 우리가 장소를 바꾸어 본 셈이 됐지요.

전에는 바닥이었던 곳이 이제는 꼭대기가 된 것입니다.

그럴듯한 그 학설은 여기에 근거를 두는 것이지요.

가장 밑의 것을 가장 위로 뒤집는다는 것[4]이지요.

하긴 우리 악마들도 뜨겁고 숨막히는 굴에서 빠져나와 자유로운 공기가 얼마든지 있는 곳으로 올라왔으니까요.

이것은 공공연한 비밀이지만, 잘 간직하여 후일에 가서야 비로소 사람들에게 알려지는 것입니다.

(에베소서 제6장 12절[5])

파우스트　이 큰 산은 숭고하게 침묵을 지키고 서 있다.

---

4) "가장 밑의 것을 가장 위로 뒤집는다." 이 앞뒤는 화성설을 빈정댄 것. 지옥을 천상의 세계로 끌어올리면, 암흑에 익숙한 주민은 밝은 공중에 옮겨져서 오히려 더 괴로워한다.
5) 에베소서 6장 12절이라는 주는, 괴테의 비서 리마가 단 것. 그 다음에 있는 성서의 주도 마찬가지로. 〈신약성서〉 에베소서 6장 12절에 "우리는 혈육과 싸우는 것이 아니라 정치, 권위, 이 세상을 지배하는 자, 하늘에 있는 악령들과 싸우는 것이니라."라고 되어 있다.

어떻게, 왜 생겼는지 나는 묻지 않겠다.

자연은 자신 가운데 스스로 기초를 세웠을 때, 지구를 온전히 둥글게 만들었다.

봉우리와 골짜기를 나름대로 만들고, 바위에 바위를, 산에다 산을 늘어놓았다.

그리고 언덕은 기분 좋게 경사져서 부드러운 선을 그리며 골짜기로 흐른다.

거기서는 초목이 푸르게 싹트고 성장한다. 자연은 스스로 즐기기 위해 광기어린 격변을 구하지 않는다.[6]

메피스토펠레스   당신은 그렇게 말씀하시겠죠!

당신에겐 명백히 그렇게 보일 테니까.

하지만 그 자리에 있었던 자는 그렇지 않다는 것을 알고 있습니다.

땅 밑에서 심연이 끓어오르고 부풀어서 불길이 흐르고 있을 때, 나는 그곳에 있었단 말입니다.

산의 정 몰로흐[7]의 망치가 바위와 바위를 두들겨 맞추고, 산 조각이 멀리 날아갔을 때지요.

이 나라에는 딴 데서 온 수천 근의 덩어리가 굳어 뒹굴고 있는데, 그 내던진 힘을 누가 설명하겠습니까?

철학자 따위는 알 턱도 없습니다.

바위가 거기에 있다. 이 사실은 움직일 수가 없습니다.

우리도 온갖 생각을 다했지만 이제 지쳤습니다.

성실하고 단순한 평민들만이 사실을 사실대로 인정하고, 그 생각을 바꾸지 않습니다.

---

6) 자연을 스스로 즐기면서 광기어린 격변을 구하지 않는다는 것도, 괴테가 급격한 변화를 물리치고 조용한 생성 발전의 사고방식을 취함을 나타낸 것.
7) 싸움을 좋아하는 산의 정으로, 신의 공격에 대해 새로운 산을 쌓고 대항했다.

'이것은 기적이다, 마왕의 공훈이다.' 하는 것은 오래전부터 잘 알고 있었으니까요.

그래서 나를 믿는 순례자들은 신앙의 지팡이를 짚고 절뚝거리면서, 악마의 바위며 악마의 다리를 찾아다니고 있습니다.

파우스트　악마의 자연관이 어떤 것인지 들어보는 것도 재미있군.

메피스토펠레스　나로서는 아무래도 좋습니다, 자연이 어떻게 되었거나!

중요한 점은 악마가 그 자리에 있었다는 것입니다.

우리도 큰 일을 해낼 수 있는 한 패거리입니다.

소동과 폭력과 부조리!

보십시오, 흩어진 암석이 그 증거입니다.

그런데 여기서 털어놓고 말하겠는데요.

당신은 이 지구상에서 마음에 드는 것이 없었습니까?

당신은 헤아릴 수 없이 널리 세상 온갖 나라와 그 영화를 돌아보고 오셨습니다.

(마태복음 제4장 8절)

하지만 당신은 만족을 모르는 사람이니 통 마음이 끌리는 것은 없었겠지요?

파우스트　아니야, 있어. 굉장한 것이 내 마음을 끌었지.

알아맞혀 봐!

메피스토펠레스　그야 문제 없지요.

나 같으면 이런 대도시를 택하겠는데요.

도심에는 시민이 먹을 것을 사러 다니는 북적대는 거리, 꼬불꼬불한 골목, 뾰족한 박공, 답답한 시장과 양배추, 순무, 양파, 기름진 불고깃감에 파리가 끓고 있는 푸줏간.

그런 곳은 언제 가보아도 냄새가 나고 분주하지요.

그리고 넓은 광장과 넓은 한길이 점잔을 빼고 이어져 나갑니다.
성문 밖으로 한 걸음 나아가면 교외의 정경이 끝없이 펼쳐집니다.
거기서 나는 방울 달린 마차가 시끄럽게 오가며, 흩어진 개미떼
같은 사람들이 끊임없이 오가는 것을 보고 즐깁니다.
마차를 타건, 말을 타건, 나는 언제나 그들의 중심이 되어 몇십만
의 사람들에게 존경을 받지요.

파우스트 그런 것은 나를 만족시키지 못한다!
인구가 늘어나서 저마다 나름으로 안락하게 먹고 살며, 교양과 학
문을 쌓는 것도 좋지만, 실은 반역자를 기르는 데 지나지 않는다.[8]

메피스토펠레스 그리고 나는 내 권세를 믿고, 유흥의 땅에 환락의 별궁
을 지을 것입니다.
숲과 언덕과 평지와 목장과 들을 화려하게 개조하여 정원으로 만
듭니다.
푸른 산울타리 앞에 빌로드 같은 잔디밭, 쭉 곧은 길, 잘 다듬은 가
로수, 바위에서 바위로 단을 지어 떨어지는 폭포수, 그리고 온갖
종류의 분수.
중앙에서는 당당하게 뿜어올리고, 옆에서는 수없이 갈라져서 졸
졸졸 뿜어냅니다.
그리고 절세의 미인들을 두기 위해 조그맣고 아늑한 집을 지어 거
기서 한없는 시간을 정답고 은밀하게 보낼 것입니다.
미인을 여러 명으로 생각하고 있지요.

파우스트 현대판 악취미[9]야! 음탕한 사르다나팔이로군!

---

8) 반역자를 기르는 데 지나지 않는다는 말은, 괴테가 1830년 7월 혁명에서 받은 느낌에 기인하는 것이다. 교
육이 높아지면 욕망도 강해져서 어떤 정부에도 불만을 품게 된다는 의미이다.
9) 현대판 악취미는 고대인의 건전한 감각에 비해 현대의 육체적 타락을 지적한 것. 사르디나팔은 아시리아
최후의 왕으로 영화를 누린 것으로 유명하다.

메피스토펠레스 그러고 보니 당신이 무엇을 원했는지 짐작이 가는군요.

확실히 무척이나 대담했어요.

그처럼 달 가까이까지 날아간 당신이니, 아마 하늘나라에라도 올라가고 싶었던 모양이지요?

파우스트 단연코 그렇지 않아! 이 지구에는 아직도 큰 사업을 할 여지가 있다.

놀랄 만한 일을 해내야겠어.

나는 과감하게 해보고 싶은 힘을 느끼고 있다.

메피스토펠레스 그래서 명성을 얻고 싶단 말이지요?

과연 그리스의 여걸한테서 오신 분답군요.

파우스트 지배하고 싶고 소유하고 싶은 것이다!

사업이 전부이고 명성은 무[10]다.

메피스토펠레스 하지만 시인이란 자들이 나타나서 후세에 당신의 영광을 전할걸요.

시시한 것을 찬양하고, 시시한 것을 부채질할걸요.

파우스트 내 생각을 자네는 몰라.

인간이 무엇을 갈망하는지 알고 있나?

각박하고, 신랄하고, 심술궂은 자네가 인간이 요구하는 것을 어떻게 알겠는가?

메피스토펠레스 그럼 소원대로 해보십시오.

그 변덕스러운 생각부터 대강 들어 봅시다.

파우스트 내 눈은 저 아득한 바다에 끌려 있다.

그것은 부풀어오르고 높다랗게 솟아올랐다가 허물어지면서 파도

---

10) "사업이 전부이고 명성은 무다." 헬레네와의 미의 생활을 한 뒤 파우스트는 사업에 정력을 기울이게 된다. 제1부에서는 그렌트헨을 사랑하고 있을 때 "감정이 모두이다."라고 말한 것과 비교되어 극히 중요한 말.

를 흩뿌리며 편평한 해안 일대를 덮쳤다.

그것을 보니 나는 화가 치밀었다.

모든 권리를 존중하는 자유로운 정신의 소유자를 오만한 놈이 공연히 흥분하고 격분하여 불쾌하게 만들어 놓는 것과 같았다.

나는 그것을 우연한 일이라 생각하고 지켜보았다.

파도는 멎었다가 너울져 물러가며, 의기양양하게 도달한 목표에서 멀어져 갔다.

그리고 때가 오면 같은 장난을 되풀이하는 것이다.

메피스토펠레스　(관객을 향해) 그런 것은 나에게 조금도 새로운 것이 못됩니다. 10만 년 전부터 알고 있었으니까요.

파우스트　(열정적으로 말을 계속한다.) 파도는 구석구석에 스며들면서 비생산적인 자신의 성질을 퍼뜨리려 한다.

부풀어오르고 솟아올라 굴러가서는 황량하고 음산한 해안 지대를 휩덮는다.

밀려오고 밀려가는 파도는 힘을 믿고 멋대로 휩쓸지만, 물러가고 난 뒤에 아무것도 이루어놓은 것이 없다.

그것이 나를 괴롭히고 절망케 하는 것이다.

제어되지 않은 자연의 맹목적인 폭력이다!

그래서 내 정신은 내 자신을 뛰어넘는 일을 감히 하고자 한다.[11]

지금 나는 싸우고 싶다. 나는 바다를 정복하고 싶다.

그리고 그것은 가능한 것이다!

파도는 아무리 밀려와도, 언덕이 있으면 반드시 돌아나간다.

조금만 높은 곳에도 파도는 자랑스럽게 맞서 솟아오르고, 조금만

---

11) 내 정신은 내 자신을 뛰어넘는 일을 감히 하고자 한다는 것도 파우스트의 초인적인 과감한 정신을 나타낸다.

움푹한 곳에도 파도는 힘차게 들이닥친다.

그래서 나는 마음속으로 곧 여러 가지 계획을 세웠다.

말하자면 횡포한 바다를 해변에서 추방하고, 습지의 경계를 좁혀서 파도를 바다 멀리 쫓아버리는, 그런 기막힌 기쁨을 맛보자는 것이다.

그것을 나는 차근차근 검토해 보았다.

이것이 나의 소원이니 이 일이 이루어지게 해다오.

(북 소리와 군악 소리가 관객들 뒤 멀리 오른쪽에서 들려온다.)

메피스토펠레스 그까짓 거야 쉬운 일입니다! 멀리 북 소리가 들립니까?

파우스트 또 전쟁이냐! 현명한 사람은 저런 소리를 듣기 싫어한다.

메피스토펠레스 전쟁이건 평화건 잘 이용해서 이득을 보는 것이 현명하지요.

좋은 기회를 빈틈없이 노리고 있어야 합니다.

그러다가 기회가 왔을 때 파우스트 선생, 붙잡으십시오!

파우스트 그런 수수께끼 같은 말은 집어치워라!

간단히 말해서 어떻게 하란 말인가? 똑똑히 말해 다오.

메피스토펠레스 이리 오다가 들었는데, 그 호인인 황제께서 매우 난처한 처지에 있다는군요.

당신도 알고 계시죠?

우리들이 상대해 주어서 속임수로 부를 쥐어 주었을 때, 그 황제는 온 세계를 살 듯한 기세였습니다.

아무튼 젊어서 왕위에 올라 으스대는 바람에 잘못된 판단을 내린 거지요.

나라를 다스리고 동시에 향락을 누리는 이 둘은 양립할 수 있는 것이며, 아주 바람직하고 좋은 일이라고 말이죠.

파우스트 대단한 잘못이다. 명령을 내려야 하는 자는, 명령을 내리는 데서 복을 느껴야 하는 법이다.

그의 가슴은 높은 뜻으로 가득 차 있지만, 그가 바라는 것은 아무도 짐작하지 못한다.

그가 충실한 신하의 귀에 속삭인 일이 실행되고 보면 온 세상이 놀란다. 그래서 그는 언제나 최고의 지위와 최고의 권위를 유지하는 것이다. 향락은 사람을 천하게 만든다.[12]

메피스토펠레스 그 사람은 다릅니다!

자기 스스로 향락을 누렸지요, 엄청나게 많이!

그동안 나라는 무정부상태에 빠지고, 위아래가 없이 서로 얽혀 싸우고, 형제들이 서로 쫓아내고 죽이고, 고을은 고을끼리, 장인 조합은 귀족과 반목하고, 주교는 교회나 교구와 싸웠습니다.

무릇 얼굴을 맞대는 자는 모두 적이었습니다.

교회 안에서 살인이 벌어지고, 성문 밖에서는 상인이나 나그네들이 목숨을 잃었습니다.

사람들은 모두 더욱더 대담해졌습니다.

산다는 것은 자기를 지키는 일이 되었으니까요.

그런 형편이었습니다.

파우스트 그런 형편—절룩거리고, 쓰러지고, 또 일어나고, 그리고 넘어져서 꼴사납게 겹쳐 뒹굴곤 했지.

메피스토펠레스 그런 상태를 아무도 탓할 수 없었습니다.

저마다 자기 주장을 하려고 했고, 할 수 있었으니까요. 가장 형편없는 놈도 그럴듯하게 통했습니다.

---

12) "향락은 사람을 천하게 만든다." 참다운 지배자는 비범한 세계에 고립되어 있다. 이와 반대로 향락은 항상 비속한 세계로 이끈다. 향락은 고귀한 인간이 할 짓이 못 된다는 뜻.

하지만 마침내 선량한 사람들이 이건 너무 심하다고 생각하게 되어, 유능한 사람들이 실력으로 일어서서 선언했습니다.

"치안을 다스리는 자가 군주다. 그런데 황제는 그것을 할 수도 없고, 할 뜻도 없다. 우리가 새 황제를 뽑아서 나라에 새 영혼을 불어 넣어 달래자. 그리고 국민의 안전을 부탁하자. 새로 만들어지는 세계에서는 평화와 정의가 혼연일체가 될 것이다."라고.

파우스트 꽤 설교 냄새가 나는군.

메피스토펠레스 사실 사제들이 한 말입니다.

놈들은 먼저 살찐 배의 안전을 생각했습니다.

놈들이 다른 자들보다 많이 가담했지요.

반란은 커지고, 교회에선 그것을 거룩하다고 했습니다.

우리가 기쁘게 해준 그 황제가 지금 여기에 진군합니다.

아마도 마지막 결전이 되겠지요.

파우스트 딱하군. 거리낌없는 호인이었는데.

메피스토펠레스 가십시다, 구경하러요.

살아 있는 한 사람은 희망을 가져야 합니다.

이 좁은 골짜기에서 황제를 구해 줍시다.

한 번 구원을 받으면 영원히 구원받습니다.

주사위가 어떻게 구를지 아직 모릅니다.

황제가 운이 좋으면 부하는 얼마든지 생기지요.

(두 사람은 중간 산맥을 넘어가 골짜기의 군대 배치를 바라본다. 북 소리, 군악 소리가 아래에서 울려온다.)

메피스토펠레스 진을 잘 쳤는데요.

우리가 도와주면 승리는 틀림없겠습니다.

파우스트 여기서 무엇을 할 참인가?

속임수나 환술이나 엉터리 요술이겠지.

메피스토펠레스 싸움에 이기기 위한 전략이지요!

당신도 당신의 목적을 잘 생각해서 배짱을 크게 가지십시오.

황제의 황위와 국토를 유지시켜 준 뒤, 당신이 황제 앞에 무릎을 꿇으면 끝없는 해안 지대를 영지로 얻게 되겠지요.

파우스트 자네는 지금까지 여러 가지 일을 해냈지.

좋아, 한 번만 더 이겨 봐!

메피스토펠레스 아니, 이번에는 당신이 이겨야 합니다!

당신이 최고 사령관입니다.

파우스트 아주 좋은 신분이로군, 아무것도 모르면서 명령을 내려야 하다니!

메피스토펠레스 일은 참모 본부에 맡기면 됩니다. 그러면 사령관은 안전하지요.

전쟁의 참화를 벌써부터 짐작하고, 참모 본부를 미리 산간 벽지의 원시적인 사람들로 구성했습니다.

그 패들을 긁어모은 자는 행복하지요.

파우스트 저기 오는 게 누구지? 저 무기를 가진 자들?

자네는 산의 백성들을 선동했나?

메피스토펠레스 아니오! 그러나 페터 스켄츠[13]와 마찬가지로, 시시한 놈들 중에서는 우수한 것들입니다.

세 사람의 용사[14] 등장 (사무엘하 23장 8절)

---

13) 〈페터 스켄츠〉는 그뤼피우스의 희극으로, 온갖 졸렬한 희극 배우의 본보기가 나타나 있다. 그 속의 페터는 셰익스피어의 〈한여름 밤의 꿈〉에 유래하는 무대상의 인물로, 영국에서 독일로 옮겨져 인기를 얻었다.
14) 세 사람의 용사는 주에 표시된 사무엘 23장 8절에 나오는 다윗의 세 용사를 모방하여 창작된 인물로서, 전쟁·살육·폭력 등의 성격을 나타내는 알레고리적 인물.

메피스토펠레스 자, 내가 말한 놈들이 왔습니다!

보시다시피 나이도 많이 다르고 옷이나 무기도 각각이지만, 그러나 꽤 쓸모가 있을 것입니다.

(관객을 향해)

요즘은 어떤 애들이고간에 투구나 기사의 옷깃을 달고 싶어합니다.

여기 나온 놈팡이들은 비루한 인물이기는 하지만 그러기에 더욱 마음에 드실 것입니다.

싸움패 (청년, 가벼운 무장에 화려한 옷차림) 나에게 정면으로 대드는 놈은 주먹으로 턱주가리를 갈겨줄 테다.

도망을 치는 겁쟁이라면 목덜미를 움켜쥐고 끌어올 테다.

날치기 (중년, 충분한 무장에 사치한 옷차림) 그런 실속 없는 싸움은 어릿광대 노릇이다.

시간 낭비지.

날치기에만 정신을 써라.

다른 일은 나중에 해도 된다.

구두쇠 (노년, 중무장에 옷을 안 입었다.) 그래 봐야 별로 덕될 게 없을걸.

많은 재산도 순식간에 없어지고, 생활의 흐름 속으로 떠내려가고 만다.

날치기도 좋지만 뚝심 좋게 붙잡고 있는 게 더 좋다.

이 백발 늙은이에게 맡겨 둬, 네 것은 결코 내놓지 않을 테니.

(그들은 함께 아래로 내려간다.)

앞산 위

북 소리와 군악이 아래에서 들린다. 황제의 천막이 쳐진다.
황제, 최고 사령관, 근위병

최고 사령관 이 유리한 골짜기에 전군을 집결, 후퇴시킨 이 계획은 역시 용의주도했던 것 같습니다.
   이 방법이 성공하리라는 것을 확신합니다.
황제 어떻게 될는지는 곧 알게 될 테지.
   그러나 도주하는 것 같은 이 퇴각은 마음에 들지 않아.
최고 사령관 폐하, 저 오른쪽을 보십시오!
   저러한 지형은 전략상 꼭 알맞습니다.
   언덕이 험준하지도 않고 너무 완만하지도 않습니다.
   아군에겐 유리하고 적에겐 위험합니다.
   파도 모양의 지형에 아군이 반쯤 숨어 있으면, 적의 기병도 감히 다가오지 못합니다.
황제 나는 칭찬하지 않을 수가 없다.
   드디어 아군의 솜씨와 배짱을 시험할 수가 있겠구나.
최고 사령관 저 중앙의 편평한 풀밭에서 밀집 방어진으로 씩씩하게 대기하고 있는 것이 보입니다.
   창 끝이 햇빛 속에서 아침 안개를 뚫고 공중에서 번쩍번쩍 빛나고 있습니다.

강력한 방어진이 시커멓게 물결치고 있습니다.

수천의 병사들이 큰 공을 세우려고 열을 올리고 있습니다.

이것으로 아군의 위력을 아실 것입니다.

저만하면 적의 세력을 분열시킬 수 있다고 믿습니다.

황제 이렇게 훌륭한 광경을 보기는 처음이다.

이런 식으로 배치된 군사는 두 배의 병력에 해당하겠지.

최고 사령관 왼쪽 아군에 대해서는 보고할 것이 없습니다.

험준한 바위를 믿음직한 용사들이 사수하고 있으니까요.

지금 무기가 번쩍이는 저 암벽이 좁은 골짜기의 중요한 길목을 지키고 있습니다.

저기서 적군이 기습당하여 붕괴하는 모습이 벌써 눈에 선합니다.

황제 음, 저기 가짜 친척들이 오는구나.

저놈들은 나를 백부니, 사촌이니, 형제니 하고 부르며 날이 갈수록 교만해져서, 왕홀에서는 권력을 빼앗고 옥좌에서는 존경을 빼앗더니 이윽고는 서로 물고뜯고 하여 나라를 황폐케 하고, 지금은 한통속이 되어 나에게 반역을 했다.

민중들은 마음의 갈피를 잡지 못한 채 흔들려 물결에 휩쓸려서 떠내려간다.

최고 사령관 정찰하러 나간 충실한 사나이가 급히 바위를 내려오는군요. 성공했으면 좋으련만!

척후1 우리의 책략은 빈틈없이 대담하게 성공하여 잘 염탐하고 돌아왔습니다.

그러나 정보는 별로 없습니다.

충실한 신하들처럼 폐하께 진심으로 충성을 맹세하는 자도 많지만, 아무것도 하지 않고 입으로만 국내가 불안하다느니 민심이 흉흉하다느니 합니다.

황제   자기의 몸부터 지키는 것이 이기주의의 철칙이다.

은혜고, 의리고, 의무고, 명예고 없는 법이다.

자기들의 죄의 계산서가 꽉 차면, 이웃집 화재로 자기도 타죽는다는 것을 생각하지 못하는가?

최고 사령관   두 번째 척후가 옵니다. 매우 천천히 내려오고 있군요.

피로에 지쳐서 온몸을 부들부들 떨고 있습니다.

척후2   처음에는 재미있어서 심한 혼란상을 보고만 있었습니다.

그러나 뜻밖에도 느닷없이 새로운 황제가 나타났습니다.

그리고 명령된 길을 따라 군중이 들판으로 나아갔습니다.

가짜 깃발이 나부끼고 그 뒤를 모두 따라갑니다. 양떼 근성이지요!

황제   가짜 황제가 나타난 것은 나에게 이롭다.

이제 비로소 나는 내가 황제라는 것을 느끼게 되었다.

나는 한 사람의 군인으로서 갑옷을 입었는데, 이제는 더 높은 목적을 위해 입은 것이 되었다.

축연 때마다 그것이 비록 아무리 화려하고 아쉬운 게 없다지만, 한 가지 위기감이 결여되어 있었다.

그대들이 애써서 고리꿰기놀이[15]를 권했을 때도, 나는 가슴이 뛰고 무술 시합이라도 하는 기분이었다.

그대들이 나에게 전쟁을 말리지 않았더라면, 지금쯤 나의 무훈은 빛나고 있을 것이다.

---

15) 말을 타고 둥글게 달리면서 고리 또는 다른 과녁을 찌르는 놀이, 기사도가 쇠퇴할 무렵 용감한 시합 대신 나타난 것.

그 가장무도회에서 내가 불바다에 싸여 있었을 때, 나는 내 가슴 속에 자주 독립 정신이 있음을 확인했다.
불길이 무섭게 나를 엄습해 왔었지.
그것은 환영에 지나지 않았지만 대단한 것이었다.
나는 승리와 명성을 막연하게 꿈꾸고 있었다.
잘못 생각하여 게을리했던 것을 이제 되찾아야 한다.
(가짜 황제에게 도전하기 위해 사자가 파견된다.)

파우스트, 갑옷을 입고 투구로 얼굴을 가리고 등장.
세 용사, 전과 같은 무장과 복장.

파우스트 저희들이 이렇게 나선 것을 꾸짖지는 말아 주십시오.
어려운 일은 없더라도 조심하는 것이 상책입니다.
아시다시피 산에 사는 자들은 잘 생각하고 여러 가지를 궁리하며, 자연이나 바위에 씌어진 글에 정통합니다.
오래전에 평지를 단념한 영들은 점점 더 바위산에 애착을 가지고 있습니다.
그들은 미로 같은 골짜기를 누비며, 철분이 가득한 안개의 귀한 가스 속에서 묵묵히 활동하고 있습니다.
줄곧 분리하고 시험하고 결합시키고 하면서, 그들의 유일한 욕망은 새로운 것을 만드는 일입니다.
영의 힘이 깃든 조용한 손가락으로 갖가지 투명한 모양을 만들어 냅니다.
그리고 그 결정과 영원한 침묵 속에 지상 세계에서 일어나는 일을 판독하는 것입니다.

황제   그것은 나도 들었고, 또 믿겠네.
하지만 그것이 지금 여기서 어떻다는 것인가?

파우스트   사비너 사람으로 노르치아[16]에 사는 한 요술사는, 폐하를 진심으로 존경하고 충성을 바치고 있습니다.
일찍이 무서운 운명이 그를 위협했습니다.
화형의 불쏘시개가 타닥타닥 소리를 내고, 불길이 혓바닥을 날름거렸습니다.
주위에 얼기설기 쌓아올린 마른 장작더미에는 콜타르와 유황 막대가 섞여 있었습니다.
인간도 신도 악마도 구할 길이 없는 이때, 폐하께서 벌겋게 달아오른 사슬을 싹둑 자르셨습니다.
저 로마에서의 일이었습니다. 그는 폐하께 깊이 은혜를 느끼고, 폐하의 동정에 줄곧 마음을 써오고 있습니다.
그때 이후로 그는 완전히 자기 몸을 잊고, 천문이나 지리를 살피는 것도 오직 폐하를 위해서였습니다.
이번에도 그는 화급한 일이라면 폐하를 도와 달라고 우리에게 부탁했습니다. 산의 힘은 위대합니다.
산에서 자연이 매우 자유롭게 활동하는 것을 우둔한 성직자들은 마술이라고 비난합니다.

황제   기쁜 날에 명랑하게 즐기기 위해 명랑하게 찾아오는 손님들을 맞을 때, 밀치락달치락 잇따라 넓은 방 안을 메워주는 손님 하나하나가 우리는 반가운 법이다.
그러나 운명의 저울이 어떻게 기울 것인지 몹시 불안스러운 아침

---

16) 중부 이탈리아의 거리로 마술사의 본고장. 사비너는 중부 이탈리아의 농경 종족으로서 예로부터 여자 예언자로 인하여 알려져 있다.

에, 우리를 돕기 위해 힘차게 찾아와 주는 성실한 사람이야말로 가장 큰 환영을 받아야 한다.

그러나 이 중대한 순간에 뽑히고 싶어하는 칼에서 그 억센 손을 놓아 다오.

수천 명이 나의 적이 되고 편이 되어 싸우려 하고 있는 이 순간을 존중해 다오.

대장부는 혼자 힘으로 해야 한다!

옥좌와 왕관을 바라는 자는 그 명예에 알맞은 자여야 한다.

나를 거역하고 나타나서 황제다, 군주다, 총수다, 제후의 장이다 하고 떠드는 귀신들은 내가 손수 죽음의 나라로 처넣을 참이다!

파우스트   그러나 큰 일을 완수하려는 분이 자기 목을 건다는 것은 좋지 않습니다.

투구는 닭벼슬과 깃으로 장식되어 있지 않습니까?

투구는 용기를 북돋우는 폐하의 영명하신 머리를 보호해 줍니다.

머리 없는 수족이 무엇을 하겠습니까?

머리가 잠들면 수족은 축 늘어지고, 머리를 다치면 당장에 온몸이 상처를 입습니다.

머리가 빨리 나으면 손발도 개운하게 기운을 되찾아, 팔은 곧 강권을 행사하여 방패를 들고 정수리를 방어하며, 칼은 곧 의무를 깨닫고 적의 칼을 받아내고 쳐들어갑니다.

튼튼한 발도 그 행운에 한몫 끼려고, 쓰러진 적의 목덜미를 힘차게 밟습니다.

황제   나의 노여움도 그러하다. 나도 그놈에게 그와 같이 해주어, 그 오만한 머리를 발판으로 삼고 싶다.

사자들   (돌아온다.) 우리들은 거기 가서 존경도 대접도 별로 못 받았습니다.

우리들의 엄숙한 선전포고를, 저쪽은 얼빠진 희극이라고 비웃었습니다.

"너희들의 황제는 행방불명이다. 저 좁은 골짜기에는 메아리만 치고 있다. 굳이 생각해 내라면 동화에서 말하듯이 옛날 옛적이지."

파우스트 이것으로 언제까지나 폐하께 충성을 다하는 정예들의 소원대로 된 셈입니다.

저기 적이 접근하고 있습니다. 우리 편은 기세등등하게 대기하고 있습니다.

공격을 명령하십시오. 좋은 기회입니다.

황제 나는 여기서 지휘하지 않겠다.

(최고 사령관에게)

후작, 그대의 임무를 단단히 실행하라.

최고 사령관 그러면 오른편 군대, 전진하라!

지금 기어오르고 있는 적의 왼편을, 최후의 일보를 내디디기 직전에 용감무쌍한 우리 정예가 무찌른다.

파우스트 그렇다면 이 씩씩한 용사가 지체 없이 당신의 전열에 참가하여 병사들과 한몸이 되어 서로 도와서 용맹스러운 힘을 발휘하게 허락해 주십시오. (오른쪽을 가리킨다.)

싸움패 (걸어나온다.) 내 앞에 얼굴을 내미는 놈은 턱주가리가 부서질 줄 알아라.

내게 등을 돌리는 놈은 목이고 대가리고 머리채고간에 당장 등허리에 축 늘어지게 될 거다.

그때 우리 편 병사들이 내가 날뛰는 대로 우리 군대가 칼이나 몽둥이를 휘둘러 주면, 적은 한놈 한놈 겹겹이 쓰러져서 저희들의

피바다에 빠져죽을 거다. (퇴장)

최고 사령관　중앙의 우리 방어진은 천천히 따라가면서, 전력을 다하여 영리하게 적군을 공격하라.

저기 약간 오른편에서는 벌써 아군이 분격하여 적의 작전이 흔들리고 있다.

파우스트　(가운데 사나이를 가리키면서) 그렇다면 저 사람도 당신 명령에 따르게 해주십시오.

민첩하게 뭐든지 가로채고 나아갑니다.

날치기　(걸어나온다.) 황제군의 영웅적 용기에 약탈하는 마음도 갖게 합시다.

가짜 황제의 사치스러운 천막을 모두의 목표로 삼도록 하십시오. 그놈도 오래 그 자리에 으스대고 있지는 못합니다.

내가 방어진의 선두에 서지요.

들치기　(진중의 여자, 날치기한테 달라붙으며) 나는 이분의 여편네가 된 것은 아니지만, 이분은 나의 가장 귀한 서방님이죠.

우리의 추수 때가 온 셈이오.

여자란 붙잡을 땐 무섭게 움켜쥐지요.

빼앗는 데는 사정이 없고요.

이기는 싸움에서 앞장을 서야죠! 무슨 짓이라도 할 수 있으니까.

(두 사람 퇴장)

최고 사령관　예상한 대로 아군의 왼편으로 적의 오른편 군대가 강습해 온다.

저 바위산 좁은 통로를 점령하려는 필사적인 공격에, 우리 편은 한 사람도 남김없이 저항하겠지.

파우스트　(왼편으로 눈짓을 한다.) 여기도 한 사람 기다리고 있습니다.

강한 군이 더 강해진다고 해서 나쁠 것은 없습니다.

구두쇠   (걸어나온다.) 원편에 대해서는 걱정 마시오!

나만 있으면 가진 것은 안전합니다.

늙은이는 벼락이 떨어져도 쥔 것은 놓지 않습니다.

(퇴장)

메피스토펠레스   (위에서 내려온다.) 자, 보시오. 저 뒤쪽의 험준한 바위틈에서 무장한 병졸들이 쏟아져 나와 좁은 길을 더욱 좁게 만들고 있습니다.

투구의 갑옷과 칼과 방패로 아군 뒤쪽에 벽을 쌓고, 쳐들어갈 신호를 기다리고 있습니다.

(사정을 알고 있는 관객들에게 나직한 소리로)

저것들이 어디서 나타났느냐고 물어보지 마십시오.

물론 제가 빈틈없이 근처의 무기고를 털었지요.

저것들은 광속에서 보병입네 기마병입네 하고, 이 세상의 주인인 양 뻐기고 있었습니다.

예전에는 기사나 황제가 입었던 것이지만, 지금은 빈 달팽이 껍질에 지나지 않지요.

많은 유령들이 그것을 입고 저렇게 중세의 광경을 재연하고 있는 것입니다.

어떤 시시한 악마가 들어 있거나, 지금은 제법 도움이 되지요.

(큰 소리로)

들어 보십시오. 저놈들은 싸우기도 전에 벌써 의기충천하여, 쇠붙이들을 덜거덕거리며 와다글거리고 있습니다.

누더기 군기도 펄럭이면서 상쾌한 산들바람을 쐬고 싶어합니다.

이것은 옛 노병들도 신이 나서 새 싸움에 가담하고 싶어하는 표시입니다.

(무서운 나팔 소리가 위쪽에서 울려오고, 적군 속에서 심한 동요가 일어난다.)

파우스트 이제 지평선이 어두워졌구나.

다만 여기저기서 의미심장하게 심심찮은 붉은 빛이 번쩍거린다.

칼날이 벌써 피에 물들어 번들거린다.

바위도 숲도 바람도 넓은 하늘마저 싸움에 휘말려 있다.

메피스토펠레스 오른편은 든든하게 버티고 있습니다.

그중에서 한결 두드러지게 날쌘 거인인 싸움패 한스가 그놈답게 설치는 것이 돋보입니다.

황제 한 팔을 치켜드는 듯하더니 벌써 열두 개의 팔을 휘두르고 있다.

암만해도 예삿일이 아닌걸.

파우스트 시칠리아 해안에 일렁거리는 신기루 이야기를 들어본 적이 없습니까?

거기서는 밝은 낮에도 안개가 중천에 높이 솟아올라 이상한 아지랑이에 비치어 희한한 환상이 산뜻하게 나타납니다.

그 속에서 도시가 이리저리 흔들리고, 꽃밭이 떴다 가라앉았다 하여 온갖 광경이 공중에 나타납니다.

황제 그러나 참으로 이상하구나! 높다란 창 끝에 모두 번개가 치고 있는 듯이 보이니.

번쩍이는 아군의 방어진 창 끝에 조그마한 불꽃이 날렵하게 춤을 추고 있다.

아무래도 저것은 요사스러운 것 같구나.

파우스트 사실은 폐하, 저것은 사라진 영들의 잔재입니다.

뱃사람들이 소원을 비는 디오스쿠로이 형제[17]의 불입니다.

---
17) 디오스쿠로이 형제는 쌍둥이자리의 별이며, 항해자의 보호자로 알려져 있다.

지금 마지막 힘을 다하여 빛나고 있는 것입니다.

황제　자연이 우리 편을 들어 이렇듯 영묘한 힘을 모아 주는 것은 누구의 덕택인가?

메피스토펠레스　폐하의 운명을 진심으로 걱정하고 있는 그 거룩한 요술사가 아니고 누구겠습니까?

　폐하에 대한 적의 심한 위협을 보고, 그이는 진심으로 격분하고 있습니다.

　그리고 폐하에 대한 은혜를 갚으려고, 자기는 멸망할지라도 폐하를 구해 드리려 하고 있습니다.

황제　대관식을 마쳤을 때 로마 백성들은 환호성을 울리면서 나를 화려하게 끌고 다녔지.

　나도 황제가 되었으니 권력을 시험해 볼까 하고, 우쭐한 마음으로 좋은 기회다 싶어 별생각도 없이 화형대에 있던 그 흰 수염의 늙은 요술쟁이를 살려 준 것뿐이야.

　그 때문에 사제들은 모처럼의 기분을 망쳤다며 나에게 좋지 않은 얼굴을 했었지.

　그 일이 있은 지 몇 해가 지난 오늘에 와서, 내가 좋아서 한 행위의 보답을 받는단 말인가?

파우스트　가벼운 마음으로 한 선행에는 풍성한 보상이 있는 법입니다.

　위를 보십시오!

　요술사가 무슨 신호를 보내는 것 같습니다.

　잘 보십시오. 곧 나타날 것입니다.

황제　독수리가 한 마리 하늘 높이 떠 있구나.

　괴조 그뤼프스가 그 뒤를 쫓으며 사납게 위협하고 있군.

파우스트　지켜보십시오. 저건 아주 좋은 징조인 것 같습니다.

그뤼프스는 꾸며낸 이야기 속의 동물입니다.

어찌 감히 자기 주제를 잊고, 진짜 독수리와 힘을 겨룰 수 있겠습니까?

황제   음, 커다란 원을 그리면서 서로 빙빙 도는구나. 그러다 순식간에 서로 덤벼들어 가슴과 목을 찢으려 하는군.

파우스트   저걸 보십시오. 저 당돌한 그뤼프스가 찢기고 뜯기고 심한 상처만 입고, 사자 꼬리를 축 늘어뜨리고 숲의 나무 저편에 떨어져 자취를 감추었습니다.

황제   전쟁도 저렇게 되었으면 좋겠다만!

이상한 일이긴 하나, 나는 믿어야겠다.

메피스토펠레스   (오른쪽을 향하여) 연거푸 거듭되는 아군의 공격에 적은 견디지 못해 물러갑니다.

서투르게 저항하면서 적은 오른쪽으로 무너져가, 난전을 벌인 끝에 아군의 주력인 왼편을 혼란시키고 있습니다.

아군 방어진 부대의 견고한 선두는 오른쪽으로 이동하여 번개같이 적의 허를 찌르고 있습니다.

이번에는 폭풍에 끓어오르는 파도처럼, 세력이 엇비슷한 양군이 두 군데에서 불꽃을 튀기며 사납게 비벼대고 있습니다.

이보다 더한 장관이 어디 있겠습니까?

이 전투는 아군의 승리입니다.

황제   (왼편에서 파우스트에게) 보라! 저쪽이 위태로워 보이는구나.

아군의 거점이 위협을 받고 있다.

돌팔매도 전혀 보이지 않는구나.

낮은 바위에 적이 기어오르고, 위쪽 바위는 벌써 아군이 퇴각하는구나.

아, 적이 한덩이리가 되어 점점 더 가까이 육박해 온다.
저 고개를 점령당한 모양이구나.
저것이 신을 배신하는 자의 힘을 빌린 결과인가!
그대들의 요술은 헛일이었다.

(사이)

메피스토펠레스 저기 저의 까마귀[18] 두 마리가 날아옵니다.
무슨 소식을 갖고 온 것일까?
나쁜 소식이 아니면 좋겠는데.

황제 저 흉측한 새가 무얼 할 참인가?
검은 돛을 펼치고 격전이 벌어지고 있는 바위산에서 이쪽으로 날아오고 있구나.

메피스토펠레스 (까마귀를 향하여) 내 귀 가까이에 와서 앉아라.
너희들이 지켜 주면 멸망하지 않는다.
너희들의 충고는 틀림없으니까.

파우스트 (황제에게) 비둘기는 먼 나라에서도 새끼가 있는 둥지나 먹이가 있는 데로 돌아온다는 말을 들으신 적이 있으시겠지요.
여기에 중대한 차이가 있다면 비둘기는 평화의 사자이지만, 까마귀는 전쟁의 소식을 전한다는 것입니다.

메피스토펠레스 슬픈 소식입니다.
저쪽을 보십시오. 우리 용사들이 저 바위 끝에서 고전을 하고 있습니다!
가까운 고지는 벌써 점령당했습니다.
적이 고개마저 점령한다면 우리들은 곤경에 빠질 것입니다.

---

18) 독일의 악마는 옛 북방의 최고 신 보탄에게서 이어받은 두 마리의 까마귀를 후자로 갖고 있다고 전해지고 있다.

황제 그렇다면 나는 결국 속임수에 넘어갔구나.

그대들은 나를 그물속에 끌어들였다.

그것이 얽혀서 나는 몸서리를 치고 있다.

메피스토펠레스 용기를 내십시오! 아직 진 것은 아닙니다.

마지막 난관을 돌파하려면 끈기와 책략이 필요합니다.

마지막에 어려워지는 것은 흔히 있는 일입니다.

나는 확실한 사자使者를 두고 있습니다.

명령권을 저에게 주십시오!

최고 사령관 (그 사이에 가까이 다가와서) 폐하께서 이자들과 결탁하신 것을 저는 줄곧 마음 아파하고 있었습니다.

요술로 확실한 행운을 얻을 수는 없습니다.

저는 이 난국을 헤쳐 나갈 방책이 없습니다.

그들이 시작한 일이니 그들에게 결말을 내게 하는 것이 좋겠습니다.

저는 지휘봉을 돌려드리겠습니다.

황제 때가 호전되면 운도 트이겠지.

그때까지 그것을 맡아 두시오.

나는 이 꺼림칙한 친구가 까마귀와 정답게 구는 것을 보니 소름이 끼치네.

(메피스토펠레스에게)

지휘봉을 너에게 줄 수는 없다.

네가 적임자라고는 생각되지 않는다.

명령하여 우리를 구하도록 노력하여라.

어떻게 되거나 하늘에 운을 맡기자.

(최고 사령관과 함께 천막 속으로 들어간다.)

메피스토펠레스 그 하찮은 지팡이더러 지켜 달래지!
우리에겐 그까짓 것 한푼의 값어치도 없다.
어쩐지 십자가 같은 기분도 들고 말이야.

파우스트 어떻게 하면 좋을까!

메피스토펠레스 벌써 다 되어 있어요!
자, 검둥이 사촌들아, 어서 일 좀 봐 다오.
산속의 큰 호수로 가서 물의 정 운디네에게 안부 전하고, 홍수의 환영을 빌려 달라고 부탁해라.
쉽사리 알 수 없는 비술로 그 여자 요정은 실체에서 환영을 분리시키는 방법을 알고 있다.
모두들 그 환영이 실체인 줄 알지.

(사이)

파우스트 까마귀들이 물의 정 아가씨에게 그럴듯하게 비위를 맞춘 것이 틀림없다.
저기서 벌써 물이 졸졸 흘러내리기 시작하는군.
여기저기 메마르고 벗어진 바위틈에서 물이 신나게 뿜어나온다.
적의 승리도 이제 끝장이구나.

메피스토펠레스 어때, 두 손 들었지?
대담하게 기어오르던 놈들이 혼이 나는군.

파우스트 벌써 한 줄기 냇물이 몇 갈래로 불어서 세차게 흘러내리고, 바위 구덩이에 들어가면 갑절이 되어 또 나타나는구나.
큰 물발이 활 모양의 폭포를 이루는가 하면, 갑자기 편평한 넓은 바위 위에 퍼져서 이리저리 도도히 거품을 일으키며 흐르고, 층을 이루어 골짜기로 떨어진다.
아무리 용감하게 버티려 해도 소용이 없다!

거센 물줄기가 그들을 휩쓸어 내려간다.

이런 맹렬한 홍수를 보니 나도 소름끼치는구나.

메피스토펠레스 내겐 그런 속임수 물 따위 도무지 보이지 않습니다.

인간의 눈만이 속고 있는 것이지요.

나는 이 신기한 사건이 재미있어 못 견디겠는데요.

적군은 모조리 덩어리가 되어 굴러떨어지고 있습니다.

저 어리석은 것들은 물에 빠져죽는 줄 알고 있거든요.

아무 탈 없이 육지에 서 있는데도 숨을 헐떡이면서, 우스꽝스럽게도 헤엄치는 꼴로 달아나고 있어요.

이제 여기저기서 큰 혼란이 일어나고 있습니다.

(까마귀들이 돌아온다.)

두목님한테 가서 너희들을 칭찬해 주마.

하지만 여기서 너희들이 스스로 악마다운 솜씨를 보여주고 싶거든, 불이 활활 타고 있는 대장장이한테 찾아가거라.

그곳에는 난쟁이들이 피곤한 줄도 모르고, 금속과 돌을 두들겨 불꽃을 튀기고 있다.

그자들을 간곡히 설득해서, 거룩하게 계속 불타오르는 번쩍이며 불꽃 튀기는 불씨를 얻어 오너라.

아득히 멀리서 번개가 치거나 높은 별이 눈을 깜박이듯 순식간에 떨어지는 일은 여름 밤에는 언제나 볼 수 있지만, 얽힌 덤불 속의 번갯불이라든가 축축한 땅에서 푸지직 소리를 내는 별은 그리 쉽사리 볼 수 없을 게다.

별로 머리를 쓸 필요는 없지만, 처음엔 공손히 청해 보고, 나중엔 내놓으라고 명령해라.

(까마귀들 사라진다. 지시된 대로 된다.)

메피스토펠레스 적에게 짙은 어둠의 장막이 내리덮친다!
한 걸음마다 발 밑이 위태롭다!
사방 구석구석에 도깨비불이 번쩍인다.
느닷없이 눈을 멀게 하는 불빛!
이제 모든 일이 잘되어 간다.
이번에는 무시무시한 소리가 있어야겠다.
파우스트 무기고에서 나온 빈 갑옷들이 시원한 바람을 쐬고 기운이 나는 모양이군.
저기서 아까부터 덜걱덜걱 삐걱삐걱 괴상한 소리들을 내고 있다.
메피스토펠레스 옳습니다! 이제 말릴 수가 없습니다.
그리운 옛날로 돌아간 것처럼, 기사가 대결하는 소리가 울려오는군요.
팔과 정강이에 대는 철갑들이 저마다 옛날의 반황제파와 황제파로 갈라져서 다시 영원한 싸움을 시작하고 있습니다.
완고하게 선조 대대의 마음을 바꾸지 않고, 타협할 기색이라곤 전혀 보이지 않습니다.
벌써 시끄러운 소리가 온통 퍼지고 있습니다.
악마의 축연 때마다 그렇지만, 결국은 당파의 증오가 극도로 되살아나 소름끼치는 무서운 결말로 번집니다.
숲의 고요를 깨뜨리는 판 신의 불쾌한 고함 소리, 그 사이사이에 날카롭게 곤두선 마왕 같은 소리!
공포의 커다란 소리가 골짜기에 울려퍼지고 있습니다.
(오케스트라 석에서 전쟁의 소음, 이윽고 그것이 명랑 군악으로 변해간다.)

가짜 황제의 천막

옥좌 주위가 사치스레 꾸며져 있다.
날치기, 들치기

들치기   역시 우리가 가장 먼저 들어왔어요!
날치기   까마귀도 우리만큼 빨리 날아오지는 못할걸.
들치기   어머나, 보물이 굉장히 많아요!
          어디서부터 손을 대고, 어디에서 그치죠?
날치기   천막 속이 가득 찼군그래.
          어디부터 손대야 할지 나도 모르겠는걸.
들치기   이 깔개는 나한테 꼭 알맞아요.
          내 잠자리는 너무 지독할 때가 많으니까.
날치기   여기 강철로 된 금성봉金星棒[19]이 걸려 있군.
          오래전부터 갖고 싶었던 거야.
들치기   금실로 단을 박은 붉은 망토, 이건 내가 꿈에서 본 거예요.
날치기   (무기를 집어들며) 이것만 있으면 빠르지.
          적을 때려 죽이고 앞으로 나갈 수 있거든.
          넌 벌써 무척 많은 것을 들치기한 모양이지만, 신통한 것은 하나도 없구나.

---

19) 쇠침이 많이 달린 중세의 무기.

그런 잡동사니는 내버려두고, 이 상자를 하나 들고 가!

군인들에게 지불할 월급이라서.

속에 들어 있는 것은 금화뿐이다.

들치기 굉장히 무거워요.

난 들 수도 가져갈 수도 없어요.

날치기 빨리 쪼그리고 앉아! 쪼그리란 말이야!

그 억센 등에 지워 줄 테니까.

들치기 아야야! 안 되겠어요.

무거워서 허리가 두 동강이 나겠어요.

(상자가 떨어져서 뚜껑이 열린다.)

날치기 이것 봐, 번쩍번쩍하는 금화가 가득이야.

어서 손으로 긁어모아.

들치기 (쪼그리고 앉는다.) 어서 이 앞치마에 담아 줘요!

이만하면 충분해요.

날치기 그래 이만하면 됐다! 자, 빨리 가!

(들치기 일어선다.)

이거 안 되겠다, 앞치마에 구멍이 뚫렸잖아!

너는 가는 곳마다, 서는 곳마다 금화를 마구 뿌리고 다니는구나.

근위병들 (아군 황제측의)

이봐, 이 거룩한 장소에서 뭣들 하고 있어?

어째서 폐하의 재산을 뒤지고 있지?

날치기 우리는 몸뚱이를 걸었으니 전리품 가운데 우리 몫을 받아 가는 거야.

적군의 천막에 오면 이렇게 하는 거라고.

그리고 우리 역시 병정이란 말이야.

근위병들 그런 말은 우리한테 통하지 않는다.

군인과 도둑을 어떻게 겸할 수 있나.

황제의 측근에 있는 자는 정직한 군인이어야만 한단 말이야.

날치기 그 정직이라면 진작부터 알고 있지. '징발' 이라고 부르는 거야.

너희들도 똑같다고. "이리 내놔!" 이것이 동업자의 인사야.

(들치기한테)

나가자, 가진 것을 끌고 가자.

우린 여기서 환영받을 손님이 못 된다. (퇴장)

근위병1 이것 봐, 어째서 당장에 저 뻔뻔스런 놈의 따귀를 갈기지 않았나?

근위병2 왜 그런지 힘이 빠져 버렸어.

이상하게 유령 같은 기분이 들더라고.

근위병3 눈앞이 이상해지더니 눈이 아찔한 게 잘 안 보이잖아.

근위병4 나도 뭐라고 해야 좋을지 모르겠는데.

하루 종일 지독하게 덥고, 짜증이 나고, 숨이 콱콱 막히도록 무더웠어.

서 있는 놈이 있는가 하면 쓰러진 놈이 있었지.

손으로 더듬어 나가서 칼을 후려치면, 칠 때마다 적이 쓰러지더군.

눈앞에 엷은 안개 같은 것이 떠돌고, 귓속에는 윙윙, 쉭쉭 소리가 울리잖아.

그러는 동안에 우리는 여기에 오게 됐지.

왜 이렇게 되었는지 도무지 모르겠단 말이야.

황제, 네 명의 후작을 거느리고 등장. 근위병들 퇴장

황제 어쨌든 싸움은 우리의 승리로 끝났다.

적은 흩어져서 패주하고, 들판에서 사라져 버렸다.

여기 옥좌는 허무하게 남아 있고, 배반자의 보물은 양탄자에 싸인 채 방이 비좁도록 놓여 있구나.

우리는 근위병에게 호위되어 황제에 어울리는 위엄으로 여러 나라 사절을 맞이한다.

도처에서 반가운 소식이 들려온다.

나라 안은 평정되고, 기꺼이 나를 지지하고 있다고 한다.

이 전쟁에서 요술의 힘을 빌리기도 했지만, 역시 나의 군대는 자기 힘으로 이겼다.

우연은 싸우는 자를 돕는다.

하늘에서는 돌이 떨어지고, 적군에게 피의 비가 내리고, 암굴 속에서는 이상야릇하고 굉장한 소리가 울려나와 우리의 마음을 격려해 주고, 적의 사기를 저하시켰다.

진 자는 쓰러져서 후세의 비방을 받고, 이긴 자는 뽐내면서도 신의 가호를 찬양한다.

명령할 것도 없이 모두 소리를 합하여, "주여, 우리는 당신을 찬양합니다!"라고 노래 부른다.

그러나 최고의 찬양을 위한 나의 경건한 눈길은 좀처럼 없었던 일이나 내 자신의 가슴으로 향한다.

젊고 힘있는 군주는 나날을 헛되이 보낼 수도 있겠으나, 세월은 일초 일초가 얼마나 중대한가 가르쳐 준다.

그래서 나는 때를 놓치지 않고 궁정과 국가를 위해서, 그대들 네 명의 공신들과 굳게 손잡을까 한다.

(첫째 공신에게)

후작! 군대를 정연하고 현명하게 배치하여, 중대한 때에 과감한 조처를 취한 것이 그대다.

이제는 때의 요구를 좇아 평화로운 활동을 하라.

나는 그대를 군부대신으로 임명하고 이 칼을 내리노라.

군부대신 이제까지 국내의 치안을 담당하던 충성스러운 군대가 국경을 지키고 평화와 옥좌를 수호하게 된 이상, 선조 대의 드넓은 성 안에서 축연이 있을 때면 성찬 준비는 제게 분부해 주십시오.

그때 저는 이 번쩍이는 칼을 들고 옆에서 모시겠습니다.

높으신 폐하의 영원한 보필로서.

황제 (둘째 공신에게) 용감한 사람이요, 상냥하고 남을 보살피기 좋아하는 그대는 나의 시종장이 되어라!

이 임무는 쉽지 않다.

그대는 궁중에서 일하는 자의 우두머리다.

그들 사이에 내분이 있으면 옳은 근무를 하지 못한다.

앞으로는 군주와 궁정의 모든 사람의 마음에 들도록 그대가 훌륭한 모범을 보여주기 바란다.

시종장 뛰어나게 착한 자를 돕고, 악한 자라 할지라도 해치지 않으며, 책략을 쓰지 않고 공평하며, 속이지 않고 침착하면 폐하의 너그러우신 마음을 받들어 은총을 받을 수 있을 것입니다.

이런 제 마음을 알아주시면, 저로서는 만족합니다.

축연에 대한 저의 공상을 펼쳐보여 드려도 좋겠습니까?

폐하께서 식탁에 앉으시면, 저는 황금대야를 받쳐들고 즐거운 한때를 보내시기 위해 손을 씻으시는 동안, 빼놓으신 반지[20]를 가지

---

20) 반지는 황제 권력의 상징으로서 도장이 새겨져 있으며, 손을 씻는 동안은 빼게 된다.

고 있으면서 폐하의 얼굴을 뵈면 얼마나 기쁠지 모르겠습니다.

황제   지금은 잔치를 생각하기엔 너무 심각한 기분이다만 그것도 좋겠지! 즐거운 모임을 갖는 것도 마음 후련한 일이 되겠지.

(셋째 공신에게)

그대는 주방 대신에 임명한다!

앞으로 사냥이나 새 사육이나 채원棄園의 관리는 그대에게 속한다. 계절따라 다달이 생산되는 것 가운데서, 내가 좋아하는 것을 골라 정성들여 조리시키도록 하라.

주방 대신   산해진미로 수라상을 차려 그것이 마음에 드실 때까지는 엄하게 단속할 것을 가장 즐거운 의무로 삼겠습니다.

주방의 요리사들과 협력하여 먼 곳에서 물건을 들여오고, 계절마다 햇것을 마련하겠습니다.

폐하께서는 먼 곳의 진품이나 햇것으로 수라상을 차리기보다는, 평범하고 검소하여 영양 많은 것을 좋아하시는 줄 알고 있습니다만.

황제   (넷째 공신에게) 이렇게 되니 잔치에 대한 화제를 피할 수 없을 것 같다.

젊은 용사인 그대에게 술 따르는 일을 맡기겠소.

헌작관獻酌官이여, 나의 술광에 좋은 술이 풍성하게 마련되어 있도록 마음 써 주기 바란다.

그러나 그대 자신은 절도를 지킬 것이며, 쾌활한 기분이 도를 지나치지 않도록 하라.

헌작관   폐하, 젊은 사람이라도 신임을 받으면 깨닫지 못하는 사이에 어른으로 성장하는 법입니다.

저도 그 성대한 축연을 상상해 봅니다.

폐하의 찬장을 더없이 훌륭하게 꾸미겠습니다.

호화로운 그릇은 모조리 금이나 은으로 만들고, 폐하를 위해서는 가장 우아하고 높은 잔을 미리 마련하겠습니다.

그것은 베니스 유리로 만들어 그 안에 쾌감이 깃들어 있어 술맛을 돋우지만 결코 취하게 하지는 않습니다.

그런 신비한 보물에 사람들은 흔히 지나치게 의지하는데, 폐하 자신의 절제가 옥체를 가장 잘 보호해 줄 것입니다.

황제 이 엄숙한 시간에 내가 그대들에게 하고자 한 말을, 그대들은 내 입을 통해 확실하게 들었다.

황제의 말은 무거우며, 하사한다고 한 것은 틀림없소.

그러나 명확히 하려면 귀한 문서와 친서가 필요하다.

그것을 정식으로 갖추기 위해서, 마침 적당한 사람이 알맞은 때에 찾아왔구나.

(대사교 겸 대재상 등장)

둥근 천장도 주춧돌에 무게를 맡기고 있기에, 영원히 안전하게 서 있을 수 있소.

여기 네 사람의 후작이 있소!

우리는 마침 궁정을 유지하는 데 필요한 것을 우선 의논하였소.

그러나 나라 전체를 보전하는 일은 마침 그대가 왔으니, 그대들 다섯 사람에게 중히 단단히 맡기기로 하겠소.

영토에 있어 그대들은 다른 자보다 우대받아야 하오.

그래서 나를 배반한 자들의 영토를 깎아, 그대들의 영토에 경계를 넓혀 주기로 하겠소.

그대들 충신에게는 되도록 좋은 토지를 많이 주겠지만, 동시에 계승, 매입, 교환 등으로 기회가 있을 때마다 그것을 확장할 수 있는 큰 권리를 부여하겠소.
또 그대들 영주에 속하는 특권을, 지장 없이 행사할 수 있다는 것을 분명히 해두겠소.
그대들은 재판관으로서 최후의 판결을 내릴 수 있으며, 그대들의 최고심에 대한 상고는 인정되지 않소.
그리고 조세, 사용료, 공물, 통행세, 관세, 채광, 제염, 화폐 주조 등의 특권도 그대들에게 주겠소.
나의 감사의 뜻을 충분히 표시하기 위해 그대들을 황제 다음 가는 지위에 앉히고 싶소.

대재상 일동을 대표하여 충심으로 감사드립니다.
덕택에 저희들은 굳건해지고, 폐하의 위광은 한층 더 빛나실 것입니다.

황제 나는 그대들 다섯 사람에게 한층 더 높은 지위를 부여하고 싶소.
나는 나라를 위해서 살고, 앞으로도 그러고 싶소.
그러나 선조 대대의 사슬은, 나의 생각하는 눈을 부산한 공명심에서 죽음의 위협으로 돌리게 하오.
나도 언젠가는 정든 사람들과 헤어지게 될 것이오.
그때 후계자를 선택하는 일은 그대들의 의무가 될 것이오.
그를 즉위시키거든 거룩한 제단 위에 높이 올려세워, 지금의 떠들썩한 세상이 평화롭게 끝나도록 힘써 주오.

대재상 긍지는 가슴 깊이 감추고, 행동은 겸양을 보여 지상 최고의 어전에 깊이 고개 숙입니다.
충성의 피가 온몸의 혈관 속에 흐르는 한, 저희는 일심동체가 되어 폐하의 뜻대로 움직이겠습니다.

황제 그럼 끝으로 지금까지 정한 일을 후일을 위해 문서와 서명으로 보증해 두겠소.

그대들은 영주로서 소유령을 자유로이 처리해도 좋으나, 분할하지는 못한다는 조건을 달겠소. 그대들이 나에게서 받은 것을 아무리 불렸더라도 고스란히 장남에게 계승하여야 하오.

대재상   곧 제가 양피지에 기꺼이, 나라와 저희의 행복을 위한 중요 조항을 기록하겠습니다.

정서와 봉인은 기록소에서 작성케 하겠습니다.

폐하께서는 거룩하신 친서로써 확인해 주십시오.

황제   그렇다면 모두들 물러가오. 이 중대한 의의를 저마다 마음을 가다듬고 명심하도록 하오.

(속세의 네 후작들 물러간다.)

대사교   (남아서 비장한 말투로) 재상으로서는 물러갔으나, 대사교로서는 남았습니다.

진지한 간언을 드리기 위해서입니다.!

황공하오나 저는 어버이와 같은 마음으로 폐하를 걱정하고 있습니다.

황제   이 즐거운 때 무슨 걱정이란 말이오? 말해 보오!

대사교   거룩한 왕관을 쓰신 폐하의 영혼이 요즈음 마왕과 결탁하고 계신 것을 보고, 저는 얼마나 심한 괴로움을 느꼈는지 모릅니다!

옥좌에 앉아 계시면 겉보기로는 평안하신 듯하지만, 유감스럽게도 주님과 아버지 같으신 교황을 모독하신 끝에 그렇게 되신 것입니다.

교황께서 이 일을 아신다면 당장에 벌을 내리시어, 파문의 번갯불로 이 죄 많은 나를 멸하실 것입니다.

왜냐하면 폐하께서 그 대관식 날에 요술사를 석방하신 일을 교황은 아직도 잊지 않으셨기 때문입니다.

폐하의 왕관에서 나온 첫 은사의 빛이, 하필이면 저주받은 머리에 비치어 그리스도 교계에 해를 끼치셨습니다.

폐하의 가슴에 물으시고 참회하셔서, 이번에 죄 많은 행복의 얼마간을 즉각 교회에 기증하십시오.

폐하의 천막이 서 있던 그 넓은 언덕 일대는 악마들이 폐하를 지키기 위해 결집했고, 폐하께서 그 두목의 말에 순순히 귀 기울이신 곳입니다.

과오를 깨닫고 그곳을 거룩한 목적을 위해 기증하십시오.

아득하게 뻗어나간 산과 밀림, 초록빛 풀로 덮여 기름진 목장이 되어 있는 고지, 물고기들이 풍성한 맑은 호수, 그리고 가파르게 꼬불꼬불 계곡으로 쏟아져내리는 수많은 개울, 풀밭과 평원과 낮은 땅 등을 포함한 넓은 골짜기도 함께 기부하십시오.

그러면 후회의 마음이 나타나게 되어 신에게 은총을 받으실 것입니다.

황제 나의 어이없는 잘못으로 나는 크게 충격받고 있소.

기증하는 토지의 경계는 그대가 적당히 정하도록 하오.

대사교 첫째, 그처럼 죄악을 저질러 부정하게 된 장소는, 즉시 가장 높으신 신께 봉사하는 장소로 바치겠다고 선언하십시오.

마음속에 벌써 생생하게 떠오릅니다.

튼튼한 돌벽이 솟고 아침 햇살이 벌써 그 안을 비추며, 완성되어가는 성당 건물은 십자 모양으로 퍼져나가고, 본당은 넓고 높아져서 신자들을 기쁘게 하며, 첫 종소리가 산과 골짜기에 울려퍼지면 신자들은 황홀히 장엄한 문에 줄을 잇고, 하늘에 치솟는 높은 탑에서 종소리가 이어지면 참회하는 사람들이 새 삶의 혜택을 입으려고 몰려드는 그런 광경이.

거룩한 헌당식, 빨리 그날이 오면 좋겠습니다!

폐하의 참석이 그날 최고의 영광이 될 것입니다.

황제 그와 같은 커다란 공사가 신을 존경하는 나의 마음을 널리 알려 주면 좋겠소.

주를 찬양하고 나의 죄를 씻기 위해서.

알았소, 좋소! 나는 벌써 마음이 설레고 있소.

대사교 그러면 이번에는 재상으로서 결재와 형식을 갖추시라고 권해 드리겠습니다.

황제 교회에 기증하는 정식 서류를 그대가 제출하면 기꺼이 서명 하겠소.

(하직 인사를 하고 입구에서 다시 돌아본다.)

대사교 그러시다면 세워질 건축물에 대해 폐하께서는 10분의 1 세금 이나 사용료, 헌납 등 그곳 수익금을 모두 영구히 기부하십시오.

교회를 훌륭하게 유지하려면 돈이 많이 들고, 조심스럽게 관리하 려면 대단한 비용이 듭니다.

게다가 그런 황무지에다 시급히 세우려면 폐하의 전리품 중 얼마 간의 황금을 내놓으셔야 합니다.

그 밖에도 말씀드리지 않을 수 없습니다만, 먼 나라의 재목, 석탄, 슬레이트 등도 필요합니다.

설교단에서 설교만 하면 운반은 백성들이 할 것입니다.

교회에 봉사하여 운반을 하는 자에게는 교회가 축복을 내릴 것입 니다.

(퇴장)

황제 허, 내가 짊어진 죄는 크고도 무겁구나.

파우스트 447

몹쓸 마술사들이 내게 심한 타격을 주었구나.

대사교 (다시 돌아와서 공손하게 절을 한다.) 용서하십시오, 폐하!
한마디만 더!
그 악명 높은 자에게 이 나라의 해안 지대를 주셨더군요.
그러나 만일 폐하께서 후회하시어 그 땅의 10분의 1 세금, 사용료, 헌납, 수익 등을 교회에 기부하시지 않으신다면, 그자는 파문당하고 말 것입니다.

황제 (못마땅한 듯이) 그 땅은 아직 존재하지도 않아 바닷속에 널찍하게 가라앉아 있단 말이오.

대사교 권리와 인내력을 가진 자에게는 때가 오는 법입니다.
저희들로서는 폐하의 말씀이 언제까지나 효력을 잃지 않기를 바랍니다.

(퇴장)

황제 (혼자서) 이러다가는 머지않아 나라 전체를 기증하게 되겠군.

제 5 막
넓게 트인 땅

나그네 그렇다! 저것이다, 저기 푸르게 우거진 늙은 보리수가 있다.
이렇게 오랫동안 방랑한 끝에 저 나무를 다시 보게 되었구나!
폭풍우에 들볶인 밤의 파도가 나를 저 모래언덕에 쳐올렸을 때,
나를 보호해 준 것은 그리운 장소, 저 오두막이었다!
저 오두막집 주인을 축복해 주고 싶다.
사람을 도와주기 좋아하는 정직한 부부였는데, 그때 벌써 나이가 꽤 들어 있었다.
오늘 만난다는 것은 어려운 일이겠지.
아, 참으로 좋은 사람들이었다!
문을 두드릴까? 불러 볼까? 안녕하십니까!
손님에게 상냥스럽게 오늘도 여전히 착한 일에 대한 보답을 즐기고 계십니까?

바우키스[1] (할머니, 무척 늙었다.) 나그네 양반! 조용히! 조용히 해주세요!
영감님이 가만히 쉬게 해주세요!
노인은 오래오래 잠을 자야 일어나서 일을 한답니다.

나그네 말씀해 주십시오, 할머니시지요, 저의 감사를 받아야 할 분이?
옛날에 한 젊은이를 구하기 위해 영감님과 함께 애써 주셨습니다.
할머니가 바삐 서둘러 다 죽게 된 사람의 입에 기운 나는 것을 먹

---

1) 바우키스의 필레몬은 오비디우스의 〈변형설화〉에 나온다. 이 두 사람은 제우스와 페르메스를 그런 줄도 모르고 후히 대접했기 때문에 다른 자가 홍수를 당했을 때도 그 오두막이 신전으로 변하여 그 관리인이 될 수 있었다. 괴테는 이 이야기를 〈친화력〉 등에 쓰고 있다. 다만 이 자리의 필레몬과 바우키스는 이런 전설과는 관계 없이 같은 이름을 쓴 데 불과하다고 괴테 자신이 말하고 있다.

여 주신 바우키스 님이지요?

늙은 남편 등장

그렇게도 억센 파도 속에서, 제 짐을 꺼내 주신 필레몬 노인이시군요?
두 분은 재빨리 불을 피우시고 종을 요란스레 울려, 그 무서운 난파의 뒤처리를 해주셨습니다.
다시 밖으로 나가서 끝없는 바다를 바라봐야겠습니다.
저는 진정 가슴이 벅찹니다.
(모래언덕 앞으로 걸어나간다.)

필레몬 (바우키스에게) 얼른 식탁을 준비하오, 꽃이 싱싱하게 만발한 마당에다 말이오.
저이가 한 바퀴 돌면서 놀라게 내버려두구려.
눈에 보이는 것을 믿을 수 없는 모양이니까.
(나그네와 나란히 선다.)
사나운 파도가 계속 거품을 일으키며 밀려와, 당신에게 한껏 무참한 변을 당하게 했던 그 바다가 지금은 꽃밭이 되고, 낙원 같은 모습으로 바뀌었소.
너무 늙어서 나는 전처럼 도울 수는 없었지만, 내 힘이 쇠퇴되어 감에 따라 거친 파도도 물러갔습니다.
슬기로운 영주들의 솜씨 있는 부하들이 개천을 파고 둑을 쌓아 바다의 세력을 좁혀 놓더니, 바다 대신 주인이 되려 하였습니다.
보시오, 푸른 목장에 또 목장이 이어지고, 풀밭과 채원과 마을과 숲이 펼쳐나간 것을.

하지만 자, 이리 와서 식사를 드시오.
해도 곧 지니까요.
저기 아득히 먼 바다에 돛이 달리고 있습니다.
밤의 안전한 항구를 찾아가는 모양이지요.
새도 제 집을 알고 있는 법입니다.
실은 저기 항구가 생겼지요.
저 멀리 희미하게 바다의 푸른 끝이 보이는데, 오른쪽이고 왼쪽이고 눈이 닿는 끝까지 집들이 촘촘히 들어선 고장이 되었습니다.

조그만 뜰에서 셋이 식탁에 앉는다.

바우키스 왜 그렇게 잠자코 계세요?
시장하실 텐데, 아무것도 안 드시네요?
필레몬 이분은 이곳의 이상한 변모가 궁금하신가 보오.
당신은 이야길 좋아하니, 들려드리구려.
바우키스 해드리지요! 정말이지 이상한 일이었어요!
지금도 나는 마음이 가라앉지 않아요.
아무튼 이런 일 모두가 정상적으로 행해진 것이 아니니까요.
필레몬 이 해안을 그분에게 내리신 황제께서 벌받을 일을 하실 수가 있을까요?
의전관이 나팔을 불면서 그것을 전하고 다니지 않았겠소?
이 모래언덕에서 별로 멀지 않은 곳에 공사가 시작되었단 말이오.
천막과 판잣집이 세워졌어요!
순식간에 푸른 숲속에 궁전이 세워졌구려.
바우키스 낮에는 부하들이 괭이와 삽을 들고 왁자하게 흙을 파헤칠 뿐

파우스트 451

이었는데, 밤에 조그만 불꽃이 떼를 지어 몰려오면, 이튿날 아침엔 벌써 둑 하나가 되어 있잖겠어요?
인간을 제물로 바쳤을 게 틀림없어요.
밤중에 고통스러운 비명이 울렸거든요.
바다 쪽에 훨훨 타오르는 불길이 흐르면, 이튿날 아침엔 운하가 되어 있었어요.
그분은 냉정한 분으로 우리의 이 오두막과 숲을 탐내고 있어요.
그분이 이웃에서 우쭐대고 있으니, 굽실굽실하지 않으면 안 되지요.

필레몬   그 대신 그분은 우리에게 새로 개척한 훌륭한 토지를 주겠다고 하셨잖아!

바우키스   바다를 메운 땅 따윈 믿지 말고, 우리의 이 언덕에서 버티기로 해요!

필레몬   예배당 쪽으로 갑시다.
그리고 지는 해를 바라봅시다!
종이 울리면 꿇어앉아 기도드리고, 변함없는 신을 의지합시다!

궁전

넓은 즐거운 동산, 크고 똑바로 뚫린 운하.
파우스트, 몹시 늙었다.[2] 생각에 잠겨 거닐고 있다.

---
2) 몹시 늙은 파우스트는 꼭 백 살이어야 한다고 괴테 자신이 에커만에게 말하고 있다.

파수꾼 륑케우스 (메가폰으로) 해가 지고 마지막 배가 힘차게 항구로 들어오고 있습니다.

큰 짐배가 운하를 거쳐 이리로 오고 있습니다.

색색가지 깃발이 즐거운 듯이 바람에 나부끼고, 튼튼한 돛대는 만반의 준비를 갖추고 있습니다.

사공은 당신의 항구에 들어와 자신의 행복을 찬양하고, 당신은 이제 소원 성취의 기쁨을 맞이하십시오.

(모래언덕에서 작은 종이 울린다.)

파우스트 (움찔하면서) 저주스러운 종소리다!

저 소리는 기습하는 화살처럼 비참하게 내 마음에 상처를 준다.

눈앞에 내 영지는 끝없이 넓지만, 배후에서 불쾌의 씨가 나를 조롱하고, 시기에 찬 종소리로 자꾸만 생각나게 하는 게 있다.

나의 광대한 영토에는 결함이 있다.

저 보리수도, 갈색 오두막도, 쓰러져 가는 예배당도 내 것이 아니다.

저기서 좀 쉬고 싶어도, 무언가 낯선 것이 나를 소름끼치게 한다.

'저것은 눈엣가시, 발바닥의 가시다. 차라리 여기서 멀리 떠나고 싶구나!

파수꾼 (전처럼) 멋진 짐배가 즐거운 듯이, 상쾌한 저녁 바람에 오색 깃발을 날리며 옵니다!

크고 작은 궤짝과 자루를 가득 싣고 쏜살같이 미끄러져 옵니다.

(화려한 운반선, 외국 산물을 풍성하고 다채롭게 싣고 있다.)

메피스토펠레스, 세 사람의 용사

합창 자, 뭍에 오르자.

이제 다 왔구나.
축하합니다, 주인님.
선주님, 축하합니다!
(그들이 배에서 내린다. 짐이 육지로 운반된다.)

메피스토펠레스 이제 우리는 실력을 보여준 셈이다.
주인께서 칭찬해 주시면 만족이지.
단지 두 척을 끌고 나갔었는데 스무 척이 되어 항구로 돌아왔다.
얼마나 큰일을 했는지는 우리의 짐을 보면 알 것이다.
자유로운 바다는 정신을 자유롭게 만든다.
바다에 나가서는 분별이 필요 없다!
뭐든지 당장 움켜잡는 것이 상책이다.
물고기도 잡고, 배도 잡는다.
먼저 세 척을 손에 넣으면, 네 번째는 고리로 걸어 끌어당긴다.
그러면 다섯 번째 배도 문제가 없지.
힘이 있으면 정의도 있다.
'무엇'이 문제이지, '어떻게'는 상관없다.
항해에는 능숙하지 않을 수 없고, 전쟁과 무역과 해적과는 삼위일체라 가를 수 없다.

세 용사 감사도 환영도 없다!
우리가 무슨 구린내나는 물건이라도 가지고 온 것처럼, 주인님은 못마땅한 얼굴을 하고 있다.
임금님의 보물이라도 마음에 들지 않을 것 같다.

메피스토펠레스 이 이상 상을 기대하지 마라!
너희들은 제 몫을 받지 않았느냐.

세 용사 그것은 단지 심심풀이예요.

분배를 하자고요, 평등하게 모두.

메피스토펠레스 먼저 위쪽의 방과 방에 귀중한 물건을 늘어놓아라.
주인님이 나와서 푸짐한 물건을 보시고, 하나하나 자세히 검사하고 나면, 인색한 짓은 절대 하시지 않고 선원들에게 밤낮으로 잔치를 베푸실 게다.
치장한 여자들은 내일이면 들어온다.
그 뒷바라지는 내가 해주마.

(짐들을 날라간다.)

메피스토펠레스 (파우스트에게) 당신은 이맛살을 찌푸리고 불쾌한 눈초리로 자기의 기막힌 행운에 관한 이야기를 듣는군요.
고매한 지혜가 훌륭히 열매를 맺어 바다와 기슭이 이어지게 되었습니다.
바다는 기슭에서 부지런히 배를 받아 빠른 항구로 인도합니다.
당신은 이 궁전에 앉아 온 세계를 끌어안는다고 하셔도 됩니다.
이 장소에서 시작했지요.
여기 최초의 판잣집이 세워진 것입니다.
파헤쳐진 좁다란 도랑이 지금은 운하가 되어 배가 바쁘게 오가고 있습니다.
당신의 고매한 마음과 부하들의 근면이, 바다와 육지의 보답을 얻었습니다.
바로 이 곳에서.

파우스트 그 '이 곳'이 저주스럽단 말이야!
'이 곳'이 못 견디게 싫단 말이야.
세상을 잘 아는 자네에게 실토하지만, 내 가슴을 쿡쿡 찌르는 것이 있어서 이제 더 참을 수가 없다!

말하는 것조차 창피한 노릇이야.

저 언덕에 사는 늙은 부부를 물러가게 하여 보리수를 내 것으로 만들고 싶단 말이야.

내 것이 아닌 저 몇 그루의 나무들이 세계는 내 것이라는 생각을 망쳐 놓거든.

나는 저기서 훤히 사방을 둘러보기 위해 가지에서 가지로 발판을 걸치고 싶다.

시야가 확 트이게 하여 내가 이룩한 모든 것을 바라보고 슬기로운 마음을 움직여서 사람이 사는 광대한 지역을 확보한 인간 정신의 걸작을 한눈에 바라보고 싶단 말이야.

이렇듯 부귀를 지니고도 없는 것을 통감할 때, 우리 마음이 가장 심한 고통을 받는다.

저 조그만 종소리를 듣고 보리수의 향기를 맡으면 교회나 무덤 속에 갇혀 있는 기분이 든다.

아무것도 두려워하지 않는 자유의지가, 저 모래언덕에 부딪치면 부서지고 만다.

저것을 깨끗이 잊어버리고 싶다!

저 종소리가 울리면 나는 미칠 것만 같다.

메피스토펠레스 당연하지요! 고민이 있으면 나날이 재미가 없지요.

정말입니다! 고상한 귀에는 저 소리가 불쾌하게 들릴 것입니다.

저 저주스러운 딩동댕 소리는 맑게 갠 저녁 하늘을 안개로 싸듯이 태어날 때의 세례에서 장례식에 이르기까지 인간의 온갖 사건에 끼여들거든요.

일생이 마치 딩동댕하는 사이에 덧없이 사라지는 꿈이라도 되는 듯이.

파우스트 반항과 고집에 부딪치면 아무리 훌륭한 성공도 까탈이 생긴다.

그래서 부아가 치미는 고통 때문에 정의심마저 지쳐 버리고 만다.

메피스토펠레스 그까짓 일을 무엇 때문에 주저하십니까?

진작 옮겨 살게 했더라면 좋았을 텐데.

파우스트 그러면 가서 그들을 물러가게 해다오!

내가 그 노인 부부를 위해 골라놓은 좋은 땅을 알고 있겠지?

메피스토펠레스 그들을 번쩍 들어다가 옮겨 놓으면 지난 일은 깨끗이 잊을 것입니다.

완력으로 당한 것은 일시적이고, 아름다운 집이 그들의 화를 풀어 주겠지요.

(날카롭게 휘파람을 분다.)

세 사람 등장

메피스토펠레스 자, 나오너라, 나리가 부르신다!

그리고 내일은 선원을 위한 잔치를 벌이자!

세 사람 늙은 나리에게 푸대접을 받았으니 잔치라도 신나게 벌여야지요. (퇴장)

메피스토펠레스 (관객을 향하여) 아득한 옛 일이 여기서도 일어납니다.

그 나봇의 포도밭[3] 이야기 말입니다.

(열왕기상 21장)

---

3) 나봇의 포도밭은, 구약성서 열왕기상 21장에 나온다. 아합 왕이 자기 밭을 넓히기 위해 나봇의 포도밭을 사거나 교환하려 했을 때, 나봇이 거절했기 때문에 처형되고 포도밭은 아합의 것이 되었다. 그와 마찬가지로 필레몬 부부도 그 집을 빼앗긴다. 그것은 이미 전례가 있는 일이라는 뜻.

깊은 밤

파수꾼 륑케우스 (망루에서 노래를 부른다.) 보기 위해 태어나, 살피라는 명령을 받고 망루에서 내려다보니, 세상은 참으로 재미있구나.
먼 데를 바라보고 가까이를 둘러본다.
달을, 별을, 숲을, 새끼 사슴을—
이렇듯 만물속에서 영원한 멋을 본다.
그것이 내 마음에 들 듯이 내 자신도 내 마음에 든다.
행복한 두 눈아, 너희들이 지금까지 본 것은 무엇이거나 참으로 아름다웠다.
(사이)
그러나 나 혼자 즐기기 위해 이런 높은 곳에 있는 것은 아니다.
소름끼치는 공포가 어둠의 세계에서 엄습해 온다!
한결 어두운 보리수 그늘에서 불꽃이 튀고 있지 않은가.
지나가는 바람으로 불길이 점점 더 거세어진다.
아, 이끼 끼고 축축하게 서 있던 숲속의 오두막이 타는구나!
빨리 구해 줘야겠는데 이제 구해 줄 도리가 없다.
아, 그 선량한 늙은이들은 늘 그렇게도 불조심을 했는데, 연기의 밥이 되어 버리는구나!
이 얼마나 끔찍한 참사인가!
불길이 타오르고 이끼 낀 검은 오두막이 벌겋게 섰다!

무서운 불기의 지옥 속에서 착한 두 사람이 살아났으면!
날름거리며 환한 불길이 잎과 가지 사이로 솟아나온다.
바싹 마른 가지가 훨훨 타올라 순식간에 불덩어리가 되어 떨어진다.
내 눈으로 저것을 지켜보다니!
먼 데를 볼 수 있는 재간 때문에!
나뭇가지들이 떨어지는 무게로 조그만 교회도 함께 무너지는구나.
뾰족한 불길이 마치 뱀처럼.
벌써 잔가지에 말려 붙었다.
속이 빈 줄기가 뿌리 밑까지 시뻘건 불길에 휩싸였구나.
(오랜 사이, 노랫소리)
언제나 눈을 즐겁게 해주던 몇백 년의 노목이 사라졌구나.

파우스트 (발코니 언덕 위에서 모래언덕을 향하여) 아루 말할 수 없는 비탄의 노랫소리가 들려온다.
이렇게 되고 보니 말도 노래도 소용이 없구나.
나의 파수꾼이 울고 있다.
나도 속으론 이 경솔한 짓에 화가 난다.
그러나 보리수는 타서 반 숯덩이 같은 비참한 등걸만 남을지라도, 끝없이 바라볼 수 있는 망루가 곧 세워진다.
그 늙은 부부가 살게 될 새로운 집도 보일 것이다.
노부부는 나의 너그러운 마음을 고마워하며, 남은 생을 즐겁게 보내겠지.

메피스토펠레스와 세 사람 (밑에서) 부랴부랴 달려왔습니다.
용서하십시오! 일이 순조롭게 되지 않아서요.
내가 줄곧 문을 두드렸지만 아무도 열어 주지 않더군요.

흔들면서 자꾸 두드렸더니 썩은 문짝이 쓰러졌습니다.
큰 소리로 외치고 위협했지만 도무지 들은 척도 하지 않았습니다.
이런 경우에 흔히 있듯이 들리지도 않고 들으려고도 하지 않는 거죠.
하지만 우리도 어물거리지 않고 당장 그들을 내쫓았습니다.
노부부는 별로 고통도 없이 놀라 자빠져서 죽었습니다.
나그네가 하나 숨어 있다가 대들었지만 때려눕혔죠.
거칠게 다루는 잠깐 사이에 숯불이 사방에 흩어져서 짚에 붙어 마구 타올라, 세 사람의 화장도 끝난 셈이죠.

파우스트 너희들은 내 말을 듣지 않았느냐?
나는 교환을 바랐지 약탈을 바라지는 않았다.
그 분별 없는 난폭한 소행을 나는 저주한다.
나는 너희들을 용서하지 않으리.

합창 옛말이 들려온다.
폭력에는 순순히 복종하라!
대담하게 대들려거든 집도 성도 목숨까지 걸어라. (퇴장)

파우스트 (발코니 위에서) 별은 반짝이던 빛을 숨기고, 불은 가라앉아 모닥불이 되었구나.
한 줄기 바람이 부채질하여 연기를 이쪽으로 불어 보낸다.
서둘러 명령한 것이 성급히 실행되었다!
저게 무엇일까, 그림자처럼 떠오는 것이?

한밤중

잿빛 여자 넷[4] 등장

여자1 내 이름은 '결핍'이에요.
여자2 내 이름은 '죄'이고요.
여자3 내 이름은 '근심'.
여자4 내 이름은 '곤궁'이에요.
셋이서 문이 닫혀 있어서 못 들어가겠어.
　　　　안에는 부자가 살고 있어서 들어가기 싫어.
결핍 들어가면 나는 그림자가 될 거야.
죄 난 없어져 버릴 거야.
곤궁 사치스러운 생활에 익숙한 사람은 나를 외면하지.
근심 당신들은 들어갈 수도 없고 들여놓지도 않는군요.
　　　　하지만 근심은 열쇠구녕으로 살며시 들어간답니다.
　　　　(근심 사라진다.)
결핍 우리는 쓸쓸히 돌아가기로 해요.
죄 나는 당신 곁에 딱 붙어 있겠어요.
곤궁 나는 당신 뒤에 붙어 가겠어요.
셋이서 구름이 움직이고 별이 사라지네!

---

[4] 잿빛 여자 넷. 즉 결핍과 죄와 근심과 곤궁은 인간이 고립하여 운명에 직면할 때 인간의 마음을 절망으로 몰아붙이는 힘이다. 파우스트도 그러한 순간에 쫓긴다. 그는 빛나는 사업을 이룩했지만 마지막으로 필레몬과 바우키스를 비참한 운명에 빠뜨린 데 대하여 자기 죄를 자각하고 마음속으로 충격을 받는다. 그래서 이 네 가지의 힘이 숨어들어온다. 그러나 결핍과 곤궁은 억센 파우스트에게 당하지 못한다. 죄의식(후회의 마음)도 위대한 인물을 압도하지는 못한다. 초인적 인물은 일반적인 도덕 위에 초연해 있기 때문이다. 그러나 근심만은 인간의 마음속에 깃들여 있는 비판적인 목소리라, 파우스트도 이것을 몰아내지는 못한다.

파우스트 461

저기 저 속 아득히 멀리서 어머, 그이가 오네.

형제가, 그이가 와요. 죽음이 와요.

(퇴장)

파우스트 (궁전 안에서) 넷이 오는 것이 보였는데, 돌아간 것은 셋 뿐이다.

주고받은 이야기의 뜻을 나는 알아들을 수 없었다.

뒤에 남은 여운은 노트(곤궁)라고 하는 것 같았는데, 운을 맞추면 음산한 토트(죽음).

허허롭고 기분 나쁜 둔한 소리였다.

나는 아직 자유의 경지를 쟁취하지 못했다.

마술을 나의 갈길에서 멀리하고, 주문의 구절을 깡그리 잊고.

자연이여, 그대 앞에 일개 남아로서 혼자 설 수 있다면, 나는 인간으로서 존재하고 애쓰는 보람이 있을 것이다.

나도 전에는 그랬다. 어두운 마술에서 구원을 구하거나, 모독의 말로 내 몸과 세계를 저주하기 전까지는.

그러나 지금은 요괴의 입김이 공중에 가득 차 있어 어떻게 그것을 피해야 할지 모르겠다.

비록 낮이 밝게 이성적으로 웃어 주어도, 밤은 우리를 꿈의 그물 속에 옭아넣는다.

싱싱한 들에서 즐겁게 돌아오면 새가 쉰 소리로 운다.

뭐라고 우는가? '흉하다' 고 운다.

밤낮으로 미신에 얽매여 있다.

이변이 일어나고 괴이한 모습이 나타나고 경고의 소리가 들린다.

그래서 나는 겁을 먹고 언제나 홀로 서 있다.

문이 삐걱거렸는데 아무도 들어오지 않는다.

(움찔하며)

거기 누구 있느냐?

근심 그렇습니다.

파우스트 너는 누구냐?

근심 어쨌든 여기 와 있어요.

파우스트 물러가거라!

근심 와야 할 곳에 왔을 뿐이에요.

파우스트 (처음에는 화를 냈다가 곧 마음을 가라앉히고 혼잣말로)
조심하라, 주문 따윈 외지 마라!

근심 내 목소리는 귀에는 안 들려도 가슴속엔 틀림없이 울릴 거예요.
나는 여러 가지 모습으로 바꾸어서 무서운 힘을 휘두릅니다.
오솔길에서나 파도 위에서나 영원히 불안을 자아내는 길동무로서, 결코 오라는 일은 없지만 언제나 따라다니죠.
저주도 받고, 아첨도 받고.
당신은 아직도 근심을 모르셨나요?

파우스트 나는 한결같이 세상을 줄달음쳐왔다.[5]
온갖 향락의 머리채를 움켜잡고, 만족시켜 주지 않는 것은 놓아 버리고, 빠져나가는 것은 가는 그대로 내버려두었다.
나는 오로지 갈망하고 이루었다.
그리고 다시 희망하고 끈질기게 나의 일생을 돌진해 왔다.
처음에는 대담하고 강력했으나 지금은 현명하게 신중히 나아가고 있다.
이 지상의 일은 이제 다 알았다. 천상의 길은 가로막혀 있다.
눈부시게 천상을 쳐다보고, 구름 위에 자기와 같은 사람이 있다고 공상하는 것은 어리석다.

---

5) "나는 한결같이 세상을 줄달음쳐왔다." 이하는 파우스트의 일생을 요약한 것으로 주목할 가치가 있다.

그보다는 지상에 단단히 서서 천천히 주위를 둘러보라.
유능한 사람에 대해서 이 세계는 잠자코 있지 않는다.
왜 영원의 경지로 헤매고 들어갈 필요가 있는가?
자기가 인식한 것은 잡을 수가 있다.
그와 같이 하여 이 지상의 나날을 보내면 되는 것이다.
유령이 나오건 말건 자기의 길을 나아가라.
나아가는 동안 괴로움도 행복도 만나게 되겠지.
인간은 어떤 순간에도 만족할 수 없으니까!

근심 누구든 나한테 붙잡히면 온 세계가 허무해지지요.
영원한 암흑이 덮쳐오고, 태양은 뜨지도 지지도 않습니다.
눈과 귀는 멀쩡한데 마음속에는 어둠이 깃들지요.
보물이란 보물은 어떤 것이고간에 손에 넣을 수 없게 됩니다.
행복과 불행이 고민의 씨가 되어 풍족 속에서 굶주립니다.
기쁜 일이건 괴로운 일이건, 그것을 이튿날로 미루어서 다만 미래를 기다릴 뿐 결코 성취하지 못하지요.

파우스트 그만두어라! 그런 말에 흔들릴 내가 아니다!
그 따위 잠꼬대는 듣기 싫다. 썩 물러가라!
그 시시한 장광설에는 가장 똑똑한 인간이라도 홀리겠다.

근심 가야 할지 와야 할지 결심이 안 섭니다.
훤히 뚫린 길 한복판에서 발걸음이 자꾸만 비틀거립니다.
점점 깊숙이 길을 잃고 모든 짐작이 빗나가서 자기와 남에게 폐를 끼치고, 숨을 쉬면서도 숨막힌 것 같으며, 숨은 막히지 않았으나 생기가 없고, 절망은 하지 않지만 사는 보람이 없지요.
줄곧 이리저리 동요하며 그만두자니 괴롭고, 강요당하기는 불쾌하고 해방되었는가 하면 속박되어 있으며, 잠도 제대로 자지 못하고, 기운도 나지 않으며, 그래서 그 자리에 옴짝달싹 못하게 되어 결국 지옥으로 가고 말지요.

파우스트 저주받은 유령들아! 너희들은 그런 식으로 인간을 무수히 희롱해 왔다.

아무 탈도 없는 온화한 나날마저 너희들은 번뇌에 얽힌 지긋지긋한 혼란으로 바꾸어 놓는다.

영에서 벗어난다는 것은 어렵다. 그건 나도 알고 있다.

영과 맺은 엄격한 인연은 풀 수가 없다.

그러나 근심이여, 너의 강한 힘을 나는 인정하지 않는다.

근심 내가 당신을 저주하고 나서 떠나고 나면 그 힘을 알게 될걸요.

인간은 평생 장님이라고요.

자, 파우스트 선생, 당신도 장님이 되세요!

(파우스트에게 입김을 뿜는다.[6] 퇴장)

파우스트 (장님이 되어서) 밤이 점점 깊어지는 모양이구나.

그러나 내 마음속에는 밝은 빛이 빛나고 있다.

자, 내가 생각한 일을 서둘러 완성하자.

주인의 말만큼 무서운 것은 없다.

자리에서 일어나라, 부하들이여, 하나도 **빠짐없이**!

내가 대담하게 계획한 것을 훌륭하게 이루어 다오!

연장을 잡아라! 삽과 괭이를 놀려라!

예정한 바를 곧바로 완수하라.

엄격히 질서를 지켜 순식간에 부지런히 하면, 더없이 훌륭한 보답을 얻을 수 있을 것이다.

---

6) 악령의 입김이 해를 끼친다는 것은 일종의 미신. 근심은 파우스트에게 육체적인 타격으로 그 실행력을 좌절시키려 하나, 파우스트는 장님이 되어서 점점 더 마음에 광명을 더하게 된다.

이 위대한 사업을 완성하려면, 하나의 정신과 천 개의 손이면 된다.

궁전의 큰 앞뜰

횃 불

메피스토펠레스　(현장 감독으로서 선두에 서서) 여기다, 이쪽이다! 들어와, 들어와!

휘청대는 죽음의 영 레무레스[7]들아, 인대와 힘줄과 뼈로 엮어 만든 이 반편놈들아.

죽음의 영들　(합창으로) 당장에 이렇게 달려왔습니다.

슬쩍 엿들은 말입니다만, 무언가 드넓은 땅이 있는데, 그것을 우리에게 주신다고요?

뾰족한 말뚝을 가지고 왔습니다.

측량을 하기 위한 긴 사슬도요.

그런데 어째서 불려왔는지 그만 그걸 잊었습니다.

메피스토펠레스　여기선 기술적으로 애쓸 필요는 없다!

치수는 자기 몸으로 재면 된다!

가장 키 큰 놈이 기다랗게 누워라.

다른 놈은 그 주위의 잔디를 떠내라.

---
7) 레무레스들은 해골의 유령로 메피스토펠레스의 부하.

우리의 조상들을 묻을 때처럼 긴 네모꼴 구덩이를 파라!

궁전에서 이 좁은 집으로 옮기는 거다.

결국엔 어차피 이렇게 된다.

죽음의 영들 (익살맞은 몸짓으로 땅을 파면서) 젊고 힘있게 사랑을 했을 때는 참으로 달콤하고 근사했다.

즐거운 음악소리, 명랑한 춤, 내 발은 가볍게 움직였었지.

그런데 심술궂은 늙음이 찾아와서 고무래 지팡이로 나를 때렸다. 나는 무덤의 문 앞으로 비틀거리며 넘어졌다.

공교롭게도 그 문은 활짝 열려 있었다.

파우스트 (궁전에서 나와 문기둥을 더듬으면서) 삽으로 흙 파는 소리가 나를 기쁘게 해주는구나!

나에게 봉사하는 것들이 틀림없다.

대지가 메워진 땅과 이어지고, 파도를 막는 둑이 마련되고, 바다에는 제방이 단단히 세워지는 것이다.

메피스토펠레스 (방백) 당신은 둑이니 제방이니 하고 있지만, 실은 우리를 위해서 애쓰고 있는 거야.

물의 악마 넵투누스에게 잔치를 베풀어 줄 준비를 하고 있거든.

어떻든 당신네들 인간은 살아날 수는 없어.

자연의 힘은 우리들과 손잡고 있으니, 결국 파멸이 있을 뿐이다.

파우스트 감독!

메피스토펠레스 예!

파우스트 무슨 수를 쓰더라도 많은 인부를 모아라.

맛좋은 음식과 채찍으로 격려하고, 돈을 지불하여 꾀어내고 협박해라!

계획된 구덩이가 얼마나 깊어졌는지 날마다 보고하도록 하라.

메피스토펠레스　(목소리를 낮추어) 보고에 의하면, 구덩이가 아니라 무덤을 파고 있다던데.

파우스트　저 산줄기의 기슭에 늪이 하나 있는데, 그 독기가 지금까지 개척해 놓은 땅을 더럽히고 있다.

썩은 웅덩이 물을 빠질 수 있게 하는 것이 최고의 일이자 최고의 성과다.

나는 몇백만 명을 위해 토지를 개척하여 편하지는 못하나 일하며 자유로이 살게 해주려 한다.

들은 푸르고 기름지며, 사람과 가축은 새 땅에서 기분 좋게, 대담하고 부지런한 사람들이 쌓아올린 믿음직한 둑의 보호를 받아 정착한다.

밖에서는 파도가 안벽을 치더라도 그 안은 낙원과 같은 나라다.

만일 바닷물이 흙을 갉아 강제로 침입하려고 하면, 모두 힘을 합하여 구멍을 막는다.

그렇다! 그 협력의 정신에 모든 것을 바친다.

그것은 날카로운 지혜의 마지막 결론인데, 생활도 자유도 날마다 그것을 쟁취하는 자만이 누릴 자격이 있는 것이다.

그러니 여기서는 위험에 둘러싸여서 아이도 어른도 노인도 값진 세월을 보내는 것이다.

나도 그러한 사람들의 무리를 보면서, 자유로운 땅에서 자유로운 백성과 함께 살고 싶다.[8]

그때 나는 순간을 향해 이렇게 말해도 좋을 것이다.

---

8) "자유로운 땅에서 자유로운 백성과 함께 살고 싶다." 이것은 파우스트, 즉 괴테의 아름다운 이상이다. 전제주의 국가가 아니라 각 개인의 감정을 억제하고 공공정신에 의해 참다운 자유를 누리는 성숙한 사람들로 구성되는 공화국이 괴테의 눈에 떠올라 있었던 것이다.

　　　　멈추어라! 너는 참으로 아름답다!⁹⁾고.
　　　　내가¹⁰⁾ 이 지상에 산 흔적은 영원히 멸망하지 않을 것이다.
　　　　이런 덧없는 행복을 예감하고, 지금 나는 이 최고의 순간을 맛본다.
　　　　(파우스트, 쓰러진다. 죽음의 영들이 받아 안고 땅에 눕힌다.)

메피스토펠레스　어떤 쾌락도 그를 싫증나게 하지 못했고, 어떤 행복도 그를 만족시키지 못했으며, 변화하는 갖가지 모습을 좇아다녔다. 그리고 최후의 하찮은 허망한 순간을 가엾게도 단단히 붙잡으려고 했다.
　　　　나한테는 무척 억세게 대든 인간이지만, 시간에는 이기지 못해 이렇게 모래 속에 쓰러져 있다.
　　　　시계는 멎었다.

합창　멎었다! 한밤중같이 침묵하고 있다.
　　　　시계 바늘이 떨어졌다.

메피스토펠레스　바늘이 떨어졌다. 일은 끝났다.

합창　지나갔다.

메피스토펠레스　지나갔다고! 바보 같은 소리다.
　　　　어째서 지나갔단 말이냐?
　　　　지나간 것과 없는 것과는 완전히 같다.
　　　　영원한 창조가 대체 뭐란 말이냐?
　　　　창조된 것을 무로 돌아가게 할 뿐이다!
　　　　'지나갔다!'는 말에 무슨 뜻이 있는가?
　　　　본래부터 없었던 거나 마찬가지 아닌가?
　　　　그런데 마치 무엇이 있기나 한 듯 쳇바퀴를 돌고 있다.

---

9) "멈추어라! 너는 참으로 아름답다!"는 (제1부의 계약 장면) 이하에 해당한다.
10) "내가 지상에 산 흔적은~"의 유명한 두 줄은, 파우스트의 전작품 가운데 괴테가 쓴 마지막 구절로, 죽기 몇 주 전에 썼다고 한다.

그보다는 '영원한 허무' 쪽이 나는 좋았다.

매 장[11]

죽음의 영   (독창) 이 집을 삽과 괭이로, 이렇게 조잡하게 지은 자가 누구냐?

죽음의 영들   (합창) 수의를 입은 음산한 손님에겐 이 정도도 지나치다고 할 수 있다.

죽음의 영   (독창) 방도 어지간히 조잡하게 꾸몄구나.
    탁자와 의자는 어디로 갔나?

죽음의 영들   (합창) 목숨은 잠시 빌렸던 것이다.
    돌려달라고 요구하는 것들[12]이 우글우글한다.

메피스토펠레스   육신은 쓰러지고, 영혼은 빠져나가려 한다.
    재빨리 이놈에게 피로 적은 증서를 보여주어야겠다.
    그런데 난처하게도 요즈음은 악마에게서 영혼을 가로채는 수법이 많아졌단 말이야.
    옛날 방법으로 하면 욕을 먹고, 새로운 방법은 내게 서툴다.
    옛날 같으면 나 혼자서 해치웠는데, 이젠 조수를 데려와야 한다.
    모든 것이 우리에겐 형편이 나빠졌다!
    재래의 관습도 예로부터의 권리도 이젠 아무것도 믿을 수 없게 되

---

11) '매장', 이 장면은 중세 가톨릭적 분위기로 표현되어 있다.
12) 목숨을 돌려달라고 받으러 온 것은 유족 이외에 신과 악령과 구더기 등.

었다.

옛날에는 마지막 숨과 함께 영혼이 튀어나오면, 나는 지키고 있다가 재빠른 쥐를 잡듯이 홱 낚아채어 손톱으로 꼭 붙들곤 했었지.
요즘에는 영혼이 어물어물 그 음침한 장소, 그 더러운 송장의 집에서 나오려 하지 않거든.
끝내는 서로 미워하는 육체의 여러 원소가 영혼을 사정없이 쫓아내게 된다.
그래서 나는 잠시도 마음을 못 놓는데, 언제? 어떻게? 어디서? 이것이 귀찮은 문제이다.
죽음의 신도 이제 다 늙어 빠져서, 죽었는지 어떤지 쉬 분간하지 못하는 형편이다.
내가 굳어진 몸에 곁눈질을 보내고 있으면, 겉만 그랬지 다시 꿈틀거리는 데야 두 손 들게 된다.
(기괴한 몸짓으로 악마를 부른다.)
자, 냉큼 나오너라! 빨리 달려와!
거기 곧은 뿔을 가진 양반, 구부러진 뿔을 가진 양반, 오랜 명문의 악마들, 당신들은 지옥의 아가리를 가지고 와.
하긴 지옥에는 많은 아가리가 있어서 신분과 지위에 따라 삼키지.
그러나 이 마지막 차별도 앞으로는 그리 까다롭지 않을 것이다.
(무서운 지옥의 아가리가 왼쪽에서 벌어진다.)
엄니가 드러난다! 목구멍의 둥근 천장에서 불길이 맹렬히 뿜어나온다.
그 안쪽의 들끓는 연기 속에는 영원한 뜨거운 불에 싸인 불의 도시가 보인다.
시뻘건 불의 파도가 이빨의 둑에 밀려오면, 지옥에 떨어진 망령들이 살아나려고 헤엄쳐 온다.
그러나 커다란 승냥이 같은 입에 물어뜯길 것 같아, 다시 몸부림치면서 불구덩이로 되돌아선다.
구석구석에는 아직도 온갖 것들이 보일 것이다.
아주 비좁은 곳에 실로 많은 공포가 처박혀 있다!
이런 식으로 죄인들을 위협하는 것은 좋다만, 세상 놈들은 이것을 거짓이나 속임수나 꿈으로밖에는 여기지 않는단 말이야.
(짧고 곧은 뿔이 달린 뚱뚱한 악마들에게)
여봐, 불 같은 뺨을 가진 뚱보들아!
너희들은 지옥의 유황을 먹고 살이 쪄서 잘도 타는구나.
통나무같이 작달말해서 목을 못 움직이는 녀석들!
이 시체의 허리 밑에 인 같은 게 빛나는지 지켜 봐라.
그것이 영혼이다. 날개를 가진 나비[13] 모양의 영혼이다.
그 날개를 쥐어뜯으면 추악한 구더기가 된다.
내가 거기다 내 것이라는 낙인을 찍어 줄 테니, 그것을 가지고 불길이 소용돌이치는 속으로 사라져라!
몸뚱이 아래쪽을 잘 살펴라.
야, 뚱뚱보들아, 그게 너희들의 임무다.
영혼이 그런 곳에서 살기를 좋아할지 어떨지 분명한 것은 알지 못한다.
하기야 배꼽 속에 살기를 좋아하는 것 같더라만.
정신 바짝 차려라, 배꼽에서 빠져나갈지도 모르니까.
(길고 구부러진 뿔을 가진 빼빼 마른 악마들에게)

---

13) 그리스 신화에서는 영혼을 날개 가진 나비로 나타냈다. 따라서 날개를 쥐어뜯으면 구더기와 마찬가지가 된다.

너희들, 으스대고 거들먹거리는 키다리들아, 너희들은 뭐든지 허공을 움켜잡아라, 쉬지 말고.
팔을 쭉 뻗고 날카로운 손톱을 보이면서 너울너울 나비처럼 달아나는 놈을 붙잡아야 한다.
이제 슬슬 그 낡은 집에 있다가 싫어졌을 게다.
그리고 영혼이라는 놈은 흔히 위로 올라가고 싶어하지.

광명이 오른쪽 위에서 비친다.

천사의 무리 하늘의 사자들이여, 천상의 겨레들이여, 유유히 날아가자.
죄지은 사람을 용서하고, 티끌로 돌아간 자를 살리기 위해.
두둥실 줄을 지어 떠돌면서도 생명을 가진 모든 것에 상냥한 사랑의 자취를 남기자.

메피스토펠레스 불쾌한 소리가 들린다. 견딜 수 없구나.
그것이 반갑지도 않은 광명과 함께 위쪽에서 내려온다.
사내아이인지 계집아이인지도 모르는 괴상한 노랫소리, 저것이 믿음이 깊네 하는 자의 마음에 드나 보지.
우리들이 몹시 마음이 거칠어졌을 때, 인간을 전멸시키려 했던 일을 너희들도 알고 있다.
그런데 우리가 생각해낸 가장 지독한 죄를, 인간들은 기도의 알맞은 재료로 삼는단 말이야.
점잖게 오고 있구나, 위선자 같은 천사 녀석들!
저렇게 와서 몇 명이나 가로채 갔지.
우리들의 무기로 우리들을 치겠다는 꿍심이구나.
저들도 악마야, 단지 가면을 쓰고 있을 뿐이지.

여기서 지면 영원한 치욕이 된다.

무덤을 둘러싸고 가장자리를 단단히 붙들어라!

천사의 합창　(장미꽃을 뿌리면서) 눈부신 장미 그윽한 향기여!

너울너울 떠돌면서 은밀히 소생시켜 작은 가지를 날개삼아, 봉오리에서 피어나 어서 꽃을 피워라.

봄이여, 싹터 나오라.

빨간 꽃이여, 푸른 잎이여.

조용히 쉬는 자에게 낙원을 가져다주어라.

메피스토펠레스　(악마들에게) 왜 몸을 움츠리고 움찔거리느냐?

그것이 지옥의 버릇이냐?

딱 버티고 서서 꽃을 뿌리게 내버려둬라.

바보 같은 것들, 모두 제자리를 지켜!

놈들은 이런 꽃을 눈처럼 뿌려서 뜨거운 악마를 묻어 버릴 생각이구나.

그런 것은 너희가 입김만 한 번 불면 녹아 오그라든다.

자, 확 뿜어라, 풀무 귀신들아! 됐다, 이제 됐다!

너희들의 뜨거운 입김으로 꽃이 모두 시들고 있다.

너무 세게 불지 마라! 입과 콧구멍을 좁혀라!

너무 심하게 내뿜었다.

알맞게 할 줄을 모른단 말이야!

꽃은 오그라들다가 갈색으로 말라 타기 시작한다.

벌써 독기 어린 시뻘건 불길이 되어 몰려온다.

모두 저항하라, 한데 뭉쳐 버티어라!

힘이 쑥 빠져 버렸다! 완전히 용기가 사라졌구나.

악마들이 천사의 달콤한 열로 흐늘해진 모양이다.

천사의 합창 깨끗한 꽃, 즐거운 불길은 사랑을 펴고 기쁨을 가져오네, 마음이 바라는 대로.

진실한 말씀 해맑은 대기, 언제까지나 모든 이에게 고루 빛을 뿌린다.

메피스토펠레스 이 못난 것들아, 벼락맞을 것들아, 창피를 알아라!

악마들이 물구나무를 서고 꼴사납게 재주를 넘으면서 엉덩이부터 지옥으로 떨어지다니.

자업자득이니 끓는 물이나 뒤집어써라!

나는 끝까지 여기서 버티겠다.

(공중에 떠도는 장미를 떨쳐 버리면서)

이놈의 도깨비불들, 꺼져라!

이놈아, 강한 빛이어도 잡아보면 구역질나는 곤죽 덩어리다.

왜 이리 휘청대느냐? 썩 꺼져 버려라!

이것들이 콜타르나 유황처럼 목덜미에 달라붙잖아.

천사의 합창 그대들의 본성이 아닌 것은 피해야 한다.

그대들의 마음을 어지럽히는 것을 받아들일 수는 없을 것이다.

그래도 힘으로 기어들어오면, 우리도 억세게 막아야만 한다.

사랑의 힘만이 사랑하는 자를 하늘로 인도해 들인다!

메피스토펠레스 아, 내 머리가 탄다. 심장도 간장도 탄다.

악마 뺨치는 불길이다! 지옥의 불보다 더 쓰리다.

그래서 너희들은 그렇게 무섭게 탄식했구나.

그렇다, 실연한 놈이 버림을 받고도 목을 틀어서 애인을 살피고, 당장의 상사에 괴로워하는 그 고통이 바로 이것이로구나!

나도 이상하다! 왜 내 머리가 자꾸 저리로 돌아가지?

나는 저들과 결코 화해 못할 싸움을 하고 있는데.

평소에는 놈들을 보면 몹시 화가 났는데, 정체 모를 무엇이 내 몸에 배어든 것일까?
그 귀여운 아이들이 보고 싶어 못 견디겠구나.
나를 말려서 저주를 못 하게 하는 게 무엇일까?
내가 여기서 홀린다면, 앞으로 나는 어리석은 악마라는 소리를 듣게 된다.
내가 싫어하는 저 개구쟁이 악동들이 몹시 귀엽게만 보이는구나!
예쁜 아이들아, 말 좀 물어보자.
너희들도 신들을 배반한 천사 루치페르의 일족이 아니냐?
참으로 예쁘구나. 진정 너희들에게 키스해 주고 싶다.
마침 좋은 때에 찾아와 주었구나.
너희들을 이미 몇 번이나 만나 본 것처럼,
무척 흐뭇하고 참으로 기분이 좋다.
발정한 고양이 같은 욕망이 솟아오른다.
볼수록 점점 더 귀여워지니, 아, 더 가까이서 나를 한 번 보아 다오!

천사 가고말고요, 왜 물러서세요?
가까이 갈 테니, 될 수 있으면 가만히 계세요.
(천사들은 빙빙 돌면서 무대 전체를 메운다.)

메피스토펠레스 (무대 앞으로 밀려나온다.) 너희들은 우리를 저주받은 마물이라고 욕하지만, 너희들이야말로 진짜 마술사들이다.
남자고 여자고 다 홀리니 말이다.
이 무슨 지독한 미인계냐!
이것이 사랑의 원소라는 것인가?
온몸이 사랑의 불에 휩싸여서 목덜미에 장미의 불이 떨어지는 것도 모르겠다.

거기서 흐늘거리고 있지 말고, 이리 내려와서 그 귀여운 팔다리를 좀더 요염하게 움직여 보라.

확실히 그 진지한 태도가 너희들답구나!

하지만 한 번쯤은 방실 웃는 얼굴이 보고 싶구나.

그러면 나는 하늘에라도 올라갈 듯 황홀해질 텐데.

연인끼리 바라보는 그 눈길 좀 부탁한다.

입기에 살짝 애교를 보이면 된다.

애, 거기 키 큰 아이야, 나는 네가 가장 좋다.

사제 같은 표정은 너에겐 어울리지 않아, 좀 색정적인 눈으로 봐 주려무나.

좀더 맨살을 드러내도 괜찮을 것 같다만 그 주름잡힌 긴 옷은 너무 점잖다.

아니, 애들이 다 돌아서는구나, 뒷모습도 볼 만한테!

개구쟁이들이 정말 입맛을 돋우는구나.

천사의 합창   사랑의 불길이여, 맑은 곳으로 향하여라!

스스로를 저주하는 자를 진리여, 구하여라.

그리하여 즐거이 악에서 빠져나가 따뜻한 단란함 속에 축복을 누리자.

메피스토펠레스   (정신을 가다듬고) 이게 웬일일까!

욥[14]처럼 온몸에 불에 덴 물집이 생겨 내가 봐도 소름이 끼친다.

그러나 나는 내 자신의 본성을 알고, 나와 나의 혈통을 믿기에 개가를 올린다.

악마의 중요한 부분은 살아남았다.

---

14) 구약성서 욥기 2장 7절에 "사탄이 곧 여호와 앞에서 물러가 욥을 때려 그 머리끝에서 발끝까지 좋지 못한 종기가 나게 한지라."라고 되어 있다.

사랑의 소동은 피부를 스치고 지나갔다.
그 언짢은 불길은 이제 다 타 버렸다.
그래서 나는 본성을 드러내어 너희들을 저주해 주겠다!

천사들 합창 거룩한 불길이여!
이 불에 감싸이는 사람은 이 세상에서 착한 이들과 더불어 행복하게 살 것이다.
모두 한덩어리가 되어 일어나 찬양하자!
대기는 맑아졌다.
넋이여, 숨쉬어라.

(천사들은 파우스트의 불사의 영을 받들고 날아오른다.)

메피스토펠레스 (주위를 둘러본다.)
아니, 어찌 된 일이야? 놈들은 어디 갔지?
어른도 채 되지 않은 것들이 느닷없이 나타나서 내 수확물을 가지고 하늘로 도망쳤구나.
그것이 탐나서 이 무덤가에 내려와 추파를 던졌구나.
나는 둘도 없는 큰 보물을 빼앗기고 말았다.
담보로 잡아 두었던 그 귀한 영혼을, 놈들은 교활하게 가로채 가 버렸다.
이 일을 어디 가서 호소해야 한담?
누가 나의 기득권을 되찾아 주지?
아, 나잇살이나 먹어 가지고 감쪽같이 속았구나.
자업자득이지만 그래도 너무했다.
창피스러운 실수를 저질렀단 말이야.
고생만 실컷 하고 재산만 허비해 버렸다.
악마가 공연한 욕심을 일으켜 이 꼴이 되었으니.

그런 철부지 같은 허망한 일에 산전수전 다 겪은 영리한 내가 걸려들어 끝내 깨끗이 당하고 말았으니, 정말 어이없구나.

산골짜기

숲, 바위, 황량한 땅
거룩한 은자들, 산 위로 올라가 흩어져서 암굴 사이에서 쉬고 있다.

합창과 메아리 숲은 바람에 흔들려 쏠리고, 바위는 그 옆에 묵직하게 앉는다.
 나무뿌리는 서로 얽히고, 줄기는 빽빽이 하늘로 치솟는다.
 시냇물은 물보라를 튀기면서 흐르고, 깊숙한 동굴은 어둑어둑하다.
 사자는 말없이 상냥하게 우리들 주위를 돌아다니면서 거룩한 사랑의 집을, 청정한 이 땅을 지킨다.
 뜨겁게 타오르는 사랑의 기반.

황홀한 신부[15] (아래위로 떠다니며) 영원한 환희의 불길, 끓어오르는 가슴의 고통, 솟구치는 신의 즐거움.
 화살이여, 나를 꿰뚫어라. 창 끝이여, 나를 찔러라.
 지팡이여, 나를 박살내라. 번갯불이여, 나를 태워라.

---

15) 신과의 결합을 열렬히 동경하여 도취되어 있는 신부로서, 육체적인 무게를 빼고 있기 때문에 떠돌 수 있다. 이런 이름을 받고 있던 신부가 몇 사람 있었는데, 여기서는 이하의 신부와 마찬가지로 개인의 이름이 아니라 순수한 사랑을 구현하는 자의 상징으로 씌어져 있다. 뒤에 나오는 신부일수록 높은 사랑의 인식을 상징한다.

허무한 것, 그 모든 것은 모두 사라지고, 영원한 사랑의 핵심인 영
겁의 별을 빛나게 하라.

명상하는 신부[16] (낮은 곳에서) 암벽이 내 발 밑에서 심연에 무겁게 얹혀 있
듯이, 수많은 개울이 빛나며 흘러내려 거품 이는 굉장한 폭포가
되듯이, 자기의 힘찬 기세로 무럭무럭 나무줄기가 하늘로 치솟듯
이, 만물을 창조하여 만물을 기르는 것은 전능한 사랑이다.

마치 숲과 바위 밑에도 물결치듯이, 내 주위에 사나운 물소리가
우렁차다.

그러나 그 풍성한 물은 정다운 소리를 내며, 골짜기의 평지를 적
시기 위해 깊은 계곡을 흘러 떨어진다.

독기 어린 안개를 속에 품은 하계의 대기를 깨끗이 하기 위해, 번
개는 번쩍이며 대지를 내리친다.

이들은 사랑의 사신으로 영원히 창조하면서 우리를 둘러싸는 힘
을 가르쳐 준다.

그것이 내 마음에도 자비의 불을 붙여 주었으면!

이 가슴속에서 내 정신은 혼탁해지고 싸늘해져 어두운 관능의 장
벽 속에서, 날카롭게 달라붙는 고통의 사슬에 몸부림친다.

아, 신이여! 저의 생각을 진정시켜 주시고, 저의 가난한 마음에 빛
을 주소서!

천사와 닮은 신부[17] (중간쯤의 높이에서) 어쩌면 저렇게 아침녘의 안개가 전
나무의 한들거리는 가지 끝에 둥실 떠 있을까?

저 속에 살고 있는 것이 무엇일까?

저것은 어린 영의 무리들이리라.

---

16) 특히 깊은 신비적 인식을 터득한 자.
17) 천사에 가까운 성질을 가졌으며, 천사와 가장 다정한 자. 앗시시의 성 프란체스코가 이렇게 불린다.

승천한 소년들[18]의 합창 아버지시여, 저희들이 어디를 떠돌고 있는지 가르쳐 주세요.

착하신 분이여, 저희들이 누군지 가르쳐 주세요.

저희들은 행복해요, 모두 모두 이렇게 편하게 살고 있으니까요.

천사와 닮은 신부 아이들이여!

한밤중에 태어나 정신도 관능도 반쯤 눈을 떴을 뿐 부모에게는 일찍 잃은 아이가 되고, 천사들의 손으로 돌아간 너희들이여, 여기에는 사랑하는 이가 있다는 것을 너희들은 알겠지.

자, 이리 오너라! 그러나 너희들은 행복하다!

험한 세상길을 걸어온 고생은 흔적도 없으니.

세상과 지상을 아는 데에 요긴하게 쓰이는 내 눈[19] 속으로 내려오너라.

이 눈을 너희들의 눈처럼 써서 이 근처를 잘 살펴보아라!

(소년들을 자기 몸 속에 받아 넣는다.)

이것은 나무요, 저것이 바위로다.

저것이 흐르는 물인데, 무섭게 굴러떨어져서 험준한 바위 길을 더욱 좁히고 있지.

승천한 소년들 (안에서) 굉장한 구경거리예요.

하지만 이곳은 너무 음산하여 놀랍고 무서워서 몸이 떨려요.

고귀하신 분, 우리를 내보내 주세요!

천사와 닮은 신부 차츰 높은 곳으로 올라오너라.

신께서 가까이 계시며 지켜보시고, 변함없는 깨끗한 방법으로 힘

---

18) 승천한 소년들이라고 간단히 씌어 있지만, 태어나자마자 죽어서 승천한 아이들. 따라서 원죄는 짊어지고 있으나, 세속의 죄에 물들지 않은 자로서 인간과 천사의 중간에 있다.
19) 남의 눈을 통하여 세계를 본다는 것이 괴테의 여기저기에 적혀 있다. 영은 예언자 속에 들어가서 그의 눈으로 본다는 스베덴보리의 생각에 기인한 것.

을 주시니 알지 못하는 사이에 무럭무럭 자라라.
그것이 가이없는 대기 속에 가득 찬 신께서 주시는 영들의 양식이며, 천상의 더없는 행복으로 발전해 가는 영원한 사랑의 계시니라.

승천한 소년들의 합창　(산꼭대기를 날아다니면서) 손에 손을 잡고 즐거이 원을 만들어 춤추며 노래 불러라, 거룩한 마음의 노래를!
고귀한 가르침을 받고 우리는 안심할 수 있다.
우러러 받드는 신의 모습을 볼 수 있으리라.

천사들　(파우스트의 불멸의 영혼을 나르면서 한층 더 높이 공중을 떠돈다.)
영의 세계의 고귀한 한 분이 악의 손에서 구원을 받았습니다.
"누구나 줄곧 노력하며 애쓰는 자를 우리는 구할 수 있습니다."[20]
그리고 이와 같은 분에게는 천상의 사랑까지 더하였으니, 축복받은 천국에 사는 사람들이 진심으로 반가이 맞이합니다.

젊은 천사들　사랑에 넘치는 성스러운 속죄의 성녀들의 손에서 뿌려진 장미꽃이 우리들을 도와서 승리를 얻게 하고, 그 고귀한 일을 성취시켜 주서서 이 영혼의 보배를 손에 넣게 해주셨습니다.
그 장미를 뿌렸더니 악은 물러갔습니다.
그것을 닿게 했더니 악마는 달아났습니다.
익숙한 지옥의 형벌 대신 악마들은 사랑의 괴로움을 느꼈습니다.
그 늙은 악마의 우두머리까지도 쓰라린 고통이 몸에 배었습니다.
환희의 소리를 지릅시다! 성공했습니다.

---

20) '줄곧 노력하며 애쓰는 자를 우리는 구할 수 있습니다.'이 유명한 구절에 대해서 괴테 자신이 "이 시구 속에 파우스트 구제의 열쇠가 들어 있다. 파우스트 자신 가운데 점점 더 높고 깨끗한 활동이 그 마지막에 이르기까지 계속되어 있으며, 하늘에서는 영원한 사랑이 그를 구원하러 온다. 이것은 우리가 자기 힘뿐 아니라 신의 가호에 의해 행복을 얻을 수 있다는 종교 관념과 완전히 조화된다."고 에커만에게 말하고 있다 (1831년 6월 6일).

제법 완성된 천사들   지상의 찌꺼기를 간직하고 있는 것을 나르려면 힘이 듭니다.

비록 불붙지 않는 석면으로 되어 있어도 깨끗하지 않습니다.

굳은 정신의 힘이 지상의 온갖 원소를 끌어서 가지고 있으면, 육과 영이 내부에서 맺어져 하나로 되어 있는 이중의 것을,[21] 어떤 천사도 떼어놓지 못합니다.

영원한 사랑만이 그것을 갈라놓을 수 있습니다.

젊은 천사들   바위 꼭대기에 안개처럼 감돌며, 몸 가까이로 움직여 오는 영들의 생명을 우리는 지금 느낍니다.

안개가 걷히면 일찍 하늘에 불려온 아이들의 부산한 무리들이 보입니다.

지상의 무거운 짐을 벗고, 둥그렇게 어울려서 아이들은 천상 세계의 새로운 봄단장에 활기를 띠고 있습니다.

이분도 우선 이 아이들의 무리에 끼여서 더 높은 완성으로 올라가시는 게 좋겠지요!

승천한 소년들   번데기 상태에 있는 이분을 우리들은 기꺼이 맞이하지요.

이분과 함께 우리도 자라서 훌륭한 천사가 되는 거예요.

이분을 싸고 있는 고치를 빨리 벗겨 드려요!

벌써 이분은 거룩한 삶을 얻어 아름답고 크게 되셨어요.

마리아를 숭배하는 박사[22]   (가장 높고 깨끗한 암굴 속에서) 여기서는 전망이 자유로워 정신도 고양된다.

---

21) '하나로 되어 있는 이중의 것'은 영과 육의 이원성을 뜻한다. 인간의 이원성은 죽어도 해소되지 않고, 물리적 요소가 붙어다녀서 행복에 방해가 된다. 영원한 사랑만이 영을 물리적 성질에서 떼어내어 구원할 수 있다.
22) '마리아의 신비를 찾아내어 그 예배에 전념하는 박사. 괴테는 여기서도 처음에는 신부라고 썼으나 뒤에 박사라고 고쳤다. 마리아의 예배는 중세 후기 이후의 일이기 때문에 신부라는 낡은 말에 대해서 박사라는 새로운 칭호를 쓴 것이다. 박사 쪽이 신부보다 높은 단계를 나타낸다.

저기 여인들이 위를 향하여 떠들썩하게 지나가누나.
그 한가운데에 별관을 쓴 고귀한 분이 한 분 계신다.
하늘의 여왕 마라아님인 것은 그 빛으로도 알 수 있다.
(환희에 도취되어)
세계를 지배하는 최고의 여왕이시여!
파랗고 광활한 하늘의 천막 속에 당신의 신비를 숭배하게 하소서.
남자의 가슴을 엄숙하고 상냥하게 움직여 거룩한 사랑의 기쁨으로 모든 것을 당신께 기울이게 하는 그것을 기리게 하소서.
당신이 숭고하게 명령을 내리시면 우리의 용기를 당할 자가 없습니다.
당신이 우리를 만족케 해주시면 열띤 마음이 부드러워집니다.
그지없이 아름다운 뜻에서 순결한 처녀여, 우러러보아야 할 어머니시여, 우리를 위해 선택된 여왕이시여, 신들과 지체를 같이하는 분이시여!
가볍고 조그만 구름이 저분의 주위에 얽혀 있구나.
속죄하는 여자들이다.
저분의 무릎을 에워싸고 영기를 마시면서 은총을 빌고 있는 상냥한 사람들이다.
손이 닿지 않는 당신이지만 유혹에 넘어가기 쉬운 자들이 다가가서 매달리는 것은 금지되어 있지 않습니다.
인간의 약점에 끌려든 그들을 구하기란 힘듭니다.
그 누가 자기 힘으로 정욕의 사슬을 끊어 버릴 수 있겠습니까?
기울어진 미끄러운 마루에서 누가 쉬 미끄러지지 않겠습니까?
추파와 인사와 아양을 떠는 입김에 그 누가 매혹당하지 않겠습니까?

(영광의 성모가 하늘에 떠서 다가온다.)

참회하는 여자들의 합창 영원한 나라의 높은 곳으로 당신은 떠오르십니다.

우리의 소원을 들어주세요, 비길 데 없는 분이시여! 자유로우신 분이시여!

죄 많은 여인[23] (누가복음 제7장 39절) 바리새인들의 조소를 받으면서 승화하여 신이 되신 성자의 발에, 향유 대신 눈물을 뿌린 그 사랑을 두고 기원합니다.

그 좋은 향기를 그처럼 풍성하게 쏟아 놓은 그릇을 두고, 성스러운 몸을 부드럽게 닦은 머리를 두고 기원합니다.

사마리아의 여인[24] (요한복음 4장) 그 옛날 아브라함이 가축의 무리를 몰고 가게 한 샘물을 두고, 구세주의 입술에 시원하게 닿을 수 있었던 물통을 두고, 그곳에서 쉴새없이 쏟아져 나와 넘쳐서 온 세계에 끝없이 흐르는 맑고 풍성한 샘물을 두고 기원합니다.

이집트의 마리아[25] (사도행전) 주님을 쉬게 해드린 고귀하고 거룩한 장소를 두고, 사원의 문간에서 저를 훈계하여 밀어내신 그 손을 두고, 사막에서 정성껏 행하여 온 40년 동안의 참회를 두고, 제가 모래에 적어 놓았던 기쁜 작별의 인사를 두고 기원합니다.

셋이서 크나큰 죄를 지은 여자들에게도 당신 곁에 가까이 감을 거절하지 않으시고, 속죄한 공덕을 영원한 경지로 높이시는 당신이시여,

---

23) 막달라 마리아를 말한다. 예수의 발을 눈물로 적시고 입을 맞추고 향유를 뿌렸다. 그녀는 많이 사랑했으므로 많은 죄를 용서받았다.
24) '사마리아의 여인'은 야곱의 우물가에서 그리스도와 만나 영원히 마르지 않는 물을 약속받았다. (요한복음 4장 12절 이하)
25) '이집트의 마리아'는 음탕한 여자였기 때문에 성 십자가 축제 때 예루살렘의 그리스도 묘지에 들어가려 했으나 눈에 보이지 않는 손에 의해 거절당했다. 그래서 죄를 크게 뉘우치고 마리아에게 기도했더니, 이상하게도 사원 앞에 옮겨서 요단 강가에서 평화롭게 지내라는 계시를 받고, 48년 동안 사막에서 참회 생활을 하고 모래에 세상을 떠나는 하직의 말을 남겼다.

오직 한 번 스스로를 잊었을[26] 뿐, 실수인 줄을 깨닫지 못한 이 착한 영혼에도 알맞은 용서를 내리소서!

참회하는 한 여인　(지난날 그레트헨이라 불린[27] 사람. 성모에게 매달리면서)
비길 데 없는 성모님, 광명이 넘치는 성모님!
자애롭게 얼굴을 돌려 저의 행복을 보아 주세요!
지난날, 사모하던 분이 이제는 혼미함을 떨치고 돌아오셨습니다.

승천한 소년들　(원을 그려 날면서 다가온다.) 이분은 벌써 팔다리가 늠름하게 우리들보다도 우람하게 되셨어요.
정성껏 보살펴 드린 보수를 듬뿍 내려 주시겠지요.
우리들은 사람의 모임에서 일찍 떨어져 나왔지만, 이분은 많이 배워 오셨으니 우리들을 가르쳐 주시겠지요.

참회하는 한 여인　(지난날에 그렌트헨이라 불린 사람) 고귀한 영의 무리에 둘러싸여서 새로운 삶으로 들어오신 분은 깨닫지도 못하고, 상쾌한 새 목숨을 짐작도 못 하시지만, 벌써 거룩한 분들을 닮아갑니다.
보세요! 저분은 낡은 껍질을 벗으시고, 지상의 기반을 깨끗이 끊으셨습니다.
그리고 새로 입은 영기어린 옷자락에서 젊은 기운이 솟아나고 있습니다.
제가 저분에게 가르쳐 드리게 해주세요.
아직 새로운 햇빛을 눈부셔 하고 있습니다.

영광의 성모[28]　자, 오너라! 더 높은 곳으로 올라오너라!

---

26) 오직 한 번 스스로를 잊었다는 것은 그렌트헨을 가리킨다. 파우스트와의 사랑에 자기 자신을 잊은 행위는 한 단위로서 간주된다. 참회에 의해 맑게 된 그녀로 하여 파우스트가 용서되기를 셋이서 기원하는 것이다.
27) 이 말은, 노시인이 특히 뒤에 덧붙여 쓴 것으로 괴테가 그레트헨에게 느끼고 있던 감명을 엿보게 한다.
28) 영광의 성모는 '괴로움 많으신 마라아님'과 대조된다. 특히 영광의 성모는 '참회하는 여자들의 합창' 표제 앞에도 나타나 있지만, 대사를 말하는 것이 이 두 줄뿐이다. 그렌트헨을 향해 "자, 오너라! 더 높은 곳으로 날아오너라. 그 사람(파우스트)도 그대인 줄 알면 따라오리라."라는 말은 깊은 의의를 갖는다.

그자도 그대인 줄 알면 따라오리라.

마리아를 숭배하는 박사   (엎드려 예배하면서)

참회하는 마음을 가진 상냥한 자들이여, 모두 저 구원의 눈을 우러러보라.

감사하면서 깨끗한 복을 받을 그대들의 심신을 새로이 하기 위해!

무릇 마음씨 착한 사람은 당신을 섬기기를 원합니다.

처녀여, 어머니시여, 여왕이시여, 여신이시여, 길이 자비를 내리소서!

신비의 합창[29]   무상한 것은 모두 한낱 비유에 지나지 않는다.[30]

지상에서 이루어지지 않은 것이 이 천상에서 이루어진다.[31]

형용할 수 없는 것이 여기서 이룩된다.

영원하신 여성이[32] 우리를 이끌어 올리신다.

---

29) 신비의 합창은, 천사의 무리, 신부, 참회하는 여자들 등에 의하여 불려지고, 마리아를 숭배하는 박사에 의해 지휘될 것이다.
30) '무상한 것은 모두 한낱 비유에 지나지 않는다.' 이 말은 지상의 모든 현상은 영원한 신의 뜻을 상징적으로 표현한 데 불과하다는 뜻.
31) '지상에서 이루어지지 않은 것이 이 천상에서 이루어진다.' 우리들이 현실 세계에서 알고 행하는 것은 모두 불완전하여 행복을 실현하는 데는 부족하다. 그것이 영원한 천상에서 실현된다. 지상에서 천상에 오른다는, 설명하기 어려운 것도 무한한 신의 사랑에 의해 이루어지는 것이다.
32) '영원하신 여성' 은 즉 신의 사랑을 구현하고 있는 이상적인 여성이다. 일체의 낮은 욕망에서 정화된 사랑, 모든 것을 용서하는 사랑, 죄인을 끌어올리는 자애이다. 괴테는 그 영원한 상징으로서 마리아를, 지상적인 상징으로서 그레트헨을 그렸다.

작품 해설

괴테의 삶과 문학세계

■ 생애와 작품

독일의 문호 괴테Johann Wolfgang von Goethe는 1749년 8월 28일 마인 강변의 프랑크푸르트 자유시에서 명문의 장남으로 태어나, 1832년 3월 22일 바이마르에서 일생을 마친다.

괴테가 최초로 문단에 입문하게 된 독일문단의 당시 풍조는 계몽주의였다. 과거의 무미건조한 형식과 외면적 도덕률을 타파하고, 독일적인 생명과 인간 감정의 본질을 회복하려는 새로운 운동이 일어난 것이다.

그 당시 괴테는 헤르더와 만나게 된다. 헤르더는 괴테보다 5년 선배로서 그의 자유분방한 정신과 독창적이고 해박한 지식은 괴테에게 시적 표현으로 결실을 맺게 한다.

괴테는 매우 헌신적이어서 몸과 마음을 다 바쳐 사랑을 하는데, 시골 목사의 딸 프리데리케의 목가적인 아름다움과 청순함에 이끌려 1년간의 사랑을 나누지만 훌쩍 그녀로부터 떠나온다. 괴테는 일생을 통해 여성으로부터 최대한의 것을 받아들인 다음에는 자신의 비약을 위해 매번 그 여성들을 버린다. 그것이 위대한 시인을 탄생시키기 위해 불가피했다고 하지만, 도덕적인 비난을 받게 되는 동기가 된다.

그의 희곡 작품 〈괴츠 Götz〉에서는 바이슬링겐이 충실한 약혼녀 마리아를 버리고 요부 아델하이트의 미색에 빠진 나머지 끝내 부하에게 독살당하는 이야기가 있는데, 이것은 괴테 자신의 자책의 심정을 토로하는 것으로 여겨진다.

25세때 발간된 〈젊은 베르테르의 슬픔 Die Leiden des Jungen Werthers〉은 〈괴츠〉의 정신을 그대로 이어받으면서도 그 결함과 무리를 다분히 극복한 괴테 최초의 성공작이었다.

26세의 괴테는 16세의 아름다운 처녀 릴리와 약혼하지만 결혼에 이르지 못한다. 릴리에 대한 사랑은 특히 열렬한 것이서 그녀로부터 떠나 스위스 여행을 하면서도 끝내 릴리를 잊지 못한다.

괴테가 바이마르 공국의 영주 아우구스트 공의 초청을 받고 궁정에 도착한 것이 1775년 10월, 26세의 젊은 나이였다. 잠시 체류했다 떠나려던 것이 일생을 그곳에서 마치게 되는데, 독일 문화의 황금 시대가 바이마르에서 꽃필 것 같은 패기와 예술적 분위기를 괴테가 직감한 것이라고 추측된다.

당시 바이마르는 괴테를 중심으로 독일 역사상 유례 없는 문화적 융성을 이룩하였고, 그것이 바탕이 되어 후진국이던 독일이 모든 분야에서 두각을 나타냈다고 해도 과언이 아니다.

바이마르 체류 중 괴테에게 영향을 끼친 것은 슈타인 부인이었다. 괴테는 그녀에게 10년간 정열을 쏟았으며 그녀의 여성적이고 우아하고 품위 있는 정신은, 괴테의 질풍노도를 극복하고 높은 고전주의로서 발전을 이룩하는 데 결정적인 도움을 주었다.

괴테의 고전주의 문학의 대표작으로는 이탈리아 영해에서 완성된 비극 〈이피게니에 Iphigenie〉라고 할 수 있다. 그리스의 유명한 유리피데스의 원전을 바탕으로 하고 있으며 형식과 내용이 모두 고전적이다. 그러나 괴테는 단순한 그리스 비극에서 진실로 독일적인 심령극을 창조해 내고 있다. 여주인공 이피게니에의 고귀한 인간성이 구제의 열쇠가 되며, 괴테 특유의 휴머니즘이 지배적이다. 이상적인 여성상인 이피게니에에게서 슈타인 부인의 면모를 띠는 게 흥미롭다. 괴테는 슈타인 부인으로부터 벗어나서 그녀의 고귀한 본질을 구상화한 것이다. 괴테에게는 우아한 여성의 힘에 의해 거친 남성의 격정이 진정되고 보다 높은 교양의 경지로 향상되었던 것이다.

고전주의의 길을 걷기 시작하던 실러와의 만남과 그들의 우정은 독일 고전주의를 빛내는 데 결정적인 역할을 하게 된다.

괴테는 일생 동안 아홉 명의 여성과 사랑을 하지만 결혼한 사람은 크리스티아네 한 사람뿐이다. 크리스타아네의 교육 수준은 그다지 높지 않았으나, 매우 영리하여 괴테를 잘 섬기고 저작과 자연과학 연구에 긴요한 도움을 주었다. 괴테 가의 집안살림도 잘해 내었고 겸손하여 이상적인 주부였다. 프랑스군이 침입했을 때 크리스티아네의 현명함과 기지가 아니었더라면 괴테의 만년의 활약을 보지 못했을 것이다. 괴테도 그녀에 대한 감사의 마음을 억제하지 못하고 근 20년간 첩이라느니 식모라느니 하는 뒷공론을 들어가면서 한결같이 봉사해 준 은덕을 생각하여 마침내 서둘러 결혼을 한 것이다.

괴테는 만년에도 젊은 여성들을 사랑하면서 〈서동 시집 Westöstlicher Divan〉을 낸다. 이 시집은 사랑과 정열 외에 괴테의 인생관과 이상을 가장 깊이 있게 표현해 주는 작품들로 가득 찬 시집이다.

■ 〈파우스트〉에 대하여

괴테가 중세 독일의 전설인 파우스트 이야기를 듣고 희곡작품으로 쓰겠다고 생각한 것은 소년 시절부터였다고 한다.

〈초고 파우스트 Urfaust〉가 작성된 것은 슈트라스부르크 시절인 1774년 경이다. 이 작품이 간행된 것은 그 후 여러 차례 가필한 〈단편 파우스트〉로서 1790년이다.

그후 실러의 권고로 새 장면이 첨가되어 제1부가 나온 것이 실러의 사후인 1808년이었다. 그 다음 오랜 공백 기간이 있은 뒤 영국의 시인 바이런이 그리스 독립전에서 전사한 것에 자극받아 제2부의 집필이 시작되었다. 그리하여 전편을 완성한 것은 1831년 8월 그가 죽기 반 년 전이었다. 따라서 60여년이나 걸려 완성된 이 작품은 그의 젊은 질풍노도기에 시작해서 고전기를 거쳐 만년의 종합적 완성기에 이르는 전생애가 포함되어 있다.

파우스트의 전설은 여러 가지 변형으로 일정치 않지만, 주인공이 종교적 전통에서 벗어나려는 반항적 인물이었으며 괴테가 좋아하던 독일적 영웅의 기질을 지녔다.

괴테의 〈파우스트〉는 전설과는 달리 주인공이 멸망하지 않고 구제를 받는데, 이점은 괴테 자신의 인생관이나 종교관의 근본 문제이기도 하지만, 종래의 권선징악에서 벗어나 위대한 인류의 문학으로 변모하는 가장 중요한 모티브가 되기도 한다.

이 작품은 독일은 물론 세계문학의 보배로, 인간 정신이 지향志向하는 불후의 표현이기도 하다.

주인공 파우스트는 모든 지적 탐구가 내심內心의 욕구를 충족시키지 못하는 것에 절망하여, 결국 악마 메피스토펠레스와 영혼을 건 계약을 해서 인생을 모두 체험하려 한다. 우선 그 순진한 소녀 마르가레테와의 사랑은 소녀가 영아 살해죄로 처형당하는 데서 제1부가 끝난다.

제2부에서는 주인공이 대세계로 나와서 행동인行動人이 되고, 험한 인생살이에서 불굴의 노력과 노동에 의지해 구원을 받고, 능동적인 상승기의 시민정신을 승화하여 인간이 어떻게 살아야 하는가에 대한 해답을 제시하고 있다.

연보

J. W. 괴테

1749 8월 28일 프랑크푸르트 암 마인에서 학식 있고 부유한 법학사이며, 명목상의 황실고문관인 아버지에게서 출생
1755 (6세) 독일어, 프랑스어, 라틴어, 수학, 성서 등을 배움.
1757 (8세) 조부모에게 신년시를 지어 바침. 이것이 보존된 것 중에서 가장 오래된 것임.
1759 (10세) 프랑스군이 프랑크푸르트 점령. 괴테 가에 머무른 군정장관 트란 백작의 도움으로 프랑스 극에 접하게 되고 인형극을 통해 파우스트를 알게 됨.
1765 (16세) 라이프치히 대학 법학과에 입학. 법률보다 문학, 의학, 판화에 열을 올림. 〈그리스도의 지옥행〉에 관한 시상을 씀.
1768 (19세) 희곡 〈연인의 변덕〉 완성
1769 (20세) 죽음을 몰고 올 뻔했던 병에서 회복. 신비주의와 연금술에 관심을 쏟음. 희곡 〈공범자〉 탈고, 최초의 시집 〈새로운 노래〉 출판
1770 (21세) 슈트라스부르크 대학 입학. 〈독일 건축술에 관해서〉 집필. 헤르더를 알게 됨. 10월 젠젠하임에 있는 목사의 딸 프리데리케를 사랑하게 됨.
1771 (22세) 프리데리케와 헤어짐. 희곡 〈괴츠〉, 〈파우스트〉 구상. 고향에서 변호사 개업
1774 (25세) 4월 소설 〈젊은 베르테르의 슬픔〉 탈고. 바이마르에서 칼 아우구스트를 만남.

1775	(26세) 릴리 쇠네만과 약혼. 7월에 파혼. 10월 바이마르 공으로부터 초청을 받음. 희곡 〈시텔라〉 집필
1776	(27세) 슈타인 부인과 애정 관계를 시작함. 광물학 연구
1777	(28세) 〈빌헬름 마이스터의 연극적 사명〉 상연. 5월에 베를린, 포츠담 등지를 여행
1779	(30세) 〈이피게니에〉 산문 완성. 스위스 여행
1780	(31세) 바이마르 극장 신축
1782	(33세) 〈에그몬트〉 집필. 독일 황제에 의해 귀족이 됨. 〈마왕〉, 〈빌헬름 마이스터〉 속고. 〈젊은 베르테르의 슬픔〉 개작
1785	(36세) 〈빌헬름 마이스터의 연극적 사명〉 탈고
1787	(38세) 〈에그몬트〉 완료. 〈파우스트〉 집필
1788	(39세) 크리스티아네와 동거생활. 실러와의 만남.
1789	(40세) 크리스티아네가 사내아이 아우구스트를 낳음(그후 네 아이를 낳았으나 아우구스트를 제외하고 모두 어려서 잃음.).
1790	(41세) 〈단편 파우스트〉 발표. 〈색채론〉 집필
1791	(42세) 괴테의 감독하에 궁정극장 개장
1794	(45세) 실러가 바이마르의 괴테 집에 머뭄. 〈빌헬름 마이스터의 편력 시대〉 개작
1797	(48세) 라이프치히 여행. 〈헤르만과 도르테아〉 완성. 〈파우스트〉 집필에 재착수
1801	(52세) 〈파우스트〉 집필에 박차를 가함.
1804	(55세) 추밀고문관에 임명되어 각하의 칭호를 받음. 〈빙켈만 돈〉 집필
1805	(56세) 간장염을 앓음. 5월 9일 실러 사망

1806	(57세) 크리스티아네와 정식 결혼
1807	(58세) 〈빌헬름 마이스터의 편력 시대〉 구술하기 시작. 민나 헤르츠를 짝사랑함.
1808	(59세) 〈파우스트〉 1부 발표. 나폴레옹과 회견
1809	(60세) 〈색채론〉 완료
1811	(62세) 베토벤으로부터 〈에그몬트 서곡〉 헌정의 편지를 받음. 〈시와 진실〉 제1부 완성
1812	(63세) 베토벤과 만남. 나폴레옹이 러시아에서 패주 도중 괴테에게 인사를 보냄. 〈시와 진실〉 제2부 간행
1814	(65세) 〈시와 진실〉 제3부 간행. 페르시아 시인 하피스의 시집을 읽고 50여 편의 시를 씀(1819년의 〈서동 시집〉의 일부). 마리안네를 사랑함.
1815	(66세) 크리스티아네 중병. 마리안네를 깊이 사랑함. 12월 국무상으로 임명. 〈서동 시집〉의 시 140편 이상을 씀.
1816	(67세) 크리스티아네 사망. 〈이탈리아 기행〉 제1부 간행
1817	(68세) 아들 아우구스트의 결혼. 바이런 및 인도 문학을 연구. 〈이탈리아 기행〉 제2부, 〈자연과학 일반에 관해서, 특히 형태학에 관해서〉가 나오기 시작
1819	(70세) 〈서동 시집〉 간행
1820	(71세) 〈빌헬름 마이스터의 편력 시대〉, 〈온순한 크세니엔〉 속고
1821	(72세) 〈시와 진실〉 제4권 구술. 〈빌헬름 마이스터의 편력 시대〉 제1부 나옴.
1825	(76세) 〈파우스트〉 제2부 착수. 최후의 괴테 전집 출판 계약

1827	(78세) 슈타인 부인 사망. 수에즈 운하를 예견. 〈파우스트〉의 불역을 허락함.
1828	(79세) 〈파우스트〉 파리에서 상연. 〈실러와 편지〉 출판
1829	(80세) 베를리오즈가 악보 '파우스트의 장'을 만들어 보냄. 바이마르와 프랑크푸르트에서 〈파우스트〉 초연
1830	(81세) 아들 아우구스트와 에커만이 이탈리아 여행. 10월 아우구스트가 로마에서 객사. 〈연대기〉 간행. 〈시와 진실〉 착수. 괴테 각혈. 전집 완성
1831	(82세) 8월 중순에 완성된 〈파우스트〉 제2부를 봉인, 죽은 뒤에 발표할 것을 유언
1832	(83세) 3월 16일 발병. 마지막 일기를 씀. 17일 최후의 편지를 훔볼트에게 보냄. 3월 22일 11시 30분 영면

홍신세계문학 001
파우스트

초판 발행_1992년 10월 10일
개정판 중판 발행_2019년 1월 10일

옮긴이_정광섭
펴낸이_지윤환
펴낸곳_홍신문화사

출판 등록_1972년 12월 5일(제6-0620호)
주소_서울시 동대문구 안암로50-1(용두동) 730-4(4층)
대표 전화_(02) 953-0476
팩스_(02) 953-0605

ISBN 987-89-7055-801-1
ISBN 987-89-7055-800-4(세트)

ⓒ Hong Shin Publishing Co. Printed in Korea
*값은 뒤표지에 있습니다.
*잘못 만들어진 책은 바꾸어 드립니다.